Fleming Hannsen
Mætt - The story beyond

Bibliografische Information der Deutschen Nationalbibliothek:
Die Deutsche Nationalbibliothek verzeichnet diese Publikation
in der Deutschen Nationalbibliografie; detaillierte bibliografische Daten sind im Internet über http://dnb.dnb.de abrufbar.

© 2025 Fleming Hannsen
Lektorat: Dr. Hermann Eisele
Korrektorat: Dr. Hermann Eisele
Buchsatz und Cover: Herrn Meyers Buchmacherei
Verlag: BoD · Books on Demand GmbH, In de Tarpen 42,
22848 Norderstedt, bod@bod.de
Druck: Libri Plureos GmbH, Friedensallee 273, 22763 Hamburg
ISBN: 978-3-7693-1727-5

Fleming Hannsen

Mætt - The story beyond

„Dieser Roman ist Fiktion, mit Ausnahme der Teile, die es nicht sind."[1]
Michael Crichton (Мајкл Крајтон)
＊ 23. Oktober 1942 – †4. November 2008

[1] Quelle: https://beruhmte-zitate.de/autoren/michael-crichton/

Inhaltsverzeichnis

Vorwort des Autors

Anmerkungen zur Entstehung des Buchs

Entgegen einer Studie, die festgestellt hat, dass knapp ein Drittel der Menschen, die lesen und schreiben können, einmal in ihrem Leben ein Buch schreiben wollen, verspürte ich diesen Wunsch nie. Als wesentlich interessanter würde ich aber die Antworten derer, die des Lesens und Schreibens nicht mächtig sind, auf die gleiche Frage finden. Wie viel Prozent von diesem Personenkreis würden wohl gerne ein Buch schreiben? Und was hätten sie wohl zu erzählen?

Eigentlich wollte ich ja nur eine Rezension eines Romans schreiben. Aber auch das war noch nie ein brennender Wunsch von mir. Wie es trotzdem dazu gekommen ist und warum dann doch ein ganzes Buch daraus wurde, beschreibe ich nachfolgend.

Das Ganze nahm im Winter 2023/2024 seinen Anfang. Meine Frau war mit ihren „Stockenten", so nenne ich ihre Freundinnen der Nordic-Walking-Gruppe, über ein verlängertes Nordic-Walking-Intensiv-Wochenende, das normalerweise „Wellness" zum Hauptthema hatte, unterwegs. Ich genieße diese Wochenenden sehr, da ich dann tun und lassen kann, was ich möchte. Ich kann meine Wäsche herumliegen lassen, muss meine gewechselten Socken nicht gleich versorgen; niemanden stört es, wenn ich den ganzen Tag faul auf der Couch liege und durch das seichte Programm der öffentlich-rechtlichen Fernsehsender zappe – ein nicht lange währender, paradiesischer Zustand. Das habe ich am besagten Wochenende auch getan, und habe am darauffolgenden Montag, an dem meine Frau plante wiederzukommen, dann auch brav die Spuren meines Lotterlebens beseitigt. Sogar an den Aschenbecher auf der Veranda hatte ich gedacht.

Montagabend dann, meine Frau war zurück, saßen wir zum Abendbrot am Küchentisch. Meine Frau berichtete von ihrem Wochenende und dass sie zusammen mit ihren Freundinnen zufällig bei einer Lesung einer jungen Autorin war. Dabei deutete sie auf ein Buch, das auf unserer Anrichte lag. Das sei superspannend und das müsste sie heute noch fertiglesen. Kaum gesprochen, war sie auch schon weg. Im Bett. Lesen. Ohne mich.

Beim Frühstück am nächsten Morgen bekam ich dann eine Kurzfassung der Handlung. Also, eine Frau, die sich gerade in einer Lebenskrise befindet, reist quasi zu einem „Blind Date" nach Südafrika, wo sie sich, wie kann es auch anders sein, in den Mann verliebt, den sie dort unbekannterweise trifft. Der sich wohl auch in sie verliebt. Große Liebe, sie ziehen dann überstürzt zusammen, dann dreht der Wind und der Typ mutiert zum Arschloch.

„Na ja", dachte ich mir, „wer macht denn auch so etwas?"

Meine Frau drückte mir das Buch mit einer absoluten Leseempfehlung in die Hand. Nicht zum ersten Mal. Bisher hatte es gereicht, wenn ich gefragt wurde, wie ich das empfohlene Buch denn finden würde, wissend zu nicken und etwas wie „interessanter Ansatz" oder etwas in der Art zu nuscheln. Doch nicht dieses Mal. Nicht dieses Mal! So einfach ließ sie mich nicht davonkommen. Sie bestand darauf, dass ich das Buch lese, damit sie sich mit mir darüber austauschen könne. Schließlich sei ich ja auch ein Mann und könnte mich vielleicht sogar in den Protagonisten hineinversetzen. Ich war froh, dass der Vergleich lediglich auf mein Geschlecht abzielte. Also las ich. Für mich typische Frauenliteratur. Bis auf Seite 110. Danach veränderte sich der Schreibstil und alles wurde negativ. Der Typ mutierte zum Idioten, was von der weiblichen Protagonistin als Persönlichkeitsstörung diagnostiziert wurde. Ihr Ex-Mann war ein Psychopath, der ihre Kinder entfremdete usw. Und sie generierte sich als Opfer. Na ja. Die Worte „narzisstisch" und „toxisch" wurden zwar nicht explizit erwähnt, drängten sich aber auf.

Als ich das Werk zwei Tage später beendet hatte, bekamen meine Frau und ich uns dann gleich bei unserer ersten „Buchbesprechung" am Frühstückstisch in die Wolle. Ich sei parteiisch, sagte sie. Typisch Mann eben. Das empfand ich zwar nicht so, aber mein eigener Ehrgeiz war geweckt. Ich las das Buch ein zweites Mal und achtete dieses Mal etwas mehr auf das, was zwischen den Zeilen zum Ausdruck gebracht werden sollte. Das Werk war alles andere als „rund". Dort, wo man hätte hinter die Kulissen schauen können, wurde nicht vertieft; ein negatives Licht wurde ausschließlich auf den männlichen Protagonisten geworfen; Dinge, die die weibliche Protagonistin in ein auch nur im Ansatz negatives Licht hätten rücken können, wurden ausgespart. Angeblich sei das Buch zum Teil autobiografisch, sagte meine Frau. Ich las das Buch insgesamt dreimal. Mit jedem Mal wurde mein Stirnrunzeln tiefer. Den Schilderungen war zu entnehmen, dass der Typ wirklich kein Sonnenschein, sondern ein ausgewachsenes Arschloch war. Trotzdem roch das Buch mehr und mehr nach Abrechnung und sollte zumindest die Protagonistin, wenn nicht sogar die Autorin, die ja ein autobiografisches Erleben zumindest nicht vom Tisch wies, in eine andere Position rücken. Diese Tatsache und die, dass ich mich laufend mit meiner Frau wegen „Viviane und Mætt" in den Haaren hatte, ließen in mir einen Plan reifen.

Wenn das Buch autobiografische Züge hatte, dann ist es doch als sehr wahrscheinlich zu betrachten, dass es den Protagonisten Mætt, mit dem da, nach meinem Dafürhalten, so gnadenlos abgerechnet wurde, auch im wirklichen Leben gibt. Natürlich unter anderem Namen. Er hat keine Möglichkeit sich zu rechtfertigen. Wahrscheinlich wusste er noch nicht einmal, dass es da eine Abrechnung in Buchform gibt. Er hat somit keine Chance seine Sicht der Dinge kundzutun. Und da war er geboren: der Retter der männlichen Ehre, der dem Beschuldigten in Form einer Rezension die Möglichkeit verschaffen wollte, seine Sicht der Dinge zu schildern. Quasi seine Ehre wiederherzustellen.

Ich begann also zu recherchieren. Die Spur, die die Autorin Juli Norden, die im echten Leben natürlich auch anders heißt, im Internet hinterlassen hatte, war nicht zu übersehen.

Eine lange Phase der „Internetrecherche" lag vor mir, die am Ende dann doch von Erfolg gekrönt war. Ich ermittelte den Protagonisten „Mætt"! Also die wirkliche Person im richtigen Leben. Was war ich stolz auf mich! Was aber mindestens noch einmal so lange dauerte wie die Recherche selbst, war eben diesen Menschen, lassen wir es der Einfachheit halber bei „Mætt", zu kontaktieren. Schließlich gelang mir auch das. In unserem allerersten Telefonat winkte er bei meinem Vorschlag einer Rezension, die auch ihm eine Stimme gibt, ab. Er hätte daran kein Interesse. Ich ließ aber nicht locker. Bei unserem dritten Telefonat räumte er mir die Zeit einer gemeinsamen Tasse Kaffee ein, ihm meine Idee zu erklären. Dazu musste ich mich aber in der Nähe seiner Firma mit ihm treffen. Das waren mal locker fünfhundert Kilometer von meinem Wohnsitz im Norden der Republik entfernt. Ich ging das Wagnis ein. Meine Frau, in meine Pläne involviert, hatte absolut kein Verständnis. Warum ich einem „Arschloch" eine Plattform geben wollte, fragte sie gereizt. Ihr seid doch alle gleich, war einer ihrer eher wohlwollenden Kommentare. Ich fuhr dennoch.

An besagtem Tag war ich zehn Minuten zu früh in dem Glasbau, der eine Mischung aus Bäckerei, Café und Event Location war. Sehr stilvoll gelungen und angenehm gelegen, musste ich dann doch zugeben. Keine Ahnung, was bzw. wen ich erwartete. Ich hatte kaum meinen Milchkaffee und ein süßes Teilchen vor mir auf dem Tisch stehen, stand am Nachbartisch ein großgewachsener, schlanker Mann mit kurzen, fast weißen Haaren auf und sprach mich fragend mit meinem Namen an. Er stellte sich mir mit seinem vollen Namen vor und fragte, ob er sich zu mir an den Tisch sitzen dürfe. Einen Menschen mit schizoider Persönlichkeitsstörung hatte ich mir definitiv anders vorgestellt. Dieser Mensch war gepflegt, hatte Manieren, einen offenen Blick und wirkte auf mich wie jemand, der es gewohnt war, mit Menschen zu sprechen. Er kam direkt zum Thema. Was ich denn genau von ihm wolle, fragte er. Zunächst einmal wollte ich verifizieren, ob er denn überhaupt derjenige ist, den ich suchte. Ich klopfte die mir aus dem Buch bekannten Details ab, die er mir wissend lächelnd allesamt bestätigte. Ich wollte wissen, ob er denn das „unsägliche Buch", wie ich es nannte, kenne. Wieder dieses wissende Lächeln und ein positives Nicken. Ein guter Freund oder eine gute Freundin, das wäre nicht feststellbar gewesen, hätte es ihm per Post an seine Firmenadresse geschickt. Und ja, gelesen hätte er es auch. Zum Inhalt kein Kommentar. Also kein Kommentar, den man auf seinem Gesicht oder an seiner Mimik und Gestik hätte ablesen können. Ihn darauf angesprochen, dass ich ihm eine Plattform bieten möchte, damit er quasi eine Gegendarstellung formulieren könne, winkte er müde ab.

„Warum sollte ich das tun?", fragte er.

Viviane hätte das wohl so empfunden und das dann so zum Ausdruck zu bringen sei für ihn völlig in Ordnung. Auf die Küchenpsychologie und seine schizoide Persönlichkeit hingewiesen, winkte er genauso ab.

„Herr Hannsen, daran habe ich keinster Weise Interesse. Die ganze Geschichte liegt über ein Jahrzehnt zurück. Mein Leben ging seitdem weiter. Jetzt soll ich mich auf einmal rechtfertigen? Wofür? Sie hat das so empfunden, sie musste sich das scheinbar von der Seele schreiben. Es ist in Ordnung für mich."

Nachdem das anscheinend für ihn geklärt war, saßen wir dann doch noch fast zwei Stunden in dem Café und redeten über dies und das. Ich muss zugeben, dass das sehr kurzweilige zwei Stunden waren – ob das meiner Frau gefallen würde oder nicht.

Beim Abschied überreichte ich ihm noch eine meiner Visiten-karten und ermunterte ihn, mich zu kontaktieren, falls er es sich anders überlegen würde. Er steckte die Karte in die Innentasche seiner Jacke, bezweifelte, dass er mich kontaktieren werde, zum wiederholten Male, reichte mir seine Hand und verließ das Café. Ich war meiner Aufgabe beraubt. Die Rezension war ganz zu meinem Leidwesen vom Tisch.

Ich verbrachte in der nahen Großstadt einen angenehmen Abend. Ich ging gut essen und kehrte am nächsten Tag mit der Deutschen Bahn, so wie ich gekommen war, wieder nach Hause zurück. Als sich auch die Häme meiner Frau wieder gelegt hatte, kehrte zum Thema „Buchrezension" für lange Wochen wieder Ruhe in mein Leben ein.

Dann klingelte eines Abends mein Telefon. Die angezeigte Num-mer kannte ich nicht. Ich nahm ab und zu meiner Überraschung meldete sich Mætt. Ohne Umschweife kam er zum Punkt.

„Was wäre, wenn die Geschichte ganz anders gewesen wäre?", fragte er.

Er hätte sich mit seiner Frau und seinen „Kameraden" (er be-nutzte tatsächlich dieses Wort) besprochen. Alle hätten befun-den, dass das, was er da vor ein paar Wochen von mir angeboten bekam, eine prima Chance sei, seine Geschichte zu erzählen. Ohne Abrechnung mit Viviane, keine schmutzige Wäsche, kein Rosenkrieg. Aber definitiv zu viel für eine „Gegendarstellung" oder Buchrezension. Eher Stoff für ein eigenes Buch. Ob ich dar-an interessiert sei, fragte er. Eine gewisse Vorbedingung hätte er auch. Bevor irgendetwas, auf welche Art auch immer, veröffent-licht würde, wolle er und die Seinen (auch das formulierte er so) sich ein Veto- und Änderungsrecht vorbehalten. Ich solle doch darüber nachdenken, gegebenenfalls mich mit meiner Frau be-sprechen und mich dann wieder melden.

Zwei Tage später sagte ich zu, ohne genau zu wissen, worauf ich mich da einlasse. Er schlug ein persönliches Treffen mit allen Menschen aus seinem Umfeld vor, die etwas zu seiner Geschichte beizutragen hatten. Leider wäre jetzt aber ein Treffen im Umkreis seiner Firma nicht möglich. Er schlug vor, zusammen mit meiner Frau einen Kurzurlaub zu machen. Er nannte mir eine Adresse im äußersten Nordosten Polens. Er würde, wenn ich zusage, die Buchung einer Ferienwohnung übernehmen und auch die Kosten tragen. Man würde sich in der Ferienwohnung treffen und alles Weitere dort besprechen. Schauen, ob man zusammenfinden würde, und vereinbaren, ob und vor allem wie man zusammen weitermachen wolle, um ein ausgewachsenes Buchprojekt zu realisieren.

Meine Frau lehnte ab. Führte Bedenken ins Feld, die jeder Grundlage entbehrten. Organmafia, sagte sie. Ich solle froh sein, wenn ich komplett und am Stück heil wieder zurückkomme. Ich solle ruhig mal alleine fahren.

So kam es, dass ich mich ein paar Tage später, doch schon etwas aufgeregt, alleine mit meinem Wagen auf den Weg zu einem Ziel machte, das mein Navi zwar kannte, von dem ich aber noch nicht einmal wusste, wie man es ausspricht.

Es sollte ein zwangloses Treffen werden, wo wir sehen wollten, ob wir zusammenkommen. Sie hätten sich schon Gedanken bezüglich Struktur und Kooperationsmodell gemacht und wollten schauen, ob das auch für mich passen könnte. So formulierte es Mætt in einem unserer Telefonate.

Also fuhr ich los. Urlaubsfeeling mit der Option, eine Niere zu verlieren, bemerkte meine Frau mit einem Anflug von Sarkasmus.

Also fuhr ich zunächst über Autobahnen und gut ausgebauten Landstraßen nach Polen. Irgendwann aber leitete mich mein Navigationssystem über immer schmäler werdende Straßen, auf Sträßchen. Am frühen Nachmittag erreichte ich das Ziel mit dem unaussprechlichen Namen. Ich fand mich auf einem Parkplatz, leicht unterhalb einer Eisenbahnbrücke oder eines Viadukts mit dem Namen Stańczyki[2]. Der Name war für mich nicht

---

[2] https://de.wikipedia.org/wiki/Sta%C5%84czyki-Viadukt

artikulierbar. Stan-tsch-tschi oder so. Zu allem Überfluss begann es jetzt auch noch zu nieseln. Ich schickte wie vereinbart eine SMS an die von Mætt angegebene Nummer. Eine Minute später kam die Antwort zurück. Er sei bereits da und würde oben auf der Brücke auf mich warten.

Ich parkte also den Wagen und stieg zu dem Viadukt hoch, was mich ziemlich außer Atem brachte. Von dem Kassierer am Eingang wurde ich direkt durchgewunken. Ganz so, als hätte er mich erwartet.

Auf dem Viadukt befanden sich, trotz des schlechten Wetters, ungefähr 15 bis 20 Personen. Zwei oder drei Verkaufswägen, die zum einen lokale Produkte und zum anderen Snacks und Kaffee verkauften, hatten zu meiner Überraschung geöffnet. Mætt sagte etwas von „am Ende der Brücke treffen wir uns", also lief ich los. Als ich mich besagtem Ende näherte, sah ich einen Menschen mit Baseballmütze auf einem Stein unter einem Baum sitzen. Das schien Mætt zu sein. Ich näherte mich und nahm wahr, dass ein riesiger Hund zu seinen Füßen lag, der aber kein Interesse an mir zu haben schien. Wir schüttelten uns zur Begrüßung die Hände. Mætt schien ehrlich erfreut zu sein, mich zu sehen. Wir erledigten zuerst das „Administrative", wie er es nannte. Er reichte mir einen Zettel mit der Adresse des Ferienhauses, zur Eingabe in mein Navi. Darauf befand sich auch eine sechsstellige PIN. Zusätzlich überreichte er mir noch eine Fernbedienung. Die sei zum Öffnen der Zufahrt zum Grundstück und die PIN würde mir die Haustür öffnen, erklärte er. Eine Zugehfrau hätte einen Grundbestand an Lebensmitteln besorgt, alles Weitere würden sie am Abend mitbringen. Sein Vorschlag war, zusammen mit seinen Freunden zu kochen, um das Eis etwas schneller zu brechen, und dann die restlichen zwei Tage zum konstruktiven Arbeiten zu nutzen. Alles Weitere würde man heute Abend zusammen besprechen. Dann ging er zum Small Talk über. Wie die Fahrt denn gewesen sei, die kleinen Sträßchen, die Natur etc. Er erzählte mir einiges Wissenswertes zu der Region, in der wir uns befanden, dem ehemaligen Ostpreußen, der grausamen

Flucht vor der vorrückenden Roten Armee im Winter 1945. Mittlerweile war meine dünne Fleece Jacke vom Nieselregen durchgeweicht, der erste Tropfen ran mir zwischen den Schulterblättern hinab. Ich fröstelte, was er natürlich bemerkte. Er sei der Meinung, dass ich einen heißen Kaffee oder Tee bräuchte, und forderte mich auf, ihm zu folgen. Wir setzten uns in Richtung des Verkaufswagens in Bewegung. Erst da bemerkte ich den zweiten riesigen Hund, der die gesamte Zeit hinter mir gesessen hatte und wohl jede meiner Bewegungen aufmerksam verfolgte. Am ersten Verkaufswagen angekommen begrüßte die Verkäuferin, vielleicht 30, vielleicht aber auch schon 45 Jahre alt, mit dicken blonden Haaren und glühend roten Wangen, Mætt freundlich. Er bestellte etwas auf Polnisch und fügte noch einen Nachsatz hinzu, den ich natürlich nicht verstand. Auf jeden Fall wurde es nickend und lachend von der Verkäuferin kommentiert. Sie holte dann mit verschwörerischer Miene eine Flasche Wodka unter dem Tresen hervor und kippte einen guten Schluck in meinen Tee. Mætt selbst trank nichts und als ich das heiße Getränk in Händen hielt, verabschiedete er sich mit dem Hinweis, dass wir uns am Abend gegen neunzehn Uhr bei mir im Ferienhaus treffen würden. Als er sich in Bewegung setzte, folgten ihm nicht nur die beiden Hunde. In einigem Abstand lösten sich vom Brückengeländer zwei Männer, einer recht groß und ähnlich drahtig wie Mætt, ein kleinerer gedrungener mit breiten Schultern und zuletzt eine Frau. Sie alle schlossen seitlich zu Mætt auf. Die schlanke Frau klopfte gutmütig auf die Köpfe der Hunde, die spielerisch nach ihr schnappten, und griff ihrerseits nach Mætts Hand. Alle trugen Outdoor-Kleidung aus wasserabweisendem Material und Baseballmützen. Im Nachhinein wurde mir mit einem Schlag klar, dass wohl alle anwesend waren und mich unauffällig „begutachtet" hatten.

Ich beobachtete die kleine Gruppe, wie sie auf dem mittlerweile fast leeren Parkplatz in zwei Autos stiegen und davonfuhren. Ich trank in Ruhe den Tee und spürte, wie der Alkohol mich entspannte.

Nach dem Tee verließ ich das Viadukt und fuhr beschwingt zu der angegebenen Adresse, wo ich ein kleines, aber sehr feines Ferienhaus im Blockhüttenstil vorfand. Das Gelände war komplett eingezäunt. Auf dem Grundstück befanden sich ein kleiner Fischteich, ein fest gemauerter Holzkohlegrill und ausreichend Sitzmöglichkeiten für sicherlich zehn Personen. Im Inneren war das helle Haus mit bodentiefen Fenstern, die einen Blick auf den umliegenden Wald freigaben, für vier Personen eingerichtet. Es besaß alle Annehmlichkeiten, die man sich für einen Urlaub, wenn er auch nur kurz war, wünschen konnte.

Um 18:50 Uhr klingelte mein Mobiltelefon und Mætt bat mich, das elektrische Tor zu öffnen, damit er auf das Gelände fahren konnte. Um Punkt 18:55 Uhr standen vier Personen in dem Wohnzimmer des Ferienhauses und stellten sich mir vor. Dimitri, er war der große, schlanke Mann, den ich auf der Brücke wahrgenommen hatte. Seine Haare waren hellbraun, mit leicht grauen Schläfen, hohe Wangenknochen, schlanke, kräftige Hände und blau-graue Augen mit offenem Blick. Bogdan war fast einen Kopf kleiner, hatte kein einziges Haar auf dem Kopf, war muskulös. Er hatte breite Schultern und Hände wie Klappspaten. Sein Blick hatte etwas Lauerndes, Abschätzendes. Er war zwar um Offenheit und Freundlichkeit bemüht, war mir aber gleich zwar nicht unsympathisch, aber zumindest unheimlich. Mariya hatte zum Schluss den Raum betreten. Sie war eine großgewachsene, schlanke Frau mit den unglaublichsten Augen und dem sinnlichsten Mund, den ich je gesehen hatte. Sie brachte einen Teil der Lebensmittel aus dem Kofferraum des Wagens mit. Sie forderte die „Jungs", wie sie sie mit heller, freundlicher, klarer und sehr fester Stimme nannte, unmissverständlich auf, sich in Bewegung zu setzen und die restlichen Vorräte aus dem Auto zu holen. Erst dann hätten sie sich ein Bier verdient. Schmunzelnd setzten sich alle in Bewegung, kommentiert mit etwas wie „Jawoll, Chef". Sie reichte mir ihre feingliedrige Hand, stellte sich mit festem Händedruck vor und schaute mir direkt in meine Augen. Ich glaube, dass ich innerlich kurz zusammenzuckte, hoffte

16

aber, dass sie das nicht bemerkt hatte. Eine ausgesprochen schöne Frau. Quatsch, was rede ich da: eine wunderschöne Frau! Mætt hatte einen Plan, den er kurz erläuterte und der von allen abgenickt wurde. Wir begannen alle uns um das Abendessen zu kümmern. Ein Teil von uns fing an die Zutaten zu zerkleinern, ein anderer Teil feuerte mit den mitgebrachten Grillbriketts den Holzkohlegrill an. Mariya bereitete die Salatsauce vor.

Zugegeben, es war anfangs sehr steif, keiner wusste so recht, was er sagen sollte, aber schneller, als ich es für möglich gehalten hätte, entstand eine entspannte und lockere Atmosphäre. Jeder sprach mit jedem. Die „Jungs" scherzten miteinander, zogen sich gegenseitig auf. Jeder bekam sein Fett weg. Man begann mich in die Scherze mit einzubeziehen und sehr schnell fühlte es sich an, als würde man sich schon sehr lange kennen.

Beim Essen fingen wir dann an, eine mögliche Zusammenarbeit zu besprechen. Das Essen war grandios. Hähnchenbrust auf den Punkt von Bogdan auf dem Grill zubereitet, kein bisschen trocken oder zäh. Mit einer Sauce, ich gerate da immer noch ins Schwärmen, wenn ich daran denke. Salat, gedünstetes Gemüse und zum Nachtisch ein Erdbeersorbet, das Dimitri zubereitet hatte. Mætts Freunde tranken Bier, das sie reichlich mitgebracht hatten, Mariya hatte eine Flasche Rotwein geöffnet, den sie anbot, mit mir zu teilen. Mætt selbst trank Grüntee, den er samt Kanne im Gepäck hatte.

Noch vor dem Dessert waren wir mitten im Thema. Es war an mir zuzuhören. Jeder hatte seine Erwartungen formuliert, gesagt, was er wollte bzw. nicht wollte. Keine übertriebenen Darstellungen im Stile „Heldenepos", keine Abqualifizierung Beteiligter, alles möglichst nüchtern auf das Erzählen der Geschichte beschränken. Und da waren sich alle vier einig: Bevor irgendetwas auf irgendeine Art und Weise publiziert wurde, musste es von allen freigegeben werden. Ich verstand nur Bahnhof. Kannte ihre Geschichte noch nicht einmal ansatzweise.

Sie hatten sogar schon eine Art Struktur in Form der einzelnen Kapitel ausgearbeitet, was mich sehr überraschte.

„Daran wollen wir uns orientieren", sagte Mætt, „wenn es sich als unzweckmäßig erweist, dann passen wir das so lange an, bis es für jeden passt."

Als der Tisch abgeräumt war, wurde es Ernst. Mætt packte ein Aufnahmegerät mit zwei Mikrofonen aus, das er in die Mitte des Tisches stellte. Seine Idee war, dass wir unsere Gespräche zu einem jeweiligen Kapitel aufzeichneten, damit ich bei Bedarf darauf zugreifen und so quasi Zugriff auf das gesprochene Wort habe und meinen Text bequem ausarbeiten konnte. Gespeichert sollten die Audiodateien in einer Cloud werden, auf die alle Zugriff haben und wo ich auch meine Arbeit ablege. Zentral, sicher und von überall erreichbar. Die hatten sich Gedanken gemacht! Ich war beeindruckt.

Später am Abend, wir saßen alle entspannt um den Tisch, stellte ich dann die Frage der Fragen: Warum das alles? Für was soll das gut sein? Ich hatte ja keine Ahnung von der Geschichte und ihrem Hintergrund.

Mætt und Mariya grinsten, Dimitri sagte, dass das „Teil des gesamten Prozesses" sei, und Bogdan fragte sich auch, wofür das eigentlich gut sei, grinste aber sofort und war sogar fast sympathisch dabei.

Mætt ergriff das Wort.

„Schau Fleming, du siehst nur die eine Geschichte: Viviane und meine unglaublich bescheuerte Darbietung, die zu Recht an meinem Verstand zweifeln ließ. Ich will da nichts beschönigen. Tatsächlich ist die Geschichte aber schon viel älter und hat vor etlichen Jahren einen sehr ernsten und schlimmen Anfang. Die Geschichte, unsere Geschichte, hatte dann quasi ihren Höhepunkt kurz vor und während der Episode mit Viviane. Die Veränderungen, die notwendig waren, passierten erst im Anschluss an Juli Nordens Geschichte. Daher mein Vorschlag: Wir erzählen dir die Geschichte von Anfang an, damit du das ganze ‚Blatt' kennst. Wenn du dann interessiert bist, schreibst du sie auf, wir behalten uns aber ein finales Veto vor. Das finale Produkt, sollte daraus tatsächlich ein Buch entstehen, wirst du unter deinem Namen veröffentlichen; der Erlös, den das Projekt unter Umständen einspielt, ist zu 90 % dein; die fehlenden 10 % gehen an den neu gegründeten Veteranenverband in Deutschland. Wenn du, nachdem du unsere Geschichte gehört hast, nicht mehr interessiert bist, dann ist dir auch niemand böse; du darfst aber in keinster Weise Gebrauch von dem Gehörten machen. Darüber sprechen solltest du während der gesamten Entstehung auch nicht, bis wir den Zeitpunkt der Veröffentlichung gemeinsam entscheiden. Was meinst du dazu? Klingt das fair?"

In dem Raum war es still geworden. Alle Augen schauten auf mich. Jetzt war der Ball wieder bei mir.

Als die vier das Ferienhaus verließen, wurde es schon langsam hell. Wir hatten lange geredet und beschlossen, es zu versuchen. Für den nächsten Mittag hatten wir die erste Aufnahmesession verabredet. So begann die Zusammenarbeit. So formte sich langsam eine Geschichte, die im Laufe der nächsten Wochen meine Vorstellungskraft sprengte. Hätten da nicht vier Menschen unabhängig voneinander die gleiche Geschichte erzählt, hätte ich das Gehörte in das Reich der Fabeln und Märchen verbannt.

Nach dem Wochenende reiste ich zurück nach Hause und wurde freudig von meiner Frau begrüßt, die sich sofort nach meinen Nieren erkundigte. Natürlich wollte sie alles haarklein berichtet haben. Jedes Detail.

In den nächsten Wochen hatten wir, die jeweils Betroffenen des Buchprojekts, regelmäßig spät abends noch Zoomkonferenzen, wo themenspezifisch zu den unterschiedlichen Kapiteln die Geschichte erzählt wurde. Irgendwann, nach Wochen, war alles gesprochen und es war an mir, das Gehörte zu verschriftlichen. Dadurch, dass ich immer wieder auf die aufgezeichneten Gespräche zurückgreifen konnte, war es relativ einfach. Ich, der nie ein Buch schreiben wollte, war wie im Rausch. Ich schrieb und es floss geradezu aus mir heraus. Ich schlug mir Nächte um die Ohren, lebte von viel zu viel Kaffee und Pizza, aber irgendwann war auch das erledigt. Danach war ich innerlich leer. Das Buch war in Rohfassung vollbracht. Zehntausende Wörter, hunderte Seiten einer Geschichte, die an sich unglaublich und voller Tragik ist. Die mit unsäglicher Gewalt beginnt und voller Liebe endet. Eine außergewöhnliche Geschichte, eigentlich völlig normaler Menschen, wie du und ich.

Als ich mein Schreiben für beendet erklärt hatte, gaben wir dem geschriebenen Wort etwas Zeit zum Reifen, wie bei einem Käse. Wir beschlossen uns nochmals alle zusammen für ein paar Tage zu treffen. Wieder im Land der tausend Seen, in Ostpreußen, doch dieses Mal im Zuhause von Mætt und Mariya, von dem ich schon so viel gehört hatte und dem im Manuskript ein eigenes Kapitel gewidmet war. Für mich war das ein besonderes Kompliment, da ich wusste, dass die beiden nicht allzu gerne und vor allem nicht allzu oft Menschen in ihr Innerstes einlassen.

Zur Vorbereitung des neuerlichen Treffens schickte ich die Rohfassung des Manuskripts an alle und bat darum, es auch zu lesen.

Zum vereinbarten Zeitpunkt machte ich mich wieder auf die Reise nach Polen. Wieder alleine, weil meine Frau nicht zu einem Besuch dieses Winkels der Welt zu bewegen war.

Dieses Mal sollte ich, wenn ich die Ortschaft, die mir Mætt genannt hatte und deren Namen für mich nicht artikulierbar war, erreicht hatte, eine Textnachricht schicken. Ich würde dann die genauen Koordinaten ihres Hauses zur Eingabe in mein Navi geschickt bekommen. Es kamen tatsächlich Koordinaten in Form von Zahlen und Punkten, doch zusätzlich klingelte kurz darauf mein Mobiltelefon. Mætt meldete sich.

„Fleming, du hast die Zielkoordinaten erhalten, richtig?"
Als ich bejahte, fuhr er fort.
„Weißt du, wie man sie in das Navigationsgerät eingibt?"
Als ich wieder bejahte, redete er weiter.
„Bis du dort ankommst, wird es bereits dunkel sein. Außer-

dem kennt das Navi nicht die konkrete Adresse, bei der du direkt vorfahren könntest. Also, pass auf, ich erkläre dir, wie du uns findest. Wenn du circa zwanzig Kilometer vor den Koordinaten bist, die ich dir eben geschickt habe, wirst du an eine Holzbrücke kommen. Die ist recht alt und du musst langsam drüberfahren. Du wirst die Stelle sicher erkennen. Danach musst du aufpassen. Nach circa dreihundert Metern wirst du am linken Straßenrand eine Baustellenlampe stehen sehen, die rot blinkt. Dort musst du auf der gegenüberliegenden Straßenseite, rechts, in einen kleinen gut versteckten Waldweg abbiegen. Halte aber bitte an und nimm die Lampe mit. Du fährst dann den Waldweg nach rechts, bis du zu einem großen Metalltor kommst. Dimitri wird dich in Empfang nehmen. Mariya und ich sind noch in Danzig und kommen erst sehr spät zurück. Dimitri wird dich im ‚Domki‘ unterbringen und wir sehen uns morgen früh. Wann immer du willst bzw. wann auch immer du wach wirst, kannst du zum Frühstück ins Haus rüberkommen. Ich bin so ab sechs Uhr auf den Beinen. Ist das in Ordnung für dich?"

Ich bejahte, tankte zur Sicherheit nochmals in dem Ort und machte mich auf den Weg. Tatsächlich wurde es sehr schnell dunkel, aber aufgrund von Mætts genauer Beschreibung fand ich den Weg ohne Probleme. Ich stoppte und lud die blinkende Baustellenlampe ein und bog in den fast unsichtbaren Waldweg ein. Ich fuhr im Schritttempo circa fünf- oder sechshundert Meter, bis ich an ein massives Metalltor mitten im Wald stieß. Dieses öffnete sich wie von Geisterhand, kurz bevor ich es erreichte. Ich folgte dem Weg weiter und nahm kurz darauf die Umrisse von Dimitri wahr. Der zeigte mir mit einer Taschenlampe, wo ich den Wagen abstellen konnte.

Wir begrüßten uns förmlich. Ganz automatisch sprachen wir in der Dunkelheit mit gedämpften Stimmen. Er setzte sich in Richtung Unterkunft in Bewegung. Zum „Domki". Hatte ich noch nie gehört und war sehr gespannt, was das wohl ist. Eine derart dunkle Nacht hatte ich noch nicht erlebt. Kein Mond, nur vereinzelte Sterne, kein Lichtsmog, keine zusätzlichen Lichtquellen. Ich nahm meine eigenen Hände nur als dunkle Schatten wahr. Und diese Stille! Normale Geräusche der Nacht, aber kein Laut, der nicht natürlichen Ursprungs gewesen wäre. Das war für mich sehr ungewohnt, obwohl ich am Stadtrand in ruhiger Umgebung lebe. Dimitri ging gemächlich vor mir her, als mich seitlich am Knie etwas streifte. Ich erschrak und blieb wie angewurzelt stehen und rief leise nach Dimitri. Als er sich mit seiner kleinen Taschenlampe zu mir umdrehte, nahm ich einen der riesigen Hunde wahr. Dimitri lächelte, als er meinen Schreck erkannte. Er klärte mich auf, dass die Hunde in der Nacht auf dem Grundstück unterwegs seien und aufpassen, ich mir aber keine Gedanken machen müsse. So kamen wir zum „Domki".

Das „Domki" war eine Art Tiny House, nur doppelt so groß. Zwei große, offene, aber trotzdem separate Räume. Ein Schlafzimmer, das an einen offenen Küchenbereich angrenzte, von dem man eine eigene Toilette erreichen konnte. Hier sollte ich mich einrichten. Mætt und Mariya würden noch in der Nacht zurückkehren. Wann immer ich Lust auf eine Tasse Kaffee oder ein Frühstück hätte, sollte ich zum Haus kommen. Er sei so ab sechs Uhr wach.

„Keine Scheu", sagte er.

Er ließ mich dann alleine und es dauerte nicht lange, bis ich erschöpft in dem frisch bezogenen Bett lag und in Nullkommanichts eingeschlafen war.

Irgendwann wurde ich mitten in der Nacht durch gedämpfte Motorengeräusche wach. Ich stand leise auf und schaute aus dem großen Fenster in Richtung Wald, ob ich nicht etwas erkennen konnte. Es war so kurz nach halb drei am Morgen. Das Gelände vor dem Haus war nur durch eine kleine Funzel, die spärliches Licht verbreitete, erhellt. Ich konnte Mætt und Mariya erkennen, und Dimitri. Alle drei hatten sich umarmt und begrüßt. Die Hunde kamen aus unterschiedlichen Richtungen aus dem Nichts und sprangen freudig an den Neuankömmlingen hoch. Obwohl die drei leise sprachen, konnte ich einige wenige Wortfetzen verstehen. Sie sprachen eine seltsame Mischung aus Deutsch und

Russisch. Einen Satz mit „Fleming" konnte ich aufschnappen. Die Antwort auf Russisch beinhaltete das Wort „Domki". Also hatten sie wohl gefragt, wo ich untergebracht war. Mariya drehte sich um, steuerte das Haus an und sagte auf Deutsch etwas wie: „Ich geh schon mal ins Bad." Mætt und Dimitri blieben noch ein paar Minuten stehen und sprachen sehr schnell Russisch, bevor sie sich gegenseitig auf die Schulter klopften und im Haus verschwanden. Ich legte mich wieder in mein Bett, von dem aus ich direkt über die Wiese in Richtung des Sees schauen konnte. Die Bäume waren nur dunkle Silhouetten, ein paar Äste wiegten sich im leichten Wind. Das hatte etwas derart Friedliches, dass ich darüber wieder einschlief und erst kurz nach sieben Uhr wieder wach wurde. Schlaftrunken stand ich auf, sprang in meine Klamotten und machte mich auf den kurzen Weg zum Haus.

Meine spärlichen Haare standen wirr in allen Richtungen, aber ich hatte definitiv Kaffeedurst. Die drei saßen unter einer Art Pergola vor dem Haus und hatten scheinbar gerade mit dem Frühstück begonnen. Mariya sah mich als Erste und winkte mich lächelnd heran. Die Hunde lagen um den Tisch herum und würdigten mich keines Blickes. Mariya fragte, wie ich geschlafen hätte, ob ich sie in der Nacht gehört hätte. Es war sehr angenehm und ich hatte fast das Gefühl, dass ich zu Freunden komme. Das Haus und vor allem das Grundstück im Hellen zu sehen, ließ mir den Atem stocken. Allein die Dimension! Alles umgeben von Obstbäumen, Büschen und am Rand einige Beerensträucher. Ganz weit hinten sah man eine undurchdringliche Wand aus Schilf. Dahinter musste also der See sein. Den Steg konnte ich aus dieser Entfernung nicht entdecken. Ich kam mir vor wie auf einer grünen Insel, umgeben von Bäumen und Sträuchern.

Der Morgen war schon recht warm, sodass man von einem heißen Spätsommertag ausgehen konnte.

Wir plauderten, frühstückten entspannt miteinander und kamen dann auch direkt auf den Punkt. Alle hatten das Manuskript gelesen. Es gab schon den ein oder anderen Wunsch, entweder Dinge umzuformulieren oder aber ein paar Passagen komplett zu streichen, weil auf sie ihrer Meinung nach verzichtet werden konnte. Alles in allem aber waren die Änderungswünsche eher marginal. Nach dem Frühstück bekam ich eine Führung über das gesamte Gelände, inklusive des Hauses. Bei dem Haus blieb mir ein paar Mal die Luft weg. Grandios und vorsichtig renoviert und mit moderneren Elementen kombiniert. Ich sah Bilder von dem ursprünglichen Zustand, woran ich das Ausmaß der Renovierungen erkennen konnte. Nicht nur dass das Dach komplett erneuert und energetisch saniert wurde, alle Sprossenfenster waren nah am Original neu angefertigt und doppelt verglast. Der ursprüngliche Holzboden, der zum überwiegenden Teil unbrauchbar war, war mit authentischen Eichendielen ersetzt worden. Im Wohnzimmer stand eine riesige Couch, und ich hatte plötzlich die Teile der Geschichte, bei der eben diese große Couch eine Rolle gespielt hatte, bildlich vor Augen. An das Wohnzimmer angebaut war ein immenser Wintergarten, der auch aus der Küche oder dem Schlafzimmer betreten werden konnte. Die gesamten Glasflächen konnten beschattet werden, sollte das bei großer Hitze notwendig werden. Überall standen übergroße Töpfe mit unterschiedlichen, riesigen Pflanzen. Man hatte fast das Gefühl in einen Urwald zu kommen. Die Küche war geschmackvoll gefliest und mit einer modernen Einbauküche, die das Flair des Gebäudes bewahrte, ausgestattet. Dann das Badezimmer! Die größte Neuerung war, dass das Haus überhaupt ein solches hatte. Vor der Renovierung gab es nur eine Toilette. Die war über den Hof erreichbar. Der Blickfang schlechthin war das bodentiefe Fenster in der Dusche. Es bot einen freien Blick in das Dickicht des polnischen Urwaldes. So etwas hatte ich noch nie gesehen. Wenn man das nicht wollte, konnte man auf Knopfdruck einen Sichtschutz in Form eines elektrisch betriebenen Klappladens vor das Fenster fahren. Die Elektrik des gesamten Hauses war so konzipiert, dass der Energieverbrauch auf ein Minimum reduziert war. Wasser aus einem eigenen Brunnen wurde selbst aufbereitet. Zusammen mit dem ausreichend dimensionierten Notstromgenerator war man auf diese Weise autark – sollte das warum auch immer einmal notwendig werden.

Hinter dem Haus sprangen ein paar Hühner und ein Gänsepärchen. Irgendwo hörte man die Schreie eines Pfaus. Sehr idyllisch. Das Grundstück war riesig! Die große Grünfläche zwischen Haus und See war mit vielen Obstbäumen vornehmlich alter Apfel- und Birnensorten bepflanzt. Pflaumen, Mirabellen und Quittenbäume komplettierten das Angebot an Obst. Am Rand der Grünfläche waren allerlei Beeren gepflanzt. Im Herbst wurde das Obst von Mariya und vielen fleißigen Helferinnen zu unterschiedlichen Produkten verarbeitet. Marmelade, Gelee, Trockenobst seien hier als die gängigsten Erzeugnisse erwähnt. Teile der Quitten und der Pflaumen wurden von den Bauern der umliegenden Gehöfte zu Obstbränden verarbeitet. Die Wiesenfläche, geschätzt drei oder vier Hektar, wurde von einem einheimischen Bauern mit seinem Traktor gemäht. Einmal im Jahr wurde im direkt angrenzenden eigenen Wald Brennholz geschlagen, das dann, nachdem es abgelagert war, im großen Kamin im offenen Wohnzimmer verbrannt wurde.

Zu guter Letzt kamen wir zu dem Steg. Ein massives Gebilde, das eher an eine Brücke erinnerte als an einen Steg. Massiv aus Holz in dem Ufergrund verankert. Das gute Stück war gut und gerne fünfundzwanzig Meter lang und mit glatten Bohlen beplankt. Man konnte auf dem Steg den Schilfgürtel passieren und saß direkt am Wasser, wo immer eine kühle Brise wehte. Während der Sommermonate standen am Ende des Steges bequeme Holzsessel bereit. Nur die Sitzkissen musste man aus dem Haus mitbringen. Ich war tief beeindruckt. Wahrscheinlich wäre mir noch wesentlich mehr Erwähnenswertes aufgefallen, hätte ich mich länger umgeschaut. Aber schlussendlich waren wir ja nicht ausschließlich zum Urlaub hier zusammengekommen.

Bogdan fehlte dieses Mal. Er war zwar (beruflich) in Polen, sogar fast in der Nähe, aber dort unabkömmlich. Generell war er mit dem Inhalt des Manuskripts, bis auf kleinere Änderungen, einverstanden und wir konnten auch ohne ihn wie geplant fortfahren.

Wir hatten ein Interview, das wir führen wollten, zwar andiskutiert, aber inhaltlich noch nicht final besprochen. Vor allem war noch nicht entschieden, ob es überhaupt Einzug ins Manuskript halten sollte. Es war also reichlich zu tun in den nächsten Tagen.

Wir arbeiteten konzentriert, vergaßen aber auch nicht zu pausieren. Mariya hatte immer eine kleine Aufmerksamkeit für uns parat. Entweder Kaffee, etwas Leichtes und Gesundes zum Essen oder irgendeine weniger gesunde und dafür extrem leckere Süßspeise. An den heißen Nachmittagen nutzten wir die Pausen, um in den See zu springen und uns abzukühlen. Ich war seit etlichen Jahren in keinen See mehr gesprungen, hatte auch keine Badehose eingepackt. Mætt half mir mit einer für mich zu engen, aber funktionalen Badehose aus.

Rückblickend betrachtet waren diese Tage sehr wertvoll für mich, besonders für das Buchprojekt. Vieles, was inhaltlich wichtig war, konnte spontan mit wenigen Worten geklärt werden, was auf die Distanz so schnell sicher nicht möglich gewesen wäre. Alle drei bestätigten das bereits besprochene Vorgehen: Ich bin der Autor, der alle für die Publikation notwendigen Schritte initiiert und verantwortet. Über den Gewinn, der sich vielleicht durch den Verkauf einstellt, kann ich frei verfügen. Bis auf die vereinbarten zehn Prozent, die an den Deutschen Veteranenverband gehen sollten. Inhaltlich hatte ich quasi eine fast finale Version des Manuskripts, mit der ich anfangen konnte zu arbeiten. Die ganzen rechtlichen Abklärungen im Sinne des Copyrights, das Lektorat etc. hatte ich noch vor der Brust. Wie ich das lösen würde, wusste ich zu diesem Zeitpunkt noch nicht. Mætts Idee war, Juli Norden als Autorin des ursprünglichen Romans mit einzubeziehen und von ihr grünes Licht zu holen, dass ich ihren

Protagonisten eine eigene Stimme geben durfte. Das lag alles in meiner Hand und ich hatte noch keine wirkliche Idee, wie ich das zu lösen gedachte. Für Mætt, Mariya und ihre Freunde war der vorrangigste Aspekt, dass sie sich die gesamte Geschichte, quasi als finalen Prozess, der ja zur Gesundung Mætts beitragen sollte, von der Seele geredet hatten. Damit war das Thema für sie erledigt.

Ich habe mich einige Male gefragt, ob ich dieser Intention Glauben schenken sollte. Wenn andere Beweggründe im Spiel waren, dann fragte ich mich welche.

Ich kam für mich zu dem Schluss, dass ich das genauso glaube, wie mir Mætt, Dimitri, Bogdan und Mariya wiederholt versichert hatten. Für die Freunde war es unerheblich, ob ihre Geschichte publiziert wird oder das Manuskript in irgendeiner Schublade verschwindet. Für sie war es wichtig, das ganze Spektrum zu erzählen und sich alles von der Seele zu reden. Es gab ein Davor und es gab aber auch ein Danach. Wie Mætt von Anfang an sagte: Man kann sich erst ein Urteil erlauben, wenn man die ganze Geschichte kennt.

Пролог (Prolog)

Mai 1992

Der Wind of Change wehte zu dieser Zeit durch die gesamten Staaten des ehemaligen Warschauer Pakts. Ein paar Jahre zuvor hatten die mutigen Handlungen unter Kooperation aller Regierungen der mächtigsten Staaten auf diesem Planeten und des Parteisekretärs der Sowjetunion dazu beigetragen, dass der berühmt-berüchtigte Eiserne Vorhang gefallen war. Dies führte zu einer unglaublichen Aufbruchsstimmung in allen davon betroffenen Staaten. Vornehmlich bei den Fleißigen und bei den Kriminellen. Jeder dachte zunächst an sich selbst, versuchte seine Pfründe zu sichern und es zu finanziellem Reichtum zu bringen. Manche um jeden Preis.

So auch Sergej, ein ehrlicher, fleißiger und cleverer Mittvierziger, der zwei Jahre zuvor eine ziemlich marode Landmaschinenproduktion aus staatlicher Hand übernommen hatte. Mit kaufmännischem Geschick, kleineren Tricksereien und einem bisschen Vitamin B machte er aus dem heruntergewirtschafteten Betrieb ein Unternehmen, das unendlich langsam, zaghaft zu blühen begann. Sergej arbeitete sehr hart dafür und hoffte eines Tages belohnt zu werden.

Sergej hatte einen großen Deal mit einem der wichtigsten Zwischenhändler in Bosnien-Herzegowina eingefädelt. Er hatte bereits mündlich die Zusage des dortigen Geschäftsführers und wurde gebeten zur Besichtigung der örtlichen Gegebenheiten und zur Finalisierung des sehr lukrativen Auftrags nach Sarajevo zu kommen. Mit diesem Auftrag, wenn er denn nicht noch in letzter Minute platzte, hatten sie den Wellenkamm überschritten und nichts stand einer blühenden und rosigen Zukunft ihres Unternehmens im Wege. Er hielt, ganz im demokratischen Geiste eben dieser Zeit, eine Betriebsversammlung ab und kündigte den Vertragsabschluss und seine Reise nach Bosnien-Herzegowina seinen treuen 250 Männer und Frauen großen Belegschaft an. Die Freude war groß. Der Lohn für die vielen Überstunden und die geringe Bezahlung rückte in greifbare Nähe. Alles wird gut. The Wind of Change.

Sergej wurde unter Jubel nach Sarajevo verabschiedet, wohin er Olena, seine gleichaltrige Frau, und Mariya, seine bald 17-jährige Tochter, mitzunehmen gedachte. Er wollte ihnen etwas von der großen, weiten Welt zeigen und auch ein bisschen dafür entschädigen, dass er sich in den letzten Wochen eher selten zu Hause befand, und wenn, dann eher in gereizter Stimmung war. Die Anspannung, der Druck, war nicht spurlos an ihm vorbeigegangen.

So flogen sie also in der denkbar ungünstigsten Zeit nach Sarajevo, die man sich vorstellen konnte. Schon während des Vertragsabschlusses, der immerhin unter Dach und Fach gebracht werden konnte, heulten zweimal die Sirenen und kündigten Luftangriffe an. Der bosnische Geschäftsführer tat dies als überzogen ab und zeigte sich absolut unbeeindruckt. So stieß man auf den Vertragsabschluss an, ging zu Tisch in einem der besten Restaurants der Stadt und feierte anschließend. Sergej schaffte es noch vor dem Essen, den von allen Vertragspartnern unterschriebenen Vertrag zurück nach Hause in die Firmenzentrale zu faxen. Eine für ihn neue Technologie, die nach seinem Dafürhalten die gesamte Geschäftswelt revolutionieren würde. Nahezu zeitgleich konnte man wichtige Dokumente von einer Seite des Kontinents auf die andere übermitteln. Ein unglaublicher Fortschritt für die gesamte Geschäftswelt.

Auf dem Rückweg von dem Restaurant in das Hotel, wo er gedachte, den Vertragsabschluss noch auf eine ganz besondere Art und Weise mit seiner Frau zu feiern, fiel ihm die übermächtige militärische Präsenz überall in der Stadt auf. Ganz kurz huschte der Gedanke durch seinen Kopf, ob das wirklich eine gute Entscheidung war, seine Frau und sein einziges Kind einer solchen Situation auszusetzen. Feiern hätte man ja auch zu Hause können. So schnell dieser Gedanke bei ihm auftauchte, so rasch verscheuchte er ihn auch wieder in die hintersten Windungen seines Gehirns.

Er verbrachte eine sehr angenehme Nacht mit seiner Frau, und auch seine Tochter genoss das große, eigene Hotelzimmer mit Blick auf die Stadt sehr. Es sollte die letzte angenehme Nacht für alle Beteiligten werden. Eine der letzten Nächte für Sergej und seine Frau. Zum Glück aber ahnte das zum jetzigen Zeitpunkt noch niemand.

Am nächsten Morgen begannen die Schwierigkeiten direkt nach dem Frühstück. Der Flughafen war in der Nacht geschlossen worden und es gab keine Angaben, ob und wann er wieder öffnen würde. Sergej wollte auf dem schnellsten Wege zurück nach Hause.

Er klemmte sich den gesamten Vormittag an das Hoteltelefon. Unter allen Umständen wollte er nach Hause. Er war nicht dumm und gut vernetzt. Von einem russischen Konsulatsbeamten bekam er den Ratschlag, sich einen Mietwagen zu nehmen, nach Tuzla zu fahren und von dort aus die Heimreise anzutreten. Dort würden immer Flugzeuge mit unterschiedlichsten Zielen starten. Seine Geschäftspartner wollten ihm sein Vorhaben unter allen Umständen ausreden, doch hatte Sergej sich erst einmal etwas in den Kopf gesetzt, konnte man ihn nur schwer davon abhalten. Gegen vierzehn Uhr saß er in einem alten, klapprigen Gefährt, dessen Marke nur schwer zu bestimmen war. Immerhin konnte man es als Auto erkennen. Olena, mit einer Karte, die einen viel zu großen Maßstab hatte, auf den Knien, saß neben ihm und Mariya, mit einem Walkman, mit grässlicher, westlicher Musik in den Ohren, auf dem Rücksitz. Überhaupt sah die liebe Mariya aus, wie aus einem Jugendmagazin dieser Zeit entsprungen. So zeigte man seinerzeit seinen Wohlstand in gewissen Teilen der Welt.

Anfangs lief alles bestens. Sie kamen gut voran und konnten an einer Tankstelle sogar noch Benzin ergattern und nachtanken.

Dann aber riss die vermeintliche Glückssträhne und sie verfuhren sich irgendwo im Nirgendwo. Zu spät bemerkten sie, dass sie im Kreis fuhren, bogen ein weiteres Mal falsch ab und fuhren dann in eine Straßenkontrolle. Irgendwelche Milizen, unfreundlich, die mit gierigen Blicken Olena und sogar Mariya musterten. Als sie dann noch die russischen Papiere der Insassen des klapprigen Wagens sahen, schlug die Stimmung unvermittelt um. Sie wurden schroff aufgefordert, dem Wagen, der sich aus einem Seitenweg vor ihnen einreihte, zu folgen. Sergej, der nur leidlich verstand, was gesprochen wurde, leistete keinen Widerstand und folgte dem Wagen. Er sah die ängstlichen Blicke seiner Frau und registrierte dann im Rückspiegel, dass sich auch noch ein Geländewagen hinter sie gesetzt hatte und ihnen mit sehr wenig Abstand folgte. Sie saßen in der Falle und mussten den Uniformierten folgen. Wer diese waren oder zu welchen Einheiten die gehörten, konnten Sergej und Olena nicht erkennen und auch nicht fragen, weil sie niemand verstand. Auf Sergejs Stirn bildeten sich die ersten Schweißperlen.

Mariya interessierte das alles nicht, sie saß auf dem Rücksitz und lauschte der neuesten Musik aus Amerika. Von der Situation um sie herum hatte sie wenig bzw. nichts mitbekommen. Solange sie genug Batterien zum Wechseln für ihren Walkman hatte, war die Welt für sie in Ordnung. Sergej und Olena konnten im Vorbeifahren noch flüchtig ein Schild mit der Aufschrift Srebrenica und einer Kilometerangabe erkennen, dann bog das vorausfahrende Fahrzeug in eine schmale, asphaltierte Seitenstraße ein.

Sie gelangten in einen Hof, und vor einer Ansammlung offensichtlich verlassener, heruntergekommener Fabrikgebäude hielt der kleine Konvoi an. Barsch wurden sie aufgefordert, auszusteigen. Alle drei standen vor einer Halle mit zur Hälfte geöffneten Toren und sahen im Inneren eine größere Ansammlung von Menschen, die auf etwas zu warten schienen. Na ja, dachte sich Sergej, so nah an Serbien, er hatte plötzlich das Gefühl, sehr nahe an der serbischen Grenze zu sein, mussten die vielleicht ihre Amtsstuben verlagern. Besondere Zeiten halt. Sie wurden barsch in den Raum mit den anderen Menschen getrieben. Gerade wurde ein Teil der offensichtlichen Zivilisten von einer Gruppe Bewaffneter in Uniform die Treppe nach oben in ein nicht sichtbares, weiteres Stockwerk getrieben. Er konnte die Angst der Menschen spüren und war sich plötzlich sicher, dass das überhaupt nicht gut war. Jetzt hatten sich große Schweißflecke unter seinen Achseln gebildet. Seine Frau schaute ihn ängstlich an und Mariya hielt die Hand ihrer Mutter ungewöhnlich fest. Zwei besonders abstoßende Zeitgenossen mit alten AK-47-Sturmgewehren im Anschlag zeigten unweit von ihnen auf zwei einzelne Frauen aus der Gruppe und bedeuteten diesen mitzukommen.

Die Situation eskalierte ohne Vorwarnung, als sich eine der Frauen weigerte mitzukommen und ihr Mann, der etwas abseits stand, sich vor sie stellte und barsch nach dem diensthabenden Offizier fragte. Ohne weitere Worte zog der Soldat, der die Frau zum Mitkommen bewegen wollte, emotionslos seine Dienstpistole aus dem abgegriffenen Lederholster und erschoss den Mann. Die Frau zerrte er schreiend an den Haaren in den hinteren Teil der Halle, wo es scheinbar weitere separate Räume gab, die nicht einsehbar waren. Wie zur Bestätigung, dass das, was jetzt jeder befürchtete, eine unausweichliche Tatsache war, ertönten aus dem oberen Stockwerk schier nicht enden wollende Gewehrsalven. Spätestens jetzt wusste jeder, was das zu bedeuten hatte.

Die panischen Menschen wurden noch enger zusammengetrieben und von laut schreienden Uniformierten mit vorgehaltenen Waffen unter Stockschlägen aufgefordert, sich vollständig zu entkleiden. Wer aufbegehrte, wurde kurzerhand erschossen und in einen kleinen Raum geschleift, wo er achtlos hingeworfen wurde. Als der schmierige Uniformierte, der den ersten Mann erschossen und die Frau mitgeschleift hatte, wieder den großen Raum mit den schwitzenden und lamentierenden Menschen betrat, schwante keinem etwas Gutes. Zielsicher visierte er Olena an. Als diese sich weigerte mitzukommen und sich an Sergejs Arm festklammerte, ereilte ihn das gleiche Schicksal. Er wurde vor den Augen seiner Frau und seiner Tochter kurzerhand erschossen. Olena wurde in den hinteren Teil des Gebäudes geschleift, aus dem sie etwa eine Stunde später splitternackt, mit Blutergüssen, grob abgeschnittenen Haaren und stark blutenden Schnittwunden zurückkehrte. Mariya stand die gesamte Zeit über gelähmt vor Angst und stumm vor Panik auf der gleichen Stelle. Wie festgeklebt. Ihre weit aufgerissenen Augen waren der einzige Spiegel der Grausamkeiten, die sich vor ihren jungen Augen abspielten.

Die gesamte Gruppe Menschen hatte sich vollständig entkleiden müssen. Die Kleider mussten auf nach Männern und Frauen getrennte Haufen geworfen werden. Eine sehr dicke, alte Frau mit ihrem nicht minder fülligen Mann nahmen Mariya in die Mitte. Diese hatte vor Scham ihren Baumwollslip anbehalten. Jeder hoffte, dass es ihre Peiniger nicht bemerkten. Die alte Frau und Olena tauschten schnelle, wissende Blicke.

Eine weitere Gruppe nackter Menschen wurde nach oben getrieben. Fast unmittelbar, nachdem sie aus dem Blickfeld der Zurückgebliebenen im oberen Stockwerk verschwunden waren, ertönten grausame Schreie. Diese verstummten erst nach dem

Verhallen der schier nicht endenden Gewehrsalven. Danach war ihre Gruppe an der Reihe. Viele von ihnen weinten lautlos und begannen stumm zu beten. Sie wurden gnadenlos ihrem Schicksal entgegen nach oben getrieben. Wie in einem schlechten Film sahen sie wie in Trance die Haufen verdrehter Glieder und nackter Leiber. Überall Blut und ein unsäglicher metallischer Geruch. Sie wurden an denen, die es bereits hinter sich hatten, vorbeigetrieben, bis es vor einer Wand nicht mehr weiterging. Spätestens jetzt wussten alle, wie das hier enden würde. Der alte Mann und seine Frau standen mit dem Gesicht direkt in erster Reihe an der Wand, legten sich die Hände gegenseitig um ihre Schultern und rückten noch näher zusammen. Dort, wo ihre beiden Körper mit den Schultern dicht nebeneinanderstanden, platzierten sie Mariya. Sie war von ihren Körpern vollständig verdeckt. Ein kurzer, letzter Blick zu Olena, die sich dicht hinter den alten Mann und seine Frau stellte, und das Unausweichliche nahm seinen Lauf.

Как все началось (Wie alles begann)

Freiwilligen-Annahmestelle der Bundeswehr
irgendwann Anfang der frühen 1980er

Der Raum war mit etwas über dreißig jungen Männern zwischen Mitte zwanzig und Anfang dreißig, die an einzelnen Tischen saßen und über Papieren brüteten, gut gefüllt. In dem Raum roch es sauer. Eine Mischung aus Angst und Testosteron. Allesamt hatten sie sich aus unterschiedlichsten Gründen freiwillig zum Dienst für ihr Vaterland gemeldet und eine wie auch immer geartete militärische Karriere im Sinn. Dazu mussten sie sich einem dreitägigen Test unterziehen, der neben der körperlichen Fitness auch ihre Fähigkeiten aus psychologisch-persönlichen Blickwinkeln betrachtete. Die Tests waren als sehr anspruchsvoll bekannt. Dementsprechend hoch war der Druck, der auf den Aspiranten lastete.

Mætt blickte gelangweilt auf den Leiter des Mathematiktests. Er wollte seinen Test bereits nach zehn Minuten abgeben. Aus dem Blick der Aufsichtsperson konnte er schließen, dass sich dieser auf den Arm genommen fühlte. Mætt war eindeutig unterfordert. Nicht nur, dass er die Aufgaben gelöst hatte, er hatte auch die Aufgabenstellung korrigiert und in knappen Sätzen auf der Rückseite des letzten Blattes erläutert, warum seiner Meinung nach eine Korrektur notwendig war. Die Abgabe nach zehn Minuten wurde ihm brüsk verweigert, weil, O-Ton, „niemand in dieser Zeit ein zufriedenstellendes Ergebnis erzeugen kann". Er setzte sich wieder und wollte so gerne einfach eine rauchen. Dabei war Mathematik nicht unbedingt seine Paradedisziplin.

Sein Tischnachbar, ein dunkelblonder, drahtiger Mann in seinem Alter, der auf den Namen Dimitri hörte, grinste ihn an. In leisem Russisch machte er einen derben Scherz über Mætts gescheiterten Abgabeversuch, was ihm prompt eine Ermahnung des Leitenden einbrachte. Mætt rollte mit den Augen und zog resigniert die Schultern hoch. Beim Ausfüllen der Personalbogen hatten die beiden festgestellt, dass sie beide Russisch als Fremdsprache angegeben hatten. Ab diesem Moment sprachen sie immer wieder in dieser Sprache miteinander, wenn ihnen niemand zuhörte. Russen und alles, was Russisch war, mochte man zu dieser Zeit, die durch den Kalten Krieg geprägt war, nicht besonders.

Was, wenn die gesamte Testreihe auf diesem Niveau ist? Auf welchem Niveau ist dann der ganze Laden? Bin ich dann hier überhaupt richtig? Diese Art Fragen hatte er sich schon das ein oder andere Mal gestellt, sich dann aber verboten, diese Gedanken weiterzuverfolgen. Wenn er diese Art Gedanken zuließ, würde er die gesamte Übung abbrechen, bevor er das ganze Bild gesehen hatte. Das war nicht seine Art. Zumindest wollte er das ganze Bild gesehen haben. Er wollte wissen, was er zu erwarten hatte, bevor er eine Entscheidung traf.

Nach fünfunddreißig Minuten war der Drang nach einer Zigarette derart groß, dass er einfach aufstehen und seinen Test abgeben musste. Auf keinen Fall würde er sich wieder auf seinen Platz zurückschicken lassen. Am Schreibtisch der Aufsichtsperson hatte er schon Luft geholt, um zu argumentieren, warum er jetzt ganz dringend raus musste, aber es wurde ihm mit einer kurzen Handbewegung kommentarlos gezeigt, wo er den Test hinlegen sollte.

Mit langen Schritten verließ er den Raum, in dem die anderen noch über eine Stunde schwitzen mussten. In dem Raucherbereich angekommen, zündete er sich eine seiner filterlosen Zigaretten an und inhalierte mit tiefen Zügen gierig den Rauch.

Nach und nach kamen die anderen Bewerber aus dem Raum

und diskutierten lebhaft über die unterschiedlichen Aufgaben-
stellungen und deren Lösung. Daran beteiligte er sich nicht. Dimitri stellte sich zu ihm und fragte nach einer Zigarette. Wortlos
hielt er ihm die Packung hin.

„Was kommt als Nächstes?", fragte er.

„Glaube, als Nächstes kommt ein Diktat, danach dann ein
erster Psychologietest", erwiderte Mætt mit schiefem Grinsen.

„Wie war der Sporttest für dich gestern?"

„Hab ziemlich abgekackt am Anfang, musste etwas pausieren, danach ging es dann wieder", antwortete Mætt.

Der Leitende forderte die Gruppe auf, wieder zurück in den
Raum zu kommen, wo die Testreihe mit dem erwarteten Diktat
fortgesetzt wurde. Danach sollte dann Mittagspause sein.

Das Diktat war wie zu vermuten mit etlichen Fallstricken der
deutschen Sprache gespickt; alles in allem aber machbar.

Kurz vor Ende des Diktats ging leise die Tür auf und zwei
Herren in neutraler ziviler Kleidung betraten leise den Raum.
Einer der beiden flüsterte dem Leitenden etwas ins Ohr, worauf
dieser kurz nickte und kurz und knapp:

„Fünf Minuten"

erwiderte. Nachdem das Diktat beendet war, schickte der Leitende die Gruppe in die Mittagspause, gab mit wenigen Worten
das Programm für den Nachmittag bekannt und bat Dimitri und
Mætt doch bitte sitzenzubleiben. Die beiden schauten sich ratlos
an. Wussten nicht, was das zu bedeuten hatte. War es, weil die
beiden Russisch miteinander gesprochen hatten? Wurden sie
deshalb aussortiert?

Einer der beiden Herren, ein Enddreißiger, kam auf Mætt zu
und bat ihn, ihm zu folgen. Wortlos liefen sie den langen, kahlen
Flur nebeneinanderher, stiegen die Treppe ein Stockwerk hoch
und betraten einen schmucklosen, kleinen Raum, der außer einem Tisch mit zwei Stühlen und einem grauen Telefon mit
Wählscheibe leer war. Als Wandschmuck diente ein Bild des aktuellen Verteidigungsministers.

Er wurde von dem dunkelhaarigen Herrn zum Sitzen aufgefordert. Langsam stieg die Spannung. Was wollte er von ihm? Misstrauisch beäugte Mætt den sehr selbstsicher auftretenden Herrn. Sein Äußeres ließ keine Rückschlüsse auf seine Funktion, seinen Dienstgrad oder seine Truppenzugehörigkeit zu.

„Mein Name ist Schmitt, mit zwei t. Ich bin Militärpsychologe und werde in den nächsten zwei Stunden ein Gespräch mit Ihnen führen. Darf ich Sie Matthias nennen?"

„Klar, wenn ich Sie Schmitt mit zwei t nennen darf", erwiderte Mætt, was für einen kurzen Moment den Anflug eines Grinsens auf Schmitts Gesicht brachte. Er kommentierte das nicht.

„Nicht so gut gelaufen, der Sporttest gestern, was", eröffnete Schmitt mit sachlichem Ton das Gespräch.

„Ich rauche zu viel", antwortete Mætt.

„Na ja, Sie haben nach ihren anfänglichen Schwierigkeiten dann ja doch noch die Kurve gekriegt und haben die Anforderungen gerade so erfüllt, berichtete mir der Sportoffizier."

„Ja, das war so."

„Was machen Sie beruflich?"

„Steht das nicht in meiner Akte?"

„Doch, aber ich möchte das von Ihnen hören."

„Ich studiere BWL. Sechstes Semester."

„Sie sind relativ jung für Ihren Studienfortschritt. Wie kommt das?"

„Ich denke, ich werde so in einem Jahr meine Diplomarbeit schreiben."

„Beantworten Sie bitte meine Frage."

„Welche Frage? Da war keine Frage, nur eine Feststellung bezüglich meines Alters", erwiderte Mætt.

„Na, warum Sie in Ihrem Alter bereits im sechsten Semester studieren. Das ist wenigstens zwei Jahre über dem Altersdurchschnitt."

„Ich habe einige Schuljahre übersprungen und habe frühzeitig Abitur gemacht."

„Wie kam das?"

„War unterfordert."

„Stimmt es, dass Sie zwei Wochen nach Ihrer Einschulung in die zweite Klasse Grundschule befördert wurden und auch die sechste und siebte Klasse Gymnasium übersprungen haben?"

„Ja. Ich sagte ja bereits, ich war unterfordert. Ich konnte lesen und schreiben, beherrschte die Grundrechenarten und sprach leidliches Englisch, bevor ich überhaupt eine Schule von innen gesehen hatte."

„Apropos Sprachen. Sprechen Sie außer Englisch noch andere Sprachen?"

„Spanisch, Russisch, ein bisschen Arabisch und etwas Swahili."

„Russisch? Das ist ja interessant. Das ist ja keine Sprache, die man in der Schule beigebracht bekommt. Wie kam es dazu?"

„Mein Großonkel war Spätheimkehrer aus dem Zweiten Weltkrieg. Einer der letzten, die 1955 aus Sibirien zurückkamen. Ich habe sehr viel Zeit mit Onkel Hans verbracht. Er hat es mir beigebracht. Anfangs fand er es lustig, wenn ich russische Wörter nachgeplappert habe. Hauptsächlich Schimpfwörter. Ich fand es irgendwann sehr spannend, mich in einer anderen Sprache ausdrücken zu können, und fand Gefallen daran. Onkel Hans hat das wohl bemerkt und hat mir über die Jahre all das beigebracht, was er in den zwölf Jahren Gefangenschaft selbst gelernt hat. Ich habe dann mit seinen Freunden, die mit ihm in Gefangenschaft waren, Russisch gesprochen. Anfangs fanden das alle lustig, dass so ein Knirps fließendes Russisch spricht, irgendwann war es normal."

„Wie alt waren Sie, als er mit seinem Unterricht begonnen hat?"

„Vier."

„Können Sie auch Kyrillisch schreiben?"

„Ich kann es etwas lesen, aber nicht flüssig schreiben."

„Wie kam es zu dem Arabisch? Können Sie das schreiben oder auch nur sprechen?"

„Das Arabisch habe ich von den ersten Flüchtlingen gelernt, die aus diesen Regionen nach Deutschland gekommen sind. Kann das auch nur sprechen."

„Aha."

„Was heißt aha?"

Schmitt schmunzelte. „Nichts im Speziellen soll das heißen. Finde es bemerkenswert, dass Sie das quasi im Vorbeigehen gelernt haben."

„Aha ..."

Eine Weile noch verlief das Gespräch in ähnlicher Art und Weise. Einer belauerte den anderen. Schmitt wollte Mætts Angaben seiner Bewerbung verifizieren und sich einen Eindruck seiner Persönlichkeit verschaffen. Mætt registrierte das sehr wohl und mauerte, weil er Schmitts Motivation nicht nachvollziehen konnte. Er glaubte noch immer, dass an seinen russischen Sprachkenntnissen etwas schlecht sei, dass man damit nicht für eine militärische Laufbahn geeignet sei. Schmitt ließ sich nicht beirren und fragte weiter nach Mætts Werdegang.

„Was genau motiviert Dich denn für deine Bewerbung bei unserem Verein, Mætt?"

Mætt schaute Schmitt direkt, aber länger als nötig in die Augen. Nach einem Moment des Überlegens ging ein Ruck durch ihn und er entschloss sich zur Zusammenarbeit.

„Wissen Sie, Schmitt, ich habe ein sehr gespaltenes Verhältnis zu meinem Vater. Er bezeichnet sich als aufrechten Demokraten, für mich ist er einfach nur grenzwertig, ganz außen am Rand des politischen Spektrums. Wir zoffen uns regelmäßig und können tun, was wir wollen; wir kommen einfach mit unseren Ansichten nicht zusammen. Außer bei einem Thema. Da sind wir überraschend einer Meinung. Was bei mir dann aber schlussendlich den Ausschlag für meine Bewerbung hier gegeben hat, ist die seit 1977 andauernde Mordanschlagsserie einer kleinen, linksradikalen Minderheit, die sich anmaßt nach ihrem Gusto Menschen aus dem Leben zu befördern und dies mit unverständlichen, nicht nachvollziehbaren Rechtfertigungen zu begründen. Haben Sie mal eines der Pamphlete gelesen? Das darf aus meiner Sicht nicht sein. Das darf man sich doch als Staat nicht gefallen lassen. Allein um diesem unsäglichen Treiben dieser Menschen Einhalt zu gebieten, muss ich das in meiner Macht Stehende versuchen zu tun. Dies beginnt mit einer Bewerbung bei Ihrem ‚Verein‘, wie sie das nennen.“ Schmitt versuchte seine Überraschung über das doch für Mætts Verhältnisse sehr umfangreiche und einigermaßen emotionale Statement zu verbergen. Er nickte bedächtig. Mætt merkte man seine Erregung bei dem Thema an.

„Ich brauch’ jetzt ’ne Zigarettenpause“, sagte er zu Schmitt. Schmitt schaute ihm, auch länger als notwendig, in die Augen und sagte dann bedächtig:

„Kein Problem, wir waren sowieso durch. Gehen Sie ruhig eine rauchen, obwohl ich Ihnen empfehlen würde das aufzugeben. Danach gehen Sie und beenden Ihre Testreihe. Aus meiner Sicht gibt es gerade keine weiteren Fragen. Wir würden ihre Testergebnisse abwarten und uns dann wieder bei Ihnen melden.“

Das war’s dann wohl, dachte sich Mætt. Er tat wie geheißen, rauchte eine und beendete dann seine Tests, die ihn bei Weitem nicht wirklich forderten. Aufhören zu rauchen – so weit kommt es noch, dass ein dahergelaufener Seelenklempner ihm sagen konnte, was er zu tun hat.

Die Heimreise per Bahn war unspektakulär. Vorher tauschte er noch mit Dimitri Telefonnummern und Adressen aus. Das war’s dann auch. Wenigstens konnte er dieses Kapitel jetzt zu den Akten legen.

In den nächsten Wochen passierte nichts Weltbewegendes und er ging seinem Tagwerk nach. Er studierte ein bisschen, ging in das ein oder andere Café und auf die ein oder andere Party seiner Kommilitonen. Alles in allem war er nicht sonderlich motiviert. Eine seltsame Zeit. Keine wirklichen Hochs, dafür aber auch gerade keine Tiefs. Sein Studium dümpelte so vor sich hin. Die Partys bzw. seine Kommilitonen empfand er schon länger als die personifizierte Langeweile. Er dachte über Urlaub nach. Mit diesen Gedanken und einer Selbstgedrehten zwischen den Lippen steuerte er sein Lieblingscafé an. Seiner Umwelt nicht wirklich viel Aufmerksamkeit schenkend, betrat er den Laden. Er setzte sich auf den freien Platz am Fenster, bestellte bei der drallen Bedienung einen Milchkaffee und schnappte sich das Buch, das er für die nächste Klausur durcharbeiten musste, und begann zu lesen. Er war wohl einige Zeit in das Buch vertieft gewesen. Sein Kaffee war lau und die Kippe, die er in den Aschenbecher gelegt hatte, war von allein ausgegangen. Er nahm wohl unbewusst einen Schatten wahr, der vor seinem Tisch stand. Einem unbestimmten Gefühl folgend hob er den Kopf und traute seinen Augen nicht. Schmitt mit Doppel-T stand da leicht schmunzelnd vor seinem Tisch, deutete auf den freien Platz gegenüber von seinem und fragte, ob er sich denn setzen dürfe. Zugegeben, das hatte ihn etwas aus dem Konzept gebracht. Es dauerte ein, zwei Sekunden, bis er das schmale Gesicht mit der rahmenlosen Brille zuordnen konnte. Als ihm das gelungen war, wusste er noch weniger, was er davon halten sollte.

Er brachte ein „Oh, Schmitt mit Doppel-T – hoher Besuch in dieser Halle" heraus und nickte in Richtung freiem Platz.

„Das ist jetzt sicher kein Zufall, Schmitt." Sprach's und war auf einmal sehr verunsichert.

„Nein, kein Zufall. Wir haben schon seit ein paar Tagen nach Ihnen geschaut. Sie machen sich aber sehr rar an der Uni. Haben Sie etwas Zeit für mich? Ich würde gerne die Lokalität wechseln."

„Ja klar. Ne Stunde Zeit hätte ich schon", erwiderte er.

„Lassen Sie uns ein paar Schritte gehen", sagte Schmitt. Mætt nahm einen letzten Schluck an seinem mittlerweile kalten Kaffee und verzog angewidert sein Gesicht. Er bezahlte schnell an der Theke und bevor er sich versah, standen beide auf der Straße.

Sie liefen behäbig durch die verwinkelten Gassen der Altstadt. Keiner sagte ein Wort. Schmitt brach das Schweigen.

„Mætt, ich will es kurz machen. Uns haben ihre Testergebnisse gefallen und mir persönlich hat auch das Gespräch bezüglich ihres Werdegangs und ihrer Motivation gut gefallen. Wir haben Sie in die engere Auswahl genommen."

„Was bedeutet das?"

„Sie sind eine Runde weiter. Wir würden Sie jetzt gerne zu einer weiteren Auswahl- oder Eignungsprüfung laden, die etwas tiefer geht als diese erste oberflächliche Runde vor acht Wochen. Wären Sie daran interessiert?"

„Kommt darauf an. Ich wäre schon interessiert, würde dann aber doch ein paar Details mehr benötigen, damit ich eine Entscheidung treffen kann."

„Termin ist in vier Wochen. Auswahlprüfung dauert vier Tage und findet in Berlin statt. Sie bekommen ein Zugticket 1. Klasse nach Berlin Bahnhof Zoo und werden dort abgeholt und zu unserer Einrichtung gebracht."

„Okay. Welcher Art sind diese Tests? Wie setzen die sich zusammen? Ist das Niveau das gleiche wie bei den vorangegangenen Tests vor acht Wochen oder ist das etwas anderes ... Anspruchsvolleres?"

Schmitt grinste nun wirklich wölfisch.

„Glauben Sie mir, Mætt, Sie werden da völlig auf ihre Kosten kommen. Garantiert werden Sie sich nicht unterfordert fühlen."

„Was genau muss ich mitbringen?", fragte Mætt, ohne dass man eine interpretierbare Regung in seinem Gesicht hätte wahrnehmen können.

„Nichts Spezielles. Sportzeug wie beim letzten Mal, bequeme Freizeitkleidung, den Rest stellen wir.

„Okay, ich bin dabei", sagte Mætt.

„Gut, dann bekommen Sie in den nächsten Tagen Post mit den Zugtickets und allem weiteren."

Schmitt nickte ihm zu, drehte sich um und noch bevor man sich versah, war er zwischen den Menschen verschwunden.

Fünf Tage später hatte er einen neutralen, braunen DIN-A4-Umschlag mit einer Bahnfahrkarte 1. Klasse von einem Bahnhof in seiner Nähe nach Berlin Bahnhof Zoo in seinem Briefkasten. Darin enthalten war auch ein Schreiben ohne Briefkopf, das ihm kurz den weiteren Verlauf seiner Reise und seines Aufenthalts erklärte. Unterzeichnet von Schmitt. Am Bahnhof Zoo würde ein Taxifahrer ein Schild mit seinem Namen hochhalten, der würde ihn dann zum Veranstaltungsort bringen. Es wurde dann noch der freundliche Hinweis gegeben, dass man doch bequeme Kleidung mitbringen soll, für alles Weitere würde gesorgt.

Vierzehn Tage später, an einem Montag, saß er in einem 1. Klasse Raucherabteil der Deutschen Bahn, in dem er die meiste Zeit für sich allein war. Er hatte sich für die Fahrt ein Fachbuch mitgenommen, das er für seine nächste Studienarbeit gelesen haben sollte. Irgend so ein Wälzer über elektronische Marktplätze und deren Chancen für die Wirtschaft der Zukunft. So hatte er wenigstens das Gefühl, etwas Nützliches getan zu haben. Ab und an sah er aus dem Fenster, betrachtete die Landschaft, die gleichförmig an ihm vorbeizog, beobachtete das geschäftige Treiben in den Bahnhöfen, wenn der Zug anhielt. Er mochte Zugfahren. Er mochte es noch viel lieber, wenn sich die Fahrgäste nicht gegenseitig auf dem Schoß saßen. Ab und an kam ein Angestellter des Speisewagens vorbei und wollte ihm Speisen und Getränke zu horrenden Preisen verkaufen. Er hatte vorgesorgt und sich, wie früher für die Schule, Brote geschmiert und eine Flasche Wasser eingepackt. Zuerst wollte er noch die ein oder andere Dose Bier dazu legen, aber er hatte Schmitts letzte Worte noch in den Ohren:

„Diese Veranstaltung wird sie psychisch an ihre Grenzen bringen."

Er konnte sich das zwar nicht vorstellen, aber er wollte mal nicht zu überheblich sein.

Nach fast elf Stunden kam er an seinem Ziel an. Die Mitreisenden drängten sich in den Fluren und konnten es scheinbar nicht abwarten, aus dem Zug heraus- und in die ehemalige Hauptstadt hineinzukommen. Westberlin umrankte ein Mythos. Die geteilte Stadt. Subkultur, Enklave derer, die der Wehrpflicht entgehen wollten. Keine Sperrstunde. Hausbesetzungen. Straßenschlachten mit den „Bullen". Einige alte Freunde von ihm waren dem Ruf der Stadt gefolgt. Er überlegte kurz, ob er die nicht besuchen wollte, wenn er Ende der Woche seine Tests hinter sich hatte.

„Wenn es mir dann noch danach ist", sagte die Stimme in seinem Kopf.

Als er dann endlich auf dem Bahnsteig stand, setzte er sich langsam in Richtung Ausgang in Bewegung und hielt Ausschau nach einem wie auch immer gearteten Schild mit seinem Namen, konnte jedoch nichts entdecken. Zögerlich stieg er die Treppe hinab und ließ sich mit dem Menschenstrom in die große Halle treiben. Unschlüssig stand er da, wusste nicht, was er machen sollte. Er hatte auch keine Telefonnummer, wo er hätte anrufen können, wenn er denn ein funktionierendes und freies Telefon gefunden hätte. Es war schon auffällig, wie kaputt und schmutzig der Bahnhof und seine Infrastruktur waren. Zögernd stand er an einer Ecke, hielt magisch Ausschau nach einem Schild mit seinem Namen. Nichts. Er schaut sich um, konnte jedoch nichts entdecken, was ihm weitergeholfen hätte.

Etwas zupfte an seiner Jacke. Er wendete seinen Kopf und sah einen zahnlosen Obdachlosen in ziemlich heruntergekommener Kleidung auf dem Boden sitzen.

„Haste mal 'ne Mark?", fragte der, grinste und hielt ihm die offene Hand hin. Mætt schaute diesen Menschen, der vielleicht drei oder vier Jahre älter als er war, an, der da saß und nur noch braune Stümpfe anstatt Zähne im Mund hatte.

„Was willst du mit dem Geld?", fragte Mætt.

„Kippen kaufen", sagte der Typ. Einer Eingebung folgend fasste er in seine Jackentasche, zog das angefangene Päckchen Tabak und die Schachtel filterlose Zigaretten heraus und gab sie dem Obdachlosen.

„Hier haste", sagte er zu ihm, „hab den Rat bekommen aufzuhören". „Danke, Alter!", honorierte die Gestalt in den zerlumpten Kleidern die „gute Tat". Mætt wusste zu diesem Zeitpunkt noch nicht, wie sehr er es bereuen würde, keine Zigaretten zu haben.

Er drehte sich um und hielt weiter in allen Richtungen Ausschau nach einem Menschen mit seinem Namen auf einem Schild und wurde jetzt belohnt. Da stand offensichtlich ein Taxifahrer in schwarzer Lederjacke mit einem DIN-A4-Zettel, auf dem lapidar in Großbuchstaben „MÆTT" stand. Er ging auf den Fahrer zu, gab sich zu erkennen und wurde von ihm wortlos aufgefordert ihm zu folgen.

Kemal quatschte ihn mit typisch Berliner Schnauze die gesamte Fahrt über voll. Er erfuhr alles. Wirklich alles. Ob es ihn interessierte oder auch nicht. Widerspruch war zwecklos. Sein Vater war einer der ersten Gastarbeiter in Berlin, Wa. Er ging hier zur Schule, Wa. Is voll integriert, wa, und so weiter. Ob dieses „voll integriert" auch für seine mittlerweile wohl erwachsenen Kinder gilt, könnte man hinterfragen.

Nach einer knappen Stunde Taxifahrt waren sie in einen äußeren südwestlichen Stadtteil von Berlin gefahren, wo es aussah wie auf dem Land. Viel Grün und Bäume. Sie fuhren durch eine Einfahrt mit massivem automatischem Tor, das wohl normalerweise nicht so oft offen stand. Sie erreichten mit zweimaligem Abbiegen einen flachen Bau, der nach Jugendherberge oder vielleicht auch etwas nach Kaserne aussah. Kein Mensch war zu sehen. Vereinzelt standen in den Parkbuchten Autos mit Berliner Kennzeichen. Alles in allem war die Erscheinung aber eher unauffällig. Was hatte er eigentlich erwartet, fragte er sich still. Er stieg aus, das Taxi war vorab bezahlt, nahm seine Tasche aus dem Kofferraum und setzte sich in Richtung Eingang in Bewegung. Die Tür wurde von innen geöffnet und mit freundlichem Lächeln nahm ihn Schmitt mit zwei t in Empfang.

„Mætt! Das ist aber schön, dass Sie es geschafft haben! Kommen Sie rein. Ich weise Sie ein."

Mætt kommentierte Schmitts überschwängliche Begrüßung mit einem Nicken.

„Ja, ja", sagte Schmitt lachend, „ich bin dann auch gleich wieder weg. Mich sehen Sie erst wieder, wenn die Tests vorbei sind. Also kommen Sie, bringen wir's hinter uns."

Innen war der Bau von übersichtlicher, funktioneller Art. Mætt schätzte das Gebäude auf Mitte 1950er, vielleicht auch frühe 1960er. Sie stiegen die Treppen nach oben, bogen nach links ab und Schmitt öffnete eine Glastür. „Das ist der Wohnbereich", sagte er mit wissendem Grinsen.

Er ging ein Stück den Flur hinunter und öffnete eine Tür mit der Nummer 1.03. Es war ein kleines Zimmer, mit einem schmalen Holzbett, einem Sperrholzschrank und einem Tisch am Fenster, vor dem ein Holzstuhl stand. Sauber und funktional. Das Bett war mit weißer Bettwäsche bezogen, die gestärkt und rau aussah.

„Nicht schön, aber selten. Sie sind ja nicht zum Urlaub hier." Jetzt fehlte nur noch, dass Schmitt ihm auf die Schulter drosch.

„Bad und WC sind über den Flur. Das teilen Sie sich mit den Kollegen." Jetzt bleiben Sie bitte bis um neunzehn Uhr auf dem Zimmer und ruhen sich aus. Um neunzehn Uhr gibt es Abendessen. Aus der Tür raus, bis zum Ende des Flurs und dann die Treppe runter. Sie kommen dann direkt in den Speisesaal. Dort werden Sie die anderen kennenlernen. Einer meiner Kollegen gibt dann den Fahrplan für die nächsten vier Tage bekannt. Fragen?" Schmitt war ungewohnt zackig. Mætt schüttelte den Kopf und verabschiedete Schmitt mit einem weiteren Nicken. In der Tür drehte er sich nochmals um, suchte den Blick in seine Augen und sagte sehr bedeutungsvoll:

„Ich wünsche Ihnen aufrichtig viel Glück und hoffe, dass wir uns am Ende der Tests wiedersehen."

Mætt räumte seine Reisetasche aus, inspizierte die Sanitäranlagen, die ebenso wie die Zimmer sauber und funktional waren. Er las noch etwas in seinem mitgebrachten Buch und hätte fast die Zeit vergessen. Pünktlich um 19:01 Uhr stand er im Speisesaal, der seinem Namen alle Ehren machte. Ein großer, heller Raum mit bodentiefen Fenstern, die den Blick in einen gepflegten Garten freigaben. An einem dieser Fenster stand eine Gruppe von circa acht oder neun Menschen, mit dem Rücken zum Raum. Das Mobiliar war ähnlich dem der Zimmer: sauber und funktional. Ein paar Tische waren eingedeckt. Servietten und weißes, schmuckloses Porzellan und ein neutrales Glas daneben. Genauso nichtssagend wie der Rest der Anlage.

Er ging langsam auf die Gruppe Menschen zu, räusperte sich, um sein Kommen anzukündigen. Kurz bevor er die Gruppe erreichte, drehte sich einer aus der Gruppe um. Beide erstarrten.

„Dimitri, das gibt's doch nicht!"
Gefolgt von einem Schwall russischer Worte begrüßten sie sich. Beide lachten, nahmen sich in den Arm, klopften sich auf die Schultern und konnten es nicht fassen, dass der andere eben genau hier ist. In der am Fenster verbliebenen Gruppe zeigte sich Stirnrunzeln. Sie schauten sich sichtlich irritiert an.

„Hamwer den Iwan jetzt schon unter uns, mitten im Kalten Krieg?", fragte einer. Mætt schaute ihn an und lamentierte etwas auf Arabisch, worauf dieser grinsend abwinkte. Die ganze Gruppe lachte jetzt. Es ging ein Stimmengewirr los. Jeder gab etwas in den Sprachen zum Besten, die er beherrschte. Das Gelächter war groß. Nachdem die Ausgelassenheit abgeebbt war, stellte sich einer nach dem anderen mit Vornamen vor. Man gab sich die Hand, schaute sich in die Augen und jeder fragte sich wohl, wer der andere ist, was genau eigentlich in den nächsten Tagen hier passieren soll.

Die Tür öffnete sich und ein weiterer Mann kam auf die Gruppe zu. Er stellte sich mit Namen vor und bezeichnete sich als „Reiseleiter" und „Kummerkasten" für die kommenden Tage. Er bat zu Tisch; unbemerkt vom Rest der Gruppe waren darauf jeweils Schüsseln mit Essen und mehrere große Flaschen Mineralwasser gestellt worden. Der „Reiseleiter" bat die Gruppe zuzugreifen und sprach direkt ein Alkohol- und Rauchverbot aus.

Während des Essens wurde das Programm bekannt gegeben. Den Gesichtern war anzusehen, dass jeder sich etwas anderes bzw. etwas mehr erwartet hatte. Im Groben lautete es: Frühstück um 7:30 Uhr, danach sitzen bleiben. Jeder Einzelne wird dann zu individuellen Gesprächen von den dafür vorgesehenen Fachkräften abgeholt. Mittagessen zwischen 12 Uhr und 13 Uhr. Danach wieder sitzen bleiben für die zweite Runde Einzelgespräche mit den Fachkräften. Fertig zwischen 17 Uhr und 17:30 Uhr. Zeit zur freien Verfügung bis 19:30 Uhr, danach jeder aufs Zimmer. Bettruhe ab 22 Uhr. Die Zeit bis zur Bettruhe sollte zur Selbstreflexion genutzt werden. Letzteres sorgte wieder für Gelächter. Abschließend bemerkte der „Reiseleiter" noch, dass er bei eventuellen Schwierigkeiten, Abreisewünschen, derjenige sei, mit dem das zu besprechen wäre. Dies sorgte für nervöse Blicke. Mætt unterhielt sich nach dem Essen noch etwas mit den Kollegen. Die waren allesamt aufgeschlossen und freundlich. Jeder hatte die erste Runde des Freiwilligenauswahlverfahrens irgendwo in Deutschland durchlaufen und war für die nächste Runde eingeladen worden. Ziemlich pünktlich zog sich Mætt zurück, duschte noch fix und legte sich in das harte, schmale Bett und bemerkte, dass die Bettwäsche tatsächlich gestärkt war. Er las noch etwas in dem mitgebrachten Buch, machte sich noch die ein oder andere Notiz und nahm sich vor, am nächsten Abend weiterzuarbeiten.

Am nächsten Morgen gab es ein annehmbares Frühstück mit reichlich Kaffee. Man saß an den Tischen in gleicher Zusammensetzung wie beim Abendessen am vorherigen Abend. Man plauderte noch etwas, fragte, was der Tag heute wohl bringen würde. Zeitnah kam ein Mitarbeiter und holte den ersten Kollegen zu seinem Gespräch ab. Sehr bald wurde Mætt gerufen. Er wurde von einem gut genährten Althippie, geschätzt Mitte Fünfzig, in Batikhemd, mit halblangem, schütterem grauem Haar gebeten ihm zu folgen. Dimitri und er warfen sich vielsagende Blicke zu.

In dem Raum, der eine Mischung aus Büro und Besprechungszimmer war, angekommen, wunderte sich Mætt über die Möblierung. Da standen eine bequeme Zweisitzer Couch und ein Sessel. Mætt wurde mit einer Handbewegung auf den Zweisitzer dirigiert. Der Herr stellte sich mit Namen vor. Er war wie erwartet ein weiterer Psychologe, der mit leiser, aber deutlicher Stimme sprach und seinem Gegenüber stets forschend in die Augen blickte. Etwas nervig, aber es gibt Schlimmeres, dachte sich Mætt.

Es begann mit dem Üblichen. Schule – ach was, zwei Klassen übersprungen – 1er-Abi mit knapp 17 – soso, Russisch vom Großonkel gelernt – BWL-Studium fast fertig in Regelstudienzeit, Fragen zur Familie, dem Vater usw. Mætt verspürte einen kurzen Augenblick den Anflug von Langeweile. Nach etwa fünf-undvierzig Minuten begann er sich unbehaglich zu fühlen. Nach etwas mehr als einer Stunde hätte er sein Leben für eine Zigarette gegeben und nach neunzig Minuten hätte er zur Entspannung ein Bier auf Ex getrunken. Er konnte nicht mehr nachvollziehen, wann sich die Situation verändert hatte. Mittlerweile hatte er dicke Schweißperlen auf der Stirn und war gestresst. Wenn sein Gegenüber das bemerkte, dann ließ er sich nichts anmerken. Dieser Mensch hatte weder seinen Ton verändert noch etwas an seinem Auftreten. Mætt kam sich vor wie bei einem Verhör – was es sicherlich auch sein sollte. Als er zum Mittagessen fertig mit ihm war, hatte der Althippie Mætt komplett nach links gedreht und auf kleiner Flamme geröstet. Allen musste es ähnlich gegangen sein. Es wollte nicht wirklich ein Gespräch aufkommen. Alle starrten vor sich hin, stocherten im Essen. Mit Appetit essen sieht anders aus, dachte sich Mætt.

Nach dem Essen wurden wieder alle nach und nach von unterschiedlichen Personen zu Einzelgesprächen abgeholt. Dieses Mal holte ihn ein anderer Mitarbeiter, der sich auch mit Namen und Funktion vorstellte. Mætt hörte gar nicht richtig hin, wollte dieses Mal aber besser aufpassen, damit er es wenigstens bemerkte, wann das Gespräch eine unangenehme Richtung nahm. Er bemerkte es direkt, es nutzte ihm aber nicht viel, da er tun und lassen konnte, was er wollte. Es blieb unangenehm. Als er am Abend fertig war, hatte Mætt das Gefühl, Steine geklopft zu haben. Er roch an sich und stellte fest, dass er stank. Sehr sauer stank. Nach Angst. Er hoffte, dass er wenigstens genug Seife eingepackt hatte, dass er diesen Geruch wieder loswurde.

Zum Abendessen rückten sie alle Tische zusammen, sodass sie zusammensaßen und sich beim Reden anschauen konnten. Eine wirklich zwanglose Unterhaltung kam aber trotzdem nicht zustande. Als der „Reiseleiter" zum Ende des Abendessens den Raum betrat, um das Programm für den nächsten Tag bekannt zu geben, zuckte ein kurzes Grinsen um seine Mundwinkel, als er die neue Sitzordnung sah. Er beließ das aber unkommentiert. Das

Programm für den morgigen Tag unterschied sich nicht groß von dem heutigen. Sie wurden nach den Mahlzeiten von den jeweiligen Mitarbeitern abgeholt. Er wies nochmals darauf hin, dass man das Gelände nicht verlassen sollte. Mætt fragte, allen guten Vorsätzen zum Trotz, nach einem Zigarettenautomaten. Negativ. So etwas gab es hier nicht. Die Frage, ob man ihm denn nicht zwei Schachteln Zigaretten mitbringen könnte, wurde überhört. Mætt ging duschen und danach direkt in sein Zimmer. Zum Lesen hatte er keine Muse. Er war innerlich leer. Ausgebrannt, erschöpft. Sehr früh fiel er in einen unruhigen Schlaf, wälzte sich hin und her. Als er früh am nächsten Morgen wach wurde, fühlte er sich wie gerädert. Es half weder kaltes Duschen noch heißes Duschen. Er fühlte sich beschissen. Der Nikotinentzug tat sein Übriges.

So ging es die nächsten zwei Tage weiter. Essen, schlafen, durch die Mangel gedreht werden. Am dritten Tag morgens, nicht lange nachdem sie zu den Gesprächen abgeholt wurden, hörte man lautes Schreien, unflätige Flüche, geschäftige Schritte auf dem Flur, Türen schlagen. Danach kehrte wieder Stille ein. Beim Abendessen fehlte Sven. Fragende Blicke. Auch diese Nachfrage wurde vom „Reiseleiter" geflissentlich überhört. Am Tisch saß jetzt ein Haufen elend aussehender Gestalten, die anscheinend mit jedem Tag etwas mehr in sich zusammensanken. Bei denen man zuschauen konnte, wie die Augenringe immer dunkler wurden.

Mætt fragte sich nicht zum ersten Mal, was diese Scheiße eigentlich sollte. Einen seiner Befrager, oder wie auch immer man die nennen wollte, darauf angesprochen, bekam er lapidar zur Antwort, dass er ja gehen könne. Er müsste das nur klar artikulieren, dann wäre er in weniger als zwanzig Minuten vor der Tür und könne gehen, wohin er wollte. Kaltschnäuziges Arschloch, dachte Mætt. Abbrechen oder Aufgeben waren keine Option. Er war bis hierhin gekommen, dann wollte er auch den Rest der Karten sehen. Es war längst kein Spaß mehr. Das Team, das sie durch die Mangel drehte, versuchte noch nicht mal mehr freundlich zu sein. Sie waren nur noch professionell. Unfreundlich waren sie nicht, aber ohne Schnörkel, geheucheltem Verständnis oder Ähnlichem. Am vierten Tag am frühen Vormittag wurde auch für Mætt eine Grenze überschritten. Er weigerte sich zu antworten und auch nach mehrfacher Aufforderung verlangte er eine Hintergrunderklärung zu der ihm gestellten Frage. Die wurde verweigert. Stattdessen wurde immer offensiver, fast schon aggressiv, eine Antwort verlangt. Das nahm groteske Züge an. Mætt überlegte kurz, ob er über den Tisch seinem Gegenüber an die Kehle springen sollte, entschied sich indes dagegen. Er weigerte sich weiter zu antworten, würde man ihm den Hintergrund nicht erklären. So ging das eine Weile hin und her, dann mit einem Mal, legte sein Gegenüber die Hände auf den Tisch, schaute Mætt lange in die Augen und sagte unvermittelt:

„Vielen Dank. Wir sind hier jetzt fertig. Sie können nun in den Speisesaal gehen und dort warten."

Mætt war überrascht, wie schnell das jetzt ein Ende gefunden hatte, und wusste absolut nicht, wie er das einordnen sollte. Wenn er jetzt die Heimreise antreten musste, dann hätte ihn das nicht verwundert. Er fühlte sich ausgebrannt, benutzt, irgendwie schmutzig. Auch körperlich hatte er das Gefühl, komplett erschöpft zu sein. Innerhalb von dreieinhalb Tagen hatten sie es geschafft, ihn derart auszusaugen, dass er sich am liebsten hingelegt hätte und gestorben wäre. Er fragte sich, was das alles sollte. Welchem Zweck das diente. Er hatte mit allem gerechnet, nur mit so etwas Hinterlistigem, so einer ausgefeilten miesen Art, sein Innerstes nach außen zu kehren, nicht. Er spürte Zorn in sich aufsteigen. Zorn auf was oder wen eigentlich? Zorn auf alle, auf sich, dieses Trauerspiel nicht in dem Moment beendet zu haben, in dem es noch möglich gewesen wäre.

Seine Kollegen kamen nach und nach an den Tisch. Alle sahen ähnlich schlimm aus. Hohle Augen, fahles Gesicht, tiefe Augenringe und fahrige Bewegungen. Keiner wollte etwas sagen. Es war genug geredet worden. Alle starrten vor sich hin. Acht Augenpaare starrten den „Reiseleiter" feindselig an, als dieser mit aufgesetztem Lächeln an den Tisch trat. Wortlos warf er drei Schachteln Zigaretten und zwei Einwegfeuerzeuge auf den Tisch und wies mit ausgestrecktem Arm auf den Aschenbecher im Freien vor dem Speisesaal.

„Ihr habt es hinter euch. Geht rauchen. Ihr werdet zum Abschlussgespräch nochmals aufgerufen."

Sie standen auf der Terrasse vor dem Speisesaal und inhalierten gierig den Rauch. Jeder stierte vor sich hin. Was bedeutete das nun „ihr habt es hinter euch"? Was war der nächste Schritt? Schleppend kam eine Unterhaltung in Gang. Keiner wollte erzählen, was ihm widerfahren war, was er erlebt hatte. Ratlosigkeit. Im Gespräch stellte sich heraus, dass Bogdan, ein weiterer Teilnehmer, aus Berlin war. Er war mit der S-Bahn zum Aufnahmetest gefahren. Dimitri und Mætt schauten sich an. Ohne große Worte kamen sie überein, dass sie es sowieso nicht mehr nach Hause schaffen würden und daher in Berlin bleiben müssten. Mætt hatte Freunde in der Stadt. Diese wussten zwar noch nichts von ihrem Glück, aber in der Regel war es kein Problem, bei ihnen unterzukommen. Sie verabredeten sich mit Bogdan gegen neunzehn Uhr in der Stadt in einer griechischen Kneipe, die Mætt kannte. Die war in Neukölln, bei seinen Freunden ums Eck. Alle waren sich wohl einig, dass etwas Entspannungstrinken den gepeinigten Seelen guttun würde. Außerdem bekam man in der Kneipe sehr gutes Essen und natürlich Ouzo in rauen Mengen.

Der „Reiseleiter" erschien und winkte dem ersten der Teilnehmer ihm zu folgen. Der Rest stand weiter im leichten Nieselregen und saugte gierig an den spendierten Zigaretten.

Irgendwann war die Reihe dann an Mætt, nachdem Bogdan, Dieter und Dimitri in das Büro der Wettkampfleitung gerufen worden und danach nicht wieder gesehen worden waren.

Mætt betrat den Raum. Zentral in der Mitte waren vier große Tische ähnlich wie im Speisesaal zusammengeschoben. An der Stirnseite saß der „Reiseleiter" und wälzte einen Berg Papiere. Links und rechts an den Seiten saßen die Leiter der unterschiedlichen Disziplinen und schauten gelangweilt vor sich hin.

Schmitt zeigte auf den Stuhl am unteren Ende des Tischs und signalisierte Mætt, sich zu setzen. Kaum saß er, hob der Reiseeiter den Kopf und schaute lange, ohne etwas zu sagen, auf Mætt. „Die letzten dreieinhalb Tage waren nicht einfach – für alle. Wir haben versucht, uns einen guten Einblick in alle für uns relevanten Aspekte Ihrer Persönlichkeiten zu verschaffen. Für die Beschäftigung, die wir anzubieten haben, ist es unabdingbar, dass die Persönlichkeit dementsprechend ist. Alles andere kann und wird man trainieren." Er blickte streng auf Mætt.

„Was heißt das nun?", fragte Mætt. Schmitt war aufgestanden und legte ihm von hinten eine Hand auf die Schulter und drückte kurz und fest.

„Das heißt, dass du drin bist."

„Wir sind der Meinung, dass Sie sich zu hundert Prozent für das qualifizieren, was wir anzubieten haben. Sie haben sich nicht nur sehr überzeugend präsentiert, einen messerscharfen Intellekt bewiesen, sondern auch noch mit einem absoluten Improvisationstalent überzeugt. Zu keinem Zeitpunkt hatten sie innerlich aufgegeben. Selten hatten wir Bewerber mit Ihren Fähigkeiten. Wir würden uns sehr freuen, wenn Sie sich zu einer Zusammenarbeit mit uns entschließen könnten", sagte der „Reiseleiter" und schaute ihn forschend und intensiv an.

„Aber um welche Art von Zusammenarbeit geht es denn?", fragte Mætt mit einem kraftlosen Schulterzucken.

„Wir werden Sie in einer Art und Weise ausbilden, die noch nie vorher dagewesen ist. Sie werden ein Meister auf vielen Gebieten sein. Sie werden nicht nur Fertigkeiten erlernen, die Sie bislang nur aus dem Kino kennen, sondern auch intellektuell, psychologisch und kriminalistisch von uns geschult werden. Alles Weitere wird Kollege Schmitt mit Ihnen persönlich besprechen. Ich wünsche Ihnen noch einen schönen Abend."

Der Blick, der ihn aufforderte, den Raum zu verlassen, war mehr als eindeutig. Schmitt nickte ihm zu und begleitete ihn zur Tür.

„Ich melde mich in den nächsten zwei Wochen bei Ihnen.

Dann werden wir sämtliche Details besprechen. Wir haben ein konkretes Angebot für Sie, das sich aus militärischer Ausbildung, kriminalpsychologischer Schulung und einem konkreten Einsatzplan zusammensetzt. Wie der ‚Reiseleiter‘ sagte: einzigartig in der Konzeption. Sie werden es zum Funktionieren bringen. Und bitte: keinen Ton zu irgendwem.“

Damit stand Mætt auf dem Flur. Kam sich verloren vor. Er ging auf sein Zimmer und packte seine Tasche, schaute, dass er nichts vergessen hatte, und machte sich auf den Weg zur Pforte. Die war natürlich nicht mehr besetzt. Draußen auf der Straße hielt er ein Taxi an und ließ sich nach Neukölln fahren. Auf dem Hermannplatz verließ er den Wagen und lief die kurze Strecke durch eine Seitenstraße, hin zu dem ihm bekannten Griechen.

Глава 2 (Die Ausbildung)

Dimitri saß schon in der Kneipe, ein Bier vor sich. Starrte gedankenverloren vor sich hin. Mætt trat an den Tisch heran und klopfte zur Begrüßung kurz zwei Mal auf die Platte. Dimitri hob den Kopf. Ein kurzes Lächeln huschte über sein Gesicht.

„Na, wie war's?", fragte er.

„Darf ich dir nicht sagen", erwiderte Mætt mit verschwörerischem Blick und einem Zwinkern.

„Ah, darf ich auch nicht", sagte Dimitri nickend. „Haben wohl den Jackpot geknackt und dürfen nicht darüber reden."

Mætt drückte den Rücken durch, hob den Kopf und fragte mit schnarrender Stimme:

„Kamerad, bist du drin?"

Dimitri zog an seiner Zigarette, machte die Andeutung Haltung annehmen zu wollen, schlug unter dem Tisch die Hacken zusammen und antwortete: „Jawoll!"

„Das trifft sich ja gut, ich bin auch drin!",

sagte eine Stimme hinter ihnen kichernd. Bogdan war an den Tisch getreten, ohne dass die beiden das bemerkt hatten.

„Dann treffen sich die drei Königskinder, die wohl den Jackpot geknackt haben, aber nicht wissen, was drinnen ist."

„Ich soll nicht drüber reden", äußerte Mætt,

„Schmitt, mein was auch immer will sich in den nächsten

zwei Wochen mit Details und wohl einem wie auch immer gearteten Vertrag mit mir in Verbindung setzen."

„Müller hat das Gleiche zu mir gesagt", meinte Dimitri.

„Joo, meiner auch", ergänzte Bogdan.

„Kommt Jungs, die haben uns jetzt fast vier Tage den Arsch aufgerissen, lasst uns von etwas anderem reden, Bier trinken und was essen."

„Genau, das machen wir", bestätigte Bogdan und rief die Bedienung. Sie aßen und tranken mehr, als ihnen guttat, feierten und hatten Spaß, ohne dass sie zu sehr über die Stränge schlugen.

Am nächsten Morgen kamen alle in Bogdans kleiner Wohnung zu sich. Keiner wusste mehr so ganz genau, wie sie da hingekommen waren, aber das war eher zweitrangig. Es war jedenfalls ein gelungener Abend.

Bogdan stellte seine neuen Freunde seinen Eltern vor, die auf dem gleichen Stockwerk in einem Berliner Hinterhaus wohnten. Seine Eltern kamen als politische Flüchtlinge aus dem Jugoslawien der frühen 1960er ins Land. Hatten sich wohl mit Tito angelegt. Bogdan war hier geboren und aufgewachsen. Er hieß nur nicht Boris, Karl oder Thilo, weil sein Großvater Bogdan einen maßgeblichen Einfluss auf seinen Vater gehabt hatte. Bogdans Mama versorgte alle drei mit Kaffee und einem kräftigen Frühstück, bevor sich Dimitri und Mætt auf den Weg zum Bahnhof Zoo machten, um wieder nach Hause zu fahren. Auch Bogdans Mutter wollte wissen, wie es gelaufen ist, schüttelte aber nur den Kopf und winkte ab, als Bogdan das Resultat verkündete. Nicht zu übersehen, dass sie nicht viel von dem Berufswunsch ihres Sohnes hielt. Mætt, Bogdan und Dimitri tauschten noch Nummern aus, bevor sie sich auf den Weg machten, und versprachen sich gegenseitig auf dem Laufenden zu halten, soweit das möglich war.

Die überwiegende Strecke der Zugfahrt saßen Dimitri und Mætt im gleichen Abteil. Sie redeten nicht viel. Wenn, dann sprachen sie über Teile des Auswahlverfahrens, wo sie der Meinung waren, dass das nicht so streng geheim sein konnte, wie die Verantwortlichen taten. Sie überlegten gemeinsam, für was genau sie sich denn nun qualifiziert hatten, und kamen zu dem Schluss, dass es entweder etwas Militärisches oder etwas Polizeiliches sein musste, denn schlussendlich hatten sie sich ja alle freiwillig zum Militärdienst gemeldet.

Dimitri stieg in Frankfurt/Main aus und fuhr mit dem Regionalzug weiter. Mætt hatte es noch etwas weiter, bevor er zu Hause war.

Er kam in seine kleine 1,5-Zimmer-Wohnung im 3. Stock des zehnstöckigen Hochhauses aus den frühen 1960ern, die sich seltsam fremd anfühlte. Es roch abgestanden. Er öffnete direkt das große Fenster im Wohn-/Schlafzimmer. Automatisch wollte er sich eine Zigarette anzünden und hielt inne. Irgendwie schmeckten ihm die Kippen nicht mehr. Er hatte kein gutes Gefühl mehr zu rauchen. Nicht erst seit dem Sporttest, bei dem er fast zusammengeklappt wäre, ohne dass er da besonders gefordert gewesen war. An diesem Tag beschloss er mit dem Rauchen aufzuhören.

Ein seltsames Gefühl der Leere machte sich in ihm breit. Er musste an die zurückliegenden Tage und die zum Teil seltsamen Fragen denken. Er fühlte, wie ein großer Kloß in seinen Hals aufstieg. Keine Ahnung warum und ohne dass er es kontrollieren konnte, fing er plötzlich an zu weinen. Dies steigerte sich bis hin zu einem nicht enden wollenden Weinkrampf, der seinen ganzen Körper durchschüttelte. Er saß auf seinem alten Schreibtischstuhl, fühlte sich extrem scheiße und heulte Rotz und Wasser. Das war sicher schon etliche Jahre nicht mehr passiert war – wenn er überhaupt in seinem Leben jemals so geweint hatte. Als es vorbei war, fühlte er sich nicht besser. Als er in den Spiegel schaute, glotzte ihn eine Fratze mit knallroten Augen an, die er nur schwer mit sich selbst in Verbindung bringen konnte. Der Tag war sowieso versaut. Der Abend zuvor steckte ihm auch noch in den Knochen. Daher beschloss er seine Bude noch auf Vordermann zu bringen und sich dann schlafen zu legen. Zu etwas anderem war ihm sowieso nicht der Sinn. Morgen sieht die Welt dann wieder etwas anders aus, dachte er sich, als er sehr früh schlafen ging.

Das war dann auch so. Er holte das nach, was er sich eigentlich für die Abende des Aufnahmetests vorgenommen hatte. Er las das Fachbuch und war sehr effizient beim Verfassen seiner Hausarbeit. Er hatte das Gefühl, dass das sehr fordernde Aufnahmeprocedere seine Sinne geschärft hatte.

So ging es dann auch in den nächsten Tagen weiter. Er konzentrierte sich auf sein Studium und brachte die Dinge hinter sich, die er sich schon länger vorgenommen, aber vor sich hergeschoben hatte. Er fokussierte sich jetzt auf seine Diplomarbeit, ein mögliches Thema und auf die Vorlesungen, vor denen er sich schon viel zu lange gedrückt hatte. Abends ging er in sein Lieblingscafé, trank stilles Wasser, las etwas in einer Tageszeitung und beobachtete die neue Bedienung, auf die er insgeheim ein Auge geworfen hatte. Sie zeigte ihm auch ein wohlwollendes Lächeln, als sie ihn registrierte. Sie bemerkte wohl auch, dass er sie beobachtete und bei den kurzen Gesprächen über den Tresen an ihren Lippen hing. Er konnte sich aber nicht dazu durchringen sie zu fragen, ob sie nicht mal zusammen was trinken gehen wollen. Er fühlte sich in ihrer Gegenwart schon etwas gehemmt, was ihn sehr verwunderte, denn normalerweise kannte er dieses Zögern an sich nicht.

Daran, dass Schmitt ja innerhalb der nächsten zwei Wochen mit klaren Details und auch besagtem Angebot mit ihm in Kontakt treten wollte, erinnerte er sich nicht bzw. hatte das verdrängt. Er stand gerade mit seiner heimlich Angebeteten an der Bar und war ganz kurz davor sie nach einer Verabredung zu fragen, als er sah, wie Jasmins Blick an ihm vorbei nach hinten wanderte. Dann klopfte es ihm auf die Schulter. Als er den Kopf drehte, sah er zuerst das breite Grinsen, dann nahm er wahr, dass dieses saublöde Grinsen zu Schmitt gehörte.

„Hallo Mætt! Überraschung! Hatten Sie mich vergessen?"

Das Missfallen stand Mætt wohl ins Gesicht geschrieben. Schmitt grinste süffisant.

„Ich hab Ihnen doch nicht die Tour vermasselt?"
Mætt schaute Jasmin an, die resigniert mit den Schultern zuckte.

„Mætt, lassen Sie uns ein paar Schritte gehen. Ich denke wir haben ein bisschen was zu besprechen."

Mætt hob an und wollte etwas sagen, aber Schmitt winkte ab und hielt Mætts schwarze Lederjacke in der Hand.

„Sie kommen ja wieder. Dauert nicht länger als dreißig Minuten."

Mætt riss seine Lederjacke an sich und nickte Jasmin zu.

„Komme wieder. Zahle dann."

„Ich werd' dann schon noch hier sein", sagte sie und zwinkerte ihm zu.

Draußen vor dem Café angekommen blaffte Mætt Schmitt an.

„Ein bisschen mehr Planung wäre nicht schlecht. Die ewige Geheimnistuerei kotzt mich an."

„Gewöhn' dich dran!", erwiderte Schmitt ungewohnt scharf.

Dann steuerte er auf das Flussufer zu, wo er scheinbar die Unterhaltung führen wollte.

„Wie sieht es bei Ihnen morgen Vormittag aus? Vorlesung oder haben Sie Zeit?"

„Ich habe morgen Vormittag einen Termin mit meinem Studienbetreuer, danach habe ich alle Zeit der Welt", antwortete Mætt.

„Okay, dann hole ich Sie um 14:30 Uhr zu Hause bei Ihnen ab. Ich denke, dass wir bis 17 Uhr alles erledigt haben."

„Muss ich was mitbringen?"

„Außer etwas Zeit nichts", erwiderte Schmitt.

„Dafür haben Sie mich aus der Kneipe geholt?"

„Na ja, Sie hätten jetzt Zeit mir Fragen zu stellen", antwortete Schmitt mit angedeutetem Schulterzucken.

„Morgen habe ich dafür keine Zeit?", entgegnete Mætt.

„Doch schon, aber ich dachte, dass wir Sie in der Luft hängen ließen, seit Berlin, und ich hatte mir vorgestellt, dass Ihnen so einiges unter den Nägeln brennt."

„So nicht!", dachte Mætt. „Und wenn es das letzte Mal wäre, dass ich Fragen stellen könnte, ich würde mir eher die Zunge abbeißen", dachte er, sprach es aber nicht aus.

„Nee", sagte er stattdessen, „nichts, was nicht bis morgen warten könnte."

„Na ja, dann können Sie ja wieder zurück ins Café gehen. Gehe mal davon aus, dass Sie keinen gesteigerten Wert auf meine Gesellschaft legen."

Manchmal sagen Blicke mehr als Worte. Schmitt ging in entgegengesetzter Richtung wortlos davon. Mætt grinste und setzte sich in Bewegung zurück ins Café zu gehen. Er wollte schauen, ob er Jasmin nicht noch zu einer Verabredung morgen Abend überreden konnte. Extrem ansprechend fand er die schon und clever schien sie auch zu sein. Er hörte, dass sie Evangelische Theologie studierte, wusste aber nicht, ob das mit einem Keuschheitsgelübde einherging. Also nichts, was man nicht herausfinden konnte.

Am nächsten Morgen schlief er aus. Zum ersten Mal seit Berlin hatte er das Gefühl erholsam geschlafen zu haben. Er trank eine Tasse löslichen Kaffee. Irgendwie erinnerte ihn das an seine Großmutter. Die hatte auch immer ein Glas löslichen Kaffee, den sie mit heißem Wasser aufgoss und mit „Glücksklee"-Dosenmilch und zwei Stück Würfelzucker reichte. Er aß schnell zwei Scheiben Toast, den er mit Scheibenkäse belegt hatte. Das laute „Klack", als die Toasts aus dem Toaster sprangen, hatten auch etwas Heimeliges. Im Gehen schlang er die beiden Toasts runter, noch ehe er die Haustür im Erdgeschoss erreicht hatte.

Der Termin mit seiner Betreuungsperson war ein leichter. Seine Leistungen waren überzeugend, so dass es keinen allzu großen Gesprächsbedarf gab. Sie einigten sich auf ein Thema für seine Diplomarbeit. Nicht unbedingt das, was Mætt sich vorstellte, aber durchaus machbar. Als das geklärt war, sprachen sie noch über das ein oder andere politische Thema, den Kalten Krieg im Generellen und die schrumpfende deutsche Wirtschaft. Sein Professor hatte wie so oft eine sehr explizite und genaue

Sicht auf die Themen, wenn auch Mætt einer anderen Meinung war. Im Sekretariat gab er noch zwei Hausarbeiten auf den letzten Drücker ab, flirtete mit der wesentlich älteren Sekretärin, deren weibliche Attribute nicht zu übersehen waren. Danach war es auch schon wieder Zeit fürs Mittagessen. Er setzte sich in Bewegung Richtung Mensa, als er quasi über Jasmin stolperte. Angenehm überrascht beschlossen sie zusammen zu Mittag zu essen. Mætt bekam wieder den besagten Kloß im Hals und war sich nicht sicher, ob er in ihrer Gegenwart auch nur einen Bissen runterbekommen würde.

Sie setzten sich etwas abseits von der großen Masse und begannen zu essen. Verstohlen schaute er immer dann, wenn er dachte, dass sie nicht schaute, in ihre Richtung, nur um festzustellen, dass auch sie gerade in diesem Moment nach ihm sah. Verlegenes Gekicher war die Folge. Er fasste sich ein Herz.

„Wollen wir heute Abend nicht zusammen in den neuen Club in Heidelberg gehen?"

„Heute Abend geht bei mir nicht. Wir müssen eine Gruppenarbeit fertig machen. Aber am Freitagabend wäre toll. Passt dir das?"

„Freitagabend ist perfekt. Wo wollen wir uns treffen?"

„Ach, am besten kommst du zu mir und holst mich ab. Meine beiden Mitbewohnerinnen sind nicht da. Die sind übers Wochenende nach Hause zu ihren Eltern gefahren und kommen erst nächsten Mittwoch zurück."

Oha, was war denn das für eine Ansage! Nach Keuschheitsgelübde klang das nicht. Eher nach Einladung mit vielversprechendem Verlauf. Aber das würde er herausfinden.

Sie gingen noch an den Fluss, setzten sich auf eine Bank und schauten aufs Wasser. Es hatte etwas unglaublich Beruhigendes für ihn auf einen Fluss zu schauen. Jasmin ging es scheinbar nicht anders. Sie redeten nicht viel. Als es dann Zeit zum Aufbrechen war, beugte sich Jasmin zu ihm hinüber und küsste ihn zart auf den Mund. Mætt bekam unmittelbar Herzrasen und war den Rest des Tages auf Wolke sieben unterwegs. Den verbleibenden

Tag verbrachte er mit Einkaufen, Treppendienst und Wäschewaschen. Schneller als es ihm lieb war, war es 14:30 Uhr und ein Blick aus dem Fenster zeigte ihm, dass gerade Schmitt aus einem Wagen stieg und auf die Eingangstür seines Blocks zusteuerte. Nein, er wollte nicht, dass er in seine Wohnung kam, und legte einen Blitzstart hin. Er traf Schmitt, als dieser aus dem Fahrstuhl stieg. Mætt mied das Teil immer, denn der hatte wenigstens drei oder vier Mal pro Woche die Angewohnheit zwischen den Stockwerken stecken zu bleiben. Fairerweise wies er Schmitt darauf hin. Vielleicht aber auch nur deshalb, weil er nicht über Stunden zusammen mit ihm auf engstem Raum eingesperrt sein wollte. Gemeinsam mit Schmitt stieg er die Treppen hinunter. Wortlos gingen sie auf sein Auto zu, Mætt stieg ein, Schmitt fuhr los und fädelte sich in den moderat dahinfließenden Verkehr ein. Bislang hatten sie nicht mehr als zwei Sätze gewechselt. Sie fuhren Richtung Innenstadt und Schmitt parkte auf einem Mitarbeiterparkplatz des lokalen Kreiswehrersatzamts. Dort stiegen sie in den dritten Stock hinauf, wo Schmitt dann einen unscheinbaren Raum mit einem Schlüssel aufschloss, den er umständlich aus seiner Hosentasche fingerte. Der Raum war sehr klein. Ein Fenster, das in einen Hinterhof ging, ein schmuckloser Schreibtisch mit dem obligatorischen grauen Telefon, das eine Wählscheibe hatte, ein Stuhl davor. Verteidigungsminister an der Wand. Nirgendwo ein Aschenbecher. Ende.

Schmitt wies auf den harten Holzstuhl und bedeutete Mætt sich zu setzen. Er selbst nahm auf einem ähnlich harten Stuhl hinter dem Schreibtisch Platz. Kein Aktenordner, keine Unterlagen, nichts. Mætt war gespannt. Schmitt schaute Mætt mit abwartendem Blick an.

„Fragen?"

„Nein", erwiderte Mætt, „eigentlich warte ich darauf, dass Sie mir jetzt einen Überblick verschaffen."

„Na gut. Bevor ich beginne, müssen Sie mir noch eine Verschwiegenheitserklärung unterschreiben. Ohne die geht gar nichts. Ist das in Ordnung?"

Mætt nickte. Daraufhin griff Schmitt nach dem Telefon, wählte eine vierstellige Nummer und sagte nur:

„Wir sind da",

als auf der anderen Seite abgenommen wurde. Gefühlte zehn Sekunden später betrat eine Dame den Raum, reichte Schmitt einen Ordner und einen Kugelschreiber. Der bedankte sich und die Dame verließ wieder, genauso wortlos wie sie gekommen war, den Raum. Schmitt klappte den Ordner auf, las anscheinend die Erklärung und reichte Mætt das Blatt und den hellblauen Pappordner, den er als Unterlage verwenden sollte. Das Erste, was Mætt sah, war der Briefkopf des Bundesverteidigungsministeriums.

„Das muss ja brisant sein", dachte er sich.

Er überflog das Schreiben, das Stillschweigen über die Inhalte der folgenden Gespräche und auch Stillschweigen über das Aufnahmeverfahren in Berlin forderte, unterschrieb das Papier und reichte es Schmitt zusammen mit dem Ordner über den Schreibtisch zurück.

„Nun gut", meinte Schmitt, „nachdem das jetzt geklärt ist, haben Sie natürlich das Recht zu erfahren, warum wir Sie durch ein derart forderndes Aufnahmeprocedere geschickt haben. Dazu muss ich etwas weiter ausholen. In einem der Fragebögen in Düsseldorf haben Sie bei Fragen zu Ihrer Motivation angegeben, dass „es ja nicht sein könne, dass eine Handvoll linker Extremisten eine ganze Nation in Atem hält" und „dass man diesen das Handwerk legen müsste". Das war jetzt der O-Ton Ihrer Antworten. Zusammen mit Ihrer Vita, der Sprachbegabung, Ihrer bereits vorhandenen Begabung Menschen zu lesen hat Sie das für uns interessant gemacht. Wir haben daher beschlossen einen genaueren Blick auf Sie zu werfen."

Mætt schaute Schmitt während seiner Erläuterung direkt ins Gesicht und nahm wahr, dass sich der Ausdruck, die Mimik von Schmitt veränderte. Er war jetzt nicht mehr der farblose, vielleicht etwas vertrottelte Mensch, der noch dazu unmöglich gekleidet war. Er bekam einen erschreckend professionellen Ausdruck und Mætt zweifelte keine Sekunde daran, dass dieser Mensch, den er sicherlich grandios unterschätzt hatte, sehr genau wusste, wovon er sprach.

„Wir, und ich werde Ihnen jetzt nicht erläutern, wen genau ich mit *wir* meine, waren einstimmig der gleichen Meinung. Es kann nicht angehen, dass eine Handvoll Idioten eine ganze Republik in Atem hält, nach Belieben bombt und mordet. Dabei auch noch Unschuldige mit ins Verderben reißen und am Ende damit auch noch davonkommen. Nur hat sich in den letzten Jahren ein gewisser Stillstand bei unseren Ermittlungserfolgen eingestellt. Ich kann unumwunden zugeben, dass wir auf der Stelle treten. Irgendwie an diese Penner nicht herankommen. Die laufen da draußen frei herum und wir wissen nicht, was die als Nächstes planen. Wir haben niemanden an denen dran. Wir schaffen es einfach nicht, jemanden auf den Ebenen zu platzieren, die es uns ermöglichen würden den notwendigen Schritt voraus zu sein, um dann adäquat reagieren zu können. Kompletter Blindflug, was meiner Meinung nach einem Offenbarungseid gleichkommt."

„Nur um es klar zu formulieren Schmitt, wir reden von der RAF, richtig?" fragte Mætt.

„Ja klar. Es ist sogar noch schlimmer. Die sind uns nicht nur immer einen Schritt voraus. Die winken uns ja noch auf der Flucht aus ihren Autos heraus zu, wie neulich in Michelstadt auf dem Sportflughafen. Das war die höchste Kommandoebene, die uns da durch die Lappen gegangen ist!"

„Hab's gelesen", erwiderte Mætt, „aber was habe ich damit zu tun?"

„Dazu komme ich in einer Minute. Wir sind nicht nur blind und taub, was diese Brüder angeht, wir sind in unserem Vorgehen völlig antiquiert. Wir sind weder innovativ noch flexibel. Wir sprechen noch nicht mal die gleiche Sprache. Alle potenziellen V-Leute, die wir da auch nur ansatzweise auf den Weg bringen konnten, waren Wichtigtuer oder psychisch Kranke."

Schmitt hatte sich jetzt richtig in Fahrt geredet. Er hatte leicht rote Wangen bekommen, aber auch eine Entschlossenheit im Blick, die Mætt so in etwa das Potenzial dieses Mannes erahnen ließ.

„Wir haben uns zusammengetan. Auf Landes- und Bundesebene. Wir haben, und das brauchte jetzt fast zwei Jahre, ein Konzept ausgearbeitet, das zum Ziel hatte, die Voraussetzungen zu schaffen, um diese Sorte Mensch nachhaltig aus dem Verkehr zu ziehen. Jetzt haben wir endlich von höchster Ebene grünes Licht bekommen etwas Eigenes, Effizienteres auf die Beine zu stellen."

„Aber Schmitt, dafür hat es doch die Polizei, den Verfassungsschutz und zu guter Letzt die GSG 9, wenn es darum geht die Gesuchten dingfest zu machen", warf Mætt ein.

Er verstand nicht, was genau er damit zu tun hatte. Ein BWL-Student, kurz vor seiner Diplomarbeit.

„Die sind alle untauglich. Zu komplex, bzw. denen sind schon bei den Ermittlungen die Hände gebunden. Der Verfassungsschutz zieht nur Krücken an Land, die Geld kosten und nichts taugen. Die GSG 9 und alles, was man da noch so kennt wie MEK, SEK und auch andere Abteilungen die nicht so bekannt sind, sind Polizeiabteilungen – wir sind Militär. Wir verlieren wertvolle Zeit, wenn es mal schnell gehen muss – aber so weit kommt es erst gar nicht, weil wir nicht in der Lage sind so zu ermitteln, dass wir auf irgendeine Art und Weise zugreifen könnten."

„Ich kann immer noch nicht erkennen, wie *ich* Ihnen da helfen könnte." Mætt blickte Schmitt in die Augen und stellte fest, dass der auf dem besten Weg war seine Geduld zu verlieren.

„Also, bevor Sie mir noch drei Mal erklären, was Sie *nicht* können, sage ich Ihnen, was wir von Ihnen wollen", sagte Schmitt sichtlich und hörbar verstimmt.

„Wir haben also ein Konzept ausgearbeitet, wie wir uns besser aufstellen, wie wir flexibler in Ermittlung und Zugriff werden. Wir wollen die jetzt noch notwendigen Amtshilfen auf ein Minimum reduzieren. Ich deutete ja bereits an, dass wir eine ganz neue Abteilung schaffen werden, die befähigt sein wird, eben diese beschissene Position, in der wir uns momentan befinden, auszugleichen. Dazu brauchen wir eine spezielle Art Mensch, mit einem ganz eigenen ‚Mindset'. Wir haben eine Studie auf den Weg gebracht, die definieren sollte, welche Persönlichkeitsstruktur von Nöten wäre, sollte ein wie auch immer gearteter Mensch in der Terrorbekämpfung, wie wir sie uns vorstellen, erfolgreich sein. Aus dieser Studie haben wir einen Anforderungskatalog erstellt und eine Methodik entwickelt, mit der wir potenzielle Bewerber, die über eben diese Persönlichkeitsstruktur verfügen, identifizieren. Die dafür Verantwortlichen haben Sie in Berlin alle kennengelernt. Die haben Sie durch die Mangel gedreht und auch die Stellschrauben der Methodik im Praxistest noch etwas optimiert."

„Dann waren wir quasi Laborratten", warf Mætt in einem missbilligenden Tonfall ein.

„Besondere Zeiten erfordern besondere Mittel. Sie sind quasi die Generation null. Sie bringen genau das mit, was wir denken zu brauchen, um die Erfolge zu liefern, die unsere Gesellschaft so dringend nötig hat. Es geht ja im Endeffekt darum, das Vertrauen in den Staat nicht komplett zu verlieren. Mit Menschen wie Ihnen schaffen wir eine Abteilung von Spezialisten, die auf alle nicht alltäglichen Anforderungen flexibel reagieren können. Seien es Anforderungen im Kontext organisierter Kriminalität, seien es Anforderungen im militärischen Spektrum etc. Sie bringen das Zeug zu einer nie dagewesenen Generation Spezialisten mit, die auf die meisten Fragestellungen eine sehr verbindliche Antwort liefern wird."

„Okay, verstehe, was Ihnen da vorschwebt, Schmitt, aber könnten Sie diese Art Menschen nicht aus den bestehenden Strukturen von Militär und vielleicht Polizei rekrutieren? Die würden vieles an den technischen Fähigkeiten, die es offensichtlich braucht, schon mitbringen."

„Eben nicht. Die haben keinen unverbauten Blick. Wenn die mit ihrer Ausbildung fertig sind, dann sind das quasi schon

Fachidioten. Bei den bestehenden Ausbildungsgängen, sei es Polizei oder besonders im Militär, atmen die schon die verknöcherten Strukturen während ihrer Ausbildung ein. Die sind alles andere als flexibel in ihrer Art und Weise zu denken, das genaue Gegenteil wird von denen verlangt. Die überlegen sofort, auf welcher Seite des Lehrbuches steht, wie sie zu reagieren haben. Noch dazu werden wir, im Gegensatz zu bestehenden Strukturen, im Verborgenen arbeiten. Diese dafür notwendigen Voraussetzungen bringt auch nicht jeder mit. Unsere Abteilung, oder wie Sie das nennen möchten, wird es offiziell nicht geben. Sie werden zwar nicht komplett unsichtbar operieren, aber mit einer Vita ausgestattet werden, die es nichts und niemandem ermöglicht Rückschlüsse auf ihre wahre Herkunft zu ziehen etc. Sie tauchen in keinem Organigramm irgendwelcher bestehender Organisationen überhaupt erst auf. Wir führen Sie völlig asymmetrisch. Sie haben weder ein Büro noch eine Kaserne noch irgendetwas sonst, was auf eine Zugehörigkeit zu einer staatlichen Organisation schließen lässt. Noch nicht mal Ihre Mutter, Frau oder Freundin wird irgendetwas über ihre berufliche Tätigkeit im Verborgenen wissen. Wir machen Sie zu den professionellsten Lügnern, die auf diesem Planeten herumlaufen."

Mætt hatte viele Fragen auf den Lippen. Konnte aber keine wirklich schlüssig formulieren. Schmitt atmete jetzt schwer. Er war richtig in Fahrt. Er starrte Mætt durchdringend an. Der schaute aus dem Fenster und hypnotisierte den kleinen Fetzen blauen Himmel, den er zwischen den Dachgiebeln und Gauben sehen konnte. Er war sich immer noch nicht sicher, was genau Schmitt von ihm erwartete. Alles, was er sagte, klang entweder nach einer leeren Phrase oder nach James Bond. Schmitt setzte wieder an.

„Also pass auf Junge, so ist der Plan."

Mætt schaute ihm in die Augen. Jetzt kommt er auf den Punkt, dachte er.

„Schritt eins ist, Sie melden sich freiwillig zum Wehrdienst. Sie leisten bei einer Einheit in Heimatnähe ihren Grundwehrdienst. Da sind sie in drei Monaten mit durch. Das ist nötig, damit Sie rudimentär verstehen, wie das Militär funktioniert, wie dort gesprochen wird, wie die Standards sind etc. Danach werden Sie zu den Spezialausbildungen einer jeden Waffengattung versetzt. Sie leisten nach der Grundausbildung keinen langweiligen fünfzehnmonatigen Gammeldienst ab, sondern bekommen die Spezialausbildungen der verschiedenen Truppengattungen. Damit haben Sie eine sehr breite und gleichzeitig tiefe militärische Ausbildung genossen, die zu nichts anderem dienen soll, als Ihnen Grundfertigkeiten an die Hand zu geben. Eine solche vielgliedrige Ausbildung gibt es Stand heute faktisch nicht. Das alleine ist physisch eine Herausforderung. Man wird Ihnen, mit Verlaub, Ihren kleinen Arsch aufreißen. Parallel dazu bekommen Sie kriminalistische, psychologische, taktische Schulungen in einer Intensität, einer Tiefe, die in dieser Zusammenstellung Stand jetzt auch nicht existiert."

„Was ist mit meinem Studium?", fragte Mætt kopfschüttelnd.

„Das machen Sie weiter, oder das pausiert, da finden wir eine Lösung. Fakt ist, dass das Studium Teil der realen Legende ist. Sie sind ein Student, Sie müssen nicht so tun, als wären Sie einer."

„Ehrlich: Das klingt alles total nach Science-Fiction. Ich frage mich, was ich dafür tun muss, außer mich freiwillig zum Grundwehrdienst zu melden. Sie investieren in eine wenigstens achtzehnmonatige Ausbildung für mich, dafür verlangen Sie sicherlich auch etwas, oder?", fragte Mætt augenzwinkernd.

„Gut, dass Sie das ansprechen. Sie unterschreiben einen Vertrag mit einer Laufzeit von fünfzehn Jahren. Sie bekommen eine überdurchschnittliche Ausbildung und dafür dann auch eine überdurchschnittliche Bezahlung. Wenn Sie nach Ablauf der fünfzehn Jahre weitermachen möchten, schauen wir uns das dann zu eben diesem Zeitpunkt an. Wenn nicht, bekommen Sie die gleichen Starthilfen, um im zivilen Leben Fuß zu fassen, wie alle anderen Zeitsoldaten, die nach fünfzehn Jahren das Militär verlassen."

„Schmitt, dass ich jetzt nicht laut hurra schreie und aus der

Hüfte heraus zusage und unterschreibe, können Sie sicherlich nachvollziehen. Ich muss darüber nachdenken. Gerne würde ich mich mit jemandem besprechen. Das scheint aber wegen der Verschwiegenheitserklärung, die ich unterschrieben habe, nicht möglich, richtig?"

„Mætt, es gibt Entscheidungen im Leben, die sehr schwer sind und die einem niemand abnimmt. Diese Entscheidung müssen Sie alleine treffen. Sie wollen niemandem die Bürde aufladen für Sie zu entscheiden oder Ihre Entscheidung zu beeinflussen. Wie würde sich diese Person wohl fühlen, wenn Ihnen etwas zustößt und er (oder sie) Sie zu eben dieser Entscheidung getrieben hätte. Tun Sie sich selbst den Gefallen und laden Sie niemandem sonst eine solche Bürde auf."

Schmitt schaute ihn jetzt sehr ernst und mit großem Mitgefühl an.

„Wenn das, was Sie mir da gerade erklärt haben, auch recht phantastisch klingt, schlüssig scheint es zu sein. Zumindest zeigt sich ein Konzept dahinter. Ich muss mein Leben für die nächsten fünfzehn Jahre in Ihre Hände legen. Auch das ist noch halbwegs rational erfassbar, wenngleich ich definitiv nicht einschätzen kann, was da genau auf mich zukommt. Was für mich von aller größter Bedeutung ist, ist der Fortgang meines Studiums. Ich habe mich mit meinem Professor auf ein Thema für meine Diplomarbeit geeinigt. Ich bin sehr daran interessiert mein Studium zeitnah abzuschließen. Für mich ist ein absolutes K.o.-Kriterium, wenn ich zugunsten Ihres Angebotes die letzten Jahre komplett wegwerfen müsste. Auch ein Pausieren kommt für mich nur begrenzt in Frage, weil ich dann schneller abgehängt bin, als mir recht ist. Schmitt, es klingt wirklich sehr, sehr interessant, was Sie mir da anbieten, aber bieten Sie mir eine Möglichkeit mein Studium und Ihre Perspektive unter einen Hut zu bringen, dann habe ich wenigstens eine Grundlage, auf der ich nachdenken kann. Wenn ich jetzt nachdenken und mich entscheiden müsste, würde ich mich für mein Studium entscheiden. Das ist greifbar, das hat etwas Verbindliches, auf dem ich meine

Zukunft aufbauen kann, selbst wenn Ihre Vision mit der neuen, ganz eigenen Abteilung, die wie auch immer erfolgreich funktionieren kann, längst gescheitert ist."

Beide blickten sich an, sagten kein Wort. Schmitt senkte leicht den Kopf, nickte bedächtig.

„Eine Absage war das mal nicht, Mætt", sagte er grinsend.

„Vorschlag. Geben Sie mir eine Woche die Sache mit Ihrem Studium zu klären. Entweder ist das Thema für Sie dann vom Tisch oder ich freue mich einen ersten neuen Mitarbeiter an Bord begrüßen zu dürfen.

Mætt runzelte die Stirn.

„Einen *ersten* neuen … was ist eigentlich mit den anderen, mit denen ich in Berlin durch die Mangel gedreht wurde? Wird denen das gleiche Angebot gemacht? Hat da schon einer zugesagt?"

Schmitt schaute ihn ernst an.

„Welche anderen?", erwiderte er mit aufrichtigem Unverständnis und fragendem Blick. Man sah ihm die ehrliche Überraschung an? Welche anderen? Mit dieser Frage konnte er offensichtlich nichts anfangen. Nicht schlecht seine Darbietung. Mætt hatte eine Ahnung, was auf ihn zukommen könnte.

„Ach Schmitt, wenn Sie nächstes Mal kommen, könnten wir das dann so machen, dass Sie mir nicht wieder in die Parade fahren?"

„Die Bedienung. Hübsches Ding! Falls Sie es noch nicht gemerkt haben, die steht total auf Sie. Wenn Sie sich nicht komplett dumm anstellen, dann könnte das wohl sehr vielversprechend werden."

Beide standen auf. Schmitt begleitete Mætt nach unten und beide verließen das Gebäude durch den Mitarbeiterzugang, genauso wie sie es betreten hatten. Schmitt bot Mætt an ihn wo auch immer abzusetzen, aber der lehnte ab. Gehen half ihm seine Gedanken zu ordnen.

Am nächsten Abend steuerte er pünktlich Jasmins WG an. Sie

hatte darauf bestanden, dass er sie abholt und sie dann gemeinsam in den neuen, superangesagten Club gingen. Mætt war kein begnadeter Tänzer, aber wenn der Anlass stimmte, konnte er schon abtanzen, bis der Arzt kommt.

Direkt nach dem ersten Klingeln öffnete Jasmin die Tür und bat ihn lächelnd in die Wohnung. Sie sah umwerfend aus. Er folgte ihr in die gemütliche Küche. Man spürte sehr deutlich, dass das ein Frauenhaushalt war. Es war ein angenehmes Chaos, in dem alles an seinem Platz zu sein schien. Aufgeräumt, kein unnötiges Geschirr, das ungespült irgendwo herumstand, gar schon Schimmel angesetzt hatte. Getrocknete Kräuter hingen von der Decke und verströmten einen angenehmen Geruch. Der alte Holztisch, der sicherlich schon einige Jahre auf dem Buckel hatte, war das Zentrum des Raums. Es standen sechs Stühle um den Tisch herum. Keiner glich dem anderen. Auf dem furchigen Tisch standen eine riesige Tasse mit Tee und ein Kerzenleuchter. Irgendwo im Hintergrund lief Musik. Irgendeine Singer-Songwriterin sang mit heller, glockenklarer Stimme, ohne dass er jetzt verstanden hätte, um was genau es in dem Stück gerade ging. Jasmin bot ihm aus einer grünen Porzellankanne eine Tasse Kräutertee an und forderte ihn auf sich zu setzen. Für den Club war es eindeutig zu früh. Da mussten sie noch einige Zeit überbrücken. Ohne große Mühe fanden sie die unterschiedlichsten gemeinsamen Themen, unterhielten sich angeregt über dies und das. Er empfand es als sehr angenehm mit ihr zu sprechen. Sie lachten viel und hatten eine wirklich angenehme Zeit. Je länger sie dasaßen und sich angeregt unterhielten, desto weniger Lust hatte Mætt in den Club zu gehen.

Als hätte sie seine Gedanken gelesen, sprach sie diese auch schon aus.

„Du siehst so aus, als hättest du keine große Lust in den lauten Club zu gehen. Kann das sein?"

„Ist das eine Fangfrage?", erwiderte er.

Sie lächelte ihn an.

„Hast recht, ich hätte das anders formulieren sollen: Ich habe keine große Lust in den lauten Club zu gehen. Ich genieße das hier mit dir gerade ziemlich."

Sie lächelte schüchtern, er schaute zu Boden.

„Mætt, vermassele es jetzt bloß nicht", sagte er zu sich selbst.

„Ja, geht mir genauso. Haste einen Vorschlag für ein Alternativprogramm?" „Komm', ich zeig dir die Wohnung", forderte sie ihn auf.

Die Wohnungstour begann und endete in ihrem Zimmer. Die gesamte Verabredung endete am Montagmorgen mit dem gemeinsamen Weg zur Uni. Sie ging zu ihrer Theologievorlesung, er in eine Vorlesung, bei der es um irgendwelche globalen Warenströme im Zuge der kommenden Globalisierung ging. Hätte er sich sparen können, weil er mit seinen Gedanken meilenweit von dem Thema weg war. Um es auf den Punkt zu bringen: Er hatte wunde Knie, sein Schambein fühlte sich geprellt an und sein Schwanz tat ihm höllisch weh. Die linke Seite seines Halses wurde von einem blau unterlaufenen Fleck verziert, der sicher nicht auf einen Ausschlag zurückzuführen war. So viel zu den Keuschheitsgelübden von Theologiestudentinnen im fünften Semester.

In diesem Stil verlief die restliche Woche, mit Ausnahme der beiden Tage, an denen sie Dienst im Café hatte. An diesen beiden Tagen trafen sie sich zu einem Quickie einmal bei ihm zu Hause und am anderen Tag in ihrer WG auf dem Küchentisch, als ihre Mitbewohnerinnen noch nicht zu Hause waren. Sie war unersättlich, er hatte Nachholbedarf, da seine letzte Beziehung oder das, was man in etwa so hätte bezeichnen können, schon ziemlich lange her war. Da hatten sich zwei gefunden. Eine Winwin-Situation würde man das heutzutage neudeutsch nennen.

Es war an einem Freitag, spätnachmittags, er verließ gerade seine Wohnung total in Gedanken versunken, als er mit Schmitt regelrecht zusammenprallte. In einer Zehntelsekunde war er auf dem Boden der Tatsachen aufgeschlagen. Gerade noch überlegte er sich, was er mit seiner Zunge bei Jasmin anstellen könnte. Der bloße Anblick und der Mundgeruch von Schmitt zerstörten jedoch diese Vorstellung nachhaltig.

„Oh, hallo Schmitt, waren wir beim Griechen gestern, oder war's doch nur eine Dose Zaziki vom EDEKA?", eröffnete Mætt die Unterhaltung im Flur. „Oh, Grieche ist eine gute Idee. Kennen Sie einen? Ich hab konkrete Nachrichten, gute Nachrichten für Sie. Ohne jetzt irgendwie vorgreifen zu wollen, könnten wir das feiern. Ich lade Sie ein", konterte Schmitt galant.

Bei einem recht angesagten Griechen in der Stadt eröffnete Schmitt, was er anzubieten hat. Mætt müsse den besagten Fünfzehn-Jahres-Vertrag unterzeichnen, danach würde er ausgebildet. Nach einer regulären Grundausbildung von drei Monaten würde er in den Spezialdisziplinen zu Lande, zu Wasser und in der Luft, die es für seine Aufgaben vorteilhaft wäre zu haben, quasi „weitergebildet". Dazwischen oder parallel immer wieder Zusatzausbildung zu Strategie, Taktik und Kriminalpsychologie erhalten.

Sein Studium könne er im Rahmen seiner ersten Aufgabe, quasi als Tarnung, fortsetzen. Den Abschluss bzw. die Dauer seines restlichen Studiums hätte er dann selbst in der Hand. Er hätte dann lediglich achtzehn Monate bis maximal zwei Jahre Pause, was ja im Vergleich zu jedem anderen Studenten eine Gleichbehandlung darstellen würde. Meinte jedenfalls Schmitt. Aber freiwillig müsse er sich schon melden. Mætt bat sich eine Woche Bedenkzeit aus. Vor allem der Fortgang seines Studiums machte ihm massiv Kopfzerbrechen. Das wollte gut überlegt sein.

Schmitt hatte sich beim Nachbessern richtig Mühe gegeben, das war Mætt durchaus bewusst. Er konnte sein Studium nicht nur fortsetzen, sondern auch beenden. Gut, er würde das schlimmstenfalls mit zwei Jahren Verzögerung erreichen. War ja nicht schlimm. Zwei Jahre waren erträglich, noch dazu hatte er ja sowieso Vorsprung vor seinen Altersgenossen. Es wurden ihm zusätzlich einige Entscheidungen abgenommen, wenn er

Schmitt zusagte. Er würde ab Antritt der Ausbildung ein, in seinen Augen, fürstliches Gehalt beziehen. Bisher war es finanztechnisch bei Mætt immer eher schwierig. Besonders ab dem 15. eines Monats. Auch musste er sich nicht überlegen, in welche Richtung er sich nach Abschluss seines Studiums entwickeln möchte. Wäre schon eine Herausforderung geworden, wenn man sich mit einem Studium, für das man sich nicht wirklich interessierte, einen Job suchen musste. Egal wie gut oder schlecht man abgeschlossen hatte. Auf der anderen Seite hatte Schmitts Angebot immer noch den Anstrich einer Wundertüte. Das, was er darüber wusste, klang geradezu phantastisch. Wenn es das tatsächlich war, was ihn erwartete, bezweifelte er, dass er der Richtige für eine solche Tätigkeit ist. Schmitt behauptete zwar das Gegenteil. Seine Gedanken begannen in seinem Kopf zu kreisen. Heute würde er keine vernünftige finale Entscheidung mehr treffen können. Er beschloss sich mit Jasmin zu treffen. Vielleicht würde es ihr gelingen ihn auf andere Gedanken zu bringen. Nein, nicht vielleicht, sie würde es schaffen, da war er sich ganz sicher. Seine Unentschlossenheit sollte noch ein paar Tage währen. Dann stand Schmitt wieder hinter ihm. Unangekündigt, wie immer. Er hasste das. Als er ihn sah, verdrehte Mætt die Augen.

„Schön, dass Sie Ihre unverhohlene Freude zeigen, mich zu sehen", eröffnete Schmitt das Gespräch.

„Wie läuft's mit Jasmin?", war seine zweite Frage, die eigentlich eher eine Feststellung war, dass er wusste, wie es mit ihr lief. Und wie es da lief ... „Machen wir es kurz", sagte Mætt, „haben Sie den Vertrag dabei? Dann würde ich ihn unterschreiben."

Spontane Entscheidung. Schmitt schmunzelte, wiegte den Kopf.

„Natürlich habe ich den Vertrag nicht dabei, wo denken Sie hin, aber ein Anruf genügt, dann fahren wir zusammen in das kuschelige Zimmer vom letzten Mal und innerhalb von Minuten werden Sie Ihr gesamtes Leben verändern."

Wie recht er damit zu diesem Zeitpunkt hatte, konnten beide noch nicht mal erahnen.

Gesagt, getan. Brutto, also mit Fahrt und Fußweg über die Treppen hoch in das winzige Büro, war die gesamte Angelegenheit eine knappe Stunde später erledigt. Mætt hatte unterschrieben. Nicht nur den Vertrag, sondern auch einen Antrag, mit dem er sich freiwillig zum Dienst bei der Bundeswehr meldete. Man würde wegen des Termins auf ihn zukommen. Er konnte aber davon ausgehen, dass das zeitgleich mit dem Wintersemester beginnen würde. Er solle schauen, dass er alles, was er noch zu erledigen hatte, bis dahin unter Dach und Fach gebracht hatte. Schmitt überredete Mætt noch zu einem Besuch beim Griechen, um seine Entscheidung gebührend zu feiern. Entgegen seiner Erwartung wurde es ein angenehmer Aufenthalt. Die beiden plauderten über dies und das und Schmitt entpuppte sich als sympathischer Zeitgenosse, der über einen großen Wissensschatz verfügte. Beschwingt ging Mætt, nachdem er sich von Schmitt verabschiedet hatte, ins Café, wo an diesem Abend Jasmin arbeitete. Sie freute sich ihn zu sehen und flüsterte ihm ins Ohr, dass sie nach ihrem Dienstende gerne zu ihm nach Hause käme. Das wäre näher als ihre Wohnung. Außerdem wären ihre Mitbewohnerinnen zu Hause und die hätten wohl schon so seltsame Andeutungen wegen ihrer Geräuschkulisse gemacht. Mætt grinste dreckig. Hatten sich die Betschwestern also beschwert. Würden die von der Unzucht auf ihrem Küchentisch wissen, würden sie wahrscheinlich den Tisch mit Weihwasser säubern und direkt im Anschluss einen Exorzisten beauftragen, um Mætt und Jasmin den Teufel auszutreiben.

So ging es dann die nächsten Wochen weiter. Er widmete sich besonders eifrig seinem Studium und Jasmin. Die war nicht nur unersättlich, sondern auch in einem hohen Maße experimentierfreudig, so das sich Mætts Horizont auf erotischem Gebiet ebenso immens erweiterte wie seine Leistungsfähigkeit.

Doch dann beging er einen fatalen Fehler. Eines Abends, als er erschöpft neben Jasmin auf sein Laken sank, meinte er ihr von seinem bevorstehenden Wehrdienst und seiner freiwilligen Meldung berichten zu müssen. Anstatt der trägen Erwartung auf eine zweite Runde Vergnügen erstarrte Jasmin. In diesem Punkt hatte er die Theologiestudentin im 5. Semester aber gewaltig unterschätzt. Völlig aufgebracht fragte sie Mætt noch zwei weitere Male mit sehr scharfem Unterton, ob sie ihn richtig verstanden habe und er sich tatsächlich freiwillig zum KRIEGSdienst gemeldet hätte. Als er ganz harmlos beide Male bejahte, zeigte die gute Jasmin, dass sie sich genauso schnell an- wie ausziehen konnte. Im Gehen sagte sie noch etwas wie: „Damit entziehst du unserer Verbindung jegliche Grundlage!" und war mit knallenden Türen verschwunden. Mætt versuchte in den nächsten Tagen die Wogen zu glätten, biss aber auf Granit. Damit musste Mætt dann mit dem stetig steigenden Verlangen seiner Lenden alleine klarkommen.

Etwas Gutes hatte es ja, dachte sich Mætt in einem Anfall von Zweckoptimismus. Auf diese Art und Weise war er unglaublich auf sein Studium fokussiert. Die Momente im Café, in denen er Jasmin begegnete, waren unerfreulich. Sie knallte ihm seine Getränke lieblos vor die Nase und wurde nicht müde ihm die weiße Friedenstaube auf blauem Grund, die seit neuestem in Form einer Anstecknadel eine ihrer wunderbaren Brüste zierte, zu zeigen. Die Anstecknadel, nicht die Brüste. Als dann auch noch sein wohl recht schnell rekrutierter Nachfolger demonstrativ in seinem Beisein an Jasmin herumzuknutschen begann, machte sich trotz allem Stolz leichter Neid bei ihm breit. Er beschloss sich dem nicht auszusetzen und begann damit, zu Hause im stillen Kämmerlein große Teile seiner Diplomarbeit vorzubereiten, damit er nach seiner Ausbildung nicht bei null anfangen musste. Gegen Ende des Sommers hatte er dann ein gutes Gefühl dabei, sich für zwei Jahre permanent etwas anderem zuzuwenden. Sein Einberufungsbescheid ließ nicht lange auf sich warten und Mætt begann damit sich auf diesen neuen Lebensabschnitt vorzubereiten. Die Zeit verging schneller, als es ihm lieb war, und je näher der Zeitpunkt seiner Einberufung rückte, desto mulmiger wurde ihm. Dabei hatte er zunächst nur die drei Monate Grundausbildung in einer Kaserne, die er in zwei Stunden mit dem Zug erreichen konnte, vor sich.

An jenem speziellen Tag meldete er sich pünktlich am Kasernentor und wurde nach kurzem administrativem Aufwand weitergereicht. Er kam in die sogenannte Mehrzweckhalle, die schon gut mit weiteren Rekruten, alle noch in Zivil, gefüllt war. Er stellte sich etwas abseits und beobachtete die Schar heranwachsender junger Männer. Einigen war das Unwohlsein anzusehen, andere waren so unglaublich cool und führten sich auf, als würden sie direkt in den Krieg ziehen wollen. Mætt harrte der Dinge, die da auf ihn zukommen würden. Kann ja nicht so schlimm sein. Hunderte andere Jungs in seiner Altersklasse mussten einrücken und überlebt hatten es die allermeisten.

Eine Hand legte sich von hinten auf seine Schulter. Er drehte den Kopf und sah zu seiner großen Überraschung Dimitri und direkt daneben Bogdan. Die drei freuten sich riesig. Ob man sie auf eine gemeinsame Stube legen würde, fragten sie sich. Sie durften jedenfalls ihren neuen Kameraden zu keinem Zeitpunkt verraten, dass sie einer ganz anderen Agenda folgten als dem Grundwehrdienst.

Tatsächlich passierte das, was die drei sich gewünscht hatten. Sie kamen auf eine gemeinsame Stube. Für ihre Kameraden sah es so aus, als wären sie überbelegt und Mætt und die anderen beiden hätten das kurze Hölzchen gezogen. Sie mussten mit der kleinsten Stube, die im hintersten Winkel des Schlafbaus lag, Vorlieb nehmen. Dass da ein Plan dahinterstand, erschloss sich keinem ihrer Kameraden. Wie auch. Ansonsten wurden die drei absolut gleichbehandelt. Sie wurden geschliffen, wie man in den ersten drei Monaten halt geschliffen wird, mussten an Wochenenden in der Kaserne bleiben, weil irgendetwas nicht der Erwartung ihres Offiziers entsprach, usw. Zwischendrin wurden sie, unbemerkt von den anderen, in Einzellektionen in weiteren Bereichen geschult, die definitiv nicht zum allgemeinen Lehrinhalt zählten. Getarnt wurde das als Strafarbeit, quasi als Nachsitzen. Alles, was den anderen auffiel, war, dass es die drei besonders oft und auch besonders hart traf. Aber die drei Monate gingen vorbei. Sie hatten dabei noch Glück im Unglück, denn es war ein besonders milder Winter. Es hätte sie an ihrem Standort auch wesentlich härter treffen können. Nach dem Ende der Grundausbildung wurden die drei in andere Kasernen abkommandiert. So die offizielle Lesart. Sie hatten zwei Wochen Urlaub, dann begannen die weniger offiziellen Spezialausbildungen. Sie wurden von Beginn an informiert, dass sie diese Ausbildung zu dritt antreten und unter normalen Vorzeichen auch gemeinsam beenden würden.

Die beiden Wochen Urlaub taten Mætt gut. Er besuchte seine Eltern nach langer Zeit einmal wieder, weil er ein schlechtes Gewissen und sie wirklich lange nicht gesehen hatte. Nach geschätzten fünfunddreißig Minuten mit seinem Vater in einem Raum konnte er sein schlechtes Gewissen nicht mehr nachvollziehen und wollte nichts als wieder in seine eigene, kleine Bude. Das Verhältnis zwischen den beiden war von jeher außerordentlich gespannt. Daran würde sich wahrscheinlich auch in den nächsten hundert Jahren nichts ändern. Nach zwei endlos währenden Tagen zog er sich in seine Studentenbude zurück, schrieb an seiner Diplomarbeit weiter und arbeitete abends unermüdlich daran seinen Samenstau loszuwerden, hatte damit aber nur mäßigen Erfolg.

Dann war es so weit. Er hatte seinen Marschbefehl bekommen und musste zurück. Er fuhr mit dem Zug bis zu einem unscheinbaren Bahnhof im mittleren Westdeutschland. Dort holte ihn eine Art Fahrdienst in einem neutralen Fahrzeug ab und setzte ihn mitten im Wald an einer völlig deplatziert wirkenden Schranke ab.

Mætt stand nun am Eingang einer wohl geheimen Trainingsanlage, tief in einem abgelegenen Wald irgendwo im Herzen Westdeutschlands. Die Morgensonne kämpfte sich durch das dichte Blätterdach, während er sich innerlich auf die kommenden Wochen vorbereitete. Dies war keine gewöhnliche Ausbildungsstätte. Hier, in der sogenannten „Schattenakademie", sollten die Kandidaten, die das spezielle Auswahlverfahren überstanden hatten, auf ihre Rolle als unsichtbare Helfer vorbereitet werden – Spezialisten für Counter-Terrorismus und Infiltration.

Mætt und seine beiden Kameraden hatten sich durch ihr Abschneiden in der Aufnahmeprüfung für diese Ausbildung qualifiziert. Doch nichts konnte sie auf das vorbereiten, was sie hier erwartete. Sie trafen dort auf eine kleine Anzahl weiterer Kameraden, die allesamt einen vernünftigen Eindruck machten und als Vorbereitung die gleiche Grundausbildung in unterschiedlichen Kasernen, verstreut über ganz Deutschland, hinter sich gebracht hatten.

Der erste Tag begann mit einer Einführung durch Oberstleutnant Müller, einen erfahrenen Veteranen mit scharfem Blick und graumeliertem Haar. „Willkommen in der Schattenakademie", begann Müller. „Hier lernt ihr, wie man das Unmögliche möglich macht. Wir werden euch an eure physischen und mentalen Grenzen bringen. Versprochen!"

Der Rest des Tages bestand aus theoretischen Vorträgen über die Grundlagen der Infiltration und die Psychologie des Lügens. Mætt lernte, dass Lügen eine Kunstform ist, die Perfektion und ständige Übung erfordert. Er konnte es jetzt noch nicht wissen, aber er würde diese Kunstform derart perfektionieren, dass es ihm selbst zeitweise schwerfiel zwischen Wahrheit und seinen eigenen Lügen zu unterscheiden.

„Das Wichtigste ist, dass ihr selbst an eure Lügen glaubt", erklärte Leutnant Fischer, während sie eine intensive Übung durchführten.

„Nur dann könnt ihr andere davon überzeugen."

Schon am ersten Abend rauchten allen die Köpfe.

Geraume Zeit später wurde Mætt in die spezifischen Strukturen der linken Szene eingeführt. Dort traf er nur noch einen anderen Kameraden. Experten erläuterten die Ideologien, Hierarchien und typischen Verhaltensmuster dieser linken Gruppen. Sie diskutierten auch die historischen Entwicklungen und wie sich die „dritte Generation" der RAF formierte – eine besonders radikale Fraktion, die verdeckte Operationen und Sabotageakte plante, ohne jemals wirklich verwertbare Spuren zu hinterlassen. Sie sollten zu seiner Zielgruppe werden, an der er sich die Zähne ausbiss. Der größte Misserfolg seiner gesamten beruflichen Laufbahn sozusagen. Das wusste er aber zum Glück zu diesem Zeitpunkt noch nicht.

„Ihr müsst die gleiche Sprache sprechen, die Symbole und die Denkweise dieser Menschen verstehen und so wie sie sein", erklärte ihnen ein Spezialist für Extremismus, „nur so könnt ihr Vertrauen aufbauen und Informationen sammeln. Die mögen naiv wirken, aber auf eine sonderbare Art und Weise registrieren die sehr früh, wenn etwas nicht stimmig ist. Dann sind die weg und man kommt nicht mehr an sie heran."

Ein weiterer wichtiger Aspekt der Ausbildung war die psychologische Kriegsführung. Mætt lernte, wie man Vertrauen aufbaut, Lügen glaubwürdig vermittelt und Misstrauen bei seinem Gegenüber sät. Neben der sehr umfangreichen theoretischen Ausbildung musste Mætt durch besagte Schnellausbildungen jeder Waffengattung. Er wusste, dass das, was vor ihm lag, die härtesten Monate seiner bisherigen Ausbildung markierte. Diese spezialisierte Ausbildung kombinierte die Fähigkeiten eines Fallschirmspringers, Einzelkämpfers und Kampfschwimmers. Drei der anspruchsvollsten Disziplinen jeder Armee, komprimiert in ein intensives Programm von nur wenigen Monaten. Ohne wirkliche Erholungspausen dazwischen. Zusätzlich kamen dann noch die Kurse zum Umgang mit allerlei Waffen. Sinnvoll oder nicht. Eine Scharfschützenausbildung durfte natürlich auch nicht fehlen. Letzterer stand er skeptisch gegenüber, weil er prinzipiell von Waffen keine allzu hohe Meinung hatte.

Eine gefühlte Ewigkeit später fand sich Mætt am frühen Morgen irgendwo in Westdeutschland inmitten dieser speziellen Basis wieder und blickte auf die Gruppe von Ausbildern vor sich. Er hatte die letzten Wochen rein mechanisch hinter sich gebracht. Hatte sich nachdenken und hinterfragen verboten. Einfach nur machen. Maul halten. Oberstleutnant Müller, der die Schattenakademie leitete, trat vor die Versammlung. Mætt fühlte sich körperlich zerschlagen, hatte Blasen an den Füßen, hasste den Wald zutiefst. Tagelang hatten sie sich durch unwegsames

Gelände geschlagen, bei wolkenbruchartigem Regen irgendwo notdürftig geschützt, im Sitzen geschlafen. Mætt lernte, wie man in der Wildnis überlebt, unsichtbar wird, Nahrung findet und Feuer macht, ohne entdeckt zu werden. Er hasste es aufrichtig. Dimitri war voll in seinem Element. Er blühte auf. Er war es, der Mætt zum Durchhalten zwang. Der ihn mitnahm, wenn er nicht mehr konnte. Ohne Dimitri wäre er am zweiten Tag nach Hause gefahren – wenn er aus dem Scheißwald herausgefunden hätte. Bogdan hasste den Wald aus genauso tiefem Herzen, kam indes mit der Belastung wohl besser klar als Mætt. Man half sich aber. Sie waren ein Team, sie sollten zusammenwachsen. Also nichts Schlechtes dabei, wenn es eine Schwachstelle bei einer Disziplin gab.

Ihre Abschlussprüfung war die „Evasion"-Übung: Mætt, Dimitri und Bogdan mussten durch feindlich besetztes Gebiet schleichen, Aufgaben erledigen, ohne entdeckt zu werden, während Ausbilder versuchten sie aufzuspüren und ihnen Knüppel zwischen die Beine zu werfen. Tage und Nächte verbrachten sie im dichten Unterholz, bewegten sich nur im Schutz der Dunkelheit und fanden schließlich den Weg zu ihrem Zielpunkt. Was war Mætt froh, als er diesen Teil der Ausbildung hinter sich hatte. Danach wurde es aber nicht besser.

Als Nächstes sollten sie aus Flugzeugen springen. Und das mit Mætts latenter Höhenangst. Die nächsten Monate waren dem Fallschirmspringen gewidmet. Mætt und seine Kameraden wurden in die Theorie und Praxis des Fallschirmspringens eingeführt. Sie lernten die verschiedenen Arten von Sprüngen, Notfallprozeduren und das Packen ihrer eigenen Schirme.

Der erste Sprung aus 4000 Metern Höhe war ein noch nie dagewesener Adrenalinschub. Mætt fühlte den Wind in seinem Gesicht, das Rauschen in seinen Ohren und das atemberaubende Gefühl des freien Falls. Er erinnerte sich an die Worte seines Ausbilders: „Vertraue deinem Schirm, aber sei immer bereit für das Unerwartete." Dies war für ihn die Offenbarung. Nie hätte er geglaubt, dass er sich für etwas derart Widersinniges so sehr begeistern konnte. Er war definitiv in seinem Element. Jede Übung absolvierte er mit Bravour.

Nach zahlreichen Trainingssprüngen, darunter Nachtsprünge und taktische Landungen, Planspiele und Formationsflüge, fühlte sich Mætt immer sicherer und bereit für die nächsten Herausforderungen. Er konnte nicht genug springen. Nach dem Sprung war vor dem Sprung. Er war immer vorne mit dabei, nichts war zu gefährlich, nicht unmöglich. Dieser Ausbildungsschritt war definitiv seine Passion. Dimitri erledigte das von ihm Erwartete, litt dabei aber wie ein Hund. Er jammerte bei jedem Sprung, absolvierte das Programm aber trotzdem akzeptabel. Das sollte sich im Laufe der Jahre noch ändern, aber es stellte sich sehr schnell heraus, dass ein jeder der drei Jungs seine Schokoladendisziplin hatte und sie sich dabei perfekt ergänzten. Für Bogdan war das Fallschirmspringen ein notwendiges Übel, das er stoisch über sich ergehen ließ. Auch das sollte sich bei ihm in ferner Zukunft ändern. Zusammen mit den beiden anderen Kameraden sollte in einer späteren Phase ihres Lebens das Fallschirmspringen zu einer Art Passion werden.

Die letzte Phase der Ausbildung führte Mætt und die beiden anderen ans Meer. Die Kampfschwimmerausbildung war bekannt für ihre extreme Härte und verlangte den Teilnehmern sowohl körperlich als auch mental alles ab. Doch die Aussicht auf das, was ihnen bevorstand, schreckte Mætt nicht. Er hatte sich schon immer wohl gefühlt am Wasser, im Wasser und auch unter Wasser. Dachte er.

Mætt, Bogdan und Dimitri lernten, unter extremen Bedingungen zu tauchen, sowohl mit offenen als auch geschlossenen Kreislauftauchgeräten. Sie trainierten das Eindringen in feindliches Gebiet über und unter Wasser, das Legen von Sprengladungen und die Rettung von Geiseln. Alles, was man sich in Verbindung mit Wasser vorstellen konnte. Sie litten alle drei extrem unter der körperlichen Anstrengung. Das kalte Wasser saugte ihnen in null Komma nichts sämtliche Energie aus dem Leib. Da war jetzt plötzlich Bogdan in seinem Element. Er war kompakter, kräftiger gebaut als seine anderen beiden Kameraden, dafür etwas kleiner. Er bekam schon sehr früh recht lichtes Haar, was ihn dazu veranlasste sich regelmäßig seinen Schädel zu rasieren. Meister Proper nannten ihn einige, aber nur wenige durften das ungestraft. Er setzte bei den Wasserratten noch die ein oder andere zusätzliche Qualifikation obendrauf. Er liebte es, die anderen beiden überlebten es. Die letzte, aber dafür eine der härtesten Prüfungen war die sogenannte „Hell Week". Eine intensive Woche ohne Schlaf, in der die Auszubildenden nonstop körperlich und mental gefordert wurden. Mætt erinnerte sich an den Moment, als er völlig erschöpft ins kalte Wasser sprang und gegen die Wellen ankämpfte, während seine Muskeln vor Schmerz brannten. Die dreißig Kilometer lange Schwimmstrecke markierte den Abschluss dieser Ausbildung. Er lernte das Wasser zu hassen. Gefühlt hatte die Ostsee zwei Zentimeter ihres Wasserspiegels verloren, derart viel Wasser hatte er geschluckt. Irgendwie hatte er aber auch das erfolgreich hinter sich gebracht.

Dazwischen dann noch Scharfschützen-Spezialausbildung und Häuserkampf. Bei Letzterem staunten sogar ihre Vorgesetzten nicht schlecht. Da zeigte das Team Mætt, Dimitri und Bogdan seine Qualitäten. Sie waren präzise, schnell und effektiv. Kaum eine Übung mussten sie wiederholen. Bogdan war der Türöffner. Egal ob mit Schrotflinte mit Spezialmunition oder Ramme oder Sprengschnur, jede Tür war in Windeseile nachhaltig sehr weit offen. Im sogenannten „Kill House", in dem Situationen auf engstem Raum simuliert wurden, die bei einer Stürmung eines Hauses oder einer Wohnung entstehen konnten, waren sie schlichtweg brillant. Naturtalente sozusagen. Dies führte dazu, dass die drei nach ihrer Ausbildung zu eben solchen Einsätzen angefordert wurden. Eine ihrer Spezialdisziplinen waren das Stürmen von Schiffen und die Befreiung von Geiseln aus diesem Umfeld. Entweder wurden sie aus einem Hubschrauber abgesetzt oder sie kamen aus dem Wasser. So lernten sie das Horn von Afrika besser kennen, als es ihnen eigentlich recht war. Wenigstens war das Wasser dort warm. Dies aber nur am Rande.

Dimitri hatte derart gute Voraussetzungen als Scharfschütze, dass er eine Zusatzausbildung zum Präzisionsschützen durchlief, von denen es in den gesamten Streitkräften nur sehr wenige gab. Er hörte einmal eine Zahl von unter Fünfzig Kameraden, die diese Voraussetzungen erfüllten. Mit gutem Schießen alleine war es da nicht getan.

Nach schier nicht enden wollenden Monaten des Schindens standen Mætt, Dimitri und Bogdan schließlich zusammen mit allen weiteren Kameraden, die diese Ausbildung erfolgreich beendet hatten, zur Abschlusszeremonie bereit. Viele wurden in den letzten Monaten aussortiert. Einige kamen mit den körperlichen, andere mit den mentalen Anforderungen nicht klar und mussten vorzeitig abbrechen. Für die anderen war jetzt aber das Ziel erreicht. Es war geschafft! Oberstleutnant Müller trat stolz und mit breitem Lächeln vor die Gruppe.

„Ihr habt bewiesen, dass ihr die anspruchsvollsten Aufgaben meistern könnt", sagte er. „Ihr gehört nun zu einer, zugegeben unbekannten, militärischen Elite, die sich in jeder Situation zurechtfinden und überleben kann. Erwartet nicht, dass ihr dafür gelobt werdet, wenn ihr eine Mission erfolgreich absolviert habt. Man wird noch nicht einmal wissen, dass es euch gibt. Im Gegenteil: Erfährt die Öffentlichkeit von euch, dann ist gewaltig etwas schiefgelaufen."

Mætt fühlte den Stolz in seiner Brust. Die Ausbildung hatte ihn bis an seine Grenzen und darüber hinaus gefordert. Er spürte, dass er nun bereit war. Bereit für alles, was da kommen mochte. Was auch immer da kommen mochte …

Alles in allem hatten ihn die letzten fast vierundzwanzig Monate verändert. Er hatte Gefallen an dem gefunden, was er tat. Er lernte Bereiche kennen, von denen er vor seiner Ausbildung noch nicht einmal im Ansatz gehört hatte. Und selbst wenn er davon gehört hätte, wäre das für ihn reine Fiktion gewesen. Er war kein John Rambo, im Gegenteil. Er war nach wie vor der gleiche Mætt, nur etwas älter geworden, und er hatte etwas Gewicht verloren, dafür mehr Muskeln aufgebaut. Auch hatte er Freude an körperlicher Belastung gefunden. Sport war jetzt etwas, das für ihn zum Leben dazugehörte. Etwas, das zum Wohlbefinden beitragen konnte. Wer hätte vor ein paar Monaten einen solchen Sinneswandel für möglich gehalten? Äußerlich war er nicht gealtert, aber wenn man genau in seine Augen blickte, war das Jungenhafte etwas in den Hintergrund getreten. Aber nur, wenn man sehr genau in seine Augen blickte. Er war selbstbewusster und noch unabhängiger geworden. Nicht nur von anderen Menschen, auch unabhängiger von anderen Meinungen. Gefühlt unabhängig von der ganzen Welt. Dafür hatte er jetzt so etwas wie eine Familie dazugewonnen. Dimitri und Bogdan. Zwei, auf die er in jeder Situation zählen konnte und sie auf ihn. Vorher war er immer nur der „Freak", der zu viel Hirn im Schädel hatte. Der, der etliche Klassen übersprungen hatte und nichts dafür tun musste. Der, der immer irgendwie überheblich oder arrogant wirkte, aber nirgendwo dazugehörte. Einer, den keiner wollte. Jetzt war er ein akzeptierter, gleichberechtigter Teil einer Gruppe Menschen mit besonderen, gegebenen und erlernten Fähigkeiten. Darauf konnte er zu Recht stolz sein.

Nachdem er die Ausbildung hinter sich gebracht hatte, gönnte man ihm zwei Wochen Ruhe, dann wurde er wieder nach Berlin geladen, um sich mit Schmitt in den Räumlichkeiten zu treffen, in denen auch die Aufnahmeprüfung stattgefunden hatte. Er würde wohl seinen ersten Auftrag bekommen, von dem Schmitt bereits vor seiner Ausbildung gesprochen hatte. Tief in sich drinnen war er sehr gespannt, freute sich aufrichtig darauf.

Alles sah auf eine sonderbare Weise vertraut aus. Selbst die Anreise nach Berlin hatte etwas von Routine. Er wunderte sich über sich selbst, wie schnell aus dem Außergewöhnlichen, dem Besonderen etwas scheinbar Normales geworden war. Der Mensch an der Schranke begrüßte ihn irgendwie vertraut, händigte ihm seine Zugangskarte aus und verzichtete auf die Wegbeschreibung. Das Küchenpersonal, das vor der Tür stand, um zu rauchen, winkte ihm vertraut zu. Er bezog ein ähnliches Zimmer mit Blick in den Garten und wurde kurz darauf abgeholt und in Schmitts Büro gebracht.

Die Begrüßung war auch auf irgendeine Art und Weise herzlich. Nach all dem, was er in den letzten Wochen und Monaten lernen durfte, war er sich nicht mehr sicher, ob Schmitts Freundlichkeit von Herzen kam oder schlichtweg Mittel zum Zweck war. Die Saat schien aufzugehen, das Misstrauen fraß sich langsam in sein Bewusstsein, wurde Teil seines Wesens. Das war nicht immer von Vorteil, wie er später noch erfahren sollte.

Sie plauderten etwas, Schmitt fragte lächelnd, wie er denn das Training verkraftet hatte, wollte hören, was ihm am meisten gelegen hatte, was gar nicht. Small Talk eben.

Es dauerte nicht lange, bis Schmitt auf den Punkt kam, was seinen Einsatz anging. Tatsächlich Nägel mit Köpfen. Im Groben sollte er die linke Szene infiltrieren, Kontakte aufbauen und sich dauerhaft in ihren Strukturen festsetzen und schauen, ob er Kontakte zu der Führungsebene der radikalen Linken etablieren konnte. Die später „dritte Generation" der RAF genannte Gruppierung, von der man nicht wirklich viel wusste, stand dabei ganz zentral im Fokus. An die wollte man ran.

„Schau, dass du diese Arschlöcher findest", sagte ihm Schmitt mit ziemlichem Nachdruck.

Er bekam etwas Starthilfe in Form eines Kontaktes, der ihn bei einer linken Gruppierung, die sich die Betreuung von politischen Gefangenen zu ihrer Aufgabe gemacht hatte, einführen sollte. Ihnen sagte man nach, gute Kontakte zu radikaleren Strukturen, wenn nicht sogar zur Führungsebene der RAF zu haben. So weit der Plan. Daneben konnte er wie versprochen sein Studium fortsetzen. Quasi als Tarnung. Dies war eine gefährliche Mission, die Mut, höchste Präzision und völlige Überzeugungskraft erforderte, erklärte ihm Schmitt. Er zuckte mit den Achseln, ganz als ob er bereits jetzt schon wüsste, dass er noch nicht mal auch nur in die Nähe von Gefahr kommen würde; zumindest nicht bei diesem Auftrag.

Mit einer teilweise neuen Identität ausgestattet – man hatte befunden, dass er zu jung aussah, und hatte kurzerhand sein Geburtsdatum angepasst – machte sich Mætt auf den Weg. Er wurde von seinem Kontakt, einem pummeligen, permanent nach Knoblauch und Schweiß riechenden Typen mit fettigen, langen Haaren in die linksalternative Szene eingeführt. Er besuchte linke Treffpunkte, saß in Szenekneipen und Cafés herum, nahm an Demonstrationen der Friedensbewegung und politischen Veranstaltungen teil. Er arbeitete bei der Hilfe für politische Gefangene mit, die sich für die Inhaftierten der zweiten Generation der RAF engagierten, und knüpfte so langsam Kontakte zu Menschen aus dieser Szene. Seine Ausbildung zahlte sich aus: Er wusste, wie er Vertrauen erwecken konnte, ohne Verdacht zu erregen. Die Leute machten es ihm aber auch einfach. Nicht jeder Linke war ein Krimineller. Die meisten waren harmlos. Idealisten, die an eine bessere Welt glaubten und alles zum Besseren verändern wollten. Die meisten von ihnen zogen sich irgendwas an Drogen rein und nannten das dann „Öffnen für die spirituelle Welt". Viele von ihnen sahen die Welt tatsächlich mit anderen Augen. Wollten dieses Leben, das von der Gesellschaft vorgegeben wurde, so nicht akzeptieren, ohne sich komplett zu verweigern. Mætt empfand es als absolut legitim sich seiner Berufung entsprechend auszurichten und so seinen Beitrag innerhalb der Gesellschaft zu leisten. Er lehnte es ab sich per se außerhalb der Gesellschaft zu stellen, in der man lebte, und sich an dieser durch Erschleichen von Sozialleistungen zu bereichern. Bigotte Arschlöcher nannte er diesen Schlag Mensch ziemlich deutlich. Die, für die er Verständnis hatte, suchten eigene Wege und erschlossen so, rückblickend betrachtet, Bereiche, die als wertvoll und wichtig für die gesamte Gesellschaft zu betrachten sind. Er lernte jede Menge sehr nette Menschen kennen, von denen er gerne mehr erfahren hätte. Schwer war es allerdings die Personen herauszufiltern, die nicht nur radikal redeten und große Reden schwangen, sondern auch an aktivem radikalem Handeln interessiert waren. Am besten die, die bereit waren bis zum Äußersten zu gehen. Dabei ging es nicht um Graffitis oder mal einen Pflasterstein auf einer Demo nach der Staatsmacht zu werfen. Es ging um wesentlich mehr. Genau diesen Schlag Menschen suchte er.

Wochen, ja Monate vergingen. Mætt gelang es nicht, tiefer in irgendeine linke Gruppe einzudringen oder Personen zu identifizieren, die man dem kriminellen linken Spektrum oder gar der Führungsebene irgendeiner Generation der RAF zuordnen konnte. Er erfuhr zwar von geplanten Aktionen und konnte wertvolle Informationen an seine Vorgesetzten weiterleiten. Daraus resultierte dann die ein oder andere Verhaftung und später dann auch eine Verurteilung, ohne dass dies mit ihm in Verbindung gebracht werden konnte. Aber alles kleine Fische. Der Durchbruch, der Erfolg, den man eigentlich erwartete, war ihm jedoch nicht vergönnt. Ihm half zwar seine Kunst des Lügens, des Vertrauen Erschleichens, die er mit jedem Mal perfektionierte, denn jede Lüge, die er erzählte, war ein Meisterwerk der Täuschung, sorgfältig konstruiert und perfekt vorgetragen, sodass die Grenze zwischen Fiktion und Wirklichkeit sogar zeitweise für ihn verschwamm.

Klar war jedoch auch, je näher er den wirklich radikalen Strukturen kam, desto größer wurde die potenzielle Gefahr. Ein Fehltritt, eine unbedachte Bemerkung, und seine Tarnung konnte auffliegen. Er musste ständig wachsam sein, seine Umgebung beobachten und auf subtile Signale achten. Momentan hatte er aber nichts zu befürchten und das würde auch so bleiben.

Irgendwo auf diesem Weg lernte er Andrea kennen. Sie war erfrischend anders, nicht so hippiesk, nicht so ein verbohrter Öko. Eher mit beiden Füßen auf dem Boden, aber trotzdem alternativ und offen in der Ausrichtung ihres Lebens. Sie freundeten sich an, gingen ein paar Mal miteinander ins Bett und waren fortan mehr oder weniger zusammen. Gut für die Tarnung, schlecht für das Miteinander, wenn alles, was eine potenzielle Beziehung ausmacht, auf einer Lüge basiert. Sie wusste, dass er studierte, wusste, wo er aufgewachsen war, aber mehr auch nicht.

Sie fragte auch nicht viel, weil das ja, ganz dem Zeitgeist entsprechend, nicht sonderlich cool war. Jeder hat ein Recht auf Individualität, jeder hat ein Recht auf seine eigene Geschichte. Diese Art zu denken war in politisch linken Strukturen besonders ausgeprägt. So lief das sehr lange. Sehr bequem für Mætt die Sache mit Andrea. Er konnte, ohne sich in direkte Gefahr zu begeben oder sich in irgendwelchen Lügen zu verstricken, mit einer glaubhaften Tarnung, schließlich waren sie ja wirklich ein Paar, seinem Auftrag nachgehen. Noch dazu war die Beziehung mit Andrea ja auch nicht auf Dauer ausgerichtet. Manches konnte man planen, aber längst nicht alles war planbar. Es sollte jedoch alles komplett anders kommen.

Andrea und er waren viel zusammen unterwegs. Besuchten hier und da irgendwelche Gesinnungsgenossen in unterschiedlichen Großstädten. Sie gingen auf so ziemlich jede angesagte Demo, von denen es quasi jedes Wochenende eine andere, irgendwo in der Republik gab. Es wurde gegen vieles demonstriert zu dieser Zeit. Startbahn West war angesagt, Gorleben, Ostermärsche, später irgendwann der Nato-Doppelbeschluss. Auf jeder Demo lernte man neue Leute kennen. Mætt war immer vorne mit dabei. Dort, wo es heiß herging. Wollte die finden, die ihm bei seinem eigentlichen Beweggrund helfen konnten. Irgendwie klebte aber Pech an seinen Händen. Er schaffte es nicht, sich dort einzuschleichen, wo er eigentlich hinwollte. Wesentlich später erkannte er, dass er ein einziges Mal zwei Personen aus der Führungsebene der dritten Generation in einem Treppenhaus begegnet war, als er auf dem Weg zu einem konspirativen Treffen war. Sie gingen, er kam. Das war aber die einzige Begebenheit, bei der er diesen Strukturen, ja sogar der Führungsebene derart nah gekommen war. Und er hatte die beiden noch nicht mal erkannt.

Nebenbei studierte er und irgendwann schloss er das leidige Studium, auf das er schon von Anfang an nicht wirklich Lust hatte, mit hervorragender Leistung ab. Schmitt kam aus dem Nörgeln nicht raus. Mætt konnte nichts vorweisen. Keine Erfolge. Dann schloss er das Studium auch noch viel zu früh ab. Das würde seine Tarnung gefährden. Daher musste er sich wieder einschreiben. Er schrieb sich für Politikwissenschaften ein. Ein ewiges Hin und Her. Andrea runzelte zwar die Stirn. Ausgerechnet Politikwissenschaften, aber sie fragte nicht wirklich genauer nach. Dafür war man ja, wie gesagt, zu cool zu dieser Zeit. Wenn sie schon mal was fragte, dann war sie mit wenigen Sätzen zufrieden zu stellen. Mittlerweile legte die RAF einen Zahn zu. Ernst Zimmermann, Chef der MTU, wurde 1985 erschossen, ein US-Soldat, Edward Pimental, wurde im Rahmen der Vorbereitungen zum Anschlag auf die US Airbase in Frankfurt ermordet. Eingefädelt von jener Person, der er in besagtem Treppenhaus begegnet war. Ein Jahr später wurden Karl Heinz Beckurts und sein Fahrer ermordet. Im gleichen Jahr wurde Gerold von Braunmühl erschossen. Das Ganze gipfelte dann später in dem Sprengstoffanschlag auf Alfred Herrhausen in Bad Homburg. Danach war für zwei Jahre Ruhe. Als dann 1991 der Chef der Treuhand erschossen wurde, drehten die Oberen von Mætt schier durch. Man musste sich eingestehen, dass die Rechnung mit den eigenen Strukturen der Terrorbekämpfung gründlich danebengegangen war. Mætt ging in dieser Zeit durch die Hölle. Er musste nicht nur erkennen, eine komplette Fehlbesetzung zu sein, er musste sich das auch noch sagen lassen. Hatte seine Ausbildung doch jede Menge Geld gekostet und spielte noch nicht mal im Ansatz das ein, was man in ihn investiert hatte. Das verletzte sein Ego zutiefst. Er, der eigentlich ein Perfektionist war, musste lernen sich mit weniger bzw. gar nichts zufrieden zu geben.

Als Konsequenz wurde er zwischendurch in anderen Bereichen eingesetzt. Er stürmte Schiffe, die von Piraten gekapert waren. Er ermittelte bei Wirtschaftsunternehmen, bei denen man einen Verstoß gegen Embargos in Bezug auf irgendwelche Produkte bzw. Bauteile von vorwiegend elektronischen Geräten vermutete, die militärisch genutzt werden konnten. In diesem Bereich deckte er verschiedene Sauereien bei führenden deutschen bzw. bei führenden Unternehmen auf, die in Deutschland ihre

Zentralen hatten. Dann schickte man ihn wieder zu irgendwelchen Zusatzausbildungen und prompt knallte es dann wieder im linken Terrorspektrum. Ganz so, als würden die Radikalen nur darauf warten, bis er nicht im Lande war.

Zwischendurch wurde er auch zusammen mit Dimitri und Bogdan bei sogenannten „Fast in Fast out"-Aktionen eingesetzt. Zwei, drei Wochen Vorbereitung, Flug vornehmlich in ein Krisengebiet, Aktion durchführen, wieder raus. Nicht seine eigentliche Bestimmung, aber zusammen mit seinen zwei Kameraden, mit denen er auch privat sehr viel Zeit verbrachte, so etwas wie eine Abwechslung vom drögen, wenig erfolgreichen Alltag. Noch dazu konnte er seine Ausbildungskosten bei einer gelungenen Aktion dann doch, wenigsten ein bisschen vor sich selbst rechtfertigen.

Bei all den Zusatzausbildungen, den Ermittlungen bei unterschiedlichen Unternehmen oder den Einsätzen mit Dimitri und Bogdan, war Andrea völlig arglos. Entweder gab Mætt vor, alleine durch die Welt zu reisen und sich irgendeinen entlegenen Winkel des Planeten anzuschauen, oder er sagte ihr, auf Geschäftsreise bei einem der Kunden, bei dem er gerade angestellt war, zu sein. Es fand sich immer eine schlüssig klingende Erklärung für seine oftmals längeren Abwesenheiten – ohne Andrea. Irgendwie interessierte sie das auch nicht wirklich. Von außen betrachtet führte er mit Andrea eine völlig normale Beziehung. Sie lebten mittlerweile zusammen, sie machte trotzdem mehr oder weniger ihr eigenes Ding, und er machte seins.

Im Herbst 1991 wurde Andrea schwanger. Für ihn kein Problem, für Andrea eine mittelschwere Krise. Sie trafen gemeinsam die Entscheidung das Kind zu bekommen. Fortan war Mætt auf dem Weg Familienvater zu werden. Es hatte das Potenzial die gesamte Beziehung zu Andrea umzukrempeln. Schmitt lächelte verhalten, als er es ihm erzählte, ersparte aber sich und Mætt jeglichen weiteren Kommentar. So ging alles seiner Wege. Unspektakulär, wenn man sich nicht die eigentliche Intention seiner Tätigkeit in Erinnerung rief.

Im Januar 1992 bekam er einen Anruf und wurde dringend nach Berlin beordert. Ohne weitere Erklärung, ohne Details. Er ging davon aus, dass er wieder einen Einlauf kassieren würde, weil er immer noch keine Erfolge vorzuweisen hatte. Also die Art spektakulärer Erfolge, auf die seine Oberen so scharf waren.

Глава 3 (Der Auftrag)

Für Andrea war es lediglich ein weiteres Mal, wo Mætt nicht zu Hause war. Ihre Schwangerschaft war unauffällig. Nach anfänglicher Übelkeit hatte sie keine weiteren Beschwerden. Außer dass sie etwas an Gewicht zulegte, was sie aber auch nicht weiter zu stören schien. Nach wie vor ging sie auch ihrer Arbeit nach.

„Ich bin schwanger und nicht krank", pflegte sie zu antworten, wenn sie gefragt wurde, wie lange sie denn noch arbeiten würde. Der Geburtstermin war auf Ende März / Anfang April berechnet worden. Also noch alle Zeit der Welt. Der Gedanke, dass sie bald zu dritt sein würden, war nicht wirklich greifbar, dennoch eine Tatsache, die man nicht unterschätzen sollte. Oftmals sind schon wunderbar funktionierende Beziehungen daran gescheitert.

„Was soll die Aufregung, es werden schon seit Jahrtausenden Kinder geboren", hörte Mætt Andrea immer wieder antworten.

Mætt konnte sich den Familienzuwachs so gar nicht vorstellen und war auf eine unerfindliche Art und Weise dankbar dafür, dass er in die neue/alte Hauptstadt beordert wurde.

Er hatte keine Idee, was denn so wichtig war, dass er gleich für eine ganze Woche nach Berlin kommen sollte. Es gingen Gerüchte um, dass die Gruppe wohl aufgelöst werden sollte, weil sie eben keine wirklichen Erfolge vorzuweisen hatte und noch dazu ziemlich teuer war. Zu teuer. Der Bund musste sparen, sagten böse Zungen. Mætt sah das entspannt. Seine Dienstzeit war im letzten Drittel. Man muss das sportlich sehen, wie beim Eishockey. Was sollte man sich mit Dingen belasten, die man nicht beeinflussen konnte.

Nach der üblichen, ermüdenden Zugfahrt kam er in Berlin an und bezog wieder eines der Zimmer mit dem 1960er-Jahre-Charme. Im Haus war es still, aber das war es eigentlich immer. Das antiquierte Telefon mit Wählscheibe in Grau gab ein röchelndes Geräusch von sich, das Mætt als „Klingeln" interpretierte. Er nahm ab und meldete sich. Schmitt meldete sich kurz und sehr knapp. „Großer Besprechungsraum in 5", sagte dieser und legte wortlos wieder auf. Mætt begab sich, nachdem er selbst aufgelegt hatte, zügig in den genannten Besprechungsraum. Als er die Tür öffnete, hörte er ein gedämpftes Stimmengewirr, das auf eine größere Ansammlung Menschen schließen ließ. Er trat ein und musste erst einmal nach Luft schnappen. Man konnte die Luft hier förmlich schneiden. Beißender Zigarettenqualm ließ das Gefühl von akuter Atemnot aufkommen. Alle Fenster waren geschlossen. Seit er aufgehört hatte zu rauchen störte ihn der Qualm der anderen immens. Das schien aber bei allen Nichtrauchern, Nichttrinkern oder Nichtirgendwas so zu sein. Vom Saulus zum Paulus, war eine diesbezügliche Redensart, die Mætt zu diesem Zeitpunkt ziemlich gut charakterisierte. Erst auf den zweiten Blick nahm er Dimitri, Bogdan und einige andere Leute wahr, die er zumindest schon einmal gesehen hatte. Der eine Typ, der aussah wie ein Bodybuilder, war wohl Ritchie. Der war zusammen mit ihm, Dimitri und Bogdan auch bei dem Auswahlverfahren. Von den anderen hatte er auch zwei zumindest einmal gesehen. Schmitt saß am Kopfende der Tischreihe und hatte an jeder Seite eine Person, die beide zumindest wichtig aussahen. Auf die Leinwand hinter ihnen war eine Luftbildaufnahme von einer Berg- und Waldlandschaft projiziert, die ihm aber unbekannt war. Irgendwo im Hintergrund der Aufnahme schlängelte sich noch ein Fluss durch die Landschaft. Er nickte allen zu und öffnete auf dem Weg zu seinem Platz ein Fenster. Wortlos setzte er sich neben Ritchie.

„Weißt du, um was es geht?", fragte er ihn.

Ritchie schaute ihn von der Seite abschätzend an und schüttelte unmerklich seinen Kopf. Beide hatten ihre Unterarme vor sich auf dem Tisch liegen. Mætt stellte fest, dass einer von Ritchies Unterarmen wohl annähernd die Maße eines seiner Oberschenkel hatte. Unter Ritchies weitem T-Shirt zeichneten sich wahre Muskelberge ab. Dimitri, der ihn von seinem Platz, schräg gegenüber beobachtete und seinen Gedankengang wohl erahnen konnte, grinste ihn wissend an.

Nachdem anscheinend alle zugegen waren, klopfte Schmitt auf den Tisch. „Ruhe meine Herren, ich übergebe das Wort an den geschätzten Kollegen Streitmüller."

„Meine Herren", begann Streitmüller ohne Umschweife.

Sein Ton und seine Körperhaltung ließen auf einen altgedienten, befehlsgewohnten Militär schließen.

„Wie Sie alle wissen, eskaliert gerade die bewaffnete Auseinandersetzung auf dem Balkan. Die beteiligten Parteien beschuldigen sich gegenseitig der Verursacher zu sein, was ja nichts Neues ist. Angeblich sind die beteiligten Länder Bosnien und Herzegowina, der angrenzende Kosovo und Serbien frei von Ausländern. Ich erwähne das deshalb, weil etwaige Ausländer von ihren Regierungen nach Hause geholt werden müssten bzw. sollten. Das wiederum könnte zu Komplikationen mit den jeweiligen Teilstaaten des ehemaligen Jugoslawien, insbesondere mit Serbien, führen. Des Weiteren haben wir Blauhelme verschiedener Herkunftsländer vor Ort. Möchte nur England, Kanada und Dänemark erwähnen. Warum ist diese Information von Belang? Einem Versorgungskonvoi der dänischen Blauhelme wurden bei einer Hilfsgüterlieferung in die Stadt Bratunac zwei ukrainische Frauen übergeben, die von ihnen in sicheres Gebiet überstellt wurden."

Er deutet dabei auf die Luftbilder, die hinter ihm auf die Wand projiziert wurden.

„Beide Damen haben bei getrennter Befragung vehement von Gräueltaten serbischer Milizen berichtet. Es geht hierbei um Massenerschießungen und anderer Exzesse, bei denen Zivilisten in großer Zahl grausamst vergewaltigt und bestialisch ermordet wurden. Kinder eingeschlossen. Natürlich haben wir unsere Blauhelmkameraden um Stellungnahme gebeten. Allesamt negativ. Nichts Derartiges bekannt. Alle Aktionen der Serben wären lediglich auf Verteidigung ausgerichtet und würden sich auf ein Minimum beschränken. Bla bla bla. Wir haben erhebliche Zweifel an dieser Darstellung. Fragen bis hierher?"

Schmitt schaute in die Runde. Einer der Teilnehmer, der in seinen Mitt- bzw. Enddreißigern zu sein schien, hob die Hand.

„Dieter?"

Streitmüller nickte in die Richtung des Kameraden.

„Was haben wir damit zu tun?", fragte dieser.

„Dazu komme ich gleich", antwortete Streitmüller knapp, bevor er fortfuhr.

„Also, um es vorsichtig zu formulieren, haben wir an der Aufrichtigkeit der Aussagen unserer Blauhelm-Kameraden gewisse Zweifel. Wenn diese serbischen Übergriffe der Wahrheit entsprächen, wäre das nicht nur ein Verstoß gegen sämtliche bekannten Konventionen, sondern könnte das zusätzlich den Kriegseintritt der NATO bedeuten bzw. beschleunigen. Das möchte zum jetzigen Zeitpunkt wirklich niemand. Wir haben daher beschlossen uns eine eigene Meinung zu bilden. Damit wir hinterher nicht für etwas verantwortlich gemacht werden können, das sich unserer Kenntnis entzogen hat bzw. von dem wir nicht oder nur unvollständig oder zu spät unterrichtet wurden. Und genau da kommen Sie, meine Herren, ins Spiel. Ich übergebe das Wort an den Kameraden Schleiz."

Besagter Kamerad Schleiz war definitiv ein Militär.

„Meine Herren, wir haben uns entschieden zwei Trupps zu entsenden, um uns selbst eine Meinung zu der vorherrschenden Situation im Zielgebiet zu verschaffen. Wir wollen wissen, was der Serbe tut bzw. was er hoffentlich nicht tut. Der Plan ist, dass wir unbemerkt – ich betone: *unbemerkt* – vor Ort gehen, aus zwei Richtungen durch das Hinterland auf Bratunac zustoßen und etwaige Fälle serbischer Übergriffe dokumentieren. Ich betone: *dokumentieren*. In Bratunac werden wir uns zum Ende der Operation alle wieder sammeln. Sie werden verdeckt operieren und unterwegs lediglich und ausschließlich Informationen sammeln. Fragen bis hierher?"

Wieder hob Dieter die Hand.

„Was bedeutet unbemerkt?"

„Gute Frage!", antwortete Schleiz.

„Wir werden Ihre Ankunft nicht bei irgendwelchen offiziellen Stellen anmelden, daher werden Sie kein Teil einer wie auch immer gearteten Delegation sein. Sie werden verdeckt operieren und sind auf sich gestellt. Sie existieren offiziell gar nicht. Sie werden als Teil der Fluchtbewegungen, die tatsächlich in großem Ausmaß stattfinden, wie uns aus verlässlichen Quellen übereinstimmend berichtet wurde, sich selbst einen Einblick verschaffen. Haben Sie die Informationen gesammelt oder konnten Sie keine Anzeichen für besagte Übergriffe entdecken, werden sie aus Bratunac das Land wieder genauso unbemerkt verlassen, wie Sie es betreten haben."

Unterstrichen wurden seine Ausführungen mit Karten des Gebiets, auf denen die beiden unabhängig voneinander operierenden Gruppen farblich markiert dargestellt waren.

„Wie lange wird der Einsatz dauern und wie dokumentieren wir unsere Erkenntnisse?", fragte ein anderer, der Klaus hieß und ebenfalls einen längeren militärischen Hintergrund zu haben schien.

„Angesetzt ist die Mission auf sechs Wochen. Wenn Sie länger brauchen, dann werden Sie das kommunizieren. Von einer kürzeren Dauer ist nicht auszugehen. Das Gelände ist unwegsam. Unterwegs gemachte Informationen müssen wahrscheinlich mühsam verifiziert werden. Ihre Aufgabe ist es ausschließlich mit Kameras zu dokumentieren, was als Anzeichen oder Beweis der serbischen Übergriffe verwendet werden kann. Sie werden nicht bewaffnet sein und es wird keine Auseinandersetzung mit irgendwelchen offiziellen oder halboffiziellen Stellen angestrebt. Sie bewegen sich unauffällig in den eben gezeigten schlangenförmigen Richtungen auf Bratunac zu, halten Augen und Ohren offen, sammeln, dokumentieren, sprechen mit der Bevölkerung und schließen sich zum angegebenen Zeitpunkt in Bratunac zusammen. Von dort aus werden Sie dann wieder mit einem UN-Hilfskonvoi auf neutrales Gebiet zurückkehren."

Streitmüller ergriff wieder das Wort.

„Wenn Sie einmal durchgezählt haben, kommen Sie auf die Zahl acht", sagte er mit einem süffisanten Grinsen.

„Das ergibt zwei unabhängig voneinander operierende Teams. Eines wird vom Kameraden Dieter, das andere vom Kameraden Paul geleitet. Sie werden sämtliche Details selbst planen und durchführen."

Alle schauten Dieter und Paul an und nickten.

„Fragen?"

Mætt hob die Hand und wurde durch ein Nicken in seine Richtung von Schleiz zum Sprechen aufgefordert.

„Wie sind die Gruppen zusammengestellt?"

„Das werden die Teamleiter bekannt geben. Paul und Dieter bitten wir hier zu bleiben, die anderen bitte wegtreten. Treffen in einer halben Stunde in der Kantine."

Das war eine kurze und knappe Ansage. Nichts weiter Dramatisches also. Klassenfahrt sozusagen. Bier auf der Hinfahrt, ein paar Bilder schießen, scharfe Jugo-Bräute anbaggern, Sliwowitz und Cevapcici in rauen Mengen und dann wieder heim. Das oder so ähnlich war der Tenor der Runde, die in der Kantine auf weitere Details wartete. Dimitri, Bogdan und Mætt hatten endlich Gelegenheit sich anständig zu begrüßen. Schnell hatten sie sich auch den anderen vorgestellt. Da waren unterschiedlichste Disziplinen zusammengekommen. Ritchie schien einen polizeilichen Hintergrund zu haben, etwas Genaues ließ er nicht verlauten. Zwei waren zusammen mit Mætt im Auswahlverfahren gewesen, Klaus hielt sich ähnlich bedeckt wie Dieter. Sie mutmaßten so einiges, wurden aber nicht wirklich schlau, was der wahre Hintergrund der Aktion war. Ob es überhaupt einen wahren Hintergrund gab. Es dauerte dann doch fast fünfundvierzig Minuten, bis besagter Dieter und Paul zu ihnen stießen. Draußen war es mittlerweile schon dunkel geworden. Wenn Mætt es richtig sehen konnte, hatte es leicht angefangen zu schneien. Empfindlich kalt war es hier auch. Schon ein Stück kälter als zu Hause. Paul ergriff das Wort. Auch er war ein Mittdreißiger, der offensichtlich einen militärischen Hintergrund hatte und es gewohnt war Befehle zu erteilen.

„Ich lese jetzt drei Namen vor. Die sind in meinem Team. Die anderen gehen mit Dieter."

Harald, Mætt und Ritchie waren Dieter zugeteilt, Bogdan, Klaus und Dimitri gingen mit Paul. Die zwei Teams gingen zusammen in einen Besprechungsraum, um den Ablauf der Operation zu planen. Nach drei Tagen stand die Planung.

Infiltration per Fallschirm. Dieters Team in den Bergen, Pauls Team weiter südlich. Halbkreisartige Bewegung auf den Fluchtrouten, die zuvor nochmals mit den offiziellen Angaben der UNO abgeglichen werden. Pro Team eine Person, die die Landessprache spricht. In Mætts Team war das Dieter, der bosnische Wurzeln hatte. Mætt hatte auf Bogdan gehofft, was das Dreierteam fast komplettiert hätte. Kleidung landestypisch, bewusster Verzicht auf alles, was sie mit dem Westen in Verbindung gebracht hätte. Also keine Levi's-Jeans, keine Adidas-Schuhe und keine Armbanduhren, die es im Jugoslawien der 1980er nicht gegeben hätte. Selbst der Haarschnitt sollte von einem bosnischen Geflüchteten vorgenommen werden, damit er authentisch wirkte.

Über die Aussage, dass sie unbewaffnet starten würden, entbrannte eine heftige Diskussion. Als Entgegenkommen wurde vereinbart, dass jeder im Team eine Kurzwaffe russischer Art in Kaliber 9 mm erhalten würde, zusammen mit einem zusätzlichen Magazin. Im Zielgebiet angekommen würden sie sich mit lokalen Kräften vor Ort treffen, die sie mit zusätzlichem Material in Form von Schusswaffen und Sprengmitteln versorgen würden. Immerhin bewegten sie sich in einem Kriegsgebiet. Jeder bekam eine kleine Leica-Kamera mit zehn speziellen Filmen in witterungs-, wasser- und brandsicherer Verpackung, die leicht und unauffällig zu transportieren waren. Zusätzlich gab es für Notfälle ein kleines Handfunkgerät, mit dem sich jedes Team untereinander verständigen konnte, das aber nur in wirklichen Notfällen benutzt werden sollte. Starttermin: Mitte/Ende Mai. In den Bergen war es noch lange sehr kalt und es konnte auch schneien. Normalerweise wollten sie früher starten. Ende März war angepeilt. Mætt atmete hörbar auf, als Mai final bekannt gegeben wurde. Da wäre er wenigstens zur Geburt seines ersten Kindes zu Hause. Alles, was danach kommen würde, könnte er irgendwie als „geschäftlichen Notfall" erklären und hoffen, dass Andrea das schluckte.

Ritchie hatte keine Fallschirmausbildung. Mætt als Tandem Master würde ihn ins Zielgebiet mitnehmen. Es war nicht machbar Ritchie in Anbetracht der Kürze der Zeit auf einen solchen Trainingsstand zu bringen, dass er selbstständig springen konnte. Noch dazu war es ein sogenannter HAHO-Sprung, bei dem aus großer Höhe mit Sauerstoffunterstützung gesprungen und der Schirm nach recht kurzer Freifallzeit geöffnet wurde. Technisch sehr anspruchsvoll. Sie flogen dann quasi über 35 Kilometer am Fallschirm hängend ins Zielgebiet. Unbemerkt vom feindlichen Radar. Definitiv nichts für Anfänger. So sollte es möglich sein völlig unbemerkt im Zielgebiet anzukommen. Für Mætt kein Thema, im Gegenteil, auf diesen Teil der Mission freute er sich sogar. Nur Ritchie schaute ihn einige Male recht skeptisch an, wog er doch annähernd doppelt so viel wie Mætt, war aber fast einen Kopf kleiner.

Sie verabredeten sich alle vierzehn Tage zu einem Treffen in einer zentralen Kaserne, die in etwa in der Mitte von allen lag und für jeden den gleichen Reiseaufwand bedeutete. Das war einfach, Andrea alle zwei Wochen ein oder zwei Tage Reiseaufwand zu verkaufen. Für den Einsatz musste er sich allerdings noch etwas überlegen. Entweder erzählte er etwas von Übersee und musste dann unvorhergesehen verlängern, oder irgendetwas anderes. Ihm würde schon etwas einfallen. Auf jeden Fall freute er sich auf den Einsatz. Endlich mal etwas verbindliches, aber so wie es den Anschein hatte, ohne größeres Gefahrenpotenzial. Nicht so etwas, wie er die letzten Jahre hatte. Mit Hippies abhängen und immer auf den großen Fang warten. Das war ihm eigentlich zu wenig greifbar. Die doofen Linken, zumindest die, die etwas zu verlieren hatten, hatten sich schon ziemlich abgeschottet. Mehr als er es ihnen zugetraut hätte. Da kam keiner rein, der nicht rein sollte.

Die Zeit verging wie im Fluge. Sie reisten für knapp zwei Wochen in wärmere Gefilde und trainierten den Sprung. Genauer gesagt flogen sie in die USA, nach Yuma in Arizona, und bekamen dort vom amerikanischen Militär eine Zusatzausbildung. In dieser Beziehung waren die Amis um Lichtjahre voraus. Wieder zu Hause, hatte Mætt permanent Ritchie vor den Bauch gebunden, was ihm schon etwas die Freude an dem Sprung nahm. Sie absolvierten vielleicht zwanzig Tandemsprünge aus der normalen Höhe von 4000 Metern und drei HAHO-Sprünge aus knapp 9000 Metern, einen zu Tageslichtbedingungen und zwei Nachtsprünge. Das sollte die Einsatzbedingungen widerspiegeln. Hier zahlte sich zum ersten Mal die „Freeflyer"-Ausbildung in den USA aus, die Mætt zusammen mit dem Team gemacht hatte. Diese Art und Weise revolutionierte das militärische Fallschirmspringen kolossal. Hatte man mit den sogenannten Rundkappenschirmen bislang lediglich eine Verlangsamung des Falls erreicht, hatte man mit dem rechteckigen, einem Gleitschirm nachempfunden Fluggerät die Möglichkeit, nicht nur seinen Fall zu verlangsamen, sondern auch noch sehr verlässlich zu seinem Ziel zu navigieren und punktgenau zu landen. Hieraus entwickelte man dann verschiedene taktische Einsatzarten. HAHO (High Altitude – High Opening) steht für eine lange Schirmfahrt. Intention war eine unbemerkte Infiltration. Man war in der Lage über eine lange Strecke in das Zielgebiet einzufliegen – unbemerkt vom gegnerischen Radar. Die zweite Technik war HALO (High Altitude – Low Opening). Dies war auch für Absprünge aus großer Höhe, in der Regel auch mit Sauerstoffunterstützung, um unbemerkt vom gegnerischen Radar zu bleiben, man hatte aber eine lange Freifallphase. Dafür war die Schirmfahrt zum Zielgebiet kürzer.

Die Kameraden trafen sich also alle zwei Wochen, um alles zu planen, die Sprünge zu berechnen, die Ausrüstung, die geliefert wurde, zusammenzustellen und vor allem die Kleidung für ihren Einsatz, die so nach und nach eintraf, anzuprobieren und auszusuchen. Das war der lustigste Teil der ganzen Vorbereitung.

Sie planten bei jedem Sprung den Anflug mit dem Schirm in ihrem Zielgebiet neu, besprachen alle möglichen Wenn und Aber, und verwendeten viel Zeit für diese Phase, weil es die schwierigste war. Jedes Team plante für sich. Mætt und Ritchie waren mittlerweile eine Einheit. Mætt hatte sich altes Gurtzeug zurechtgeschnitten und daraus Trainingsgurtzeug gebaut, mit dem er Ritchie bei den Trockenübungen an sich, den realen Bedingungen entsprechend, festband. Sie zählten synchron laut die Zeit herunter bis zur Schirmöffnung, gingen jeden einzelnen der Schritte, die sie durchzuführen hatten, Wort für Wort durch. Sie sagten es so lange laut auf, bis sie es blind beherrschten. Wenn man das ungleiche Paar so betrachtete, machte es den Anschein, als würden sie tanzen. King Kong und Jane im innigen Tanze vereint. Die Vorstellung fanden alle witzig, nur die beiden nicht. Die Landung würde trotz der Trockenübungen nicht einfacher. Sie planten auf einer Waldwiese, bergan, kurz vor dem Waldrand zu landen. Im so genannten Lee, im Windschatten der Bäume. Hier musste man aufpassen, dass der Luftstrom nicht abriss und man aus fünf, zehn oder fünfzehn Metern wie ein Stein vom Himmel fiel. Damit war man erledigt. Schon drei Meter ungebremster Fall konnten tödlich sein. Im Tandem wurde generell auf dem Hintern gelandet. Irgendwann fühlten sich Ritchie und er bereit für den Sprung. Ritchie war mit der Zeit aufgetaut und hatte sichtlich Respekt vor dem drahtigen, aber langen Mætt, der seiner Meinung nach genau wusste, was er tat. Diese ganze „Fallschirmding" war für Ritchie eine Art Horrorszenario. Für Mætt erschien es nach anfänglichen Bedenken wie eine Busfahrt. Eine lustige Busfahrt mit ernstem Hintergrund.

Bei einem ihrer Treffen in der Kaserne bekamen sie die Makarow PMM[3] Pistole in 9 mm mit entsprechender Munition geliefert. Mætt verwendete viel Zeit auf dem Schießstand, um sich mit der Waffe vertraut zu machen. Zusätzlich entschied er sich noch ein anständiges Messer mit feststehender Klinge mitzunehmen, mit dem er sich unauffällig ein Brot schmieren konnte, welches aber auch eine ernstzunehmende Waffe zur Verteidigung darstellte. Im Prinzip waren sie pünktlich zum Stichtag ihrer Meinung nach optimal vorbereitet.

Anfang April wurde Mætt Vater. Es war eine schnelle Geburt. Mutter und Kind wohlauf. Sie hatten eine Tochter bekommen. Alles dran, kerngesund mit kräftigen Lungen. Andrea und er waren überglücklich. Er nahm sich frei, kam aber zu den Planungstreffen in die Kaserne. Die war nicht weit von seinem Zuhause entfernt und er wollte keine Sekunde verpassen.

Als es dann los ging, wurden sie zwei Tage vorher nach Österreich verlegt. Andrea war erwartungsgemäß nicht begeistert, als er aus heiterem Himmel eine Geschäftsreise aus dem Hut zauberte. Sie hatte es aber aufgegeben ihren Einspruch durchzusetzen.

Im Alpenland landeten sie auf einem scheinbar verlassenen Militärflughafen irgendwo im Nirgendwo und schliefen in irgendwelchen heruntergekommenen Baracken. Sie trugen bereits ihre „landestypischen" Kleider, die in den zwei Nächten die Patina bekamen, die sie wohl authentischer machen sollte. Mit einfacheren Worten: Sie stanken schon, bevor sie aufbrachen.

Sie bereiteten ihre Ausrüstung vor, legten sich am späten Nachmittag auf die Stockbetten und warteten lethargisch bis

---

[3] Die Makarow PM (Pistole Makarowa) ist eine russische halbautomatische Pistole, die 1951 eingeführt wurde und die Standard-Seitenwaffe der sowjetischen Streitkräfte und verschiedener anderer Länder des Warschauer Pakts war. Sie wurde von Nikolai Makarow entwickelt und ist bekannt für ihre Einfachheit, Zuverlässigkeit und robuste Bauweise.
Makarow PMM (Pistole Makarowa modernisiert):
Eine modernisierte Version, die in den 1990er Jahren entwickelt wurde. Verbesserungen: Ergonomischerer Griff, vergrößerte Magazinkapazität (12 Schuss). Kaliber: 9×18 mm Makarow.

zum Abend und es endlich losging. Der Flug in der C-130 war so geplant, dass es zwar ein Nachtsprung sein, sie aber in der beginnenden Dämmerung landen würden. Besser in der Dämmerung, als blind in diesem Zielgebiet zu landen. Pauls Team war zuerst dran. Sie würden zuerst abgesetzt, danach, nur wenige Minuten später, Dieters Team. Als es so weit war, bestiegen alle acht Mann plus die Besatzung die Maschine. Sie setzten sich und verbanden sich mit dem Bordfunksystem. Die C-130 war derart laut, dass keine natürliche Kommunikation möglich war.

Sie hatten graue Fliegerkombis aus festerem Stoff über ihre Kleidung gezogen, um sich so gut es ging gegen die Kälte in 9200 Metern zu schützen. Lederne Schnürstiefel und Handschuhe, die sie im Zielgebiet zusammen mit den Fallschirmen zurücklassen würden. Einen kleinen Rucksack mit in Plastiktüten verpackten Gegenständen würden sie später, zusammen mit den Sauerstoffflaschen, am Gurtzeug des Fallschirms befestigen.

Dröhnend träge setzte sich die große Maschine in Bewegung. In knapp neunzig Minuten würde es beginnen. Mætt lehnte sich zurück, schloss die Augen und versuchte seine Gedanken zu ordnen. Nichts sollte seine Konzentration behindern. Er ließ die letzten Wochen vor seinem inneren Auge ablaufen, die Geburt seiner Tochter, den Moment ihres ersten Atemzuges und den ersten Schrei sowie den erstaunlich festen Griff einer solch winzigen Hand. Den glücklichen Blick von Andrea, als das winzige Etwas auf ihren Bauch gelegt wurde. Die Glückwünsche, das Schulterklopfen seiner Kameraden. Die aufrichtigen Wünsche von Dimitri und Bogdan. Seinen Eltern. All das zog an seinem inneren Auge vorbei, als es in seinem Kopfhörer knackte und raschelte und die metallene Stimme des Flight Commanders sagte: „10 to go!" und zeitgleich beide Hände mit allen 10 Fingern in die Luft streckte.

Alle machten sich bereit. Dann kam das Zeichen „5 to go" und die

Statuslampe sprang auf Rot, die Heckklappe wurde mit lautem Surren langsam geöffnet. Das Team zog sich die Sauerstoffmaske über die untere Gesichtshälfte. Die ersten vier traten der geöffneten Klappe entgegen, aus der sie ein eisiger Luftstrom förmlich ansprang. Gespannt blickten alle auf die kleine Statusampel und warteten, bis die auf Grün sprang. Als das passierte, gingen alle vier, zu zweit nebeneinander, an die Rampe und ließen sich ohne Zögern in die Dunkelheit fallen. Der Spuk dauerte keine 10 Sekunden. Danach änderte die C-130 leicht ihren Kurs. Sanft zog die träge Maschine nach links. Die Ampel sprang wieder auf Rot und der Commander reckte seine Hand mit weit gespreizten Fingern in die Luft. „Five to go!", brüllte er gegen die Kälte und den Lärm an.

Mætt stand mit Ritchie in erster Reihe und wartete darauf, dass die Ampel auf Grün sprang. Ritchie konnte man sein Unwohlsein förmlich ansehen. Dieter stand neben ihm, Harald dahinter. Vorne an der Klappe war es elendig kalt. Zum ersten Mal freute sich Mætt, dass er Ritchie vor sich hatte. Der arme Tropf hing voll im Wind, dachte er sich. Dann sprang die Ampel auf Grün. Wie sie es geübt hatten, machten sie zwei Schritte nach vorne und breiteten die Arme aus, spreizten die Beine und ließen sich fallen. Der eisig Kalte Wind trieb ihm schier die Luft aus den Lungen. Er zählte laut und als er seine Zahl erreicht hatte, öffnete er den Schirm, zählte wieder und schaute nach oben, ob der Schirm auch komplett geöffnet hatte oder ob er eine Störung beseitigen musste. Alles war gut, sie hingen sicher am Schirm. Er kontrolliert Höhenmesser und Kompass, die in fahlem Licht leuchteten. Dieter, der jetzt unterhalb vor ihm flog, war nur als riesiger Schatten auszumachen. Er ging davon aus, dass Harald schräg oberhalb, hinter ihm war. Als Flugzeit hatten sie circa fünfunddreißig Minuten berechnet. Fünfunddreißig eiskalte Minuten, die nur durch permanentes Kontrollieren ihrer Instrumente beherrscht waren. Sie korrigierten einige wenige Male den Kurs etwas. Alles in allem unterschied sich die Schirmfahrt nicht von dem, was sie bei ihren Trainingssprüngen geübt hatten. Kein Funk, keine Positionslichter, nichts, was ihre Ankunft ankündigen würde. Tatsächlich wurde die Sicht besser. Zuerst waren die ersten Umrisse von etwas Unbestimmtem auszumachen. Wald oder Berge. Das konnte man nicht klar erkennen. Die Zeit war auf ihrer Seite. Laut Berechnung hatten sie noch knappe zehn Minuten vor sich. Mætt lockerte die Atemmaske und war heilfroh, dass er noch die Idee mit der Sturmhaube gehabt hatte. Das hatte ihn zusammen mit der Springerbrille vor dem eisigen Wind wenigstens etwas geschützt. Dunkel lag das Land unter ihnen. Deutliche Umrisse waren mittlerweile zu erkennen. Schwarzer Wald, grauer Fels und hellere Flecken, die anscheinend Wiesen waren. Dieter drehte seinen Schirm ein, um seinen Anflug vorzubereiten, Mætt war noch etwas höher und wartete mit dem Manöver noch ein, zwei Sekunden länger, um ihm dann zu folgen. Das einzige Geräusch, das zu hören war, war das Flattern des Schirms im Wind, als sie zum Anflug auf die Wiese eindrehten.

Dann brach mit einem Mal ohne Ankündigung die Hölle über sie herein. Im ersten Moment dachte er an ein Silvesterfeuerwerk. Irgendetwas Helles platzte direkt neben ihm. Ritchie schrie laut auf und begann zu zappeln. Das gleißende Licht einer Leuchtgranate blendete sie beide. Als er die Augen wieder öffnete, sah er nur noch bunte Flecken. Im Blindflug spulte er die Handgriffe ab, um sicher nach unten zu kommen und sich nicht den Hals zu brechen. Die Leuchtgranaten hatten auch etwas Positives. Man sah das Zielgebiet, nachdem sich die Augen an die Helligkeit gewöhnt hatten. Er beeilte sich, dass er so schnell, es irgendwie möglich war, kontrolliert nach unten kam, um die Landung heil zu überstehen. Rechts neben ihm tauchte Dieter auf. Sie waren vielleicht noch sechs oder sieben Meter über der Wiese. Er bremste seinen Schirm maximal ab, ohne dass sie wie ein Stein nach unten fielen. Immer noch zu schnell. Links und rechts von ihnen schlugen Granaten ein. Mörserbeschuss.

„Gottverdammte Scheiße", dachte er, „wo kommt das denn her?"

Bei einem schnellen Blick nach rechts, kurz bevor sie aufsetzten, musste er den Volltreffer mit ansehen, der Dieter vom Himmel holte. Dann erfasste ihn die Druckwelle und schleuderte ihn und Ritchie mit unvorstellbarer Gewalt in den Wald. Danach wurde es dunkel und still um ihn herum.

Am Anfang war da der Schmerz. Pochender, rasender Schmerz. In seinem Kopf, beim Atmen. Als er zu sich kam und es ihm gelang die Augen zu öffnen, war es so, als würde der Schmerz zusätzlich explodieren. Er nahm zuerst nur undeutliche, verschwommene Konturen wahr.

„Er ist wach", hörte er jemanden sagen.

Langsam wurde sein Sichtfeld klarer. Er saß mit dem Rücken an einen dicken Baum gelehnt. Die Kameraden standen um ihn herum und schauten besorgt.

„Kannst du mich hören? Wie geht's dir Mætt?", fragte ihn Ritchie.

„Ging mir schon mal besser", antwortete er ihm stöhnend.

„Was ist passiert?"

„Wir wurden mit Mörsern beschossen. Geile Landung, Respekt Alter, aber die Druckwelle von irgendeiner Granate hat uns in den Wald geblasen. War unser Glück."

„Dieter?", fragte er mit schwacher, ausdrucksloser Stimme.

Sie senkten alle den Blick und schüttelten leicht den Kopf.

„Er hat es nicht geschafft. Ihn hat es frontal erwischt. War auf der Stelle tot." Mætt schaute langsam an sich herunter.

„Bei dir ist alles ganz. Nichts scheint gebrochen. Wir haben das so gut es ging kontrolliert. Du hast stark aus der Nase und etwas aus den Ohren geblutet. Das ist alles, was wir feststellen konnten. Versuch mal aufzustehen." Langsam drehte sich Mætt auf alle Viere und versuchte sich mühsam an dem Baum, an den er gelehnt saß, aufzurichten. Das Stechen in seinen Rippen verhinderte ein kontrolliertes Aufstehen und er sackte zurück auf seine Knie. Ritchie hob ihn wie eine Puppe hoch und stellte ihn vorsichtig auf die Füße. Die Welt begann sich um Mætt zu drehen und er hatte Mühe sich auf den Beinen zu halten. Er bemerkte, dass ihm ein Schuh fehlte. Ansonsten schien alles an Ort und Stelle zu sein.

„Schau, hier! Wir haben Dieters Stiefel für dich. Bei deinem hat es die Sohle abgerissen, als du in den Wald geflogen bist." Mætt nickte. Jemand, anscheinend Harald, hielt ihm eine Wasserflasche hin. „Hier, nimm zwei von den Tabletten gegen die Schmerzen. Wir haben die Schirme eingesammelt, die Kombis und haben alles zusammen mit Dieters sterblichen Überresten da hinten in einer Senke im Wald vergraben. Kannst du laufen? Wir sollten so langsam los. Nicht dass noch jemand auf die Idee kommt nachzuschauen, wen oder was man da vom Himmel geholt hat." Langsam kehrten die Lebensgeister in Mætt zurück. Sein Kopf schmerzte unglaublich, es stach bei jedem Atemzug. Ansonsten war er aber anscheinend unverletzt. Nichts gebrochen, nichts verstaucht, nur geprellt. Wie in Zeitlupe wechselte er die Schuhe. Einer seiner Kameraden verschwand mit seinem kaputten Schuh im Wald und kehrte kurz darauf wieder zurück. Sie packten ihre Sachen zusammen, verwischten oberflächlich ihre Spuren und brachen auf.

„Wir brauchen gar nicht erst zu dem Treffpunkt mit unseren lokalen Kräften zu gehen. Das ganze Dorf ist eine Ruine. So wie es aussieht, sind wir rein zufällig in den Beschuss des Dorfes reingeflogen. Hat nicht uns persönlich gegolten."

Langsam setzte Mætt einen Fuß vor den anderen. Mechanisch stakste er mit ungelenken Bewegungen hinter den anderen her. Jetzt waren sie noch zu dritt. Ritchie, Harald und er. Keiner, der die Landessprache sprach. Sein Russisch brauchte er hier erst gar nicht erst auszupacken. Die Sprache des Feindes. Schweigend stiegen sie den Berg hinunter, kamen durch das zerstörte Dorf, das menschenleer vor ihnen lag. Zwei frische Gräber stachen ihnen in die Augen. Ansonsten keine Anzeichen von Leben. Das Makabre war der beginnende, wunderschöne Tag. Es lag eine gespenstische Stille über dem Landstrich, die Luft roch trotzdem wunderbar nach dem nahen Wald und nach dem frisch gesägten Holz, das neben einem Schuppen lag. Sie durchsuchten schnell die zerstörte Ansammlung Häuser, fanden noch ein paar Flaschen Wasser, einen verstaubten Rest Brot und ein paar Würste, die in einer Art Speisekammer eines total zerstörten Hauses von der Decke hingen. Langsam zogen sie weiter, jedoch nicht ohne sich abzusichern, dass sie nicht in irgendeinen Hinterhalt liefen. Zuvor hatten sie die Habseligkeiten von Dieter, die von Nutzen sein konnten, untereinander aufgeteilt. Sie hatten jetzt eine zusätzliche Makarow, zwei weitere Magazine sowie eine Kamera mit den entsprechenden Filmen. Außerdem hatte Dieter drei unglaublich große, doppelte Brote mit Streichwurst im Rucksack gehabt. Das eine hatte eine daumendicke Schicht Senf und das andere in Streifen geschnittene Gewürzgurke als Topping auf dem Belag. Ritchie gab dann auch zu, dass er drei Dosen Thunfisch als Notreserve dabeihatte. Alle drei grinsten sich lausbubenhaft an. Wenn sie gewusst hätten, dass das die letzten Annehmlichkeiten in Sachen Essen für die nächsten Wochen waren, wäre ihnen das Grinsen wohl vergangen. Scheinbar war nur er so doof nichts Zusätzliches zum Essen einzupacken.

Sie kamen nur langsam vorwärts. Mætt bremste alle aus. Seine Nase hatte wieder angefangen zu bluten und seine offensichtlich stark geprellten Rippen ließen kein schnelleres Tempo zu. Insbesondere auf unbefestigten Pfaden steil bergab zu gehen war für ihn eine Qual. Er hatte zusätzlich starke Wahrnehmungsschwierigkeiten, konnte sein Sichtfeld nicht scharf stellen und hatte von Zeit zu Zeit mit Schwindelanfällen zu kämpfen. Erschwerend kam hinzu, dass er bedingt durch die Schwindelanfälle sich laufend übergeben musste. So gingen sie im Schneckentempo in die geplante Richtung. Mehr pausierend als laufend. An einem kleinen See machten sie Pause. Harald trank in gierigen Schlucken das Wasser aus dem See.

„Los, erzählt, wie es war, als ich weggetreten war", eröffnete Mætt die Unterhaltung.

Harald und Ritchie schauten sich stumm an.

„Na ja", begann Ritchie, „erstmal konnten wir nicht viel machen außer den Kopf unten halten. Als ich mich von dir befreit hatte, hab ich dich am Gurtzeug tiefer in den Wald geschleift. Wir haben dann gewartet, bis der Beschuss vorbei war. War dann fast hell und wir haben zugesehen, dass wir die Schirme und die restliche Ausrüstung sichern ... und nach Dieter schauen", fügte er nach einer kurzen Pause hinzu.

„Allerdings hatten wir kaum Hoffnung", fuhr Harald fort. „Wir haben alle gesehen, dass es ihn frontal erwischt hatte. Ich denke, dass er sofort tot war. Wir haben dann seinen Körper geborgen und ihn zusammen mit den Schirmen in der Senke im Wald begraben. Danach haben wird dich gründlich untersucht. Wir haben dich vom Gurtzeug befreit, deinen Overall ausgezogen und getastet, ob du irgendwelche Brüche hast. Negativ. Du hast stark aus der Nase geblutet und aus dem linken Ohr. Auch deine Augen sind blutunterlaufen. Wahrscheinlich hast du die Druckwelle frontal abgekriegt. Da Ritchie etwas kleiner ist als du, hatte er wohl das Glück seinen Kopf rechtzeitig in Sicherheit zu bringen."

Ritchie grinste schief.

„Ich hab nix abgekriegt, noch nicht mal einen Kratzer. Bisschen geprellt, aber das war's dann auch. Ich denke, dass du eine massive Gehirnerschütterung und eine brutale Rippenprellung hast. Gib der Sache vier oder fünf Tage, dann geht es wieder. An der Rippenprellung hast du länger. Ohne Medikamente sowieso."

„Könnt ihr was zu Dieters Verletzungen sagen?", wollte Mætt wissen.

„Oh Mann, du willst es aber genau wissen", stöhnte Harald auf.

„Er war der Explosion wohl direkt ausgesetzt. Er hat ein Bein verloren, einer seiner Arme war fast abgetrennt und sein Genick gebrochen. Reicht dir das?", fragte Harald verstimmt und blickte finster in Mætts Richtung.

„Ja, klar. Das deckt sich mit meiner letzten Wahrnehmung, bevor es mich und Ritchie in den Wald geschleudert hat. Ich will wissen, was ich tatsächlich gesehen habe und was nicht", erklärte er fast entschuldigend.

Mætt robbte jetzt langsam auf allen Vieren in Richtung See und schaute sich das Ausmaß seiner Verletzung an. Er erschrak, als er die Blessuren seiner Augen und die dicke Kruste Blut sah, die sich über Wange und Hals erstreckte. Er begann sich zögerlich vorsichtig zu säubern. Wollte sich nicht noch zusätzliche Schmerzen zufügen. Das kühle Wasser tat seinem Gesicht und seiner Nase gut. Als er fertig war, fühlte er sich wenigstens etwas besser.

„Habt ihr das alles dokumentiert? Ich meine Dieter und so", fragte er seine beiden Kameraden.

„Ja", erwiderte Ritchie. „Auch den Beschuss des kleinen Dorfes, wo wir uns mit unseren lokalen Kräften treffen sollten. Das Haus lag in Schutt und Asche. Wir konnten nichts von den Dingen finden, die wir eigentlich bekommen sollten. Lokales Geld, AKs mit Klappschaft und zwei oder drei Magazinen usw. Außerdem sollte uns ja einer von denen mit Ortskenntnissen quasi führen. Jetzt stehen wir ziemlich beschissen da. Wir haben keine Karte, ich habe nur einen kleinen Minikompass, von dem ich nicht weiß, wie verlässlich der ist. Ob man den Menschen überhaupt trauen kann, auf die wir vermeintlich unterwegs stoßen, weiß ich auch nicht so genau. Ich schlage jedenfalls vor, erst einmal zurückhaltend zu sein. Was meint ihr?"

Harald und Mætt schauten sich in der Runde um und nickten zustimmend. „Kannst du schon wieder weiter?", fragte Ritchie.

Mætt nickte stumm und wuchtete sich hoch. Sofort erfasste ihn Schwindel und er musste sich an dem Baum festhalten, an dem er sich aufgerichtet hatte. Als sich das gelegt hatte, gingen sie langsam weiter. Wenn man mal für einen Moment vergaß, warum sie hier waren und in welcher beklagenswerten Situation sie waren, bewegten sie sich durch eine wunderschöne Natur. Der Wald war einzigartig, kein Geräusch weit und breit, allerdings zeigte sich auch keines der Tiere, die man hier vermutete. Das Vogelgezwitscher, das langsam wieder zurückkehrte, je weiter sie sich von dem zerschossenen Dorf entfernten, hatte etwas Beruhigendes auf Mætt. Als er seine Gedanken mit den anderen teilte, hatten die indes nur Kopfschütteln übrig.

„Die Verletzung ist doch schwerer als gedacht", stellte Ritchie fest, und Harald stimmte ihm mit hochgezogenen Augenbrauen zu. Sie liefen den kompletten Tag in die geplante Richtung, ohne dass sie irgendeinem Menschen begegnet wären. Gegen Abend klagte Harald über Bauchschmerzen und Übelkeit. Sie mussten jetzt noch öfter rasten, weil nicht nur Mætt ein Bremsklotz war, sondern weil es auch Harald zusehends schlechter ging. Bei ihrer letzten Rast kotzte er sich die Seele aus dem Leib. Gegen Abend kam dann auch noch Durchfall dazu. Scheinbar stand die gesamte Mission unter keinem guten Stern. Zum Schmunzeln war es trotzdem, wenn dem immer lauter werdenden Gurgeln von Haralds Gedärm der Sprung ins Gebüsch folgte, aus dem man ein lautstarkes Geräusch, gefolgt von erleichtertem Stöhnen vernahm. Das Erbrechen war dann nicht mehr lustig. Diese beiden Infektionen in Kombination bargen das erhebliche Risiko einer Dehydration. Immer öfter mussten sie rasten. Alle drei beschlossen sich einen Platz zu suchen, wo sie sich für ein paar Tage erholen und warten konnten, bis Haralds Infektion etwas besser wurde.

Sie fanden in der fortschreitenden Dämmerung eine Art Bauernhof. Etwas übertrieben vielleicht. Es war eine Hütte mit einem Raum, in dem ein Ofen und ein Tisch mit vier Stühlen stand und an den der Stall angrenzte. Es sah so aus, als wäre dieser einmal die Heimat von Ziegen oder Schafen gewesen. Aktuell war das gesamte Gehöft verwaist. Es gab in einer anderen Ecke etwas, das wie aufgeschüttetes Heu aussah, auf dem anscheinend geschlafen wurde. Ein offener Holzherd stand an der Wand des Raums und diente zum Kochen und im Winter wohl zum Heizen. Eine Latrine war über den Hof. Sie durchsuchten alles in der Hoffnung etwas Essbares zu finden, vielleicht auch etwas anderes, das nützlich sein konnte. Fehlanzeige. Das Einzige, das zu gebrauchen war, war ein großer Topf, mit dem sie Wasser aus dem Brunnen abkochen wollten, sobald es dunkel war. Holz zum Feuern hatte es zur Genüge. Nicht berauschend, aber immer noch besser als im Wald unter freiem Himmel.

Sie warteten, bis die Dunkelheit hereingebrochen war, dann zündeten sie das Feuer an, um Wasser abzukochen. Alle inklusive Harald waren sich sicher, dass er sich die Infektion durch das Seewasser geholt hatte, aus dem er leichtsinnigerweise getrunken hatte.

Sie fanden noch eine funktionierende Petroleumlampe, die mäßig Licht spendete. Der Ofen machte eine angenehme Wärme und bald darauf wurden alle drei schläfrig. Sie verzichteten darauf Wachen aufzustellen, da sie keine aktuelle Bedrohung identifizieren konnten. Dieser kleine Hof wurde ihnen für die nächsten vier Tage zur Heimat. Harald bekam zu allem Überfluss auch noch hohes Fieber und Schüttelfrost. Mætt erinnerte sich, dass die Rinde von Weiden eine fiebersenkende Wirkung hatte. Weiden hatten sie unterwegs genug gesehen. Sie kochten aus der Rinde einen starken Sud, den Harald mit zitternden Händen trank.

„Bitter wie Galle!", stöhnte er mit angewidertem Gesicht.

„Dann muss es ja helfen", kam es von Ritchie und Mætt wie aus einem Mund.

Am vierten Tag war Harald zwar blass und schwach, aber in der Lage weiterzulaufen. Sie verließen den kleinen Hof und schlugen wieder nordöstliche Richtung ein, grob um in Richtung Bratunac zu gelangen. Die kommende Nacht kampierten sie im Freien. Sie trauten sich nicht ein Feuer zu entzünden, um keine unliebsamen Gäste anzulocken. Mittlerweile waren sowohl Dieters Brote als auch Ritchies Thunfisch verzehrt und sie schoben unglaublichen Kohldampf. Um sich abzulenken, sprachen sie über Kochrezepte und welche Zutaten in welchem Maß zu den unterschiedlichsten Gerichten dazugehörten. Das machte es nicht besser. Kein Essen weit und breit in Sicht.

Am siebten Tag stießen sie auf eine größere Gruppe Flüchtlinge. Die ersten Menschen seit Tagen. Sie sahen genauso erschöpft und schmutzig aus wie sie selbst. Daher erregten sie keine Aufmerksamkeit. Als sie noch überlegten, wie sie sich wohl mit den Menschen verständigen sollten, begann Ritchie in Landessprache zu plaudern. Die Überraschung war ihm gelungen. Sie beschlossen mit der Gruppe Flüchtlingen nicht nur die Nacht zu verbringen, sondern am nächsten Morgen auch ein gutes Stück mit ihnen mitzuziehen. Sie wollten in eine andere Stadt und von dort aus nach Tuzla. Das erschien ihnen vorteilhafter als der Umweg über Bratunac, das schon voller Vertriebener sein sollte. Natürlich versuchten sie so viele Informationen zu sammeln, als es irgendwie nur möglich war, ohne Misstrauen zu erregen. Es gab viele Gerüchte, auch solche über Gräueltaten der serbischen Invasoren. Eines kam sehr deutlich bei den ganzen Gesprächen heraus: Die Serben beschränkten sich keineswegs nur auf die Verteidigung gegen die überwiegend muslimischen Angreifer. Sie kamen auch in kleinen Gruppen auf bosnisches Gebiet und griffen unterschiedliche Ziele an. Nicht selten ermordeten sie dabei auch Zivilisten und vergewaltigten Frauen. Von der ein oder anderen Hinrichtung war die Rede. Zweifelsfrei verifiziert konnte das nicht werden, weil kein Augenzeuge in der Gruppe zugegen war.

Ergreifend war der Moment, als die Flüchtlinge, die selbst kaum genug für sich hatten, das Wenige auch noch mit den drei Kameraden teilten. Diese besaßen nichts, womit sie sich revanchieren konnten. Trotzdem hatten sie das Gefühl, das die Menschen gerne mit ihnen teilten. Schließlich saßen sie im gleichen Boot.

Sie zogen für zwei Tage mit der Gruppe, die neben ein paar älteren Männern und Frauen auch aus Kindern zwischen acht und zehn Jahren bestand. Am zweiten Tag kamen sie mittags an eine Weggabelung, wo ihnen einer der Männer, ein älterer Mann mit weißen Haaren und einem buschigen Bart, der in einem früheren Leben einmal Geschichtslehrer gewesen war, bedeutete, dass es Richtung Bratunac nun für sie nach rechts weitergehen würde. Er erklärte Ritchie noch ausführlich den Weg in Richtung Bratunac, dann trennten sich ihre Wege.

So ging es nun für einige Zeit für die drei Kameraden weiter. Im Zickzackkurs auf Bratunac zu, um Zeugnisse von serbischen

Übergriffen zu identifizieren und zu dokumentieren. Sie trafen, je näher sie auf größere Städte zukamen, immer wieder auf Flüchtlinge, denen sie sich eine Zeitlang anschlossen, um sich dann wieder alleine in eine andere Richtung zu bewegen.

Sie dokumentierten drei Fälle von Übergriffen. In allen drei Fällen waren es Männer, die erschossen wurden. Den Grund dafür konnten sie nur erahnen.

Mittlerweile waren Mætts Kopfschmerzen etwas besser geworden, nur die Rippen taten bei jeder falschen oder ruckartigen Bewegung höllisch weh. Haralds Magenbeschwerden waren auch vorüber. Jetzt war der Hunger ihr ständiger Begleiter. Einmal gelang es ihnen mit einer Schnur, die sie zur Angel umfunktioniert hatten, nachdem sie in dem heruntergekommenen Hof Angelhaken gefunden hatten, vier fette Forellen aus einem Fluss zu angeln. Rasch war ein Feuer entfacht und wurden die Fische zubereitet. Zwar ohne Gewürze etwas fade und auch der passende Wein und das Mousse au Chocolat als Nachtisch fehlten, doch zumindest waren sie einmal nicht mehr hungrig, als sie sich zum Schlafen hinlegten.

In den nächsten Tagen trafen sie immer wieder auf Menschen, die ihnen über Vergewaltigungen von Frauen und auch Kindern, von Hinrichtungen angeblicher Deserteure oder Kriegsverbrechen anderer Art berichteten. Angeblich wären das marodierende Serben, die sich an allem und jedem vergreifen würden und perversen Spaß dabei hätten. Es waren allesamt Augenzeugen, so dass sie beschlossen genau dorthin zu gehen, um nachzuschauen, ob sie Beweise finden und die Verbrechen dokumentieren konnten. Mittlerweile waren sie knapp zwei Wochen unterwegs. Sie hatten aufgehört die Tage zu zählen. Sie waren permanent hungrig, sich zu waschen war Luxus, rasieren sowieso und ihre Klamotten stanken zum Himmel. Nichts und niemand hätte sie von den anderen Flüchtlingen zu unterscheiden vermocht. Sie fragten sich auch, wo denn der zweite Teil ihrer Kameraden war. Mittlerweile hätten sie sich schon längst treffen sollen.

Als sie sie zur verabredeten Zeit nicht am Treffpunkt antrafen, beschlossen sie alleine weiterzuziehen. Sie waren so oder so auf sich alleine gestellt.

Sie liefen im Zickzackkurs auf Bratunac zu, als sie in Gesprächen mit anderen Flüchtlingen vermehrt hörten, dass es wohl in dem Gebiet um Srebrenica immer wieder zu Gräueltaten kommen würde. Übergriffe auf Zivilisten, Vergewaltigungen und Hinrichtungen seien dort an der Tagesordnung. Ein alter Mann, mit dem sie abends an einem Feuer im Nachtlager von circa fünfundzwanzig Flüchtlingen sprachen, behauptete, selbst der Hinrichtung durch serbische Milizen nur knapp entkommen zu sein. Daraufhin beschlossen die drei Kameraden sich das etwas genauer anzuschauen. Sie blieben die Nacht in dem Camp und schliefen am Feuer. In der Gesellschaft von Einheimischen waren sie wesentlich weniger auffällig, sollte irgendwer einmal neugierige Fragen stellen.

Sie folgten jetzt seit einigen Wochen dem gleichen Schema. Sie liefen weiter, quasi im Zickzack durch die Wälder, mieden die Städte, die voll mit Flüchtlingen waren, sprachen aber mit denen, die auf dem Weg in die Städte waren. So bekamen sie einen guten Überblick über die Fluchtbewegungen zum einen und über die Gründe zur Flucht zum anderen. Jeder, mit dem sie sprachen, hatte eine Geschichte zu erzählen. Wenn es auch überall die voranschreitenden Kriegshandlungen waren, von wirklichen Übergriffen hatten sie bis zum Tag zuvor nicht viel mitbekommen. Dass die Serben immer aggressiver auftraten, die Hemmungen anscheinend immer weiter fielen, wurde ihnen indes übereinstimmend berichtet. Dass sich diese Milizen immer wieder an Zivilisten vergriffen, hauptsächlich an der muslimischen Bevölkerung, an Frauen egal welchen Alters, war der übereinstimmende Tenor dessen, was diese Menschen zu berichteten hatten. Und der Hunger! Es gab nichts mehr zu essen. Zigaretten waren die Währung und D-Mark. Eine einzelne Zigarette konnte es schon mal auf einen Gegenwert von umgerechnet elf D-Mark bringen. Es wurden auch schon zwanzig D-Mark für eine einzige lächerliche Kippe verlangt. Alle wollten in eine größere Stadt, weil sie gehört hatten, dass die Hilfskonvois der UNO dorthin kamen und sie mit Essen und Medikamenten versorgten. Tatsächlich wurden Konvois dort, wo sie am allernotwendigsten benötigt wurden, von den Serben aufgehalten und zurückgewiesen. Einige wurden sogar beschossen und so zur Umkehr gezwungen. Alle Flüchtlinge, mit denen sie sprachen, träumten davon nach Sarajevo zu kommen und von dort aus nach Österreich oder Deutschland weiter zu flüchten. Einige träumten auch von Skandinavien oder der Schweiz als gelobtem Land. Das lenkte oftmals von dem herrschenden Elend und dem Hunger ab. Wenigstens hatte es aufgehört zu regnen und es war nachts nicht mehr so kalt. Das machte vieles erträglicher. Ein schwacher Trost, aber manchmal helfen auch kleine Lichtblicke.

Mætt und seine Kameraden machten Kassensturz. Zum Essen hatten sie nichts mehr. Sie hatten Dieters Makarow und eines der Magazine gegen Essen getauscht. Das hatte bei eiserner Rationierung ziemlich lange gereicht. Jetzt mussten sie sich kümmern. Sie hatten noch wenige Medikamente, die brachten aber auch nicht viel an Gegenwert. Mætt benötigte das Breitbandantibiotikum selbst, weil sich sein Ohr, das geblutet hatte, etwas entzündet anfühlte. Er wollte es nicht zu einer ausgewachsenen Ohrenentzündung kommen lassen. Nicht in dieser Situation. Seine Rippen waren besser geworden, taten aber immer noch heftig weh. Seine Kopfschmerzen und der Schwindel waren auch abgeklungen, aber nicht vollständig verschwunden. Sollte er hier jemals die Gelegenheit bekommen einen Arzt zu konsultieren, dann würde er nachschauen lassen. Die Wahrscheinlichkeit schätzte er allerdings nicht als sehr hoch ein.

Sie waren jetzt auf dem Weg in Richtung Srebrenica. Sie wollten den Gerüchten, die sie unterwegs aufgeschnappt hatten, auf den Grund gehen. Langsam sollten sie sich nach einer Stelle zum Übernachten umsehen. Es wurde schon langsam dämmrig. Sie befanden sich in einem Wald mit dichtem Unterholz, Gras und Büschen. Eigentlich eine schöne Gegend, wenn die Umstände anders gewesen wären. Ritchie lief immer langsamer und starrte konzentriert in den Wald. Harald machte Mætt mit einer Kopfbewegung und Stirnrunzeln auf dessen Verhalten aufmerksam. Sie schauten sich irritiert an, als Ritchie langsam seine Makarow aus dem Gürtel zog, diese leise entsicherte und seine alte fettige Wollmütze um die Waffe wickelte. Sie wussten nicht was ihn umtrieb, taten es ihm aber gleich und zogen die Waffen, entsicherten diese, blieben stehen, sicherten sich gegenseitig und gingen in Lauerstellung. Sie wollten sich nicht überraschen lassen, indem sie die Situation falsch einschätzten oder gar unterschätzten. Mit einem Mal sprang Ritchie mit einem gewaltigen Satz unvermittelt ins Unterholz. Äste knackten, Laub raschelte, zwischen den Zähnen heraus gepresste Flüche, gefolgt von einem durch die Wollmütze gedämpften Schuss. Mætt und Harald richteten ihre Waffen auf die Stelle, aus der der Schuss kam, und waren bereit sich zu verteidigen. Ein verdrecktes Gesicht mit wirren Haaren und breitem Grinsen kam aus dem Unterholz in die Höhe. Ritchie. Genau der gleiche Ritchie, der normalerweise zum Lachen in den Keller ging. Und er grinste breit. Was war passiert? Er kam krachend aus dem Unterholz gestapft und schleifte etwas hinter sich her. Mætt und Harald waren noch immer angespannt und sicherten die Umgebung.

„Macht euch locker Jungs, wir sind wieder im Geschäft", sagte Ritchie grinsend und zog eine tote Ziege aus dem Gebüsch hinter sich her.

Die Augen der beiden Kameraden leuchteten. Das gute Tier war nicht allzu mager und würde sie heute Abend gut satt machen. Zusätzlich hätten sie etwas zum Tauschen. In Windeseile hatten sie die Ziege ausgenommen und gehäutet und in erste grobe Stücke geschnitten.

„So, wir suchen uns jetzt erst mal ein schönes Plätzchen abseits von allem und tafeln mal so richtig. So eine Ziege schmeckt auch ohne Brot. Morgen suchen wir Leute, mit denen wir tauschen können. Notfalls gegen Zigaretten, da uns das Fleisch ruckzuck verdirbt. Das wäre wie Geldscheine verbrennen", fügte er grinsend hinzu.

Am nächsten Morgen starteten sie gut gesättigt in aller Frühe und machten sich auf den Weg in südliche Richtung. Ziel war es, in zwei oder drei Tagen Srebrenica zu erreichen. Gegen Mittag begegneten sie einer ersten Gruppe Flüchtlinge, die ihnen aus Srebrenica entgegenkamen. Sie wurden aufs Schärfste gewarnt dorthin zu gehen, da die Serben blindwütig alles töten würden, was ihnen über den Weg lief. Sie hätten drei Brüder und zwei Schwestern verloren. Dankbar tauschten sie zu einem guten Tarif große Teile der geschlachteten Ziege, so dass die Kameraden ihrerseits wieder in der Lage waren sich mit haltbarem Essen einzudecken. Das Angebot mit ihnen nach Bratunac zu kommen, lehnten sie jedoch dankend ab und gaben vor auf der Suche nach Teilen ihrer Familie zu sein. Die ganze Zeit führte Ritchie das Gespräch. Harald und Mætt nickten an den hoffentlich richtigen Stellen immer nur zustimmend, nicht wissend, ob das auch nur im Entferntesten Sinn machte.

Sie zogen weiter, rasteten von Zeit zu Zeit und sahen, als sie das Gelände etwas überblicken konnten, eine Gruppe von etwa zehn Personen auf sich zukommen. Gerne hätten sie ein Fernglas gehabt, um schon frühzeitig zu erkennen, ob sie nicht direkt einer Gruppe Serben in die Hände liefen. Sie ließen die Gruppe näherkommen und als sicher war, dass es sich um Flüchtlinge handelte, gaben sie sich zu erkennen. Wie war doch die Überraschung groß, als sie in bekannte Gesichter blickten. Dimitri, Bogdan, Paul und Klaus schauten genauso verdutzt. Was waren die anderen Flüchtlinge doch verwundert, als man sich auch noch kannte. Es stellte sich heraus, dass für das zweite Team alles glattgelaufen war. Landung im Zielgebiet, die etwas weniger anspruchsvoll war. Der Zusammenschluss mit den lokalen Kräften und der Marsch ins Zielgebiet nach Plan. Der restliche Teil der Gruppe waren demnach die lokalen Hilfskräfte mit ihren Familien. Man musste sich nicht verstellen. Die zwei älteren Männer sprachen sogar etwas Deutsch und waren sehr froh, dass sich die beiden Teile der „Deutschen" getroffen hatten. Das bedeutete für den Großteil der Lokalen, dass sie weiter nach Tuzla marschieren konnten und von dort aus hoffentlich in Sicherheit gebracht würden. Nur zwei der Männer blieben als Führer bei dem jetzt zusammengeschlossenen Team. Nachdem sich der erste Begrüßungsüberschwang gelegt hatte, fragte Paul sogleich nach Dieter. Man beschloss direkt an Ort und Stelle den restlichen Tag und die Nacht zu verbringen und sich gegenseitig auf den aktuellen Stand der Dinge zu bringen.

Sie richteten ihr Nachtlager ein, machten ein kleines Feuer und brachten den jeweils anderen Teil ihrer Kameraden auf den neuesten Stand. Die Betroffenheit war groß, als Mætt und die anderen von dem Angriff bei der Landung, vom Tod Dieters und von den letzten Wochen berichteten. Paul und der Rest seiner Truppe hatte recht schnell die neuesten Neuigkeiten berichtet. Man teilte rasch, was man hatte. Mætt bekam ein kleines Handfunkgerät und eine AK-47 mit Klappschaft, die er sogleich an Ritchie weitergab. Er mochte die Dinger irgendwie nicht. Paul hatte auch noch Antibiotika, was sehr hilfreich für Mætt war, weil seine Ohren immer noch leicht entzündet waren. Auf jeden Fall fühlte es sich so an. Auch Essen teilte man. Also eine starke Verbesserung der Lage. Zusammen mit den lokalen Kräften die als Führer bei der Gruppe verblieben, hatten sie auch eine ziemlich gute Tarnung, sollten sie irgendwem Auskunft geben müssen. Mætt berichtete von den Flüchtlingen, die sie getroffen hatten. Denen, die über die Übergriffe in Srebrenica berichteten. Auch erklärte er Paul, der jetzt als Ranghöchster das Kommando hatte, ihr Vorgehen. Also unterschiedliche Punkte anzulaufen, um eventuelle Übergriffe zu dokumentieren, so wie es ihr eigentlicher Auftrag ja vorgesehen hatte. Auch damit war Paul prinzipiell einverstanden, schlug aber vor jetzt direkt den beschriebenen Außenbezirk von Srebrenica anzusteuern, wo von den Erschießungen berichtet wurde. Alle nickten einvernehmlich.

Sie löschten das Feuer, verzichteten aber darauf irgendwen zur Nachtwache abzustellen. Dies wurde allgemein nicht für notwendig befunden. Es war ein gutes Gefühl jetzt zusammen mit den anderen weiterzumachen.

Am nächsten Morgen war die Überraschung groß, als Paul und die anderen tatsächlich noch richtigen Bohnenkaffee hervorzauberten. „Für besondere Anlässe", sagte Paul mit breitem Grinsen. Sie frühstückten zusammen und hatten zum ersten Mal das Gefühl, dass alles gut werden würde. Sie zogen los, dieses Mal direkt in Richtung Srebrenica. „Ins Auge des Zyklons", scherzte Harald. Einer der Lokalen kannte die Gegend. Er berichtete von einer alten Fabrikanlage mit einer zweistöckigen Produktionshalle mit Flachdach und kleineren Gebäuden, die früher als Lager verwendet worden waren. Das Ganze hatte wohl die Anordnung von zwei gegenüberliegenden „U". Früher wären an jeder Seite einmal Tore gewesen, von denen aber zumindest eines bei seinem letzten Besuch bereits fehlte. Umgeben war das gesamte Areal von einem jüngeren Baumbestand, der mittlerweile ziemlich verwildert sein dürfte. Sobald sie in die Nähe kamen, war Aufpassen angesagt. Sie wollten sich dann in drei Gruppen aufteilen und sich so aus unterschiedlichen Richtungen nähern. Dimitri, Bogdan und Mætt waren eine Gruppe, Paul und Ritchie eine weitere, dann noch Harald und Klaus, die die Nachhut bildeten. Die Lokalen würden ab einem gewissen Punkt mit einem Walkie-Talkie zurückgelassen und sollten nachkommen, wenn feststand, dass keine Gefahr bestünde. Es waren Zivilisten, die man keiner Gefahr aussetzen wollte. Sie hatten sowieso schon zu viel riskiert, um ihnen zu helfen.

Gegen Mittag kamen sie laut Kompass und Karte in die unmittelbare Nähe des Fabrikkomplexes. Es wurde ein provisorisches Lager errichtet, wo das meiste der Ausrüstung zurückblieb. Nur das, was sie unbedingt brauchten, hatte jeder in einem kleinen Rucksack bei sich. Sie teilten sich in die besprochenen Gruppen auf und schwärmten jeder in seine Richtung aus. Es herrschte eine seltsame Stimmung. Keiner sprach laut, alle bewegten sich vorsichtig. Man suchte öfter den Blickkontakt zu seinen Kameraden, um sich zu versichern, dass alles in Ordnung war. Keine Ahnung, was es war, aber es lag etwas in der Luft.

„Noch nicht mal die Vögel wollen zwitschern", bemerkte Dimitri, der angespannt versuchte das Gebüsch mit seinen Blicken zu durchdringen.

Mittlerweile waren die Mauern der Gebäude durch das Gestrüpp zu sehen. Auf den ersten Blick war zu erkennen, dass das mehr einer Ruine glich als einem wirklich intakten Gebäude. Teile des Dachs waren am Hauptgebäude bereits eingestürzt, eines der Nebengebäude war vollständig zerstört. Hätten da noch irgendwelche Balken gequalmt, so hätte das niemanden gewundert. Langsam näherten sie sich von der Rückseite dem Komplex. An dem eingestürzten Gebäude vorbei hatten sie einen guten Blick in den Innenhof. Dort stand eines der großen Tore weit offen. Es war kein Laut zu hören und keine Menschenseele zu sehen. Sie sicherten sich in alle Richtungen ab, schauten, dass sie niemand aus dem oberen Stockwerk überraschte. Dimitri gab Zeichen durch eine kaputte Nebentür in das Gebäude einzudringen. Nachdem alle drei im Inneren angekommen waren, nahmen sie den durchdringenden Geruch nach Verwesung augenblicklich wahr. Sie schauten sich wissend an, sprachen kein Wort. Alle hatten mittlerweile ihre Kurzwaffen durchgeladen und entsichert in der Hand und gingen sehr kontrolliert, jeden ihrer Schritte bewusst setzend, vorwärts. Schnell hatten sie die hinteren Räume kontrolliert. In einem der kleineren Räume lagen Haufen von Kleidern, die aber nicht die Ursache des Gestanks waren. Der Geruch wurde immer intensiver, je tiefer sie in das Gebäude eindrangen. Ein leiser Pfiff aus dem vorderen Teil machte sie auf Paul und seinen Teil der Kameraden aufmerksam. Sie bewegten sich genauso vorsichtig und lauernd wie alle anderen. Auch sie hatten ihre Waffen gezogen, wohl auch durchgeladen und entsichert.

Paul machte Zeichen, dass er und seine Truppe die Treppe, die anscheinend nach unten führte, in Angriff nahmen. Mætt, Bogdan und Dimitri signalisierte er, dass sie in das obere Stockwerk vorrücken sollten.

Langsam gingen sie versetzt, sich in alle Richtungen absichernd, die ausgetretenen Stufen nach oben. Der Verwesungsgeruch wurde mit jeder Stufe, die sie nach oben kamen, intensiver. Langsam, fast wie in Zeitlupe, schoben sie sich nach oben und hielten sorgsam in alle Richtungen Ausschau. Als sie das gesamte obere Stockwerk überblicken konnten, gefror ihnen das Blut in den Adern. Im Halbdunkeln nahmen sie drei unterschiedlich große Haufen menschlicher Gliedmaßen wahr, die auf die Entfernung aussahen wie hingeworfene Schaufensterpuppen. Unendlich langsam näherten sie sich. Der Gestank wurde bestialisch. Der erste Berg an nackten, menschlichen Körpern zeigte die deutlichsten Verwesungsspuren. Deutlich konnte man den Verbiss von Wildtieren wahrnehmen. Einschüsse, großflächige Wunden und jede Menge Fliegen. Fliegen, Fliegen, Fliegen. Überall vertrocknetes, mittlerweile schwarz verkrustetes Blut. Die ganze Ansammlung menschlicher Überreste schien in Bewegung. Würmer, Maden, überall krabbelte es. Das Entsetzen und die Grausamkeit der letzten Minuten standen den Menschen noch im Tod ins Gesicht geschrieben.

Bogdan zog sogleich seine Kamera aus dem Rucksack und begann mit einem Tuch vor seinen Mund gepresst die gespenstische Situation, die an Grausamkeit und Brutalität kaum zu überbieten war, zu dokumentieren. Mætt und Dimitri gingen sich nach allen Seiten absichernd langsam weiter. Sie ahnten, was sie im Schatten des hinteren Gebäudeteils finden würden. Sie fühlten sich wie in einem Horrorfilm. Beiden stand das Entsetzen ins Gesicht geschrieben. Mætt musste permanent mit Übelkeit und gegen das Erbrechen kämpfen. Er blickte in Dimitris aschfahles Gesicht. Mit Zeichen verständigten sie sich. Mætt wollte in den hintersten Winkel des Gebäudes vordringen, wo sich ähnliche Konturen verdrehter Gliedmaßen wie die im ersten Raum abzeichneten. Beim Näherkommen bemerkte er, dass dieser Teil frischer sein musste. Das Blut war zwar dickflüssig, aber nicht komplett eingetrocknet. Genau wie in den anderen Räumen war den Menschen das Entsetzen der letzten Minuten in ihren Gesichtern gefroren. Alte Männer, alte Frauen, aber auch Kinder und Menschen in den besten Jahren waren unter den Opfern zu erkennen. Was waren das für Bestien, die anderen so etwas antun konnten? Das war das Böse in Reinform. Solche Menschen hatten nach Mætts Ansicht kein Recht zu leben.

Krieg war grausam, aber er brachte auch das Niederste im Menschen hervor.

Plötzlich fuhr er herum. Es war ihm, als hätte er aus den Augenwinkeln eine Bewegung zwischen den toten Leibern wahrgenommen. Vielleicht eine Täuschung, hervorgerufen durch seine überreizten Sinne, vielleicht aber auch ein Tier. Er setzte seinen kleinen Rucksack ab und war damit beschäftigt seine Kamera einsatzbereit zu machen, als er wieder aus den Augenwinkeln eine Bewegung zu erkennen glaubte. Er hielt inne. Starrte angestrengt auf den Berg Menschen, die mit verdrehten Gliedmaßen vor ihm lagen. Dimitri kam zu ihm heran. Er runzelte die Stirn, als er die gespannte Aufmerksamkeit in Mætts Körperhaltung wahrnahm. Er schaute ihm in die Augen, machte eine fragende Kopfbewegung. Mætt runzelte die Stirn, zuckte fast unmerklich mit den Schultern und machte mit der Hand eine vage Bewegung, mit der er zu verstehen gab, etwas Ungewöhnliches registriert zu haben. Dimitri war nun auch höchst aufmerksam und suchte mit seinen Augen den näheren Umkreis ab. Insgeheim wünschte er sich einen der Täter zu treffen. Wenn er mit ihm fertig war, würde es keine Fotos geben.

Gerade war Mætt dabei sich wieder zu entspannen, als er ganz deutlich die Bewegung eines Fußes wahrnahm, der mitten aus dem Knäuel Körper herausschaute. Dimitri hatte das wohl auch bemerkt. Er kam langsam näher und deutete auf den Fuß, der sich wohl zu bewegen schien. Sie schauten sich an, abwechselnd wieder auf den unscheinbaren, weißen Fuß, der komplett verdreckt war. Ganz so, als wäre der Besitzer dieses Fußes zu Lebzeiten eine größere Strecke barfuß gelaufen. Oder hatte barfuß laufen müssen. Sie wollten sich versichern, dass beide das Gleiche wahrgenommen hatten. Angestrengt starrten beide auf diesen Fuß. Schätzungsweise Schuhgröße 36, ein Frauenfuß, dachte Mætt. Als er einen kurzen Moment später wieder ein kleines, kaum wahrnehmbares Zucken registrierte, packte er beherzt an dem Fuß und zog kräftig daran.

Unmittelbar erwachte der Rest dieses Fußes zum Leben und begann unter schrillem Kreischen wie von Sinnen zu strampeln, zu treten und zu zappeln. Dimitri kam um den Berg von Körpern herum und griff sich den dazugehörigen zweiten Fuß und half Mætt beim Ziehen.

Sie zogen das zappelnde, kreischende Etwas aus dem Haufen toter Körper heraus. Wild um sich schlagend lag ein spindeldürres, etwa sechzehnjähriges Mädchen vor ihnen, das nur mit einem Baumwollschlüpfer bekleidet war. Ihr Gesicht war total schmutzig, die Haare blutverkrustet, wie auch der restliche Körper. Sie setzte sich auf ihren Hintern, zog die langen, mageren Beine zur Brust und versuchte sich zu bedecken. Aus großen, angstgeweiteten Augen starrte sie abwechselnd Dimitri und Mætt an. „Schschsch …“, versuchte Mætt sie zu beruhigen.

Sie starrte ihn nur mit ihren großen, blauen Augen voller Panik an. Starrte auf die gezogenen Waffen. Mætt und Dimitri registrierten das, sicherten ihre Waffen und steckten diese wieder zurück in ihre Gürtel.

„Alles gut,“ versuchte Mætt das Mädchen zu beruhigen.

„Dir passiert nichts, wir sind da um dir zu helfen“, redete er sanft auf sie ein. Sie starrte ihn nur mit ihren unglaublich großen, blaugrauen Augen an. Das blutverkrustete Haar hing ihr wirr ins Gesicht. Sie hatte ein ovales Gesicht mit vollen Lippen, die jetzt zu schmalen Strichen fest aufeinandergepresst waren. Eigentlich ein hübsches Gesicht. Regungslos saß sie auf dem Boden, starrte abwechselnd Dimitri und Mætt an und begann unkontrolliert zu zittern. Mætt streckte vorsichtig seine Hand aus, um ihr vom Boden aufzuhelfen. Misstrauisch blickte sie ihn an und versuchte sich sitzend von ihm wegzubewegen. Sie stieß dabei an den Fuß eines Toten. Angewidert zuckte sie zusammen, sprang auf und versuchte zu flüchten. Dimitri versperrte ihr den Weg. Mætt redete weiter beruhigend auf sie ein und streckte ihr seine Hand entgegen. Er hatte eines seiner beiden T-Shirts, das er bei nächster Gelegenheit waschen wollte, aus dem Rucksack gezogen und hielt es ihr hin. Sie riss es ihm schier aus den Händen und zog es sich über. Danach sah es so aus, als würde sie sich leicht entspannen. Von dem Lärm und dem Gekreische angelockt kamen Bogdan und Paul in den hinteren Teil des Gebäudes.

„Was haben wir denn da?", fragte Paul, als er das Mädchen zwischen Dimitri und Mætt stehen sah.

„Bogdan, sprich sie doch bitte mal auf Landessprache an. Bisher hat sie noch nichts gesagt. Sag ihr, dass sie nichts zu befürchten hat", wies ihn Mætt an. Bogdan tat wie ihm geheißen, aber das Mädchen reagierte nicht. Paul versuchte das Gleiche in forschem Ton auf Englisch. Das Mädchen wich zurück und griff nach Mætts Hand, krallte sich an ihr fest und blieb dicht neben ihm stehen. Paul rief den Rest der Mannschaft herbei. Alle standen im Halbkreis um Dimitri und Mætt, der das Mädchen an der Hand hatte, herum. Das war ihr sichtlich unangenehm. Sie rückte näher an Mætt heran und versuchte sich hinter ihm zu verstecken.

„Jungs, geht mal ein paar Schritte zurück. Die Kleine hat Angst", versuchte Mætt seine Kameraden zu etwas mehr Abstand zu bewegen.

„Ist sie verletzt?", fragte Paul.

„Sieht nicht so aus. Jedenfalls kann ich nichts erkennen", antwortete Mætt.

An Bogdan gewandt sagte er: „Frag' sie mal, ob sie verletzt ist und was genau hier passiert ist."

Bogdan tat das auf eine sehr einfühlsame Art. Er redete in zwei unterschiedlichen Landessprachen und drei Dialekten auf sie ein, aber auf keine der Ansprachen reagierte das Mädchen. Sie hielt sich nur noch fester an Mætt fest.

„Der hat's die Sprache verschlagen", äußerte Paul grinsend.

Durch die Zähne gepresst zischte Mætt zu Dimitri auf Russisch:

„Würde das Arschloch gerne mal sehen, wenn sie den unter den ganzen Toten rausgezogen hätten."

Dimitri grinste nur. Mætt hatte den Eindruck, dass das Mädchen bei den leisen russischen Worten reagiert hatte, ließ sich aber nichts anmerken. Die anderen verteilten sich wieder und dokumentierten das Schreckensszenario. Alles in allem hatte man es wohl mit circa vierzig bis fünfzig ermordeten Menschen zu tun, die, so machte es den Anschein, wohl in drei Gruppen zu wahrscheinlich unterschiedlichen Zeitpunkten ermordet wurden. Es waren überwiegend Schusswunden, aber auch grobe Schnitte waren an den Opfern zu erkennen. Allesamt waren sie nackt. Jetzt konnten sie sich auch die Kleiderhaufen erklären, die sie in einem der Nebenräume im Erdgeschoss entdeckt hatten. Mætt setzte sich in Bewegung und zog das Mädchen, das er an der Hand hatte, mit. Er ging Richtung Treppe und erklärte ihr, dass sie jetzt nach unten gehen wollten, wegen der Kleider. Er zupfte sich ständig an der Hose und an ihrem T-Shirt und deutete nach unten. Zögerlich ging sie mit. Sie bewegten sich auf einen der Räume zu. Zuerst wurde das Mädchen langsamer, schaute immer wieder in Mætts Gesicht. Sie hatte anscheinend Angst mit einem einzelnen Mann alleine in einen halbdunklen Raum zu gehen. Irgendwann schien sie zu verstehen und zog Mætt in Richtung eines anderen Raums. Sie ging hinein und wollte, dass Mætt draußen bleibt. Schnell checkte Mætt das Zimmer, um sicherzustellen, dass die Kleine nicht durch irgendein Fenster oder ein Loch in der Wand auf Nimmerwiedersehen verschwand. Es war ein fensterloser Raum mit einem kleineren Berg Kleider in der Mitte. Scheinbar waren das die Hinterlassenschaften der letzten Gruppe, mit der die Kleine gekommen war. Er ließ sie in den Raum gehen und stellte sich mit dem Rücken zur Tür. Keine fünf Minuten später kam sie komplett bekleidet, mit Socken und Schuhen, einer Jacke und einer Tasche, die man auch als Rucksack auf dem Rücken tragen konnte, zurück. Sie war immer noch schmutzig, sah aber ganz anders aus. Ein hübscher Teenager, wenn die Umstände nicht eben diese widrigen gewesen wären.

Mætt und das Mädchen kehrten nach oben zu den anderen zurück, die sich in der Nähe der Treppe versammelt hatten. Noch immer hielt das Mädchen Mætts Hand wie von einem Schraubstock umklammert.

„Wir brechen dann auf", sagte Paul geradeheraus.

„Wir gehen nach Bratunac. Vielleicht erreichen wir das noch, wenn nicht, rasten wir unterwegs und gehen morgen früh weiter. Wir bleiben in den Gruppen, die wir beim Anmarsch eingeteilt hatten, bis zu der Stelle, wo sich der Weg nach Srebrenica und in Richtung Bratunac gabelt. Dort sammeln, dann gemeinsam weiter. Verstanden?"

Alle nickten oder gaben einen Laut der Zustimmung von sich.

„Warum gehen wir nicht nach Srebrenica, das ist doch gerade ums Eck?", fragte Ritchie.

„Die Option in einen Hinterhalt zu laufen und unsere Kameras und Filme mit den dokumentierten Grausamkeiten zu verlieren ist zu groß. Wir würden genauso enden wie die da oben", erwiderte Paul.

Ritchie nickte zustimmend.

„Was machen wir mit der?", setzte er nach und nickte mit seinem Kopf in Richtung von Mætt und dem Mädchen.

„Wir nehmen sie mit nach Bratunac und übergeben sie an offizielle Stellen", erwiderte Paul.

Ritchie verzog das Gesicht, nickte aber zustimmend.

„Was soll das jetzt?", flüsterte Mætt Dimitri wieder auf Russisch zu. Der zuckte nur mit den Schultern und zog eine Braue nach oben. Wieder hatte Mætt den Eindruck, dass das Mädchen ihn verstand. Er schaute sie fragend an, aber sie wich seinem Blick aus.

Sie setzten sich in Bewegung. Mætt, Bogdan, Dimitri und das Mädchen. Als sie weit genug von dem Ort der Grausamkeiten entfernt waren, entspannten sich alle merklich. Auch das Mädchen. Sie gingen circa zwei Stunden bis zu der Weggabelung, wo ein Teil der anderen schon auf sie wartete. Nach einer kurzen

Rast brachen sie dann auf in Richtung Bratunac. Schnell stellten sie fest, dass sie es vor Einbruch der Dunkelheit nicht mehr schaffen würden. Paul gab Anweisung sich tiefer in den Wald an den Fluss Drina zurückzuziehen und dort ein Lager für die Nacht einzurichten. Sie entzündeten ein Feuer und die beiden bei ihnen verbliebenen einheimischen Hilfskräfte zauberten aus dem Wenigen, das sie noch hatten, etwas, das sogar halbwegs schmeckte. Das Mädchen aß mit einer unglaublichen Geschwindigkeit, was darauf schließen ließ, dass sie schon länger nichts mehr zu sich genommen hatte. Mætt schaute ihr zu und erhaschte so etwas wie einen freundlichen Blick. Sie saß dicht an Mætts Seite. Der schubste sie mit dem Ellenbogen und hielt ihr die Hälfte seines Essens hin. Sie nickte und in Windeseile hatte sie auch diese Portion noch vertilgt.

Später kramte Mætt in seinem Rucksack nach dem Stück Seife, das er ganz zu Anfang ihrer Reise eingetauscht hatte. Gute alte Kernseife. Man konnte nie wissen, zu was man die einmal gebrauchen konnte, dachte er sich seinerzeit beim Tausch. Diese hielt er dem Mädchen hin und machte eine Kopfbewegung in Richtung Fluss. Dabei hielt er sich die Nase zu und zwinkerte. Etwas wie ein heller Schatten war für einen Moment auf dem Mädchengesicht zu sehen, der aber sogleich wieder verschwand. Sie entfernte sich in Richtung Fluss und es dauerte beunruhigend lange, bis sie wieder zurückkehrte. Mætt wollte gerade nachschauen gehen, als sie in der fast schon kompletten Dunkelheit wieder zurückkam. Paul verordnete Nachtruhe und alle machten sich irgendeine Art Nachtlager zurecht. Mætt hatte eine dünne, zusammengerollte Wolldecke am Rucksack befestigt, die er dem Mädchen für die kühle Nacht anbot. Dankbar nahm sie an und rollte sich unter der Decke dicht neben Mætt zusammen. Mætt setzte sich mit dem Rücken an einen Baum und versuchte die Augen zu schließen. Nach ungewöhnlich langer Zeit fand er einen unruhigen Schlaf. Ständig hatte er die Bilder von den Leichenbergen vor sich. Sah in wirren Träumen immer wieder, wie die Menschen erschossen wurden. Sah die Kinderleichen, wie die kleinen Hände nach ihm griffen – fast wie seine Tochter zu Hause ... und roch in seinen Träumen den Gestank von Verwesung, der das gesamte obere Stockwerk der alten Fabrik dominierte. Irgendwann gegen Morgengrauen wurde er durch eine Bewegung neben sich aufgeschreckt. Mit einem Ruck öffnete er seine Augen und tastete gleichzeitig nach seiner Waffe im Gürtel. Das Mädchen saß dicht vor ihm und schaute ihn aus kurzer Entfernung direkt an. Als sie realisierte, dass er wach war, legte sie einen Finger über den Mund und bedeutete ihm leise zu sein. Sie atmete tief ein, schaute in den Wald, dann wieder zu Mætt.

„Ich kann dich und Dimitri verstehen. Ich spreche auch ein bisschen Englisch, aber Russisch ist mir lieber", sagte sie leise zu ihm.

„Seid ihr Russen oder warum sprecht ihr Russisch, wenn doch die anderen Deutsch oder Bosnisch sprechen?", fragte sie.

„Ich habe Russisch als Kind von meinem Großonkel gelernt. Dimitris Eltern sind in den frühen 1970er Jahren aus der Sowjetunion geflüchtet. Wir reden immer dann Russisch miteinander, wenn wir sicher sein wollen, dass uns andere nicht verstehen. Warum sprichst *du* denn Russisch?"

Sie überging die Frage und schaute vorsichtig in die Runde, um zu sehen, ob noch jemand anders wach war und am Ende gar zuhörte. Als dies nicht der Fall war, wandte sie sich wieder Mætt zu.

„Eurem Anführer Paul traue ich nicht. Dem Muskelprotz auch nicht."

„Du meinst Ritchie", erwiderte Mætt, worauf sie nickte.

„Sagst du mir deinen Namen?", fuhr Mætt fort.

Sie senkte kurz den Blick, hob den Kopf wieder, schaute ihn mit ihren großen blauen Augen an und antwortete leise: „Ich heiße Mariya."

Mætt lächelte sie freundlich an und erwiderte: „Mein Name ist Mætt."

„Ich weiß", sagte sie mit einem angedeuteten Lächeln.

„Wie alt bist du?"

„Noch 16, ich werde aber bald 17", gab sie zurück.

„Kannst du sagen, wer das getan hat?"

Wieder zögerte sie etwas, bevor sie weitersprach.

„Ja, ich denke schon. Ich war ja Teil davon."

„Okay Mariya, schön, dass du wenigstens mir so weit vertraust, dass du mit mir gesprochen hast."

Gerade als er weitersprechen wollte, bat ihn Mariya:

„Bitte erzähl das niemandem. Lass es unser Geheimnis sein."

„Auch nicht Dimitri?"

„Doch, der kann es wissen, aber nur wenn er es auch für sich behält."

„Gut. Aber Mariya, wir werden über das, was da in der Fabrik passiert ist, irgendwann sprechen müssen. Ich bin mir bewusst, dass das furchtbar war, ich kann dir das aber nicht ersparen. Ich denke mal, dass du lieber mit mir sprichst als mit irgendwem anders, oder?"

Sie nickte zaghaft.

„Ich versuche es, kann aber nicht versprechen, dass ich das kann", erwiderte sie. Mætt schaute ihr in die Augen und nickte seinerseits.

Irgendwann kam Leben in die anderen, die sich so gut es ging für die Nacht eingerichtet hatten und jetzt im Morgengrauen erwachten. Recht schnell war das Feuer wieder entfacht, ein Topf mit Wasser wurde erhitzt und es duftete wirklich köstlich nach Kaffee. Es hatte fast so ein bisschen Campingflair, wenn man für einen Bruchteil einer Sekunde einmal die Umstände vergaß. Mætt saß zusammen mit Mariya und Dimitri an einen Baum gelehnt und schlürfte anscheinend gedankenverloren seinen heißen Kaffee. Auf den ersten Blick sah es so aus, als würde jeder für sich einfach nur vor sich hinstarren, um wach zu werden. Tatsächlich aber hatte Mætt gerade Mariya und Dimitri einander vorgestellt. Jedes Mal, wenn es so aussah, als würden sie am Kaffee trinken, wechselten sie ein paar russische Worte miteinander. Auch ihm nahm Mariya das Versprechen ab, alles für sich zu behalten. Wenn der gute Dimitri überrascht war, dann hatte er es gut verborgen. Er lenkte seinen Blick auf Paul, der seinerseits gedankenverloren an einem Baum unweit des Feuers saß.

„Paul, was ist der Plan für heute?", fragte er ihn.

Langsam hob dieser seinen Kopf und schien zu überlegen.

„Wir gehen nach Bratunac, wo wir so am frühen Nachmittag ankommen sollten, und schauen, ob wir dort irgendwie unterkommen und ein paar Tage bleiben können. Unsere beiden lokalen Freunde haben wohl Bekannte dort, die wir zuerst ansteuern wollen. Danach schauen wir, ob wir das kleine Fräulein nicht den Blauhelmen oder einem lokalen Verantwortlichen übergeben können. Alles Weitere sehen wir dann", beendete er seine Ansprache. Zuerst schien es, als wollte er nur Dimitri antworten, er hob dann aber seine Stimme etwas, so dass alle hören konnten, wie es weitergehen sollte. Alle nickten bedächtig.

„Lasst uns nach dem Frühstück zusammenpacken und weitergehen. Je früher wir ankommen, desto besser ist es für alle."

„Weißt du, ob es dort einen Arzt gibt, der vielleicht noch Medikamente hat?", fragte Mætt.

„Warum?", erwiderte Paul knapp.

„Meine Ohren machen immer noch Schwierigkeiten. Unsere Antibiotika reichen auch nicht ewig. Vielleicht wäre ein Arzt eine gute Idee."

„Was wir unterwegs aufschnappen konnten, klingt nicht allzu vielversprechend. Anscheinend ist die Stadt voll mit Flüchtlingen, die allesamt versuchen über Tuzla aus dem Gebiet herauszukommen. Die Serben scheinen sie wohl ausdauernd mit Mörsergranaten und anderem Zeug zu beschießen. Es wurde auch von Luftwaffe vereinzelt berichtet, was ich aber sehr stark bezweifle."

„Wie planst du für uns den weiteren Weg? Gehen wir auch in Richtung Tuzla und versuchen uns zu verabschieden? Wie siehst du das?", fragte Mætt. Paul wiegte seinen Kopf hin und her.

„Nicht sicher. Ein paar Leichen machen noch keinen Massenmord. Ich denke, wir sollten noch eine Runde drehen und wenigstens noch eine solche Situation finden wie die von gestern.

Das würde die Annahme bestätigen, dass hier völkerrechtswidrige Handlungen an der Zivilbevölkerung begangen wurden und werden. Danach könnten wir unsere Mission als erledigt betrachten und an den Heimweg denken. Müssen dann nur noch schauen, dass wir auch tatsächlich rauskommen. Den Blauhelmen traue ich nicht allzu viel zu. Müssen wir situativ entscheiden."

Danach schien für ihn der Informationsaustausch beendet zu sein.

Wie erhofft erreichten sie am frühen Nachmittag Bratunac. Sie suchten den Weg zum Marktplatz, falls einen solchen noch gab, und fragten die Leute unterwegs, wie die Lage und ihre Situation hier in der Stadt denn sei. Es wurde bestätigt, dass die Stadt voller Flüchtlinge ist und fast zu festen Zeiten regelmäßiger Beschuss auf sämtliche Stadtteile stattfindet. Unterwegs trafen sie auf ein paar Männer mit allerlei altertümlichen Flinten, die aber keinen wirklichen Widerstand zu leisten vermochten. Man erklärte ihnen, dass sich die Kämpfer der Widerstandsbewegung in den angrenzenden Wäldern verbergen und bei Einbruch der Dunkelheit zurück in die Stadt kämen, um nach Freiwilligen für den Kampf zu schauen. Sie planten etwaige Infrastruktur des Gegners zu sabotieren bzw. den Angriffen Widerstand zu leisten, soweit das in ihrer Macht stand, damit der Feind nicht in die Stadt einfallen konnte. Einen Arzt gab es auch noch, erklärte man ihnen, aber der sei hemmungslos überlastet und hätte so gut wie keine medizinische Ausstattung mehr. Trotzdem wollte Mætt ihn um seine Diagnose bitten und sich in die Ohren schauen lassen. Sie hatten noch für knapp fünf Tage Antibiotika. Es durfte allerdings nichts Zusätzliches passieren.

Ihre lokalen Unterstützer fanden tatsächlich die Freunde, die sie hofften zu finden. Bei ihnen konnte man auch für ein paar Tage unterkommen. Das Essen war knapp, man würde aber gerne das Wenige mit den Gästen teilen. In Anbetracht der Situation eine unglaublich großherzige Geste. Alle zogen in ein großes Zimmer, das eiligst für die Neuankömmlinge geräumt wurde. Man traf sich in dem ehemaligen Wohnzimmer, um zusammen zu essen und sich auszutauschen. Nach dem Essen saßen die Männer noch zusammen und rauchten. Rauchen war eine Art Luxus, die sich niemand nehmen ließ. Eine richtige Zigarette erreichte auf dem Schwarzmarkt mittlerweile astronomische Preise. Die Männer hatten aber von irgendwo her einen ganzen Sack losen Tabak organisiert. Daraus ließen sich ganz wunderbare Rauchwaren herstellen, wenn man diesen in Zeitungspapier rollte oder in einer Pfeife rauchte. Zum ersten Mal war Mætt wirklich froh mit dem Rauchen schon vor Jahren aufgehört zu haben. Nicht auszudenken, was man in solchen Situationen seinen Lungen zumutete.

Harald kam sichtlich bis ins Mark erschüttert zu ihm.

„Mætt, ich brauche deinen Rat."

Mætt hob den Blick und nickte ihm aufmunternd zu. Mariya saß wie immer dicht bei Mætt und schien ständig darauf zu lauern irgendwen oder irgendetwas zu entdecken, das ihr bedrohlich werden konnte. Erst als sie für sich einordnen konnte, dass keine Gefahr von der Situation oder dem Menschen, der sich ihr näherte, ausging, konnte sie wieder entspannen. Harald schaute abwechselnd zwischen Mætt und Mariya hin und her.

„Sie versteht uns nicht", sagte Mætt und forderte Harald auf zu sprechen.

„Ich werde mich den Freiwilligen anschließen", eröffnete Harald das Gespräch. Mætt blickte erstaunt auf.

„Hast du gesehen, wie die bewaffnet sind? Vogelflinten! Allenfalls kann man damit einen Hasen erlegen, aber doch nicht vernünftig einem Gegner die Stirn bieten. Noch dazu einem scheinbar gut ausgerüsteten Gegner."

Mætt blies laut Luft aus den aufgeblasenen Wangen. So laut, dass Mariya zusammenzuckte und misstrauisch in seine Richtung blickte. Mætt holte Luft, um etwas zu sagen, doch Harald kam ihm zuvor.

„Würdest du Paul etwas davon erzählen?"

„Denkst du, dass du es vor ihm verheimlichen kannst? Wir hausen alle in einem Zimmer …"

„Nein, das glaube ich nicht. Was aber, wenn er es mir verbietet? Wenn er meint, dass das die Mission gefährden würde. Ich höre ihn das förmlich sagen. Ich weiß fast genau, welche Worte er wählen wird."

„Dann ist es immer noch deine Entscheidung, ob du dich daran hältst oder nicht", erwiderte Mætt schulterzuckend.

„Das wäre dann aber wenigstens unerlaubtes Entfernen von der Truppe, vielleicht sogar Schlimmeres", gab Harald zu bedenken.

Mætt nickte zustimmend.

„Wenn es dir wichtig ist, dann musst du tun, was du glaubst tun zu müssen. Ich wäre aber vorsichtig. Du sprichst die Sprache nicht, du kennst das Gelände nicht, du weißt nicht, wie viel Himmelfahrtskommando in solch einer Mission steckt. Du kommst da schneller unter die Räder, als du schauen kannst. Das nutzt auch niemandem."

Harald nickte bedächtig. Er hob den Blick und es brach mit einer Heftigkeit aus ihm heraus, die er dem sonst so stillen Kameraden nicht zugetraut hätte.

„Hast du die Leichen gestern gesehen? Da waren kleine Kinder und alte Menschen dabei. Die waren zum Teil grausamst zugerichtet. Wer tut denn so etwas? So jemand hat kein Recht zu leben. Dazu will ich meinen Beitrag leisten. Wenn ich nur eine Handvoll dieser Schweine, dieser Barbaren ins Jenseits befördern kann, bevor es mich erwischt, dann habe ich alles richtig gemacht", beendete er seine Erklärung. Mætt zuckte mit den Schultern.

„Nur weil du eine Handvoll Menschen ins Jenseits beförderst, machst du die Welt nicht besser. Die, die das alles hier zu verantworten haben, sitzen irgendwo in ihren klimatisierten Büros. An die kommst du nicht ran. Und selbst wenn, für jeden dieser Drecksäcke rücken fünf weitere nach. Macht korrumpiert."

„Kann schon sein", bestätigte Harald.

„Was würdest du machen? Paul informieren oder nicht?"

„Informieren und bei einem Nein eine eigene Entscheidung treffen", erwiderte Mætt und schaute Harald fest in die Augen.

Am Tag waren alle mehr oder weniger in die Stadt ausge-
schwärmt und erledigten das, was sie meinten erledigen zu müssen. Mætt, mit Mariya als mittlerweile permanentem Schatten
im Schlepptau, suchte nach dem Arzt, den er auch fand. Der
schaute ihm in die Ohren, sah wohl eine leichte Entzündung,
konnte aber nicht wirklich weiterhelfen, weil er schlichtweg keine Medikamente hatte. Gegen Abend trafen sich alle wieder in
ihrer Unterkunft, die in einer Seitenstraße unweit des Zentrums
lag. Mætt sah Paul und Harald vor dem Haus sitzen und miteinander sprechen. Harald redete auf Paul ein, an dessen Mimik
nichts abzulesen war. Erst als sie auf Hörweite herangekommen
waren, hörten sie, dass Harald sehr laut geworden war.

„Das wird es nicht verhindern", hörten sie Harald brüllen.

„Dann wirst du die Konsequenzen zu Hause tragen müssen.
Ich lasse dich vor Gericht stellen", brüllte Paul nicht weniger laut
zurück.

Dann rannte Harald mit durchgedrücktem Rücken davon.

Sie blieben volle drei Tage in der Stadt. Sie erlebten zwei Be-
schusssequenzen mit Mörsergranaten, die ungewöhnlich lange
dauerten. Am nächsten Tag hörten sie den Lärm von einmotori-
gen Flugzeugen und rannten alle vor das Haus. Sie sahen in einiger Entfernung alte Sprühflugzeuge anfliegen, die begannen
über der Stadt Fässer herauszuwerfen, die beim Aufschlag explo-
dierten. Eines der Fässer durchschlug das Dach eines Hauses
und explodierte in irgendeinem Zimmer, so dass das gesamte
Haus zerstört wurde. Zu Schaden kam zum Glück niemand, weil
alle bei den Motorengeräuschen vor das Haus gelaufen waren.
Ihre Gastgeber nahmen zwei weitere auf diese Weise obdachlos
gewordene Menschen bei sich auf. Bei den Kameraden reifte so
die Entscheidung schnellstmöglich weiterzugehen. Sie wollten
den freundlichen Menschen nicht noch mehr zur Last fallen.

Während der verbleibenden Tage bzw. der Nächte zog Harald
mit den lokalen Kämpfern los und verbuchte auch einige Erfolge
bei der Abwehr der gegnerischen Angriffe. Er kam im Morgen-

grauen erschöpft, verdreckt aber glücklich zurück, seinen Beitrag geleistet zu haben. Er wurde von Paul informiert, dass es am nächsten Morgen weitergehe. Würde er mitkommen, würde Paul darauf verzichten, ihn wegen irgendwelcher Dienstvergehen anzuzeigen und vor Gericht stellen zu lassen. Harald stimmte zu, wollte aber in der nächsten Nacht noch ein letztes Mal los. Die beiden hatten also einen Deal.

Am nächsten Morgen saßen alle bei einem letzten sehr bescheidenen Frühstück mit den Gastgebern in dem großen, ehemaligen Wohnzimmer des Hauses. Stimmen wurden laut und es kam ein verdreckter, blutverschmierter lokaler Kämpfer hereingestürzt und redete auf den Herrn des Hauses stakkatoartig ein. Bogdan presste ein „Oh, Nein" heraus und Ritchie ließ abrupt den Kopf hängen. Daran konnte man die Art der Nachricht zweifelsfrei erkennen. Übersetzung unnötig. Harald war in der Nacht auf eine Mine getreten, hatte ein Bein verloren und war am Blutverlust gestorben. Vor der Tür hatte man seinen Leichnam in Tücher gewickelt abgelegt. Es war an Mætt und seinen Kameraden Haralds Überreste auf dem Gräberfeld am Stadtrand zu begraben. Keine leichte Aufgabe. Die Gruppe Kameraden zog zusammen mit der Familie ihrer Gastgeber und den lokalen Helfern zu dem Gräberfeld. Alle zusammen gruben ein Loch in den harten, steinigen Boden und bestatteten Harald. Paul sagte einige wenige Worte, der Gastgeber dankte Harald, dass er sich für seine Leute geopfert hatte und nannte es eine „heroische Tat". Man verweilte etwas und beschloss noch eine Nacht länger zu bleiben, bevor man dann am nächsten Morgen ausgeruht weiterzog.

„Was für eine Scheißmission", dachte Mætt.

„Jetzt hat sie schon zwei Kameraden das Leben gekostet. Für nichts. Und wir sind noch nicht zu Hause. Von wegen Klassenfahrt, ein Paar Bilder machen und Jugo-Bräute anbaggern. Weit gefehlt. Was für eine Welt." Mætt rief sich zur Vernunft. Für solche Gedanken war es nicht der richtige Zeitpunkt. Zurück zu Hause, wenn sie das jemals schafften, konnte er sich noch eingehend mit der Sinnhaftigkeit seines Tuns auseinandersetzen.

Sie zogen also zurück zu ihren Gastgebern, aßen sehr schweigsam eine schmale Mahlzeit und zogen sich dann in ihren Raum zurück. Keiner hatte Lust zu reden. Kurz nach Einbruch der Dämmerung begann der Beschuss erneut. Zum Kotzen. Er kam bedenklich nahe. Kurz bevor sie sich entscheiden mussten ins Freie zu gehen oder abzuwarten, hörte es genauso unvermittelt auf, wie es begonnen hatte. Die Nacht wollte schier nicht enden. Schlafen wollte niemandem so wirklich gelingen. Mætt musste an die Luft und setzte sich auf den Balken, der vor dem Haus als eine Art Sitzgelegenheit diente. Tagsüber saßen ihre männlichen Gastgeber darauf, rauchten und redeten mit den Menschen, die vorbeizogen. Jetzt war es stockdunkel und unheimlich still. Mætt saß da und hing seinen Gedanken nach. Leise kam Mariya aus dem Haus und setzte sich neben ihn.

„Das ist schlimm mit deinem Freund", eröffnete sie das Gespräch.

Sie legte zum Trost ihre Hand auf seine.

„Ich bin froh, dass er es war und nicht du", fuhr sie fort.

Mætt wollte aufbrausen, was sie sicher nicht verstanden hätte. Teenagerlogik.

„Wir ziehen morgen weiter. Richtung Tuzla. Schauen, ob wir aus dem Land herauskommen."

„Was wird aus mir?", fragte sie.

„Ich bin dafür dich mitzunehmen. Wir können dich unmöglich hier zurücklassen. Du bist offensichtlich eine Ausländerin, minderjährig und als Augenzeuge der Hinrichtungen definitiv hier nicht sicher", erklärte Mætt.

Ob das Mariya überzeugt hatte, konnte er in der Dunkelheit nicht erkennen, sie erwiderte darauf jedenfalls nichts.

Später, sie waren gerade fertig mit Packen, hatten ein letztes bescheidenes Frühstück genossen und sich bei ihren Gastgebern ein weiteres Mal bedankt, kam ein halbwüchsiger Junge schreiend angerannt und wiederholte immer den gleichen Satz:

„Sie ermorden unsere Leute, sie ermorden unsere Leute."

Bogdan sprang ihm auf der Straße entgegen, hielt ihn fest

und versuchte Einzelheiten aus ihm herauszuholen. Der Junge war mehr als panisch. Er stammelte:

„Auf der Brücke, auf der Brücke. Überall Blut, überall Tote. Die hören nicht auf zu morden."

Paul trommelte seine Leute zusammen und ließ sich den Weg zur großen Steinbrücke über die Drina beschreiben. Schon von weitem hörten sie Geschrei und vereinzelt Schüsse. Paul bedeutete der Gruppe Schutz hinter den Bäumen im Wald zu suchen und gab Mætt ein Zeichen auf die Brücke vorzurücken, um einen besseren Winkel zur Dokumentation mit der Kamera zu erreichen. Er für seinen Teil gab mit Zeichen zu verstehen, dass er sich von der anderen Seite auf die Brücke vorarbeiten wolle, um das Geschehen aus unterschiedlichen Perspektiven zu dokumentieren. Langsam schob sich Mætt auf die Brücke zu, die er aus seiner aktuellen Position nicht einsehen konnte. Er hörte Schreie, anscheinend wurden Kommandos gerufen und vereinzelt fielen Schüsse. Der Fluss führte einiges an Wasser, da es ein harter, langer Winter gewesen war und jetzt durch das warme Wetter jede Menge Wasser aus den Bergen kam. Das Rauschen des Flusses dämpfte die Geräusche auf der Brücke zusätzlich. Mætt schaute nach links und sah Paul geduckt hinter Büschen und Bäumen Schutz suchen. Er müsste eigentlich die Brücke voll einsehen können. Tatsächlich zückte Paul seine Kamera und begann flach auf dem Bauch liegend zu fotografieren. Nach einer Weile schaute Paul zu ihm hinüber und fuchtelte wie wild mit den Armen. Mætt wusste das nicht zu deuten. Es konnte bedeuten, dass er sich zurückziehen soll, aber auch etwas komplett anderes. Paul machte Zeichen, die er beim besten Willen nicht interpretieren konnte. Paul wurde energischer. Fuchtelte wie wild und deutete auf den Wald, aus dem sie gekommen waren. Mætt schüttelte den Kopf und war im Begriff ein kurzes, freies Stück Straße zu überwinden, um dann an der Brücke selbst in Deckung zu gehen. So hätte er volle Sicht auf das dortige Geschehen gehabt. Gerade saß er auf allen Vieren und war im Begriff sich an den Rand der Brücke zu schieben, als ihn der harte Tritt eines

Stiefels unvermittelt heftig am Rücken traf. Er rollte ein Stück auf die Straße und hatte mit einem Mal volle Sicht auf das Geschehen.

Mit einem Mal wähnte sich Mætt einmal mehr in einen Horrorfilm.

Wesentlich schlimmer als das, was auf der Brücke passierte, waren die beiden Soldaten, die ihre AK-47 auf ihn gerichtet hatten und ihn diabolisch angrinsten.

Man sagt ja immer, dass sich in den letzten Minuten eines Lebens nochmal ein kompletter Film vor dem inneren Auge abspielt. Mætt weigerte sich diesen Film anzuschauen. Er wollte sich nicht verloren geben, wenn es auch gerade denkbar schlecht für ihn aussah.

Wie schlecht es genau für ihn aussah, sollte er in wenigen Sekunden am eigenen Leib erfahren. Die beiden Soldaten, vielleicht Anfang zwanzig, bedeuteten ihm aufzustehen und vor ihnen herzugehen.

„Wenn die mich erschießen wollten, dann hätten sie das längst getan", dachte Mætt.

Langsam kam er hoch. Er blickte hinter den beiden Soldaten in den Wald und sah für den Bruchteil einer Sekunde eine panisch schreiende und zappelnde Mariya die von Dimitri festgehalten und zurück in den Wald geschleift wurde. Vielleicht hatte er sich auch geirrt, er sah das nur einen Bruchteil einer Sekunde. Er kam langsam hoch und ging rückwärts vor den beiden Typen her. Als er über die Schulter schaute, um zu sehen, wohin ihn die beiden dirigierten, glaubte er seinen Augen nicht zu trauen. Die Brücke war in Blut getränkt. Verstreut lagen blutende, schreiende und tote Menschen. Dazwischen vielleicht zehn weitere Soldaten mit übergroßen Messern in der einen, manche noch mit einer Pistole in der anderen Hand. Dazwischen sprangen circa fünfzehn bis zwanzig Zivilisten, Männer, Frauen und halbwüchsige Jungen und Mädchen panisch umher und versuchten ihren Häschern zu entkommen. Die Brücke wurde auf der von ihnen abgewandten Seite von drei Soldaten mit Sturmgewehren bewacht. Jedem der ihnen zu nahe kam, wurde vor die Füße geschossen. So trieb man die Menschen wieder zurück auf die Brücke. Die Soldaten mit den Messern stürzten sich abwechselnd auf einen der panisch umherlaufenden Menschen und stachen blindlings auf diese ein. Schnitten ihnen die Kehlen auf und warfen die so tödlich verletzten von der Brücke in den Fluss. Gerade war eine Frau, etwa Mitte Vierzig, mit drei oder vier Messerstichen in die Brust und den Oberschenkel zu Fall gebracht worden. Das bedauernswerte Geschöpf saß schwer atmend auf allen Vieren. Einer der über und über mit Blut getränkten Soldaten riss sie an den Haaren zurück auf die Füße, schnitt ihr mit einer bewusst langsamen Bewegung den Hals von links nach rechts auf und stieß die tödlich verletzte Frau johlend von der Brücke. Die drei Soldaten, die Mætt vor sich hertrieben, riefen einem der Messermänner etwas zu. Dieser lenkte seinen Blick auf Mætt. Grinsend kam er mit gebleckten Zähnen auf Mætt zu. Mætt klopfte sein Herz bis in den Hals. Trotzdem war es ihm mittlerweile unbemerkt gelungen sein Messer mit der rasiermesserscharfen Klinge verdeckt in seiner linken Hand zu halten. Er schaute nun bewusst ängstlich den Messermann an und wich zurück zum Rand der Brücke. Er wusste, dass er nur diese eine Chance hatte sein Leben zu behalten, und diese wollte er nutzen. Und wenn seine Rechnung auch nicht aufgehen sollte, wollte er wenigstens einen dieser Tiere ins Jenseits mitnehmen.

Die Soldaten verständigten sich mit Blicken und lautem Gejohle. Der Messermann hatte scheinbar angesagt, dass er sich das Bürschchen alleine zur Brust nehmen will. Aus den Augenwinkeln sah Mætt, dass seine Aufpasser ihre Aufmerksamkeit anderem zugewendet hatten. Er fixierte jetzt den Messermann, der langsam tänzelnd auf ihn zukam. Er schien ihm in Landessprache zuzurufen, was er jetzt gleich mit ihm anzustellen gedenke. Mætt konnte das aber nur erahnen. Er berührte mit den Waden den Rand der Brücke. Er machte ein bewusst hilfloses Gesicht, schaute nach links und nach rechts. Potenzielle Fluchtwege wurden ihm sogleich vom Messermann abgeschnitten, der in Wild-

West-Manier vor ihm herumtänzelte und das lange Messer spielerisch von einer Hand in der andere warf. Mætt hatte eine einzige, minimale Chance. Die würde er nutzen, redete er sich wieder und wieder ein. Heute werde ich nicht sterben, sagte er sich. Der Rest lief automatisch ab. Sobald sein Angreifer in Griffweite war, packte Mætt den Arm seines Angreifers, der das Messer führte, und lähmte diesen mit einem blitzschnellen Griff in das Nervenzentrum des Oberarms. Dieses befindet sich in der Innenseite des Oberarms, kurz vor der Achselhöhle. Diese Lähmung würde nur zwei oder drei Sekunden wirken. Das musste aber für seinen Gegenangriff reichen. Der Messermann gab einen Laut der Überraschung von sich, als Mætt ihn kraftvoll zu sich heranzog. Er rammte ihm das Messer, das der Angreifer immer noch drohend in seiner vor Schmerz gelähmten Hand hielt, von unten durch die Unterseite seines Unterkiefers, direkt durch die Mundhöhle in sein Gehirn. In einer fließenden Bewegung drehte Mætt seinen Angreifer zu sich herum und hielt ihn als Schutzschild vor sich. Mit einem schnellen Schnitt durchtrennte Mætt den Hals des Aggressors von einem Ohr zum anderen mit seinem eigenen Messer mit der rasiermesserscharfen Klinge. Dies passierte alles innerhalb weniger Sekunden. Bevor dessen Kameraden die Situation voll erfasst hatten, ließ sich Mætt rückwärts von der Brücke fallen. Er hoffte inständig, dass er in tieferes Wasser fallen möge und sich nicht an einem Fels die Wirbelsäule brach. Er hatte den Gedanken noch nicht ganz zu Ende gedacht, da schwappte das eiskalte Wasser über ihm zusammen und trieb ihm die Luft aus den Lungen. Hart schlug er mit seinem Rücken und dem Hinterkopf auf dem Grund des Flusses auf den Steinen auf. Er klammerte sich an dem Messer, das in der Mundhöhle des Soldaten steckte fest und trieb diesem sein eigenes Messer noch unter den Rippenbogen damit er einen zusätzlichen Halt hatte. In der kurzen Sekunde des Auftauchens sah er die Kameraden des Messermannes oben an der Brückenbrüstung stehen und auf ihn schießen. Er versuchte sich so klein wie möglich unter dem Soldaten zu machen, damit er selbst durch dessen Körper vor den Geschossen bestmöglich geschützt war. Die Strömung riss die beiden in wenigen Sekunden fort und spülte sie durch steinige Stromschnellen. Mætt schluckte jede Menge Wasser, wurde von einem Stein an den nächsten geschleudert. Schmerz loderte in jeder Sekunde an einer anderen Stelle seines Körpers auf. Spürte er anfangs noch, wie die Geschosse im Körper des Messermannes über sich einschlugen, wurden die Einschläge nach und nach weniger und hörten nach kurzer Zeit ganz auf. Er gestattete sich einen Blick zurück zur Brücke und sah, dass er sich schon richtig weit entfernt hatte. Was auf der Brücke genau vor sich ging, konnte er nicht mehr erkennen. Er ließ sich noch einige Hundert Meter vom Fluss mitreißen. Immer schön den Körper seines potenziellen Peinigers als Schutzschild über sich haltend. Als die Strömung weniger wurde, steuerte er mit den Händen paddelnd das in Flussrichtung rechte Ufer an, das seiner Meinung nach serbisches Gebiet sein musste. Er kroch in den Uferbewuchs, zog den Messermann hinter sich her und durchsuchte diesen. Er entfernte beide Messer aus dem toten Körper, die er in seinem Gürtel verstaute. Dabei bemerkte er, dass seine Makarow PMM immer noch an ihrem Platz war. Er entdeckte ein ähnliches Makarow-Modell bei dem toten Soldaten, zusammen mit drei Magazinen. In den Hosentaschen des Serben fand er lokales Geld und an dem Gürtel waren zwei Handgranaten russischer Bauart befestigt. Die Scheine nahm er an sich, die Münzen ließ er zurück. Bevor er den toten Soldaten wieder dem Fluss übergab, schaute er in dessen bleiches Gesicht. Anfang Zwanzig war der vielleicht. Im Blutrausch hatte dieser auf bestialische Art und Weise getötet. Was mochte in einem solchen Menschen vorgehen? Hätte er sich am Abend beim Bier mit den Kameraden gut gefühlt? Hätte er das Gefühl gehabt, einen wertvollen Beitrag geleistet zu haben? Einen tollen Tag gehabt zu haben? Hätte er mit seinen Taten bei seinen Freunden zu Hause geprahlt? Oder hätte er schlecht geschlafen? Albträume gehabt? Hätten ihn seine Opfer des Nachts verfolgt?

Mætt machte eine Bestandsaufnahme seiner selbst. Er tastete sich ab, um eventuelle Verletzungen zu entdecken. Er was nass bis auf die Haut und zitterte vor Kälte. Er musste seine Gedanken ordnen. Zuerst einmal weg aus dem unmittelbaren Gefahrenbereich. Am besten im Halbkreis zurück zur Brücke. Damit würde niemand rechnen. Aber erst mal ein Versteck suchen. Auf die Dunkelheit warten. Mætt kroch unter einen Reisighaufen, der in einiger Entfernung zum Fluss am Rande eines ausgetretenen Pfades lag. Er konnte nicht abschätzen, wie lange er unter dem Reisighaufen ausgeharrt hatte. Sein Zeitgefühl war wohl im Fluss geblieben. Als es dunkel wurde, wagte er sich aus seinem Versteck. Wollte sich in Richtung Brücke in Bewegung setzen. Er schaute sich zur Orientierung um und nahm in etwa zwei, vielleicht drei Kilometern Entfernung Lichter wahr. Vielleicht ein Gehöft, wo er sich erst einmal sammeln konnte. Im Feindesland. Er brauchte trockene Kleidung. Er musste sich beruhigen, klare Gedanken fassen können. Nicht dass noch einmal eine solche Panne wie am Nachmittag passierte. Woher waren die Soldaten gekommen? Er hatte sie weder vorher gesehen noch hatte er sie wahrgenommen, als noch Zeit zum Reagieren, zum Verschwinden gewesen wäre. Noch einmal würde er solch einen Fehler nicht überleben. Er setzte sich schwerfällig in Bewegung und stolperte mehr als er ging auf die Lichter zu. Das Laufen tat ihm gut. Bewegte seinen ausgekühlten Körper. Ließ sein Blut wieder zirkulieren. Nass und kalt war er immer noch, er fühlte sich aber wenigstens etwas besser in Bewegung zu sein. Auf dem Weg machte er in Gedanken eine Bestandsaufnahme seines Hab und Guts. Er hatte immer noch seinen Rucksack. Er hatte seine Kamera noch rechtzeitig in den Plastiksack verpacken können. Die Aufnahmen waren also gerettet. Er hatte das Walkie-Talkie, das ebenfalls in der hoffentlich wasserdichten Plastikverpackung war. Er hatte zwei Handfeuerwaffen und fünf Magazine mit jeweils zwölf Patronen, machte demnach sechzig Schuss. Nicht schlecht. Damit konnte er seine Haut verteidigen, sollte das notwendig werden. Etwas zu essen war auch noch in dem Rucksack und die Wäsche zum Wechseln. Gewaschen war die ja jetzt. Die Seife hatte er Mariya überlassen.

Kurz darauf erreichte er ein kleines Gehöft, das just in dem Moment, als er ankam, das Licht ausschaltete. Elektrisches Licht! Das gab es in wenigen Kilometern Entfernung schon länger nicht mehr. Er prüfte, ob es vielleicht einen Hofhund gibt, der ihn durch sein Gebell verraten könnte. Scheinbar hatten die Besitzer keinen Hund. Er saß unter dem Schlafzimmerfenster und hörte eine Männer- und eine Frauenstimme, die sich anscheinend eine Gute Nacht wünschten. Leise schlich er um das Haus herum und drang mit gezogenem Messer in den Hof ein. Kein Hund, der ihn verraten würde. Er suchte die dunklen Fenster ab, um zu sehen, ob ihn dahinter vielleicht jemand beobachtete. Am Ende noch jemand mit einer altertümlichen Schrotflinte. Es war aber alles ruhig. Er musste aus den feuchten Klamotten raus. Er zitterte am ganzen Körper. Nach Einbruch der Dunkelheit hatte sich das durch die kalte Nacht nochmals verstärkt. Er überlegte, ob er sich in der Scheune verkriechen sollte, testete aber wie beiläufig, ob die Haustür vielleicht unverschlossen war. Er hatte Glück, die Tür war offen. Lautlos glitt er in den kleinen Hausflur, in dem es schon um Welten wärmer als draußen vor der Tür war. Von dem Flur zweigten drei Türen ab und eine Treppe führte nach oben. Er schätzte, dass oben der Dachboden war, wo Wäsche zum Trocknen aufgehängt wurde. Einer der Räume musste das Badezimmer sein, eine Tür konnte er eindeutig als Schlafzimmer des Bauern und der Bäuerin identifizieren. Dann musste die gegenüber dem Schlafzimmer liegende Tür vermutlich die Küche oder das Wohnzimmer sein. Vorsichtig drückte er die Klinke nach unten und versuchte die Tür geräuschlos zu öffnen. Lautlos glitt er in den Raum, in dem es nicht nur mollig warm war, sondern auch noch nach frisch gebackenem Brot roch. Er nahm im Dunkeln noch den Schatten einer weit geöffneten Tür wahr, hinter der er bei genauerem Hinsehen einen Raum mit einem Holzbackofen entdeckte, in dem das Feuer noch glühte. Er schnappte sich einen Laib Brot und zog sich in die Backstube zurück. Ein fensterloser Raum, der leicht zur Falle werden konnte. Darauf konnte er jetzt keine Rücksicht nehmen. Er schob die noch vorhandenen Holzscheite in den Ofen und entfachte das Feuer neu. Blitzschnell war er aus seinen feuchten Kleidern geschlüpft und hängte sie zum Trocknen um den Ofen herum auf. Nackt saß er vor dem Ofen und alles Frieren war vergessen. Er schnappte sich eines der Messer vom Gürtel seiner Hose, die über dem Ofen hing, und wollte das Brot anschneiden. Er hielt inne, dachte kurz nach und beschloss die Messer zunächst einmal gründlich zu reinigen, bevor er damit etwas Essbares bearbeitete. Er riss einen großen Kanten des frischen Brotes ab und aß gierig. Er hatte den ganzen Tag außer dem bescheidenen Frühstück noch nichts gegessen. Danach kam die Müdigkeit. Er lehnte an der Wand im Schatten der Tür, hatte die Knie angezogen und dämmerte vor sich hin. Vielleicht hatte er auch etwas geschlafen. Als er die Augen öffnete, bemerkte er draußen schon das heller werdende Grau, mit dem sich ein neuer Tag ankündigte. Er zog sich die fast vollständig getrockneten Kleider eilig wieder an und wollte sich mit dem Rest Brot wieder davonmachen, als er Dielen knarren und eine männliche Stimme im Haus hörte. Der Bauer war wach. Sicher kam er direkt in die Küche. Zu spät für eine unbemerkte Flucht. Würde er trotzdem flüchten, würde das Bäuerlein mit Sicherheit dafür sorgen, dass er nicht weit kommt. Er beschloss zu bleiben. Leise stand er auf, schaute sich im Raum nach einer geeigneten Waffe um. Er wollte den Bauer und seine Frau nicht töten. Er wollte sich ausruhen und in Ruhe versuchen Kontakt mit seinen Kameraden aufzunehmen. Das kleine Walkie-Talkie mit seiner begrenzten Reichweite konnte funktionieren, er war sich dessen aber nicht sicher. Er hatte es zerlegt und um den warmen Ofen herum zum Trocknen ausgebreitet. Auf der Suche nach einer geeigneten Waffe entdeckte er eine Art Paddel mit dem wohl die Brotlaibe in den Ofen geschoben und wieder herausgeholt wurden. Er nahm das Paddel und stellte sich so auf, dass er vom Bauern beim Betreten der Küche nicht gleich auf den ersten Blick wahrgenommen werden konnte. Er hörte die Dielen im Flur knarzen, sah, wie die Türklinke heruntergedrückt wurde und die Küchentür sich öffnete. Ein Mann, vielleicht Anfang oder Mitte Fünfzig, mit dichtem schwarzem Haar betrat die Küche. Er trug einen gestreiften Schlafanzug und hatte lederne Pantoffel zum Hineinschlüpfen an. Er furzte laut und kratzte sich seine Genitalien. Er drehte sich in Mætts Richtung, aber noch bevor er bemerken konnte, dass etwas nicht stimmte, oder er erkannte, dass da jemand war, der da nicht hingehörte, traf ihn das Paddel mit voller Wucht Mitten im Gesicht. Mit dumpfem Stöhnen sackte er zusammen. Mætt fing ihn auf, ließ ihn sachte zu Boden gleiten und schloss die Küchentür. Er schleifte den leblosen Körper leise in die Backstube mit dem Holzofen und fesselte den Mann mit den Stricken, die dort von der Decke hingen. Er stopfte ihm noch einen alten Lappen in den Mund, damit er seine Frau mit seinen Schreien nicht warnen konnte. Mætt überzeugte sich davon, dass der Mann sich nicht befreien konnte, wenn er zu sich kam, und ging zurück in die Küche, um auf die Frau zu warten. Die kam dann auch nach circa zwanzig Minuten. Eine etwa gleichaltrige, kleine, etwas pummelige Frau, barfuß und in einem weißen Leinennachthemd. Mætt wartete, bis sie die Küche betreten und die Tür hinter sich geschlossen hatte. Danach trat er aus dem Schatten und richtete seine Waffe auf sie. Er legte seinen Finger über seine Lippen und zeigte ihr so an, dass sie still zu sein hatte. Überraschenderweise funktionierte das auch. Die Frau begann unkontrolliert zu zittern, verharrte an Ort und Stelle und gab keinen Laut von sich. Mætt wies sie an, sich auf einen der Küchenstühle zu setzen. Sie flüsterte auf ihn ein, wovon Mætt keinen Ton verstand. Er sprach sie auf Russisch an. Die Frau hielt inne und sagte etwas wie „mein Mann, mein Mann". Mehr verstand Mætt nicht. Er band die Bäuerin mit den verbleibenden Stricken an den Stuhl und schaute in dem anderen Raum nach ihrem Mann. Der war wieder zu sich gekommen, zappelte wie wild und riss an den Seilen, um sich zu befreien. Als er Mætt sah, hielt er inne. Er starrte auf die Waffe in Mætts Hand. Sein Gesicht begann schon zu schwellen, seine Nase schien gebrochen zu sein. Mætt sprach ihn auf Russisch an, fragte, ob er ihn verstand. Der Mann schaute ihn abschätzend aus seinen beiden geschwollenen Augen an und nickte zögerlich. Daraufhin nahm Mætt ihm den Knebel aus dem Mund und wies ihn an nur zu sprechen, wenn er gefragt wurde. Der Mann nickte zur Bestätigung.

Mætt hob ihn auf und schleifte ihn in die Küche und setzte ihn auf den Stuhl gegenüber seiner Frau. Der Bauer war sichtlich erleichtert, als er sah, dass seiner Frau nichts fehlte.

„Euch wird nichts passieren, wenn ihr kooperiert. Hast du das verstanden?", fragte Mætt den Bauern. Der nickte stumm.

„Wenn ihr versucht mich auszutricksen, werde ich euch erschießen. Hast du auch das verstanden?" Wieder Nicken.

„Dann erklär das deiner Frau", forderte Mætt den Bauern auf, was dieser sogleich tat. „Ich werde heute Nacht wieder verschwinden. Können wir uns bis dahin arrangieren? Kriegen wir das hin?"

„Ja", sagte der Bauer auf Russisch.

„Was genau willst du von uns?", fragte er.

„Ich will mich ausruhen, etwas zu essen und Medikamente gegen meine Schmerzen, wenn ihr das habt", erwiderte Mætt.

„Wir können auch einen Arzt anrufen, wenn du möchtest, oder dich mit dem Auto in die nächste Stadt fahren."

Mætt runzelte die Stirn. Nicht genug, dass sie scheinbar permanent Strom zur Verfügung hatten, jetzt auch noch Telefon und ein Auto. Keine fünf Kilometer entfernt tobte ein Krieg, die Menschen hatten nichts zu essen und litten unbeschreibliche Qualen. Hier schien alles seinen gewohnten Gang zu gehen. Scheinbar ohne Einschränkungen.

„Ich werde deine Frau jetzt losbinden, damit sie sich anziehen kann. Ich werde sie begleiten. Wenn sie mich versucht auszutricksen oder du versuchst dich zu befreien, erschieße ich sie. Erklär ihr das."

Der Mann redete auf seine Frau ein, die strikt ihren Kopf

schüttelte, mit ihrem Kopf auf Mætt zeigte und wieder etwas in ihrer Landessprache zu ihrem Mann sagte und wieder noch energischer den Kopf schüttelte.

„Meine Frau möchte nicht, dass du ihr beim Umziehen zuschaust. Sie ist schüchtern", erklärte der Bauer.

„Kein Problem, dann bleibt ihr in euren Schlafanzügen", erwiderte Mætt.

Er bereitete zwei weitere Seile vor. Mit einem Seil fesselte er die Füße, so dass die Frau zwar umherlaufen, aber keine großen Schritte machen konnte. Das andere band er so, dass die Frau ihre Hände und Arme bewegen konnte, aber keine große Reichweite hatte.

„Sag deiner Frau, dass sie jetzt Frühstück machen soll", forderte Mætt den Bauern auf. Das tat er sogleich. Wieder lamentierte seine Frau etwas, was Mætt nicht verstand.

„Die Haare meiner Frau fallen ihr immer wieder ins Gesicht. Sie möchte sich frisieren. Das geht aber nicht mit den Seilen. Sie kann die Arme nicht über den Kopf heben", erklärte der Mann.

Mætt atmete tief ein. Er sah auf der Küchenablage einen Einmachgummi liegen. Diesen nahm er, ging mit schnellen Schritten auf die Frau zu, die kurz spitz aufschrie, packte sie an den Haaren und band diese zu einem Pferdeschwanz zusammen.

„Besser?", sagte er auf Deutsch und starrte sie grimmig an.

Keine Ahnung, ob sie ihn verstanden hatte, aber sie nickte eifrig und begann das Frühstück zuzubereiten. Sie öffnete den Kühlschrank, der vollgestopft war mit Essen. So etwas hatte er seit seinem Aufbruch aus Österreich nicht mehr gesehen. Sie machte sich daran Rühreier in die Pfanne zu hauen und bedeutete Mætt, aus der Backstube Schinken, der an einer Stange neben den Würsten hing, zu holen. Dann setzte sie heißes Wasser für Kaffee auf, den sie durch einen Porzellanfilter aufbrühte. Wie köstlich das duftete.

„Wirst du anständig bleiben, wenn ich dir jetzt die Hände frei mache?", fragte Mætt den Bauern.

Der nickte. Mætt band ihm die Hände in gleicher Weise fest,

wie er das bei seiner Frau getan hatte. Am Stuhl festgebunden blieb der Bauer jedoch. Mætt ging zum Kühlschrank, öffnete das Gefrierfach und holte die Eiswürfel heraus, die er dort fand. Er schüttete diese in ein Küchentuch und reichte das dem Bauern. „Für dein Gesicht", sagte er.

Der Bauer nahm das dankbar an und drückte das Tuch mit den Eiswürfeln unter lautem, schmerzhaftem Zischen vorsichtig auf seine Nasenregion. Mittlerweile war das Frühstück fertig. Vor Mætt stand nun ein großer Teller mit Rührei, eine dicke Scheibe angebratener Schinken lag daneben und ein großer Pott mit dampfendem Kaffee, auf dem irgendein Spruch in Landessprache stand, verströmte köstlichsten Kaffeeduft. Mætt ging in die Backstube und holte den Rest des Brotes von letzter Nacht und die Einzelteile des Walkie-Talkies, das er während seines Frühstücks zusammensetzte. Er blickte auf und sah den Bauern und seine Frau still dasitzen und sein Treiben interessiert verfolgen.

„Frühstückt ihr nicht?", fragte Mætt.

Der Bauer und seine Frau holten gleichzeitig tief Luft. Nach einem kurzen Moment sagte der Bauer:

„Wir wussten nicht, ob das in Ordnung ist."

Mætt verzog das Gesicht, kommentierte das aber nicht.

„Ja, klar, ist in Ordnung."

Der Mann übersetzte und die Frau begann ihr Frühstück zu richten.

Mætt hatte das kleine Handfunkgerät zusammengesetzt und eingeschaltet. Atmosphärisches Rauschen war zu hören. Scheint zu funktionieren, dachte Mætt. Er würde jetzt gemäß dem Protokoll für solche Notfälle jede volle Stunde für zehn Minuten durch rhythmisches Drücken der Sprechtaste versuchen den Kontakt zu seinen Kameraden herzustellen. Sprechen würde er nicht. Sie würden auf die gleiche Art antworten. Es gab ähnlich den Morsecodes Abfolgen, die es ermöglichten, kurze Nachrichten zu übermitteln. Er fragte den Bauern nach der genauen Uhrzeit. Als Reaktion versuchte er auf seine Armbanduhr zu schauen, die er aber nicht trug. Mætt stand auf, ging über den Flur in das Schlafzimmer und holte die Uhr, die auf dem Nachttisch lag. Er musste noch fünfunddreißig Minuten warten, bevor er das erste Mal versuchen konnte Kontakt aufzunehmen. Keine Reaktion nach dem ersten Versuch der Kontaktaufnahme. Die Zeit tropfte zähflüssig wie Sirup dahin. Sie saßen zu dritt um den Tisch, aßen von Zeit zu Zeit etwas. Zum Mittagessen hatte die Bäuerin ein herzhaftes Gericht zubereitet. Zwei Mal hatte er die beiden auf den Stühlen festgebunden und hatte versucht ein bisschen zu schlafen. Die Stühle hatte er nach hinten gekippt, so dass sie auf zwei Beinen an die Wand gelehnt standen. Würden sie Versuche unternehmen sich zu befreien, dann würde er das hören. Zur Sicherheit hatte er das Telefon nicht nur aus der Wand gerissen, sondern den kompletten Apparat zerstört. Wenn er irgendwann aufbrach, dann musste er sicher sein, dass der Bauer und seine Frau ihm nicht irgendwelche Offiziellen hinterherschickten. Er durchsuchte zuerst das Haus, später noch die Scheune nach Brauchbarem. Er fand einen größeren, grünen Stoffrucksack, den er mit Proviant füllen und mitnehmen wollte. Die Schmerztabletten, die der Bauer hatte, waren nicht sonderlich stark, hielten Mætts Schmerzen, die er sich bei dem Sprung von der Brücke zusätzlich zu seinen bestehenden Verletzungen zugezogen hatte, aber in einem erträglichen Maß.

Nach dem vierten oder fünften Versuch hatte er Erfolg mit der Kontaktaufnahme. Seine Kameraden reagierten. Es dauerte eine Weile, bis er sichergehen konnte, dass es auch seine Leute waren und keine atmosphärische Störung, aber es funktionierte. Er teilte ihnen mit, dass er heute in der Nacht zurückkehren würde. Ende und Aus.

Jetzt gab es etwas zu tun. Er wies die Bäuerin an den Rucksack mit Proviant zu füllen. Sie war sehr eifrig, denn sie verstand, dass das bedeutete, dass sie ihren ungebetenen Gast baldigst loswerden würden. Jetzt brauchte es nur noch einen Plan, wie er unbemerkt zurück nach Bosnien gelangen würde. Notfalls würde er halt den eiskalten Fluss durchschwimmen müssen. Es war nicht abzuschätzen, ob und wer ihn auf der anderen Seite erwartete. Ein großes Risiko. Er beschloss den Wagen des Bauern zu verwenden. In der Scheune fand er neben dem Wagen zwei große gefüllte Benzinkanister, die er auf dem Rücksitz platzierte. Den fertig gepackten Rucksack legte er auf den Beifahrersitz. Er ging zurück ins Haus, trank mit den Bauern noch eine Tasse frischen Kräutertee und fragte nach dem Weg zur Brücke. Fragte, ob es auf dem Weg dorthin Kontrollposten gäbe. Zu einhundert Prozent vertrauen konnte man den Aussagen des Bauern und seiner Frau natürlich nicht, aber er hatte sich einen Plan überlegt und wollte es so versuchen.

Sie saßen in der dunklen Küche ohne Licht. Mætt wollte keine Aufmerksamkeit erregen. Er wollte zurück. Zurück zu seinen Kameraden. Er wähnte sich kurz vor dem Ziel und wollte dies nicht durch so etwas Banales wie Licht in der Küche riskieren. Am Ende bekam man noch ungebetenen Besuch. Ein Kumpel des Bauern, der mal kurz Hallo sagen wollte ... Er spürte, dass er extrem angespannt war. Die pochenden Kopfschmerzen waren zurück. Er fixierte die beiden serbischen Bauern wieder auf den Stühlen, kippte diese wieder nach hinten an die Wand, sicherte die Stühle aber dieses Mal gegen Umfallen. Zumindest erschwerte er es, dass sie sich zu früh befreien konnten. Er würde im besten Fall fünfundvierzig Minuten brauchen, um die Brücke überhaupt zu erreichen. Wenn es schief ging, dann war eh alles verloren und er wahrscheinlich tot.

Er ging zum Wagen, einem alten Fiat in einem matten, verblichenen Weinrot. Irgendeine viereckige Kiste, die im deutschen Straßenbild längst keine Rolle mehr spielte. Die Sitze durchgesessen, die Karre innen total verdreckt. Sprang aber direkt an. Der Motor schien jedenfalls gut gewartet und in Ordnung zu sein. Ohne Licht fuhr er los. Wie beschrieben zur kleinen Straße, dann nach rechts direkt auf die Brücke zu. Sollten etwas um die sieben Kilometer sein. Die durchgeladene Waffe und die beiden

Handgranaten lagen oben auf dem Rucksack in Griffnähe. Wäre es nicht so dunkel gewesen, hätte man seine weißen Fingerknöchel gesehen, so fest hielt Mætt das Lenkrad des alten Fiats fest. Er kam tatsächlich ohne Kontrollposten bis circa dreihundert Meter vor die Brücke. Er hielt an, nahm den Rucksack und legte ihn am Straßenrand ab. Dann ging Mætt zurück zum Auto, setzte sich wieder hinter das Steuer und fuhr langsam an. Beide Seitenfenster hatte er geöffnet. Er schaltete in den zweiten Gang, der Wagen rollte gemütlich los. Er schaltete die Scheinwerfer an, hupte wie verrückt und sprang aus dem Wagen. Eine der Handgranaten hatte er entsichert und zwischen die Kanister auf der Rückbank geworfen. Der Fiat tuckerte langsam in der Mitte der Straße auf die Brücke zu. Ein Scheinwerfer leuchtete gleißend auf und erfasste den sich langsam nähernden Kleinwagen: Fast hatte das Fahrzeug die Brücke erreicht, explodierte die Handgranate zusammen mit den Benzinkanistern auf dem Rücksitz mit dumpfem Knall und greller Stichflamme. Mætt rannte mit dem Rucksack im Schatten der Explosion im Halbkreis auf die Brücke zu. Er rechnete damit, dass die Soldaten geschlossen auf das brennende Fahrzeug vorrücken würden, und wollte so seinen Vorteil nutzen. In der einen Hand hielt er seine durchgeladene und entsicherte Waffe, in der anderen die zweite entsicherte Handgranate. Er rannte auf die Brücke zu, schaute blitzschnell nach Widersachern und warf die Handgranate in den Innenraum des die Brücke blockierenden querstehenden Militärfahrzeugs. Geduckt rannte er weiter in Richtung der anderen Seite der Brücke, darauf gefasst, dass er entweder von hinten beschossen würde oder auf der bosnischen Seite entsprechend empfangen wurde. Hinter ihm detonierte das Fahrzeug mit einem grellen Blitz. Nach dem Ausmaß der Explosion zu urteilen hatte es scheinbar Munition geladen. Er rannte atemlos auf den nahen Wald zu und hechtete hinter die ersten Bäume in Sicherheit. Er konnte es kaum fassen. Er hatte es geschafft. Er war in Sicherheit. Unfassbar! Seine Lungen brannten, jeder einzelne Muskel seines Körpers tat ihm weh, aber er war glücklich es geschafft zu haben.

Er hielt sich so gut es ging in Deckung und kehrte langsam zu dem Haus zurück, in dem sie die Tage zuvor untergebracht waren. Paul und die anderen waren durch den Lärm der Explosion alarmiert, vor die Tür getreten und sahen ihn ankommen. Ungläubige Blicke, großes Hallo und Schulterklopfen. Dimitri und Bogdan drückten ihn fest. Eine sichtlich aufgelöste Mariya kam aus dem Haus gerast und fiel ihm um den Hals und plapperte aufgebracht in Russisch auf ihn ein. Alle standen um ihn herum und lachten. „Jetzt schimpft Mutti aber mit dir", sagte Ritchie und der Rest der Jungs grölte.

Sie gingen ins Haus zurück und Paul wollte sehr genau wissen, was passiert war, wo er hergekommen und wie es ihm gelungen war am Leben zu bleiben. Mætt berichtete ausführlich, jeder seiner Kameraden fügte noch seine Wahrnehmung hinzu. Mariya hatte sich verraten und alle russischen Flüche, die sie kannte, herausgeschrien, als sie gesehen hatte, was auf der Brücke vor sich ging. Paul hatte sie mit Hilfe von Dimitri befragt. Daraufhin hatte er beschlossen Mariya als Zeugin aus dem Land und in Sicherheit zu bringen. Es konnte nicht bewiesen werden, dass die Gräueltaten von serbischen Soldaten begangen wurden. Somit war Mariya in unmittelbarer Gefahr. Paul war es gelungen die Grausamkeiten auf der Brücke mit seiner Kamera in jeder Einzelheit zu dokumentieren. Das alles reichte aus, um die Mission zu beenden, nach Tuzla aufzubrechen und mit Hilfe des Blauhelm-Kommandos nach Hause zurückzukehren. So Gott will.

Also machten sie sich am nächsten Morgen auf den Weg, jedoch nicht ohne den Proviant, den Mætt organisiert hatte, mit ihren Gastgebern zu teilen. Vier Tage später kamen sie ohne weitere Zwischenfälle in Tuzla an. Es bedurfte einiges an Überzeugungskraft und auch Drohungen und Grobheiten, das Blauhelm-Kommando davon zu überzeugen, das Paul „telefonieren" musste. Einen sich endlos ziehenden Tag später wurden sie nach Sarajevo und von dort nach Wien ausgeflogen.

Alle zusammen fanden sich auf genau dem alten Flugplatz wieder, von dem die ganze Mission ihren Anfang nahm. Mætt wurde von dort in ein Wiener Krankenhaus verlegt, wo er intensiv untersucht wurde. Schmitt war informiert und hatte arrangiert, dass Mariya dem UN Kinderhilfswerk (UNICEF) übergeben wurde. Später hörte man noch, dass sie von einer netten Familie aufgenommen wurde. Hier verlor sich dann aber ihre Spur.

Das Team wurde im Anschluss mehrere Tage ausführlich befragt, die Beweise, also die Fotos, die die Kameraden in dem Fabrikgebäude und auf der Brücke aufgenommen hatten, sowie die Aussage, die Mariya gemacht hatte, wurden an offizielle Stellen übergeben.

Und was passierte daraufhin?

Nichts! Es gilt heute als gesichert, dass man schon Jahre vor dem Völkermord an der muslimischen Minderheit, der als ethnische Säuberung deklariert wurde, von den Grausamkeiten, den Übergriffen auf die Zivilbevölkerung, wusste. Es passierte aber bis zu dem Massaker in Srebrenica nichts. Vielleicht hätte man das verhindern können, wären die Informationen zeitgerecht an richtiger Stelle platziert worden.

Alle kehrten nach Hause in ihre Leben zurück. Fast so, als wäre nichts gewesen. Mætt kehrte zu Andrea zurück, mit der er einiges zu klären hatte. Er war dankbar sich jetzt um seine Tochter kümmern zu können, zu sehen wie sie sich entwickelte und groß wurde. Er musste verarbeiten, was er in den letzten Wochen erlebt und gesehen hatte. Aber eigentlich wollte er nur noch diesen Wahnsinn vergessen. Wenn das so einfach gewesen wäre. Damals hatte man noch keine Sensibilität für Erkrankungen der Psyche oder des Körpers, die man sich in Extremsituationen zugezogen hatte. Es war durchaus bekannt, dass es ein solches Krankheitsbild gab. Schon seit dem Ersten Weltkrieg wusste man das. Man nannte die Betroffenen Kriegszitterer[4]. Die damals angewandten Behandlungsmethoden sollen hier jedoch besser nicht kommentiert werden.

Mætt benötigte Abstand, er wollte, dass Gras über die Sache wuchs. Heute weiß man, dass das ohne fachgerechte Unterstützung schwer bzw. gar nicht möglich ist.

Mætt fand irgendwie (s)einen Weg. Abschließen konnte er damit für eine sehr lange Zeit nicht wirklich und das würde ihm in der Zukunft ziemlich auf die Füße fallen. Das wusste er aber zum damaligen Zeitpunkt noch nicht.

---

[4] https://de.wikipedia.org/wiki/Kriegszitterer

Глава 4 (Mariya)

Mætt kehrte also nach Hause zu Andrea und seiner Tochter zurück. Schmitt hatte in der Zwischenzeit Andrea aufgesucht, sich als Mætts Vorgesetzten ausgegeben und irgendeine Geschichte erzählt, um Mætts lange Abwesenheit zu erklären. Wie er es begründete, dass Mætt außer Stande war sich zu melden, weiß niemand. Andrea war alles außer doof. Sie hatte jedoch verstanden, dass es wohl Bereiche in Mætts Leben gab, die sie besser nicht hinterfragte. Man konnte diese Bereiche akzeptieren oder nicht. Die Kunst des Lügens hin oder her.

Einem unbeschwerten Beziehungsleben war das natürlich nicht zuträglich. Sie traute Mætt von diesem Moment an nicht mehr über den Weg. Nicht ansatzweise. Man einigte sich stillschweigend auf eine Art Burgfrieden, der alle Beteiligten den äußeren Schein wahren ließ. Hinterfragen sollte man aber besser nichts. Jahre später, Mætt und Andrea waren schon lange getrennt, gestand ihm Andrea, dass sie damals dachte, dass er möglicherweise ein Doppelleben mit einer anderen Frau in einer anderen Stadt führen würde. In ihrer damaligen Situation war sie jedoch froh, dass er zurückgekehrt war. Sie sagte, dass sie damals schon wusste, dass sie unter solchen Voraussetzungen nicht mit ihm zusammenleben wollte und auf den richtigen Moment wartete eigene Wege zu gehen. Man kann die Qualität einer solchen Beziehung vielleicht erahnen.

Die Dienstjahre, die Mætt nach seiner Rückkehr von der Mission noch zu leisten hatte, verliefen unspektakulär. Abgesehen von drei großen Aktionen der RAF, von denen er aber nur am Rande bei einer beteiligt war, gab es in dieser Zeit wenig zu berichten. Er war teilweise als externer Beobachter eingesetzt, teilweise war er auch an der speziellen Art Rekrutierung beteiligt, die ihm Jahre zuvor seine Tätigkeit beschert hatte. Auch, aber seltener nahm er an Ausbildungseinsätzen im Ausland teil, die als Dienstreise deklariert wurden. Andrea fragte nie mehr nach irgendwelchen Einzelheiten.

Er hatte nach seiner Rückkehr aus Bosnien begonnen zu joggen. Erst nur einige wenige Kilometer, aber nach einer Weile rannte er sich regelrecht in einen Wahn. Er brauchte das zum Abschalten, sagte er, wenn er danach gefragt wurde. Dimitri und Bogdan nahmen ihn einmal auf die Seite und fragten ihn, ob es ihm zu schaffen mache, dass er den Messermann in Bosnien „wegknipst" hatte. Diese Frage hatte er sich selbst auch schon oft gestellt. Für ihn war das kein Problem. Er hatte sein eigenes Leben verteidigt. Es war keine blindwütige oder gar eine Tat aus niederen Beweggründen. Damit hätte er allerdings ein Problem gehabt. Damit, wie es tatsächlich abgelaufen ist, aber nicht. Er hätte die ganze Brücke plattmachen können, er hätte immer noch geschlafen wie ein Baby. Niemand konnte sich vorstellen, was er dort gesehen hatte. Dieser Geruch nach Blut, dieses Stöhnen, diese Verstümmelungen, dieser seifige, schmierige Untergrund durch das viele Blut und dann diese blutrünstigen Typen, im Rausch, wie im Fieberwahn. Nur darauf aus zu töten, zu verstümmeln. Möglichst grausam. Selbst in Blut getränkt und das dann scheinbar auch noch zu genießen. Nein, diesen Typen mitzunehmen, ins Jenseits zu befördern stellte keinen Gewissenskonflikt für ihn dar. Seiner Meinung nach war die Welt ohne diese Art Menschen ein ganzes Stück besser.

Er joggte jeden Tag. Brachte es bei Wind und Wetter auf um die hundert Kilometer pro Woche, zu Spitzenzeiten sogar auf hundertfünfzig. Er fühlte sich körperlich auf seinem absoluten Höhepunkt. Er sah seine Tochter aufwachsen, hatte seinen Anteil an der Erziehung und hatte viel Freude mit seinem Kind. Die beiden waren richtig dicke miteinander. Papa und Tochter eben. Er und Andrea war ein anderes Kapitel. Sie mochten sich, waren aber alles andere als ein Traumpaar. Es war eher die Kategorie Zweckgemeinschaft, freundlich, zuvorkommend, aber im Prinzip machte jeder sein eigenes Ding. So verging die Zeit und zu Beginn der 2000er Jahre neigte sich seine militärische Karriere dem Ende zu. Er wurde zusammen mit Dimitri, der auch in die Privatwirtschaft wechselte, in allen Ehren entlassen. Beruflich glitt er fast unbemerkt hinüber in das zivile Leben. Privat tauschte er den Ehestatus gegen den Junggesellenstatus. Es war eine wilde Zeit. Die Beziehung zu Andrea erledigte sich spektakulär. Ein Klassiker, wie im Film. Irgendwann stellte er fest, dass seine Hausschlüssel nicht mehr passten. Er kam dann eine Zeitlang bei Dimitri unter, flüchtete sich Hals über Kopf in eine Romanze mit einer anderen Frau, die aber leider oder Gott sei Dank aus offensichtlichen Gründen von vornherein zum Scheitern verurteilt war. Er fing sich nach diesem persönlichen Einschnitt indes relativ schnell wieder, kaufte ein kleines Haus in der Nähe seiner Tochter und lebte fortan alleine und sehr zurückgezogen. Er arbeitete an seiner beruflichen Karriere, was ihm auch mühelos gelang. Relativ oft war er geschäftlich auf der gesamten Welt unterwegs und erwirtschaftete sich so in wenigen Jahren eine gewisse finanzielle Unabhängigkeit. In der Zeit, in der er nicht geschäftlich reisen musste, absolvierte er sein tägliches Kilometerpensum und verbrachte viel Zeit mit seiner Tochter. Ab und an hatte er auch mal eine längere „Bekanntschaft", die rein auf das Körperliche beschränkt war. Ansonsten blieb er für sich. An allem, was darüber hinausging, gar nach „Beziehung" roch, hatte er kein Interesse. Er sagte das auch geradeheraus von Beginn einer Liaison an. Das hielt die meisten Frauen aber nicht davon ab sich trotzdem mit ihm einzulassen. Manchmal gab es deshalb lange Gesichter, wenn er dann doch nicht zu haben war und die ein oder andere Dame enttäuschen musste. Überwiegend lebte er aber ein sehr ruhiges, bescheidenes und zurückgezogenes Leben. Er traf sich auch regelmäßig mit Dimitri und Bogdan.

Bogdan hatte seinen Vertrag bei ihrem alten Verein auf Lebenszeit verlängert und eine recht steile Karriere hingelegt. Ab und zu sah man ihn sogar im Fernsehen, meistens an den aktuellen Brennpunkten dieser Erde. Dimitri ging irgendwelchen Import-Export-Geschäften nach.

„Alles legal", beteuerte er.

Er brachte es zu einem ansehnlichen Wohlstand, traf eine tolle Frau und heiratete diese. Egal wie schlecht es einem der Jungs ging, die anderen waren immer füreinander da. Familie eben. Einmal im Jahr fuhren sie zusammen für ein paar Tage irgendwohin. So waren sie für zehn Tage in Florida. Nach drei Tagen am Strand hatten sie die Schnauze voll. Sie gingen tauchen. Am zweiten Tag wollte niemand mehr mit auf das Tauchboot, wenn sie dabei waren. Dann eben doch wieder Strand mit viel Bier. In einem anderen Jahr entdeckten sie Wanderurlaub für sich. Sie fuhren irgendwohin und wanderten ein paar Tage. Sie übernachteten im Freien, ganz im Geiste ihrer Ausbildung. Ein anderes Mal stiegen sie ganz schick in einem Wellnesshotel ab – aus dem sie in hohem Bogen rausflogen, weil ein gehörnter Ehemann seine Frau dabei erwischt hatte, als die mit Bogdan zugange war. Der Gehörnte wollte Bogdan verprügeln und zog dabei den Kürzeren, woraufhin er Verstärkung holte, was dann wiederum Mætt und Dimitri auf den Plan rief. Das Ende vom Lied waren der Rauswurf und eine Anzeige wegen Körperverletzung, die aber nach einigen Monaten eingestellt wurde.

Man hatte viel Spaß miteinander, war aber, was die Art der gemeinsamen Unternehmungen anging, definitiv noch in der Findungsphase.

Für den kommenden Sommer hatte Bogdan vorgeschlagen durch das Land seiner Vorfahren zu wandern, den ein oder anderen Onkel, Cousin oder auch eine Cousine zu besuchen. Slowenien war das Land, aus dem Bogdans Vorfahren ursprünglich kamen. Mætt war immer der Meinung, Bogdan komme aus Bosnien, musste sich aber eines Besseren belehren lassen. Sie verbrachten den Winter und den herannahenden Frühling damit die Herrentour zu planen. Definitiv wollten sie wandern. Slowenien bot eine Menge an spektakulären Landschaften und touristischen Highlights, die man gesehen haben sollte. Es sollten dieses Mal wieder zehn Tage werden, die sie miteinander verbringen wollten. Die Zeit bis dahin verbrachte jeder auf seine Art mit Vorbereitungen. Bogdan war noch bei einem Auslandseinsatz irgendwo in Südamerika, Dimitri kaufte und verkaufte gerade irgendetwas Spektakuläres und Mætt lief und lief und lief – wie in der VW-Käfer-Werbung aus den 1970ern. Er hatte das Häuschen, das er gekauft hatte, liebevoll renoviert und traf sich nach wie vor hin und wieder mit der ein oder anderen Frau. Die eine blieb nur eine Nacht, die andere etwas länger. Er sah seine Tochter regelmäßig und war rundum zufrieden. Sein Job lief bombastisch, was wollte er mehr? Er war jetzt Anfang Vierzig bzw. Mitte Vierzig, je nachdem, welches der Geburtsdaten man zugrunde legte. Die zwei Jahre, die man ihn ganz zu Anfang seiner Ausbildung älter gemacht hatte, waren irgendwie in seine zivilen Papiere gerutscht. Fortan hatte er zwei Jahre dazugewonnen. Auf dem Papier jedenfalls.

Ende Juli, nachdem die Sommerferien in den meisten europäischen Ländern vorüber waren, flogen sie nach Ljubljana. Dort hatten sie für ihre Entdeckungsreise durch Slowenien eine geräumige Limousine gemietet. Man sollte nicht unterschätzen, was Herren in den besten Jahren für einen Platzbedarf haben. Sie fuhren vom Flughafen direkt zu einem Onkel von Bogdan in die nahen Berge und checkten dort in einem kleinen, aber sehr komfortablen Hotel ein. Es waren spannende Tage. Sie sahen viel, waren überrascht von dem Land und den Leuten. Im letzten Drittel ihrer Reise machten sie Station an der Adriaküste. Ein bisschen Strand musste dann doch noch sein. Sie hatten ein schickes Hotel in der Altstadt von Koper bezogen. Es musste Koper sein und nicht Piran, obwohl man Piran nachsagte die schönere Stadt von beiden zu sein. Piran war im Prinzip eine riesige Fußgängerzone. Geparkt wurde am Rande der Stadt. Piran hatte aber auch massenweise Touristen. Genau das wollten die Freunde nicht. Von Koper aus unternahmen sie Ausflüge in die nähere Umgebung. Sie hatten gerade ein riesiges Höhlensystem zu Fuß erkundet und saßen auf dem Marktplatz und sprachen über das Erlebte. Alle drei waren begeistert. Das hatte noch keiner von ihnen bisher gesehen. Es gab wohl in Mexiko ähnliche Höhlensysteme auf der Halbinsel Yukatan, aber wirklich selbst gesehen hatte das noch keiner von ihnen. Sie genossen die Zeit, führten jede Menge Männergespräche und waren allesamt entspannt. Sie genossen die gemeinsame Zeit sehr. Am frühen Abend gingen sie dabei von Kaffee und Mineralwasser zu Bier über. Zum Abendessen zogen sie auf die Dachterrasse ihres Hotels um oder ließen sich ein Restaurant von den Angestellten ihres Hotels empfehlen. Sie aßen gepflegt zu Abend und gingen später noch auf einen Schlummertrunk in einen der lokalen Clubs der Altstadt. Bogdan als fast einziger „Quasi-Junggeselle" war ständig auf der Pirsch. Mætt sah sich nicht als Junggeselle, er stand einfach dem Markt nicht zur Verfügung. Dimitri war nicht der Sinn nach Komplikationen mit seiner Frau Karin. Vor Mitternacht gingen die drei zurück zum Hotel, um sich schlafen zu legen.

So oder so ähnlich verlebten sie eine sehr entspannende Woche miteinander. Männerurlaub eben. Sie verabredeten sich für den vorletzten Abend, bevor es wieder zurück ins richtige Leben nach Hause ging, zu einem Abendessen in einem der besten Restaurants in Koper. Am Morgen waren Dimitri und Mætt Joggen. Bogdan schien noch zu schlafen. Nachmittags wollten sie alle zusammen, zum Abschluss ihrer Reise, eine Brennerei in der näheren Umgebung besichtigen. Natürlich wollten sie auch den leckeren Stoff verköstigen. Dimitri und Mætt saßen in ihrem Stammcafé am Rande des Marktplatzes und warteten auf Bogdan. Dimitri tippte auf seinem Blackberry herum und versuchte die Tiefen der elektronischen Möglichkeiten zu erkunden. Mætt las in einer zehn Tage alten Financial Times. Dazu tranken sie Milchkaffee. Gelangweilt hob Mætt ab und zu den Kopf, hielt

Ausschau nach Bogdan und beobachtete desinteressiert den vorbeiziehenden Verkehr. Sie saßen fast auf dem Bürgersteig mit entsprechender Nähe zum fließenden Verkehr. „Hätten wir uns doch für Piran entscheiden sollen?", fragte sich Mætt.

Die Hitze des Spätsommertages hatte eine Art lähmenden Mantel über dem Ort ausgebreitet. Alles schien sich in Zeitlupe zu bewegen, die Menschen eingeschlossen. Mætt hob mal wieder den Blick, suchte den Marktplatz und die vorbeiziehenden Menschen nach dem bekannten Gesicht von Bogdan ab. Wo der wohl blieb? Sie waren doch am Abend zuvor miteinander vom Restaurant zurück ins Hotel und auf die Zimmer gegangen. Ob der gute Bogdan nochmals losgezogen war, um irgendeinen Club in der Stadt unsicher zu machen? Wahrscheinlich hatte er die Nacht in den Armen einer vollbusigen Slowenin verbracht und duschte jetzt gerade. Ein anzügliches Grinsen huschte über Mætts Gesicht. Gelangweilt folgte er dem zäh dahinfließenden Verkehr. Man merkte, dass das Wochenende näher rückte. Scheinbar hatte jeder erwachsene Slowene, der in der Lage war ein Fahrzeug zu bewegen, irgendwo in der Stadt irgendetwas zu erledigen. Eher beiläufig folgte Mætt dem sich nähernden alten, weißen Land Rover mit seinen Blicken. Er fuhr ohne Verdeck.

„Recht selten dieses Modell und ziemlich heruntergekommen das Ding", sinnierte Mætt.

Am Steuer saß eine junge Frau, die ihren Pferdeschwanz durch den Verschluss ihrer Baseballkappe gezogen hatte. Der Wagen verlangsamte vor ihm seine Fahrt. „Hat wohl Schwierigkeiten mit der Kupplung", dachte Mætt grinsend, weil der Wagen an ihm vorbeihoppelte, was den Pferdeschwanz der Fahrerin lustig wippen ließ. Er erhaschte einen letzten Blick auf das Profil der jungen Frau und senkte seinen Blick wieder auf die Financial Times. Noch beim Senken seines Blickes begann er unbewusst seine Stirn zu runzeln. Eigentlich wusste er gar nicht, was genau seine Aufmerksamkeit erregt hatte. In seinem Gehirn startete gerade im Hintergrund ein Prozess, den er zunächst selbst nicht bewusst wahrnahm. Am ehesten war das, was da gerade in seinem Kopf passierte, mit einer dieser neuzeitlichen amerikanischen Kriminalserien vergleichbar. Ein Foto eines potenziell Verdächtigen wurde mit dem Bildinhalt einer Datenbank verglichen. Man sieht auf der einen Bildhälfte eine Aufnahme der verdächtigen Person, die man identifizieren möchte. Auf der anderen Bildhälfte laufen rasend schnell Bilder möglicher Zielpersonen ab. Ähnlich wie bei einem Geldspielautomaten, bei dem sich Walzen mit unterschiedlichen Bildern drehen. Scheinbar hatte Mætts Unterbewusstsein eine Ähnlichkeit mit einer ihm bekannten Person entdeckt und jetzt suchte er nach dem passenden Gesicht in seinen Erinnerungen dazu. Der Verkehr war schon ein Weilchen weitergezogen, als ihm das passende „Match" vor seinem inneren Auge angezeigt wurde.

„Das gibt's doch nicht, das kann doch nicht sein", stieß Mætt zwischen den Zähnen hervor.

Dimitri schaute irritiert von seinem Blackberry hoch und sah Mætt, der nur Gummi-Badelatschen mit einem Steg für den Zwischenraum des großen und des danebenliegenden Zehs trug, sich über die Straße katapultieren. Von dem Schwung mitgerissen zerrte er seinen Kaffeehausstuhl mit auf die Straße, was ein herannahendes Auto zu einer Vollbremsung nötigte. Mittlerweile hatte er die Badelatschen entweder abgeworfen oder verloren. Er schaute nach dem weißen Land Rover, der gerade wieder parallel zum Marktplatz, auf der anderen Seite in dem jetzt flüssigeren Verkehr schneller wurde. Mit aller Anstrengung sprintete Mætt quer über den Marktplatz auf den Wagen zu. Er verpasste diesen aber nur knapp, als er in eine schmale Straße abbog und verschwunden war. Er kehrte ziemlich außer Atem zu Dimitri in das Straßencafé zurück. Der Kellner hatte gerade den Stuhl von der Fahrbahn geborgen und war dabei diesen wieder an den Tisch zu stellen. Sein vorwurfsvoller Blick sprach Bände.

„Was war das denn eben?", fragte Dimitri.

Mætt nahm dem Kellner wortlos seinen Kugelschreiber ab und zeichnete eine Art kreisrundes Emblem, das eine Art brechende

Welle darstellte und nur aus einem fortlaufenden Strich bestand, auf eine Seite seiner Financial Times, die aus rosarotem Papier bestand. Auf Englisch redete er hektisch auf den Kellner ein und fragte, ob er dieses Emblem kenne, was dieser irritiert verneinte. „Was ist denn los mit dir?", fragte Dimitri.

Gleichzeitig tauchte Bogdan auf der Bildfläche auf. Er war in einem erbärmlichen Zustand. Das Hemd hing aus seiner Hose, sein spärliches Haar war wirr und er hatte einen riesigen Knutschfleck an seinem Hals.

„Jesses Alter", sagte Dimitri, „hast du einen Tintenfisch abgeschleppt heute Nacht?"

Bogdan grinste breit und es war ihm anzusehen, dass er noch oder schon wieder ziemlich einen sitzen hatte.

„Schau mal Mætt", sprach Dimitri ihn grinsend an, „Bogdan hatte eine Begegnung mit der dritten Art."

Mætt war wohl ziemlich verwirrt. Er starrte abwechselnd auf seine Zeichnung mit der Welle, auf den Marktplatz und auf Bogdan. Immer wieder schüttelte er den Kopf und sagte etwas wie:

„Das kann nicht sein, das gibt's doch nicht."

Oder aber er schloss die Augen und murmelte:

„Kann ich mich so täuschen? Spielt mir meine Phantasie so einen Streich?", gefolgt von weiterem Kopfschütteln und starren auf das Bildnis, das er da gezaubert hatte.

„Mætt, schau doch mal: Bogdan."

Mætt hob fahrig den Kopf, schaute auf Bogdan, schaute auf seine Zeichnung, hielt inne, schaute wieder auf Bogdan.

„Geh' dich besser ausschlafen, mein Guter. Die Besichtigung der Brennerei würde dir jetzt das Genick brechen."

Zu Dimitri gewandt fragte er: „Hast du die Frau in dem Land Rover gesehen?"

Bogdan salutierte und meldete sich ab, um den „Duft der Nacht abzuspülen" und „schnell ein Mütze Schlaf nachzuholen" und trottete in Richtung Hotel davon. „Welcher Land Rover? Welche Frau?", fragte Dimitri.

„Ich glaube, ich habe ein Phantom gesehen", äußerte Mætt.

„Was für ein Phantom denn, Mætt? Du sprichst in Zungen, mein Guter", scherzte Dimitri.

Mætt schaute seinem Freund in die Augen und sagte nur ein Wort: „Mariya!" Dimitri, der gerade nach seinem Glas mit Mineralwasser gegriffen hatte, hielt mitten in der Bewegung inne. „Was? Wen willst du gesehen haben?" „Mariya, die Kleine, die wir damals in ..." „Ich weiß, wer Mariya ist. Wer hat die gesehen?", hakte Dimitri verwirrt nach. „Ich hab die gerade gesehen. Die ist in dem weißen Land Rover hier an uns vorbeigefahren. Hab einen Moment gebraucht. Hatte die nur im Profil gesehen. Als ich sie dann zuordnen konnte, bin ich direkt losgesprintet." „Bist du sicher, dass dir deine Erinnerung keinen Streich gespielt hat?" „Nein, sicher bin ich nicht. Der Land Rover hatte dieses Zeichen auf beiden Türen", sagte Mætt und deutete auf seine Zeichnung auf der Zeitung.

Er setzte sich und winkte dem Kellner. Der kam mit misstrauischen Blicken sehr langsam näher. Mætt entschuldigte sich, bestellte sich ein großes, lokales Bier und fragte den Kellner nochmals eindringlich, ob er ein solches Zeichen nicht kenne, was dieser aber nach nochmaligem, genauerem Hinsehen verneinte. Mætt schüttelte den Kopf, ganz so, als wollte er etwas abschütteln, und versuchte zur Tagesordnung überzugehen.

„Was war mit Bogdan los?", fragte er Dimitri.

„Der ist wohl gestern Abend nochmals los und hat anscheinend irgendeine Braut abgeschleppt. Hatte noch ziemlich Restalkohol und einen riesigen Knutschfleck ..."

Die beiden grinsten sich dreckig an.

„Na ja, was machen wir? Lassen wir die Brennerei ausfallen?", fragte Mætt. Die beiden einigten sich darauf noch etwas im Café sitzen zu bleiben und später dann zum Strand zu gehen.

„Wie alt wäre Mariya jetzt ungefähr?", fragte Dimitri nach einer Weile. „Hm, nicht sicher. Ich denke mal so Ende Zwanzig, Anfang Dreißig", erwiderte Mætt. „Weißt du, wie das mit ihr weiterging, nachdem sie ihre Aussage gemacht hatte?"

„Nein, nichts Konkretes. Schmitt sagte mal, dass er dafür gesorgt hätte, dass sie bei anständigen Leuten untergebracht werden würde und keine Heimkarriere durchleben müsse. Da kann man nur hoffen, dass er die Wahrheit gesagt hat und uns nicht nur beruhigen wollte."

Nach einer Weile konstatierte Dimitri: „Die war schon speziell, oder? Ich meine, die hing schon an dir wie ein Schatten."

Mætt grinste. „Ja. An euren Spott kann ich mich auch noch erinnern: ‚Jesus zog in die Wüste und eine lange Dürre folgte ihm‘, war nur einer der Sprüche, die ich mir von euch anhören musste", sagte Mætt mit gespielter Empörung.

„Aber du hast Recht, so jung die auch war, wir hatten in dieser speziellen Situation damals einen extrem guten Draht zueinander. Obwohl die kein Wort Deutsch verstanden hat, war sie absolut im Bilde über das, was gesprochen wurde. Besonders als Paul und Ritchie sie in Bosnien lassen wollten, hat sie das im selben Moment verstanden. Daraufhin hat sie mir gesagt, dass sie alles gesehen hatte, dass sie sogar ein paar Namen von denen, die damals dabei waren, kenne. Und auch, dass sie das nicht überleben würde, wenn man sie nicht mitnimmt."

Dimitri nickte mit in sich gekehrtem Blick. Damit war fürs Erste die Unterhaltung über die „Geister-der-Vergangenheit-Sichtung", wie Mætt das nannte, beendet.

Sie verbrachten den Nachmittag, wie sie es geplant hatten, am Strand, schwammen etwas, lagen in der Sonne und verlebten einen entspannten Tag. Für ihren letzten Abend wollten sie nach Piran, in das angesagte Restaurant, das ihnen der Kellner ihres Hotels empfohlen hatte. Gegen Abend weckten sie Bogdan, der fünfundvierzig Minuten später geschniegelt und riechend wie ein ganzes Bataillon Stricher vor ihnen stand. Sie nahmen ein Taxi, ließen sich in das Restaurant fahren und hatten einen wunderbaren letzten Abend in Slowenien. Einhellig beschlossen sie wiederzukommen. Mætt sollte zu diesem Zeitpunkt noch nicht ahnen, wie zutreffend dieses Versprechen sein sollte. Bogdans Onkel stieß später noch zu ihnen dazu, um seinen Neffen gebührend zu verabschieden. Mit ihm wechselten sie noch in das ein oder andere Etablissement. Der letzte Abend zog sich so noch bis in den frühen Morgen.

Mætt war zwar todmüde, saß aber noch lange wach in seinem Bett und war in Gedanken versunken. Als wollte er die Zeichnung, die er von dem Emblem auf den Türen des Land Rovers gemacht hatte, hypnotisieren, starrte er auf seine Zeichnung mit der Welle. Er wusste nicht, was er tun sollte. War sie es nun oder war sie es nicht? Hatte ihm seine Phantasie einen Streich gespielt? Als er fast eingeschlafen war, beschloss er am nächsten Tag nicht zusammen mit den anderen nach Hause zu fliegen, sondern noch ein paar Tage zu bleiben. Er wollte nach der Bedeutung des Emblems oder Wappens forschen. Er hatte noch genug Resturlaub und außerdem wartete zu Hause nicht wirklich jemand auf ihn.

Bei ihrem letzten gemeinsamen Frühstück ging es recht schweigsam zu. Das mochte wohl an den alkoholischen Erfrischungsgetränken des letzten Abends liegen, die sich jetzt grausam an ihnen rächten. Bogdan nickte nur, und Dimitri grinste bei Mætts Ankündigung, noch ein paar Tage länger bleiben zu wollen. Mætt versprach die beiden zurück nach Ljubljana zum Flughafen zu bringen, den Mietwagen zu verlängern und dann zurück nach Koper zu fahren. Das Zimmer im Hotel konnte er noch eine Woche behalten. Sie tranken in dem Airport Café auf der Terrasse eine Tasse Kaffee, redeten noch etwas und verabschiedeten sich, als die Zeit dafür gekommen war.

„Lass was hören!", sagte Dimitri.

„Viel Glück", fügte Bogdan hinzu und klopfte ihm auf die Schulter.

Die Fahrt zurück nach Koper dauerte knappe fünfzig Minuten. Er stellte den Mietwagen wieder auf den hoteleigenen Parkplatz und überlegte, wie er jetzt die Suche nach dem Emblem beginnen wollte.

An einem Taxistand zeigte er seine Zeichnung den Taxifahrern. Eine hitzige Diskussion entbrannte, deren Verlauf er nicht folgen konnte, führte aber zu keinem Resultat. An einer Tankstelle fragte er den Tankwart, der genauso wenig zur Lösung beitragen konnte wie die Besatzung eines Streifenwagens, die am Marktplatz angehalten hatte. Der Tag war jetzt schon so langsam gelaufen: Er kämpfte auch noch etwas mit den Nachwehen ihres Abschiedsabends. So beschloss er noch eine Kleinigkeit zu essen und früh schlafen zu gehen.

Frisch ausgeruht und anständig gefrühstückt, sah die Welt am nächsten Morgen sicher ganz anders aus. Er fragte sich durch sämtliche Geschäfte um den Marktplatz herum – ohne Resultat. In Koper war jeden Morgen Markt. Allerlei Dinge wurden feilgeboten. Obst, Gemüse und alles Mögliche für den täglichen Gebrauch. Auch dort fragte er sämtliche Marktstandbetreiber nach der Bedeutung der stilisierten Welle in einem Kreis. Keiner hatte eine Idee. Einer schickte ihn aber dennoch zur Touristeninformation. Diese gab es dort tatsächlich – auch in einem Ort, in das sich eigentlich kaum ein Tourist verirrte. Nur hatte die leider geschlossen. So musste er sich wieder bis zum nächsten Morgen gedulden. Noch bevor das Büro öffnete, wartete er bereits vor der Tür. Die ältere Dame, die ihn warten sah und fünf Minuten vor der eigentlichen Öffnungszeit einließ, war sehr verständnisvoll, sprach in etwa genauso viel Deutsch wie Englisch, hatte aber keine Idee zu dem Emblem. Als er das kleine, enge Büro schon fast verlassen hatte, rief ihn die Dame nochmals zurück. Nachdenklich fragte sie Mætt, ob er sich denn sicher sei, dass das, was er gesehen hatte, eine Welle war. Mætt zuckte mit der Schulter und antwortete, dass es das sei, was er auf die Schnelle erkannt hätte. Die Frau zögerte etwas, griff sich einen Stapel Prospekte und blätterte kurz in dem oberen Heft, bis sie scheinbar das fand, was sie gesucht hatte.

„Schauen Sie mal. Könnte es auch ein Pferd gewesen sein?", fragte sie ihn und drehte den Hochglanzdruck zu ihm um.

Er war wie vom Blitz getroffen. Das war es!

„Was ist das?", fragte er mit bewegter Stimme.

Ihrerseits mit Stolz in der Stimme antwortete die Dame von der Touristeninformation:

„Das ist das Gut Lipica. Zuchtstätte der weltberühmten Lipizzaner-Pferde. Das Gut befindet sich circa fünfzig Kilometer von hier und ist wirklich einen Ausflug wert. Es ist nicht nur ein Gut, sondern auch eine historische Stätte. Man kann das besichtigen."

„Kann man dort auch anrufen?"

Die Dame blätterte noch etwas in einem anderen Ordner, schrieb eine Nummer auf einen Zettel und reichte diesen Mætt.

„Würden Sie für mich anrufen?", fragte er, „ich denke es ist besser, wenn jemand in der Muttersprache anruft."

„Wie kann ich helfen?", fragte die Dame von der Touristeninformation. „Rufen Sie doch bitte an und fragen Sie, ob auf dem Gut eine Mariya N. arbeitet oder zu Gast ist", bat Mætt die Dame.

„Wir können es versuchen. Heute ist Sonntag. Nicht sicher, ob da jemand in der Verwaltung am Arbeiten ist", erwiderte die hilfsbereite Dame.

Das Telefon klingelte endlos lange. Dann, gerade wollte die Dame von der Touristeninformation den Hörer auflegen, nahm jemand ab. Es entwickelte sich ein mehrminütiges Telefonat, von dem Mætt nur einen Bruchteil verstand. Zum Schluss bedankte sich seine Helferin, legte auf und wandte sich an Mætt.

„Ja, es gibt dort eine Mariya N. Sie sieht wohl auch so aus wie die Frau, die Sie mir beschrieben haben. Leider geben sie prinzipiell keine Telefonnummern heraus und geben auch sonst keine Auskünfte. Weder über Angestellte noch über Gäste. Datenschutz."

Mætt war wie vom Donner gerührt. Es war ganz egal, ob die die Nummer rausgaben oder nicht. Noch immer konnte das eine riesige Verwechslung sein. Er bedankte sich bei der Frau, raste am Markt zu einem Blumenhändler, kaufte den schönsten Strauß Blumen, raste zurück zur Touristeninformation und drückte unter überschwänglichem Dank seiner sichtlich berührten Helferin den riesigen Blumenstrauß in die Hand. Danach hastete er weiter zum Parkplatz, holte seinen Mietwagen und machte sich auf den Weg nach Lipica zum Gestüt. Es war nicht allzu weit, circa fünfzig Kilometer. Sein Herz klopfte ihm bis zum Hals auf dem Weg dorthin. Er bemühte sich nicht zu schnell zu fahren, musste sich immer wieder zügeln. Was wollte er ihr eigentlich sagen? Warum war er so aufgeregt? Egal, er musste dorthin. Unbedingt. Als er den Wagen auf dem Besucherparkplatz abgestellt hatte und auf dem Weg zu den Verwaltungsgebäuden war, kamen ihm die ersten Zweifel. Was wollte er ihr sagen? Wollte sie ihn überhaupt sehen oder riss ihre Begegnung alte Wunden wieder auf? Es war früher Nachmittag. Wenn er jetzt umkehrte, konnte er vielleicht noch einen Flug zurück für den nächsten Tag erwischen und war dann mit etwas Glück morgen Abend zu Hause. Quatsch, sagte er sich. Er war jetzt so weit gekommen, jetzt würde er auch Hallo sagen, sie zum Essen einladen, wenn sie Lust dazu hatte, einen schönen Abend mit ihr verbringen. Vielleicht Telefonnummern tauschen. Er war wirklich neugierig darauf zu erfahren, wie es ihr nach Wien ergangen war. Wo sie gelebt hatte, aufgewachsen war. Wie ihr jetziges Leben aussah. Wenn es dann doch eine Verwechslung war, dann war es eben eine Verwechslung. Wenn sie ihn nicht sehen wollte, dann würde er auch das akzeptieren. Wenigstens hatte er dann Gewissheit und musste nicht irgendwelchen Gespenstern nachjagen.

Das Verwaltungsgebäude war natürlich geschlossen. Er machte sich auf die Suche nach einer Art Touristenbüro und fand das Besucherzentrum. Er stellte sich geduldig in die Reihe mit anderen Touristen. Als er an der Reihe war, fragte er höflich nach Mariya und wo sie denn zu finden sei. Was er denn wolle, wurde er genauso höflich, aber mit unverhohlenem Misstrauen gefragt. Das sei privat, erwiderte er. Er solle doch bitte seinen Namen nennen, man würde Mariya anrufen und fragen. Er tat wie ihm geheißen. Die freundliche Dame an dem Empfangstresen nahm den Telefonhörer in die Hand, bedachte Mætt nochmals mit einem nachdenklichen Blick. Sie schaute kurz in eine Liste und wählte eine Nummer. Ziemlich direkt wurde das Telefon abgenommen und eine Unterhaltung in englischer Sprache wurde geführt. So sehr Mætt sich auch bemühte wegzuhören, bekam er dennoch einen

Großteil der Sprachfetzen mit. Für Mariya schien das alles kein Problem zu sein. Er hörte eine fröhliche Stimme durch den Apparat. Sie ließ sich beschreiben, wer da wohl nach ihr fragte, konnte sich aber anscheinend keinen Reim auf die Person machen, die sie sehen wollte. Sie sagte wohl, dass man ihr „den Typen" in Richtung Stall entgegenschicken sollte. Danach war das Telefonat beendet. Die Telefonistin gab weiter, um was Mariya gebeten hatte, und fügte noch eine knappe Wegbeschreibung hinzu. Sie würde ihm entgegenkommen, ließ sie ihn wissen.

Mætt verließ das Besucherzentrum, wendete sich, wie ihm gesagt wurde, nach rechts, zurück auf dem gepflegten Weg, dann wieder nach links und steuerte die Gebäude an, die auf der rechten Seite vor ihm lagen. Zwischen dem zweiten und dem dritten flacheren Stallgebäude sollte er dann wieder nach rechts abbiegen. Dort würde er sie sicher schon kommen sehen, hatte ihm die Frau mitgeteilt. Das Gelände war relativ weitläufig und er brauchte länger für den Weg, als er eigentlich gedacht hatte. Er bog wie beschrieben zwischen den beiden flachen Gebäuden nach rechts ab. Am unteren Ende des vielleicht hundert oder hundertfünfzig Meter langen Gebäudes bog zeitgleich eine große, schlanke, weibliche Person in engen Reithosen auf den gepflasterten Weg ein. Gleichzeitig nahmen sich beide wahr und verlangsamten ihren Schritt. Beide blickten angestrengt jeweils in die Richtung des anderen, um möglichst früh etwas erkennen zu können. Sie hatten sich zuletzt mit zögerlichen Schritten bis auf circa fünfzig Meter genähert. Mariya hob erschrocken die Hand vor den Mund. Mætts Mund war staubtrocken. Sie war es tatsächlich! Sie beschleunigte ihren Schritt, bremste sogleich wieder ab. Mætt hatte plötzlich Beine so weich wie Marshmallows. Sie standen sich dicht gegenüber, schauten sich forschend an, belauerten sich mit Blicken. Sie war genauso zittrig wie Mætt. Er griff nach einer ihrer Hände.

„Mariya", sagte er atemlos, danach versagte seine Stimme wie die eines vierzehnjährigen Konfirmanden im Stimmbruch.

Er musste sich räuspern. Verschluckte sich, musste husten.

Beide lachten nervös. Mariya griff nach seiner anderen Hand. Lächelte. Seine Beine zitterten. Dann fielen sie sich endlich in die Arme. Das Eis war gebrochen! Er hob sie hoch, drückte sie. Sie verstrubbelte seine kurzen Haare. Er stellte sie wieder ab, betrachtete sie, lachte. Dann fielen sie sich wieder in die Arme. Eine herzzerreißende Szene. Auf der Kitschskala, die von 0 bis 100 ging, war diese Szene bei wenigstens 280 angesiedelt. Sie wäre aus jedem Schnulzenfilm herausgestrichen worden, weil sie als zu überzogen gegolten hätte.

„Wie hast du mich gefunden?", fragte Mariya, die als Erste ihre Sprache wiedergefunden hatte. Sie fragte das selbstverständlich auf Russisch. Er antwortete in der gleichen Sprache.

„Du bist vorgestern in Koper circa fünf Meter an mir und Dimitri vorbeigefahren."

„Dimitri ist auch hier?", fragte sie mit erfreutem Gesicht.

„Ja, Bogdan auch. Also nein, die sind gestern nach Hause geflogen."

„Echt? Das ist schade. Ich hätte euch alle drei gerne wiedergesehen."

Sie sah absolut umwerfend aus. Groß, schlank, anscheinend sportlich trainiert, sonnengebräunt. Nach wie vor waren ihre Augen der absolute Wahnsinn. Jetzt waren es nicht mehr die Augen eines Teenagers, es waren die Augen einer jungen, erwachsenen Frau mit einem Mund, der mit Sicherheit jeden Mann atemlos machte.

„Wie lange bist du hier?", fragte sie, „ich meine in Slowenien, nein, ich meine in Koper, oder wo auch immer du wohnst?"

„Diese Woche habe ich noch Zeit, dann muss ich wieder arbeiten", antwortete Mætt.

„Das ist super. Pass auf, es ist folgendermaßen … Komm doch einfach mit. Dann kann ich dir ein bisschen was zeigen und wir können uns verabreden, wenn du Lust hast. Dann reden wir in aller Ruhe. Was meinst du?", fragte sie ihn fröhlich lachend.

Dann schnappte sie seine Hand, drehte sich um und zog ihn mit sich.

„Ich arbeite hier", erklärte sie, „nach meinem Studium musste ich etwas anderes sehen. Ich hab schon immer Pferde geliebt, bin viel geritten und so bin ich hierhergekommen. Ich arbeite hier als Bereiterin von Costello."

Sie stockte. Schaute Mætt an, der ihr mit weit aufgerissenen Augen zuhörte. Dann lachte sie laut auf.

„Also lieber Mætt … Costello ist einer *der* Lipizzaner-Hengste, der bei allen Shows der Star ist. Sein Chefreiter ist eine Koryphäe und ziemlich beschäftigt, so dass es eine professionelle Bereiterin braucht, die täglich mit dem Hengst arbeitet, sich um ihn kümmert und ihn auch ausmistet. Er braucht auch seine Streicheleinheiten, denn der Star ist natürlich sensibel. Jetzt ist Misten dran. Ich habe mit ihm gearbeitet, dann muss ich ihn noch putzen und zu guter Letzt noch füttern. Danach hab ich Feierabend."

Mittlerweile waren sie zweimal abgebogen, hatten ein Gebäude durchquert, ein anderes betreten und standen vor einer großen, geräumigen Pferdebox, in der ein weißes Pferd stand und Mariya und Mætt anschaute. Er wusste wohl, was jetzt folgte, und schnaubte leise. Mariya öffnete die Box ein Stück, schlüpfte hinein und forderte Mætt auf zu folgen. Das Pferd kam auf ihn zu, beschnupperte sein Gesicht, rieb kurz seinen Kopf an Mariyas Schulter und zog sich zurück.

„Darf ich vorstellen: Costello!", sagte Mariya nicht ohne Stolz in ihrer Stimme.

„Pass auf", meinte sie aufgekratzt, „ich mache jetzt das, was ich zu machen habe, danach dusche ich, setze mich ins Auto und könnte so gegen halb acht Uhr in Koper sein. Du musst mir sagen, wo ich hinkommen soll, dann treffen wir uns dort. Was meinst du?"

„Wollen wir was essen gehen oder ist dir das zu spät zum Essen?", fragte Mætt.

„Das passt perfekt. Und wo treffen wir uns?" Mætt überlegte kurz.

„Kennst du das ‚Capra' in der Pristanishka ulica?"

Mariya überlegte kurz, grinste und zwinkerte ihm zu.

„Ui, das schicke. Gibt's denn was zum Feiern?", fragte sie mit geheuchelter Unschuld im Blick.

„Pass auf, ich beeil mich jetzt und wir treffen uns pünktlich um 19:30 Uhr dort." Damit war alles besprochen. Sie war schon losgestürmt, besann sich kurz, drehte sich um, kam zurück zu Mætt, nahm ihn in die Arme und küsste ihn flink auf die Wange. Dann war sie auch schon verschwunden.

Mætt suchte sich den Weg, den er gekommen war, und kehrte zu seinem Mietwagen zurück. In seinem Kopf ging es drunter und drüber. Noch immer zitterten seine Hände und sein Mund war staubtrocken. Er hatte sie tatsächlich gefunden. Er konnte sich nach wie vor auf seine Instinkte verlassen. Allem Anschein nach, wie er sich in den letzten fünfundvierzig Minuten erlebt hatte, muss ihm das wichtig gewesen sein. Diesen Gedanken verfolgte er nicht weiter. Er, der sich normalerweise permanent hinterfragte, weigerte sich jetzt. Auf dem Rückweg nach Koper zückte er sein Mobiltelefon und rief Dimitri an.

„Ich hab sie gefunden", frohlockte er zur Begrüßung.

„Krass! Wie ist sie so?"

„Du, ich kann noch gar nichts sagen. Sie sieht absolut hinreißend aus. Macht einen guten Eindruck. Morgen sag' ich dir mehr. Wir sind nachher zum Essen verabredet."

„Grüß die Kleine von mir. Und vergiss bloß nicht mir zu berichten!", ermahnte ihn Dimitri.

Mætt kehrte zurück in sein Hotel, duschte und wechselte seine Kleider. Außer Jeans und ein paar Freizeithemden hatte er nichts dabei. Er hoffte mal, dass sie nicht in Abendgarderobe auflief. Die Zeit verging wie im Flug.

Kurz vor halb acht saß er an einem Tisch im „Capra". Punkt halb acht wurde Mariya von einem Kellner zu seinem Tisch begleitet. Sie hatte ein dunkles, ziemlich kurzes Kleid an, war dezent geschminkt und sah gefährlich gut aus. Sie aßen zusammen, tranken Wein und redeten, redeten und redeten. Natürlich wollte sie wissen, was er machte. Beruflich und privat. Mit Bedauern nahm sie seine Trennung von Andrea auf, fragte nach seiner Tochter, die ja gerade geboren worden war, als Mætt und Mariya sich begegneten. Erfreut nahm sie zur Kenntnis, dass er jetzt in der Privatwirtschaft tätig ist und dem Militär den Rücken gekehrt hatte. Mætt konnte seine Neugierde kaum zügeln und fragte, wie es für sie dann nach Wien weitergegangen sei. Ob sie darüber überhaupt reden wolle, fragte er sie. Der Kellner hatte eine Kerze angezündet, Mariya trank einen Cappuccino und Mætt hatte einen Grappa aus dem nahen Italien bestellt. Sie prosteten sich zu. Mariya schaute Mætt ungewöhnlich lange in die Augen, dann begann sie zu reden.

„Ich wurde im gleichen Krankenhaus wie du untersucht. Sie wollten sicherstellen, dass ich gesund bin und ich keine versteckten Verletzungen hatte. Sie haben mich auch gynäkologisch untersucht, um eine Schwangerschaft auszuschließen. Gründlich, aber unnötig, denn mir war in dieser Richtung glücklicherweise nichts passiert. Dort wurde ich am nächsten Tag von einer Frau abgeholt. Wir sind danach mit der Bahn ewig unterwegs gewesen. Ich kam dann in einer mir komplett unbekannten Stadt, in einem mir unbekannten Land an. Ich wusste nicht im Ansatz, wo man mich hingebracht hatte. Dort, in dieser Stadt, haben wir uns in einem Hotel mit einem Ehepaar getroffen. Die haben mit der Dame vom UN Kinderhilfswerk sehr lange geredet. Danach hat mir ein russischer Übersetzer erklärt, dass ich jetzt mit dem Ehepaar mitgehen soll. Bei denen soll ich vorläufig wohnen. Das war ein Glücksgriff für mich. Die beiden hatten selbst zwei Kinder, einen Jungen und ein Mädchen, die in etwa in meinem Alter waren. Das Mädchen war ein Jahr jünger, der Junge zwei Jahre älter. Dort bin ich aufgewachsen. Mein Adoptivvater, ein Germanistikprofessor, hat mich direkt zum Sprachkurs geschickt. Willst du irgendwo zu Hause sein, willst du dich zugehörig fühlen, musst du die Sprache sprechen. Wie recht er doch hat. Sie haben mir versucht all das zu geben, was ich verloren hatte. Waren geduldig mit mir, haben mir vertraut und mich mit viel Liebe großgezogen."

Bei ihren letzten Worten hatte Mariya feuchte Augen bekommen.

„Sie haben zwischen mir und ihren eigenen Kindern keinen Unterschied gemacht. Ich habe eine Schwester und einen Bruder gewonnen und meine Adoptiveltern natürlich, die ich sehr liebe. Sie haben mir die ersten Reitstunden ermöglicht. In mich investiert, mich gefördert. Ich habe dann Abitur gemacht und habe Deutsch, Englisch, Spanisch und Marketing studiert. Danach hatte ich mir erst mal eine Auszeit verdient. Durch Zufall bin ich auf die Stellenanzeige hier gestoßen und hier bin ich."

Sie holte Luft, um weiterzusprechen, zögerte einen Moment.

„Fällt dir etwas auf Mætt?"

„Nee", sagte der irritiert."

„Wir reden schon die ganze Zeit russisch …"

Sie grinste verschmitzt, schluckte theatralisch, und redete übergangslos in einem akzentfreien Deutsch weiter. Das war ungewohnt. Fast so wie in einem chinesischen Film, in dem alle Deutsch sprechen. Man sieht nur an den Lippenbewegungen, dass das nicht passt. Genauso machte es Mætt. Er starrte auf Mariyas Mund, übersetzte das, was sie auf Deutsch sagte, simultan ins Russische und verglich die Mundbewegungen. Das war einwandfrei Deutsch, was aus ihrem Mund kam. Ohne erkennbaren Akzent. „Komm, lass uns noch an den Strand gehen, wenn ich schon mal am Meer bin. Es ist eine voll schöne Nacht."

Mætt stimmte zu, bezahlte und sie brachen auf. Draußen auf dem Weg zum Strand hakte sich Mariya unter und kam ganz nah an Mætt heran. Er spürte ihren warmen Körper, spürte ihren Arm an seinem und fand das ziemlich gut. Sie saßen die halbe Nacht am Strand, redeten, lachten, erzählten sich ihr Leben und merkten gar nicht, wie die Zeit verflog. Mariya schaute auf Mætts Uhr.

„Wow, schon so spät! Ich muss morgen arbeiten. Was machst du morgen?" Ich weiß es noch nicht, bin ja im Urlaub", antwortete Mætt.

„Magst du morgen nach Lipica kommen? Ich kann schon um

fünfzehn Uhr Feierabend machen. Dann kann ich dir die Gegend dort zeigen. Kann dir zeigen, wie ich lebe. Haste Lust?", fragte sie ihn, schmiegte sich an ihn und legte ihren Kopf auf seine Schulter.

Mætt schwirrten die Sinne. Wie sie roch. Wie ihre Haare rochen! Es fiel ihm schwer zu atmen.

„Klar hab ich Lust. Ich will dir aber nicht auf die Nerven gehen. Also wenn es für dich passt, dann freu' ich mich."

„Ich würde das nicht sagen, wenn ich es nicht so meinen würde", erklärte sie ihm mit ernstem Blick.

„Na gut, dann hast du mich jetzt überredet", meinte Mætt augenzwinkernd. „Ich bringe dich zu deinem Auto und fange mich schon mal an auf morgen zu freuen. Wie klingt das?"

Gesagt getan. Er brachte Mariya zu dem alten, schrottreifen Land Rover, mit dem er sie zum ersten Mal vor ein paar Tagen gesehen hatte. Das fühlte sich an, als wäre es vor einer halben Ewigkeit gewesen.

„Fahr vorsichtig", sagte er und war im Begriff sich umzudrehen und zu seinem Hotel zu gehen. Sie griff nach seinem Arm, nahm seine beiden Hände in die ihren und sagte auf Russisch:

„Danke für den wunderschönen Abend, Mætt!"

Sprachs und küsste ihn zart auf den Mund.

„So, *jetzt* kannst du zum Hotel zurückgehen und dich auf morgen freuen", sagte sie augenzwinkernd zu ihm.

Pünktlich um fünfzehn Uhr am nächsten Mittag trafen sie sich am verabredeten Platz am Gestüt von Lipica. Sie zeigte ihm das komplette Gestüt, das auch wahnsinnig viel Geschichte beherbergte. Sie liefen durch den zugehörigen Park und es war so selbstverständlich, als würden sie das schon immer so machen. Wenn es ernst oder traurig in ihrer Unterhaltung wurde, oder wichtig, dann wechselten beide automatisch ins Russische. Eine Angewohnheit, die sie in ihrem ganzen Leben beibehielten. Ansonsten sprachen sie Deutsch. Anfangs sehr ungewohnt für Mætt, aber irgendwann fühlte sich selbst das selbstverständlich an.

„Sag, wo genau bist du eigentlich aufgewachsen?"

„Mein Adoptivvater hatte eine Professur in Freiburg und wir haben etwas nördlich in einem kleinen Dorf in der Ortenau gelebt. Weißt du, das ist die Gegend um Offenburg herum. Dieser Freizeitpark, der Europapark in Rust ist da nicht weit."

Mætt lachte laut auf.

„Ich lebe circa einhundert Kilometer weiter südlich im Grenzgebiet zwischen Deutschland, der Schweiz und Frankreich."

Beide schüttelten ungläubig die Köpfe. Als es dämmrig wurde, fragte Mariya, ob Mætt hungrig sei.

„Bisschen", antwortete Mætt.

„Ich kenne hier ein kleines Restaurant, nichts Wildes. Da können wir eine Kleinigkeit essen, eine Flasche Wein mitnehmen und zu mir gehen. Ist nicht weit."

So wurde es gemacht. Mariya wurde in dem kleinen Restaurant herzlich begrüßt, was darauf schließen ließ, dass sie öfter dahin zum Essen kam. Nach dem Essen und dem obligatorischen Espresso mit Milch schnappten sie sich eine Flasche von dem roten Hauswein und fuhren das kurze Stück zu einem wohl zum Gestüt gehörenden Appartementblock. Dort stiegen sie in den zweiten Stock, wo Mariya die Tür zu ihrer kleinen Wohnung aufschloss.

„Ist nichts Besonderes. Ein großes Zimmer mit integrierter Küche und separatem Bad."

Er kommentierte das nicht und folgte ihr in den gemütlichen Raum.

„Du kannst ja schon mal den Wein aufmachen, ich geh mal in das andere Zimmer."

Mætt stand an der kleinen Küchenzeile und öffnete den Wein. Mariya kam kurze Zeit später in einer bequemen Hose und einem bequemen Hemd aus dem Badezimmer.

„Schau mal", sagte sie, „geh mal kurz zur Seite."

Sie schnappte sich zwei riesige Kissen, trug sie zu ihrem Bett, das so stand, dass man aufrecht sitzend aus dem gegenüberliegenden Panoramafenster schauen konnte.

„Bin gleich so weit …"

Sie zündete zwei schlanke Kerzen an und löschte das Licht.

„Jetzt dauert's noch einen kleinen Augenblick, dann haben wir einen Wahnsinnsblick auf die Landschaft draußen. Setz dich da her", forderte sie ihn auf und klopfte neben sich aufs Bett. Sie saßen mit dem Rücken an die Kissen gelehnt und schauten in die vom weichen Mondlicht beleuchtete Landschaft.

„Fuckin' romantic", sagte Mætt, was ihm einen sanften Stoß von ihrem Ellenbogen in seine Rippen einbrachte.

„Banause! Das ist romantisch. Vermassle es nicht."

Sie saßen schweigend nebeneinander. Er hörte ihren regelmäßigen Atem und roch ihren betörenden Duft. Ein leises „Klick" verriet ihm, dass sie wohl ihr Weinglas abgestellt hatte. Seines stand bereits auf dem Boden neben dem Bett. Er wagte nicht sie anzuschauen. Von einem Moment auf den anderen war eine Spannung zwischen ihnen in der Luft, ein Knistern. Er war nicht sicher, ob nur er das so empfand, und wollte durch eine falsche Wahrnehmung nicht den wunderschönen Abend verderben. Ihre Hand fand seinen Arm, tastete nach seiner Hand. Keiner sprach, keiner schaute den anderen an. Ihre Hände fanden ineinander. Sie verschränkten beide ihre Finger. Ihre Hand in seiner war ein wunderbares Gefühl. Er streichelte ihren Handrücken mit seinem Daumen. Vorsichtig, tastend. Auf ihre Reaktion, wenn sie auch noch so klein war, wartend. Ihr Kopf senkte sich an seine Schulter. Immer noch schaute keiner den anderen an. Die Landschaft, das weiche Mondlicht. Auf ein unsichtbares Kommando hin löste sich Mariya von Mætt, setzte sich aufrechter hin. Beide drehten wie ferngesteuert, wie auf Kommando, ihre Köpfe zueinander. Sie schauten sich ruhig in die Augen. Sie streichelten sich gegenseitig ihre Arme, neigten ihre Köpfe zueinander und küssten sich ganz zart und vorsichtig zum ersten Mal. Ganz zart nochmal. Schauten sich in die Augen, auslotend, dass das auch für den anderen in Ordnung ist. Dann nochmal und nochmal. Irgendwann wollten sie gar nicht mehr aufhören sich zu küssen. Sie ließen sich fallen, streichelten und berührten sich. Ohne Geilheit. Zart. Küssen.

Nähe. Ihre Zungen erkundeten sich gegenseitig. Mætt wollte etwas sagen, sie legte ihm den Finger über seine Lippen. Nicht reden, nicht jetzt. Bald schliefen sie ein. Nur um sich weiter zu küssen, als sie wieder wach wurden. Das ging so, bis es draußen hell wurde. „Du musst jetzt gehen. Ich muss gleich zur Arbeit", sagte sie zärtlich.

Sie hielten sich eng umschlungen. Kein Stück Papier hätte mehr zwischen die beiden gepasst.

„Geht nicht. Ich kann dich nicht loslassen", sagte Mætt müde. „Sehen wir uns heute Abend? Ich komme so gegen achtzehn Uhr nach Koper? Ist das gut?"

„Sehr gut. Küss' mich noch mal …" Tat sie und sprang aus dem Bett.

Kurz darauf hörte er die Dusche rauschen. Er stand langsam, wie in Zeitlupe auf, zog sich an, nahm sein Telefon, seine Brieftasche und machte sich auf den Weg zu seinem Auto. Wie in Trance fuhr er zurück nach Koper. Im Hotel angekommen legte er sich ins Bett. Duschen wollte er nicht, das hätte Mariyas Geruch genommen. Innerhalb von zwei Minuten war er mit Mariyas Geruch in der Nase eingeschlafen.

Gegen Mittag stand er auf, nahm ein spätes Frühstück. Die Zeit wollte nicht vergehen. Gefühlt alle fünf Minuten schaute er auf die Uhr. Er ging spazieren, nur um Zeit totzuschlagen.

Punkt achtzehn Uhr traf er sich mit Mariya in dem Café, an dem sie erst vor ein paar Tagen an ihm vorbeigefahren war. Wo er sie nur im Profil gesehen und trotzdem erkannt hatte. Es kam ihm vor, als wäre das vor hundert Jahren gewesen. Sie küssten sich zur Begrüßung, lächelten sich glücklich an.

„Hast du Hunger?", fragte er sie. Sie grinste ihn schief an, schüttelte den Kopf.

„Eigentlich würde ich jetzt viel lieber mit dir hoch auf dein Zimmer gehen, uns nackig machen und da weitermachen, wo wir heute Nacht aufgehört haben."

Verlegen schaute sie ihn dabei an. Mætt blickte sie streng an.

„Das ist eine sehr gut Idee", sagte er mit gespielt strenger

Stimme, „vielleicht sollten wir etwas zu trinken mitnehmen. Ich bekomme vom Küssen immer so einen trockenen Mund."

Mariya lachte laut auf, zog ihn mit sich in Richtung Treppe.

Fünf Minuten später lagen sie nackt in dem großen Hotelbett, die Kleider in dem ganzen Zimmer verstreut, und machten dort weiter, wo sie am Morgen aufgehört hatten. Spät in der Nacht standen sie auf und spazierten durch den Ort. Sie fanden noch eine kleine Bar, die offen hatte. Nur zwei alte Männer saßen am Tresen und starrten stumm in ihre Gläser. Mætt orderte zwei lokale Biere, zahlte sie gleich und nahm die Flaschen mit nach draußen. Sie setzten sich auf den Bordstein. Schulter an Schulter. Tranken schweigend das Bier. Sie waren erschöpft, glücklich. Mariya brachte die leeren Flaschen nach drinnen. Sie schlenderten Hand in Hand weiter durch die Nacht. landeten am Strand und setzten sich kurz in den feuchten Sand.

„Heute habe ich keine Zeit", eröffnete Maria das Gespräch.

„Können wir uns denn nochmal sehen, bevor ich zurück nach Deutschland muss?", fragte Mætt.

„Ja, ich komme am Freitag zu dir. Kannst auch zu mir kommen, wenn du magst. Ich denke, dass es einfacher ist, wenn du direkt vom Hotel zum Flughafen fährst. Was meinst du?", fragte sie ihn.

Er überlegte kurz, wog die beiden Optionen ab.

„Ich denke du hast recht. Komm' zu mir ins Hotel."

Sie setzen ihren Spaziergang fort. In dem feuchten Sand hatten sie nasse Hintern bekommen. Bald kehrten sie in das Hotel zurück, gingen in Mætts Zimmer, zogen sich gegenseitig langsam aus, schlüpften ins Bett und schliefen ganz eng miteinander verschlungen noch ein paar Stunden. Mariyas Wecker zerstörte die Romantik jäh. Beim zweiten Ton sprang sie auf und war direkt im Bad verschwunden. Als Mætt die Dusche rauschen hörte, stand er in Zeitlupe auf und schleppte sich zu ihr unter den Strahl mit dem heißen Wasser. Sie standen für einen Moment eng umschlungen unter dem Wasserstrahl.

„Jetzt musst du stark sein", sagte Mariya mit einem bösartigen Zug um ihren Mund, den Mætt nicht zu deuten wusste.

Als sie mit einer schnellen Bewegung den eben noch wohl temperierten, warmes Wasser spendenden Duschstrahl auf eiskalt drehte und lachend aus der Dusche sprang, war es zu spät. Ein paar Minuten später, er stand noch im Bad und rieb sich die Haare trocken, kam Mariya vollständig bekleidet in den Raum, küsste ihn, verpasste ihm einen Klaps auf den Hintern und war verschwunden.

Mætt nutzte den Tag und schaute sich noch Sehenswürdigkeiten in der Gegend an, die er zusammen mit seinen Freunden nicht mehr geschafft hatte. Kurz rief er Dimitri an und entschuldigte sich, dass es so still um ihn geworden war. Sein Freund freute sich mit ihm, das konnte man hören. Er war aber auch neugierig, was Mariya wohl für ein Mensch geworden war.

Mætt schlenderte durch Koper. Hier und da grüßte ihn ein bekanntes Gesicht. Der Taxifahrer, den er nach dem Emblem gefragt hatte, war einer davon. Die Frau aus der Touristeninformation, die mit Lipica telefoniert hatte, winkte ihm freundlich zu. Der Kellner des kleinen Cafés stellte ihm wortlos eine große Schale heißen Milchkaffee hin, ein Glas Wasser dazu. Mætt war in seine Gedanken versunken, ließ die letzten Tage, die er als die glücklichsten seines Lebens bezeichnete, Revue passieren. Er dachte gefühlt jede Zehntelsekunde an Mariya, fühlte ihre Lippen auf seinen, spürte ihren Körper an seinem. Mensch Mætt, dachte er sich. Du bist ja wie ein Pennäler. Ganz schön kitschig. Verliebt halt. Jetzt erlaubte er sich zu hinterfragen. Hielt lange Zwiesprache mit sich selbst. Doch verstehen, was da gerade in den letzten zwei Tagen passiert war, konnte er nicht. Vieles war diffus, an vielem zweifelte er. An einem jedoch keine Sekunde: dass es eine Zukunft mit ihm und Mariya geben würde. Das war für ihn gesetzt, eine Tatsache. Er wusste nicht, warum er sich da so sicher war. Darüber gesprochen hatten sie nicht. Viel zu früh. Er fühlte das aber mit einer Selbstverständlichkeit, von der er selbst nicht wusste, woher sie kam.

Selbst wenn die Zeit noch so schleicht, manches Mal sogar den Eindruck erweckte sie würde rückwärtslaufen, irgendwann war der Moment, auf den man hinfieberte, gekommen. Er hatte das Gefühl, dass mit ihr zusammen das Leben rundherum erst so richtig erwachte.

Sie beschlossen zusammen mit dem Taxi nach Piran zu fahren. Mariya kannte da ein kleines Restaurant, das sie Mætt zeigen wollte. Sie aßen dort eine Kleinigkeit, redeten über dies und das. Sie schlenderten durch die Altstadt von Piran. Die Touristen waren längst verschwunden und es war kaum jemand auf der Straße. In der Tat war Piran die schönere Stadt, aber nur dann, wenn keine Touristen die malerischen Gassen verstopften. Sie nahmen ein Taxi zurück nach Koper, tranken noch einen letzten Drink an der Hotelbar und gingen nach oben. Kaum war die Zimmertür hinter ihnen ins Schloss gefallen, begannen sie sofort damit sich gegenseitig zu entkleiden. Ohne Hast, ohne Eile, ohne Gier. Sie lagen in dem riesigen Bett, streichelten sich, blickten sich in die Augen.

„Bist du traurig?", fragte Mariya.

„Überhaupt nicht", erwiderte Mætt, „ich weiß, dass wir uns wiedersehen werden."

Mariya schaute ihn verschmitzt lächelnd an.

„Gutes Stichwort. Ich fliege nächste Woche am Freitag nach Deutschland. Habe mich mit meinen Eltern verabredet. Danach habe ich noch etwas Zeit, bevor ich hierher zurückmuss."

Sie fuhr mit ihrem Zeigefinger lasziv über Mætts Brust, zwirbelte die Brusthaare, spielte mit seiner Brustwarze und schaute ihn klein-schulmädchenhaft-betont-unschuldig an.

„Wenn der Herr zu Hause wäre, könnte er mich vom Flughafen in Basel abholen und mir seine Höhle zeigen. Und wenn der Herr mich dann am Samstagvormittag zu meinen Eltern begleiten würde, dann würde er mich sehr glücklich machen."

Mætt war wie vom Donner gerührt. Sie kam. Zu ihm nach Hause. Baustelle. Der verbale Tiefschlag war „zu meinen Eltern begleiten".

„Echt jetzt? Zu deinen Eltern?"

Er hasste das. Das war eine Situation, mit der er noch nie hatte gut umgehen können. Er kam sich immer vor, als würde er auf einen Objektträger gebunden und mit dem Brennglas beobachtet werden.

„Beruhige dich. Du musst meinen Vater ja nicht um meine Hand bitten", sagte Mariya lachend.

„Das sind total liebe Menschen. Du wirst meinen Vater mögen. Er hat total viel zu erzählen und das Essen meiner Mutter ist unschlagbar. Was meinst du?"

Jetzt zu kneifen kam für Mætt nicht in Frage.

„Okay, sagte er, „wann kommst du in Basel an?"

So begann alles. Mit einer ungewohnten Leichtigkeit, die Mætt an sich selbst feststellte. Ein Zustand, den er in diesem Ausmaß schon lange nicht mehr an sich bemerkt hatte. Vielleicht auch noch nie. So begann auch ihre Fernbeziehung, die beide über einen langen Zeitraum sehr genossen. Das wussten die beiden aber zu dem Zeitpunkt, als sie am letzten Abend in Koper im Bett lagen, noch nicht. Sie waren sehr glücklich und versuchten, jeder für sich auf seine Art, zu schauen, ob das, was sie gerade fühlten, nicht irgendwie auf solide Beine gestellt werden konnte. Ohne natürlich zu viel vom eigenen Innenleben preiszugeben. Ohne zu viel von dem anderen zu erwarten. Mariya sagte irgendwann, wesentlich später, über diese Zeit, dass es ihr nach dem zweiten oder dritten Kuss klar gewesen war, dass Mætt die Person für sie sei, die man in gewissen Schnulzen „Seelenpartner" nannte. Altersunterschied, Vorgeschichte – kein Thema. Im Hier und Jetzt war alles so, wie sie es beide noch nie erlebt hatten.

Da lagen sie also, die beiden Schwerstverliebten, am letzten Abend in dem Hotelbett in Koper. Hatten es clever hinbekommen das zarte Pflänzchen ihrer beginnenden Liebe auf das nächste Level zu retten. Es ging also weiter. Das war gut so.

Bisher hatten sie nicht miteinander geschlafen. Sie waren nackt, sie erforschten sich gegenseitig. Geschlafen hatten sie aber noch nicht miteinander. Das musste auch von keinem der beiden auf irgendeine Art und Weise angesagt werden. Es fühlte sich einfach noch nicht richtig an. Beide hatten die gleiche Wahrnehmung. Sie würden auch in dieser Nacht nicht miteinander schlafen. Das hatte noch Zeit.

Diese letzte Nacht lief in etwa genauso ab wie die Nächte zuvor, wenn sie zusammen waren. Mariyas Wecker riss die beiden wieder im Morgengrauen aus dem Schlaf, in den sie erschöpft mit ineinander verflochtenen Gliedmaßen gefunden hatten. Sie sprang auf, duschte, zog sich an, küsste Mætt nochmal und war verschwunden. Alles wie immer. Vielleicht schauten sich die beiden etwas länger in die Augen, aber das war es auch schon. Waren ja nur ein paar Nächte, bis sie wieder zusammen waren.

Mætt spulte sein Programm ab, checkte aus, fuhr nach Ljubljana, gab den Mietwagen zurück. Als es an der Zeit war, flog er die kurze Strecke nach Basel, holte seinen eigenen Wagen dort aus dem Parkhaus und fuhr nach Hause. Die nächsten Tage hatte er ein straffes, selbst auferlegtes Programm. Er orderte seine Putzfee für eine Sonderschicht, brachte die ganzen Flaschen und Kartons, die sich bei ihm angesammelt hatten, zum Wertstoffhof. Seine Waschmaschine musste auch Sonderschichten leisten. So verging wenigstens die Zeit einigermaßen schnell. Arbeiten musste er ja auch noch. Dienstags klingelte spät am Abend sein Telefon. Er sah auf dem Display, dass es eine slowenische Nummer war. Er nahm ab.

„Mætt."

Nur dieses eine Wort sagte Mariya. Sein Herz machte einen Satz.

„Mariya!"

Die Freude war in seiner Stimme zu hören.

„Ich vermisse dich."

Er musste schlucken. Er hatte es sich seit seiner Rückkehr verkniffen sie anzurufen oder eine SMS zu schreiben und ihr das Gleiche zu sagen. Sie tat es einfach.

„Ja, ich vermisse dich auch. Du fehlst mir. Eigentlich fehlst du schon immer, ich wusste es nur nicht."

„Das ist total schön, dass du das sagst Mætt. Schlaf gut mein

Schatz", sprachs und legte auf. Er stand da mit dem Hörer in der Hand und grinste dämlich. Keine zwanzig Sekunden später klingelte das Telefon wieder. Die gleiche Nummer. Er nahm ab. „Ja?", meldete er sich.

„Hab gerade einen sentimentalen, aber mutigen Moment," sagte sie und holte tief Luft, „ich liebe dich Mætt. Schlaf gut!" Dann legte sie auf. Da standen sie nun im Raum. Die drei monströsen Worte, die alles bedeuteten – oder nichts. Er war glücklich. Ging mit einem Dauergrinsen ins Bett und träumte sich in den Schlaf.

An eben diesem Freitag, an dem *sie* zu ihm nach Hause kam, war er viel zu früh am Flughafen. Er starrte Löcher in die Ankunftstafel und war erst zufrieden, als er hinter dem Flug aus Ljubljana ein grünes *„Landed"* lesen konnte. Es dauerte keine fünfundvierzig Minuten, dann stand sie vor ihm. Sie fielen sich in die Arme, küssten sich, schauten sie in die Augen. Mætt nahm sie an der Hand und steuerte die Tiefgarage an, suchte und fand sein Auto. Er legte ihre leichte Reisetasche in den Kofferraum. Langsam verließen sie das Flughafengelände und hatten circa eine Stunde Fahrt vor sich. Sie legte ihre Hand auf seine. Eine Angewohnheit, die sie noch heute genauso macht, wenn sie zusammen im Auto unterwegs sind. Sie plauderten miteinander über dies und das. Costello, der Lipizzaner-Hengst, hatte sich bei einem seiner Auftritte wohl seinen Vorderlauf vertreten. Er hatte Stallruhe verordnet bekommen. So konnte sie noch zwei weitere freie Tage herausschinden.

„Und? Kommst du morgen mit zu meinen Eltern?", fragte sie Mætt mit einem dreckigen Grinsen um ihre Lippen.

„Ich habe mich dazu durchringen können", antwortete er.

„Was wissen die von unserer Geschichte?", fragte er Mariya.

„Nichts", sie bringen das nicht miteinander in Verbindung."

Dann wäre das ja auch geklärt, dachte Mætt. Zu Hause bei Mætt angekommen, stieg er aus und holte Mariyas Tasche aus dem Kofferraum. Zusammen gingen sie sie Stufen zu seiner Haustür hoch. Betont unauffällig schaute sich Mariya um.

„Hast aufmerksame Nachbarn", stellte sie schmunzelnd fest.

„Ja, liegt wohl am Landstrich", erwiderte Mætt.

Er schloss die Tür auf, schnappte sich Mariya und trug sie über die Schwelle. Sie lachte lauthals.

„Der Prinz schleift mich über die Schwelle ..."

Sie blieben in dem Vorraum zwischen Küche und Wohnzimmer stehen. Mætt ließ die Tasche fallen, zog Mariya an sich heran.

„Zeigst du mir ... das Schlafzimmer?", fragte sie mit unschuldigem Blick und begann Mætts Hemd zu öffnen.

Mætt schnappte sie und trug sie nach oben. In Windeseile waren beide nackt, lagen in Mætts Bett und begrüßten sich erst einmal, wie es sich gehörte. Zwei Stunden später fragte eine recht zerzauste Mariya:

„Zeigst du mir jetzt auch den Rest der Wohnung?"

So oder so ähnlich ging es die ganze Zeit, in der Mariya bei Mætt war. Abends lagen sie auf Mætts riesiger Couch, tranken Tee und redeten miteinander. Mal Heiteres, mal Ernstes.

„Hab ich dich erschreckt mit meinem ,Ich liebe dich' neulich abends am Telefon?", eröffnete sie das Gespräch.

„Warum?", fragte Mætt.

„Du sollst mir nicht ausweichen. Hab ich oder hab ich nicht?"

„Nein, hast du nicht."

„Warum nicht?"

Lächelnd schaute Mætt sie an.

„Weil ich genauso empfinde."

„Ich war bis letzten Samstag verlobt", sagte sie unvermittelt.

„Ich hasse diese Art Gespräche, aber manchmal muss es eben sein."

„So wie jetzt?", fragte Mætt.

„So wie jetzt", antwortete Mariya.

„Ich habe die Verlobung gelöst und die Beziehung beendet. Nicht ausschließlich wegen dir, aber du hast mir gezeigt, dass eine starke Bindung nicht ,erarbeitet' werden kann. Die ist da, oder eben nicht. In dem Fall meiner Beziehung war es das eben nicht."

„Wie hat er es aufgenommen?"

„Schwer zu sagen. War am Telefon. Ich musste das von der Seele bekommen, damit ich nach vorne schauen kann. Das finale Gespräch steht noch aus."

„Okay", erwiderte Mætt.

„Komm schon Mætt", platzte es aus Mariya heraus, „es hat sich nicht richtig angefühlt. Egal, was das mit uns ist, oder was es nicht ist, ich musste das beenden."

„Und ich wollte, dass du das weißt", setzte sie nach.

Mætt stellte den Tee auf die Seite, stand auf und ging zum Kühlschrank in der Küche.

„Wein oder Bier?", rief er ins Wohnzimmer.

„Das, was du trinkst", antwortete sie.

An diesem Abend hatten sie ein erstes ernstes Gespräch unter Liebenden. Sie sprachen von ihren Ängsten, ihren Hoffnungen, ihren Wünschen. Sie erzählten sich gegenseitig, wie sie ihre Verbindung betrachteten. Sie sprachen über Erwartungen, und Enttäuschungen. Sie lagen zusammen in der Ecke der riesigen Couch und hielten sich an den Händen. Schauten sich intensiv an, hörten einander zu. Auf Augenhöhe, wertschätzend. Sie sprachen miteinander bis tief in die Nacht. Danach war alles gesagt. Sie gingen nach oben in Mætts Schlafzimmer und schliefen in dieser Nacht zum ersten Mal miteinander. Vorsichtig, tastend, darauf bedacht den anderen mitzunehmen. Keine Alleingänge. Das war so das Credo ihrer Unterhaltung, und es galt auch oder besonders für den Sex.

Am späten Vormittag wurden beide wach. Genügend Zeit bis zum Essen bei Mariyas Eltern. Sie duschten gemeinsam, verzichteten auf ein Frühstück. Kaffee musste reichen. Mætt hielt noch an einem Blumenladen, um einen kleinen Blumenstrauß für Mariyas Mutter zu kaufen. Zwei Flaschen lokalen Rotwein, im Barriquefass gereift, für ihren Vater, hatte er schon besorgt.

Er lernte zwei absolut reizende Menschen kennen. Nach kurzem gegenseitigem Beschnuppern pflegten sie einen ungezwungen

Umgang miteinander. Kurz bevor sie wieder gingen, kam noch Mariyas Bruder vorbei. Die beiden waren sich sehr nah, das konnte man spüren. Später im Auto bedankte sich Mætt bei Mariya dafür, dass sie ihn mitgenommen hatte.

„Hast du meine Mutter beobachtet? Du hast echt Schwiegersohnqualitäten. Die war hin und weg von dir."

Mætt kommentierte das nicht. Man musste ja nichts überstürzen. Rom war auch nicht an einem Tag erobert worden.

Sie hatten eine schöne Zeit miteinander. Mariya brachte das Gespräch mit ihrem Exverlobten hinter sich, der wohl tapfer die rote Karte ertrug. Dann neigte sich die gemeinsame Zeit auch schon wieder dem Ende zu. Mætt brachte Mariya zum Flughafen. Kurz und schmerzlos war die Verabschiedung. Es stand fest, dass sie sich bald wiedersehen würden. So begann die Fernbeziehung zwischen Mætt und Mariya. Eine Fernbeziehung, die keiner von beiden wirklich wollte. Fernbeziehungen generell wollte keiner von ihnen.

Wirklich unproblematisch war das auch nicht. Mætt hatte ja noch seine Tochter, der er gerecht werden wollte. Einen Job, bei dem er viel unterwegs war. Eigene Bedürfnisse wollte er auch nicht permanent hintanstellen. Trotzdem nahm das Ganze Fahrt auf. Es war jedes Mal, wenn sie sich sahen und sich nicht in die Wolle kriegten, magisch. Es gab Momente, da reichte auch nur ein falscher Blick. Ihr Rekord war Zoff in fünf Minuten. Mætt saß dann in der gleichen Maschine und flog wieder zurück nach Hause. Dort angekommen telefonierten sie die halbe Nacht miteinander und Mætt flog gleich mit der ersten Maschine am nächsten Morgen wieder zu ihr. Sie bewegten sich auf Augenhöhe miteinander. Mætt konnte auch in einem für ihn großen Maße Kritik von ihr annehmen. Trotzdem verschlechterte sich seine Laune. Dass es eigentlich sein Gesundheitszustand war, der sich verschlechterte, bemerkte zu diesem Zeitpunkt niemand. Nicht dass er das selbst wahrnahm, dafür merkten es alle anderen in seinem Umkreis. Er war aufbrausend, hatte laufend Kopfschmerzen, einen metallischen Geschmack im Mund, das Nasenbluten nahm zu und ihm war es sehr oft schwindelig. Er wischte all diese Zeichen vom Tisch und lehnte es kategorisch ab, sich untersuchen zu lassen. Zu einer Zeit, in der es besonders schlimm war, nahm Mariya Kontakt zu Dimitri auf. Der konnte aber auch nicht wirklich helfen. Dann gab es wieder Zeiten, wo Mætt wie ausgewechselt und ganz der Alte war. Er stand durch das Hin und Her zwischen seinem Leben in Deutschland und seiner Liebe in Slowenien besonders unter Druck. Man könnte diese Art Beziehung On-Off-Beziehung nennen. Es ging nicht miteinander, aber auch nicht wirklich ohne den anderen. Sie waren jetzt knapp sechs Monate zusammen. Ja, sie waren wirklich offiziell zusammen. Mariya hatte darauf bestanden, dass er sie fragt, ob sie mit ihm „gehen wolle", und ließ ihn zwei Tage schwitzen, bevor sie „ja" sagte.

Mariya war zu Besuch bei Mætt. Sie lagen im Bett und hatten sich bis zur Erschöpfung miteinander vergnügt. Ihre heißen, schwitzenden Körper lagen ganz eng zusammen, der Herzschlag und die Atmung hatten sich beruhigt. Mariya dreht sich mit dem Gesicht zu ihm, stützte sich auf den Ellenbogen ihres rechten Arms und schaute in sein Gesicht. Mætt lag ganz ruhig da, hatte beide Augen geschlossen und einen zufriedenen Gesichtsausdruck.

„Du hast mich nie gefragt, was da genau passiert ist in der Fabrikhalle", eröffnete sie das Gespräch. Mætt brauchte einen Moment und erwiderte dann:

„Ich dachte immer, dass du mir das von dir aus erzählst. Es war ja auch nicht besonders oft Gelegenheit dazu", entgegnete er ihr in ruhigem Ton und tastete nach ihr. Als er sie nicht gleich fand, öffnete er seine Augen und strich ihr über die Wange.

„Willst du es mir jetzt erzählen?"

Sie legte sich wieder zurück auf den Rücken, ganz dicht an Mætt und legte ihre Hand auf seinen Arm. Sie begann sehr leise von dem Morgen in Sarajevo zu erzählen, als die Nachricht kam, dass der Flughafen geschlossen sei. Sie berichtete von der Autofahrt durch das bosnische Hinterland. Sie erzählte, wie sie sich verfahren hatten, wie sie in die Kontrolle mit den Soldaten kamen und wie die Situation in der alten Fabrik eskalierte. Mit einer kleinen Pause fuhr sie fort, schilderte, wie ihr Vater in ihrem und dem Beisein ihrer Mutter erschossen wurde, erzählte, wie ihre Mutter brutal von ihr weggerissen und von den „Tieren", wie sie die Soldaten nannte, unendlich lange gequält wurde, bevor sie zu der Gruppe, in der sich Mariya befand, zurückkehrte. Sie sprach leise weiter von dem alten Ehepaar, das sich zusammen mit ihrer Mutter so vor sie stellte, dass es Hoffnung geben musste, dass Mariya das Massaker überlebte. Sie flüsterte fast. Sie erzählte jede gottverdammte Grausamkeit, die sie erleben musste. Sie hob die Stimme erst wieder, als sie davon berichtete, wie sie hörte, dass sich Menschen näherten, dass sie Angst hatte, dass die Schlächter zurückkamen und sie finden würden. Sie erzählte von dem Moment, als sie zuerst an dem einen, dann an dem anderen Fuß gepackt und ins Licht gezerrt wurde. Sie war sich sicher, dass ihr Leben vorbei war. Das waren dann aber Mætt und Dimitri und alles wurde schlussendlich gut für sie.

Die ganze Zeit hatte sie Deutsch gesprochen. Mætt wollte sie nicht unterbrechen, fragte aber, als sie geendet hatte, nach dem Grund.

„Da muss ich es nicht so nah an mich heranlassen. Spreche ich in meiner Muttersprache, habe ich Angst, dass das anders ist."

Lange lagen sie still nebeneinander und hingen ihren eigenen Gedanken nach.

„Warst du jemals wieder in Russland? Du sagst, dass dein Vater gerade einen Deal an Land gezogen hatte, als das alles passiert ist. Weißt du, was aus der Fabrik und allem wurde?", fragte Mætt.

„Ja, Ende der 1990er Jahre war ich mit meinen Adoptiveltern in Russland. Also, ich war noch nicht adoptiert. Meine Pflegeeltern wollten genau dieser Frage nachgehen, bevor sie mich adoptierten. Sie wollten vermeiden auf Dinge zu verzichteten, die mir theoretisch zustehen würden. Wir haben dann einen Übersetzer gesucht und meine Eltern hatten für Personenschutz gesorgt."
Mariya lächelte spöttisch.

„Sogar ich habe gemerkt, dass der Typ so gar keinen Plan hatte. Er ist mit seiner extra großen Flasche Pfefferspray am Gürtel vor uns hergelaufen und hat sich aufgeführt wie James Bond. Zum Glück haben wir ihn nicht wirklich gebraucht."

„Wie war das für dich? War es für dich eine Option in Russland zu bleiben?", fragte Mætt.

„Nein, keine Sekunde. Meine russische Vergangenheit, mein Leben und alles ist zusammen mit meinen Eltern in Bosnien gestorben. Ich habe keine Verwandten, ich war das einzige Kind. Warum in Russland bleiben, wenn ich doch in Deutschland Menschen habe, die mir ein Zuhause geben?"

Mætt war zutiefst beeindruckt von der Klarheit, mit der Mariya formulierte.

„Wir haben den Prokuristen meines Vaters getroffen, der ehrlich erfreut war mich wiederzusehen. Er war ein Freund meines Vaters. Die beiden hatten zusammen die Firma übernommen und versucht in Schwung zu bringen. Lange Rede, kurzer Sinn: Ich wurde sehr fair ausbezahlt, nachdem ich klar geäußert hatte, dass ich nicht in die Firma zurückzukehren und die Stelle meines Vaters einzunehmen gedenke. Echt fair!"

Mætt nickte, und hörte weiter zu.

„Wir waren zwei, drei Tage in der Stadt. Ich habe meine alte Klassenlehrerin aus meiner Schule getroffen. Die, bei der ich vor den Vorfällen Unterricht hatte. Die wollte, dass ich in die Schule komme und meine alten Mitschüler treffe. Ich habe das aber für nicht richtig gehalten. Hätte mich gefühlt wie die ,Tante aus Amerika', die den Kindern Bonbons bringt. Mein Vater war aber geistesgegenwärtig genug, sie zu bitten ihm sämtliche offiziellen Unterlagen, Zeugnisse usw. zu schicken, was auch gut geklappt hat. Mittlerweile habe ich eine Art Brieffreundschaft mit ihr – per E-Mail. Wir schreiben uns alle ein, zwei Monate und sie versorgt mich mit dem aktuellen Klatsch über die Menschen, die ich kennen könnte."

Lange Zeit lagen sie stumm nebeneinander. Es waren diese Momente, die sie eng zusammenschweißten. Diese Momente, die eine Nähe zwischen den beiden schufen, die bemerkenswert war. Sie drehte sich wieder auf die Seite und schaute ihn an.

„Die Dinge, die ich dir gerade erzählt habe, sind sicher schlimm, aber lange her. Für mich und mein Empfinden, für meine Liebe zu dir und alles, was wir beide zusammen haben, sind sie bedeutungslos. Außer dass es der Moment war, in dem wir uns begegnet sind, hat Bosnien in meinem Leben für uns beide keine Bedeutung."

Sie rollte sich auf seinen Bauch, lag flach auf ihm und schaute ihn mit einem schmutzigen Grinsen an.

„Na, der Herr, schon wieder in der Lage noch ein bisschen mit der lieben Mariya zu spielen?"

Später am Tag standen sie dann gemeinsam auf, liefen nackt in der Wohnung herum, aßen eine Kleinigkeit zusammen und freuten sich, dass sie sich wiedergefunden hatten.

Nach einem knappen halben Jahr fragte Mætt, ob sie sich vorstellen könnte seine Tochter kennenzulernen.

„Klar", war ihre lapidare Antwort.

„Ich will das aber erst mit ihr und vor allem Andrea besprechen, nicht dass das zu einer mittelschweren Tragödie führt, nur weil ich nicht vorher Bescheid gesagt habe. Da ist sie eigen", erklärte Mætt.

Er war da besonders vorsichtig. Happy wife, happy life, war seine Devise. Andrea wollte nicht, dass er „jede x-beliebige Schnalle" (O-Ton) seiner Tochter vorstellt. Da war er mit ihr ausnahmsweise einer Meinung. Im Umkehrfalle wollte er auch nicht, dass „jeder x-beliebige Stecher" (O-Ton) meinte den Stiefvater seiner Tochter geben zu müssen. Gleiches Recht für alle. Für Andrea kein Problem, für seine Tochter genauso wenig.

„Da bekomme ich ein bisschen das Gefühl in dein Leben mit einbezogen zu werden", sagte sie zu ihrem Vater.

Weise Worte für eine Zwölfjährige. Bei einem der nächsten Besuche von Mariya wurden die beiden einander vorgestellt. Seine Tochter war ultracool, aber Mariya mit ihrer besonderen Art brach sehr schnell das Eis. Dann auch noch so eine, „die mit Pferden kann". „Gute Wahl, Papa", war der Kommentar nach einem gemeinsamen Wochenende. Als Mariya ihr erzählte, dass sie auf dem Lipizzaner-Gestüt arbeitete und jeden Tag Pferde ritt, die abends in irgendwelchen Shows auftraten, war es um seine Tochter geschehen. Sie bestand darauf ihn bei dem nächsten Besuch in Lipica zu begleiten. So wurde ein Problem, das eigentlich keins war, kleiner und Mætt entspannte noch etwas mehr. Er musste sich weder die Zeit mit seiner Tochter noch die Zeit mit seiner Liebsten irgendwo abzweigen. Manchmal verbrachten sie Zeit zu dritt, manches Mal auch nur zu zweit. Viele magische, aber auch viele hässlichen Momente reihten sich aneinander. Phasenweise stritten sie extrem viel. Doch trotz all der Schwierigkeiten wuchsen die beiden zusammen. Irgendwann lief dann auch Mariyas Vertrag mit dem Gestüt aus. Es war nicht klar, was als Nächstes kam. Würde sich Mariya im Marketingbereich bei einer großen Firma irgendwo in Deutschland bewerben? Würde sie etwas anderes machen? Sie redete nicht darüber, was Mætt fuchsteufelswild machte. Er sah sich außerstande zu planen. Erst einmal wollten die beiden Urlaub machen. Zu zweit. Ohne Pläne, einfach rein ins Auto und losfahren. Unbeschwert Zeit miteinander verbringen. Dinge anschauen, morgens zusammen aufwachen. Sich ein bisschen auf ein gemeinsames Leben vorbereiten. Einen Hauch von Alltag spüren. Manches ergab sich einfach, man konnte nicht alles planen. Man musste Dingen auch den Raum und die Zeit geben sich zu entwickeln. Das waren wohl Mætts weise Worte, aber zu einem wesentlich späteren Zeitpunkt seines Lebens, als er danach gefragt wurde, was er denn Wichtiges in seinem Leben gelernt hätte. Hätte, hätte, Fahrradkette. Wäre er nur etwas früher schon so schlau gewesen, dann wäre ihm und allen anderen Beteiligten viel Ungemach erspart geblieben.

Als Urlaubsziel hatten sie sich grob auf Polen geeinigt, weil das touristisch nicht überlaufen und mit dem Auto bequem zu erreichen war.

Глава 5 (Das Land der tausend Seen)

Was waren sie verliebt. Mætt liebte Mariya, Mariya liebte Mætt! Damals im September 2004 oder war es doch 2005? Nach all den Querelen, nach all den größeren und nicht so großen Dramen, die sie durch ihre Fernbeziehung durchlitten hatten. Beide hatten ihren Kopf, beide waren stur. Das würde nicht lange gut gehen und ging nicht lange gut. On und off war ihre Beziehung. Beziehung? Na ja, wenn man beide unabhängig voneinander fragte, dann führten sie ja keine Beziehung. On und Off. Im richtigen Moment und natürlich getrennt voneinander gefragt, sprachen sie vom Seelenverwandten, vom Gegenstück, vom Schicksal, Karma – manchmal nannten sie es auch Liebe. Immerhin hatte Mariya ja darauf bestanden, dass Mætt sie fragte, ob sie mit ihm gehen wollte. Nach dem dritten Bier gab auch Mætt zu, dass Mariya *seine* Frau sei. Dafür brauchte es aber drei Bier. Kurze Zeit später flogen dann schon wieder die Fetzen. Eigentlich wegen nichts – oder wegen Grundsätzlichem. Je nachdem, wen man fragte …

Nicht so im frühen September 2005. Sie waren verliebt. Das Wetter war wie dafür gemacht. Mariyas Vertrag mit dem Gestüt war beendet. Sie beschlossen für acht Tage gemeinsam in Urlaub zu fahren. Mætt eiste sich vom Job los und ließ sogar seinen Laptop und sein Mobiltelefon zu Hause. Kaufte aber in Polen am zweiten Tag ein billiges Gerät mit einer lokalen Prepaid-Karte. Das war ein großer Schritt für ihn. Loszulassen. Sie beschlossen auch gemeinsam weder in die Karibik zu fliegen noch nach Asien, auch nicht nach Afrika, das sie beide so liebten. Sie beschlossen in das Land der tausend Seen, in das ehemalige Ostpreußen, im äußersten Nordosten des heutigen Polens zufahren. Das Wetter war wie gesagt super, die Sommersaison dort eigentlich vorbei und man konnte diesen wunderbaren Landstrich mit dem Auto erreichen, so dass man sich wesentlich mehr Gepäck leisten konnte, verglichen mit einer Flugreise.

Schon die Fahrt dorthin war Urlaub. Sie lachten viel und sie alberten herum. Innerhalb von zwei Tagen hatten sie Danzig erreicht. Dort stiegen sie mitten in der Altstadt in einem sehr schicken Hotel ab und machten für weitere zwei Tage die Stadt unsicher. Sie genossen es sehr in den engen Gassen mit der aufwändig restaurierten Gebäuden herumzulaufen. Sie saßen in kleinen, gemütlichen Cafés, fuhren mit einer alten Galeere durch den Hafen und hatten einen wunderbaren Blick auf den alten Getreidespeicher, das Wahrzeichen der Altstadt. Oft passierte es, dass Leute stehen blieben, sich nach ihnen umdrehten und lächelten, weil die beiden so offensichtlich glücklich miteinander waren. Sie genossen die Zeit miteinander und alles schien in Zeitlupe zu vergehen. Selbst Jahre später nach dem September 2005 gefragt, bekamen beide einen verträumten Blick. Beide! Das sprach für sich.

Nach Danzig fuhren sie weiter in Richtung Osten. Klapperten das gesamte geschichtsträchtige ehemals deutsche Gebiet ab. In der Nähe von Angerburg mieteten sie sich in einem kleinen, sehr feinen Hotel ein, das für die nächsten Tage ihre Zentrale war. Von dort aus machten sie die Gegend unsicher. Allenstein hatte es beiden angetan. Wenn sie nicht zusammen irgendwo unterwegs waren, um sich etwas anzuschauen, lagen sie am Seeufer ihres Hotels. Es war warm genug zum Schwimmen und zum Sonnen. Eine sehr unbeschwerte Zeit. Sie redeten auch über ernste Themen, machten vorsichtig Zukunftspläne, versicherten sich, dass es ein Leben ohne den anderen nicht mehr geben würde. Mætt gelobte Besserung und versprach seine Stimmungsschwankungen unter Kontrolle zu bringen. Mariya plante zurück nach Deutschland zu kommen, so dass sie nicht so viel Zeit mit dem Hin-und-her-Reisen verschwenden müssten. Leise klang, zunächst noch unausgesprochen, der Wunsch nach einem gemeinsamen Leben durch. Das war der September 2005 im Land der tausend Seen. Wunderschöne Natur, die unendlichen Seen der masurischen Seenplatte, die Weite der Landschaft, fast menschenleer. Wer schon einmal dort gewesen ist, kann den Zauber, der von dem Landstrich ausgeht, vielleicht nachvollziehen. Zu weit vom Schuss war es aber trotzdem, um permanent dort zu leben, da waren sich beide einig. Eine sehr liebenswerte, ländliche Gegend mit einer hohen Lebensqualität und einem ganz eigenen Zauber. Da waren sie sich auch einig. Na ja, das mit der Lebensqualität war Sache des Blickwinkels, aber da waren sie fast auch einer Meinung.

Mariya sah umwerfend aus. Groß, schlank, strahlende blaue Augen. In ihrem Blick lag etwas Wissendes, Forderndes. Wenn man genauer schaute, konnte man auch die Leidenschaft erkennen, die ihrem Wesen innewohnte. Aus ihren Augen konnte aber auch das exakte Gegenteil sprühen. Wut, Zorn, Hass. Man sollte sich besser nicht mit dieser auf den ersten Blick zarten Person anlegen. Ihre schlanken Hände waren kraftvoll und filigran zugleich. Sie waren permanent mit Mætt beschäftigt. Sie hielten Händchen wie die Teenager, küssten sich, streichelten sich unablässig, berührten sich ständig. Damals, im September 2005.

Sie saßen in der Nähe von Angerburg in einem kleinen Restaurant und hatten eine Kleinigkeit gegessen. Mætt musste zur Toilette. Als er wieder zurückkam, blätterte Mariya in einem lokalen Anzeigenheft, das wohl eigentlich als Werbung für Touristen gedacht zu sein schien. Eigentlich hatten sie für den Nachmittag keine wirklichen Pläne. Wahrscheinlich würden sie ins Hotel zurückfahren und zum tausendsten Mal miteinander schlafen. Wie sie das an bisher an jedem Tag getan hatten. Sie konnten nicht genug voneinander bekommen.

„Schau mal", sagte sie, „klingt irgendwie verwunschen, oder?"
Mætt beugte sich auf ihre Seite und schaute auf die Stelle, auf die sie mit dem Finger zeigte. Eine dreizeilige Immobilienanzeige:

Ehemaliges Herrenhaus, direkter Seezugang, stark sanierungsbedürftig, völlige Alleinlage, 5 ha Wald und Wiese. Polnische Telefonnummer. Darunter der Hinweis: Wir sprechen Deutsch.

„Wie klingt das für dich?", fragte Mariya und schaute Mætt aufgesetzt kokett und unschuldig an.

„Komm jetzt," erwiderte er, „du willst dir nicht ernsthaft eine polnische Bauruine anschauen?"

„Warum nicht? Das klingt nach einem Abenteuer. Komm, lass uns die Nummer mal anrufen, vielleicht sind die ja spontan. Vögeln können wir ja nach der Besichtigung noch."

Da war sie, ihre Direktheit, der man nur sehr schwer etwas entgegensetzen konnte. Sie schaute ihn lächelnd-fragend an. Leckte sich völlig unbefangen über die Lippen und blinzelte ihn wie in einem dieser B-Movies eines gewissen Genres an.

„Nee, komm jetzt …"

„Es ist erst 14:30 Uhr, ich ruf auch an. Da steht, dass sie Deutsch sprechen. Selbst wenn nicht, dann besser mein schlechtes Polnisch als dein Russisch …"

Russen bzw. alles, was damit zu tun hat, mochte man in dieser Gegend nicht besonders. Wen wundert es sonderlich, wenn man den geschichtlichen Hintergrund dieses Landstriches kannte? Mariya sprach einige Sprachen, neben Russisch, Englisch, Spanisch und Französisch, mit denen sie sich flüssig verständigen konnte, sprach sie auch noch die ein oder andere slawische Sprache. Konnte man dagegen noch etwas sagen? Er zuckte mit den Schultern und schob ihr sein polnisches Prepaid-Handy über den Tisch. Sie warf ihm mit geschürzten Lippen einen Kuss zu und begann zu wählen. Es dauerte einen Moment, bis sich eine männliche Stimme meldete. Mariya begann mit all ihrem polnischen Wortschatz zu erklären, dass sie die Anzeige in dem Touristenheft gelesen hatte, dass sie sich fragte, ob das Anwesen noch verfügbar wäre. Dann stockte sie einen Moment, um dann sehr erleichtert zuerst auf Englisch, dann langsam auf Deutsch weiterzusprechen. Sie wiederholte alles nochmal und fragte dann geradeheraus, ob denn zumindest ein kurzer Blick auf das Anwesen heute noch möglich wäre. Sie sprach zuckersüß mit dem polnischen Makler, kniff die Augen zusammen, als dieser verstummte und zu überlegen schien. Na ja, meinte der nach einem Moment der Stille, das könne man schon einrichten. Sie sollte aber nicht zu große Erwartungen haben, denn das Anwesen sei eigentlich eine Ruine. Er fragte, wo sie denn gerade sei, und bot einen Termin in zwei Stunden an. Dann erklärte er den Weg. Etliche Male erwähnte er, dass man die Zufahrt zum Anwesen nur sehr schwer finden würde. Es sei nicht mehr als ein Feldweg, gut versteckt. Mariya bedankte sich überschwänglich und legte auf. Triumphierend blickte sie Mætt an. Der grinste kopfschüttelnd vor sich hin. Was sich diese Frau in den Kopf gesetzt hatte, das zog sie auch durch. Eigentlich sollte er das ja wissen.

Sie bestellten sich noch einen Kaffee und plauderten gelöst miteinander. Mariya konstruierte eine abenteuerliche Geschichte um den adligen Gutsherrn mit dem entsprechenden Fräulein dazu. Sie schmückten gegenseitig die Geschichte mit immer weiteren Details aus, die jeglicher historischen Grundlage entbehrten. Sie lachten viel und waren sich so nah wie noch nie. Im September 2005.

Als es an der Zeit war, machten sie sich auf den Weg mit Mætts relativ neuem Audi A6. Geschäftswagen mit allen Schikanen. Klimatisiert, auch integriertes Navigationssystem mit polnischen Straßenkarten. Maximaler Luxus. Sie fuhren los, hinaus aus dem Städtchen, hinein in die unendliche Weite des polnischen Nordostens. Durch große alte Wälder, vorbei an überwucherten Seen, die man mehr erahnen als sehen konnte. Ab und zu sah man zurückgesetzt mal mehr, mal weniger verfallene Häuser, die zu ihrer beider Überraschung bewohnt zu sein schienen. Die sowieso schon spärliche Besiedlung verschwand irgendwann komplett. Mitten in einem sehr langen Waldstück bat ihn Mariya langsamer zu fahren.

„Hier muss es irgendwo rechts abgehen in einen kaum sichtbaren Waldweg", sagte sie.

„Schau mal da vorne. Die Brücke. Sind wir da schon zu weit?" So ging das noch zwei Mal. Irgendwann nahmen sie einen ziemlich gut versteckten Waldweg wahr, an dem sie tatsächlich schon zwei Mal vorbei gefahren waren.

„Will wohl nicht gefunden werden, dein Gutsherr", sagte Mætt, bremste ab und bog vorsichtig in den leicht abschüssigen, ziemlich zugewucherten Weg ein. Immer seinen Frontspoiler in Gedanken. Einmal abgebogen sah man, dass da wohl kürzlich ein Fahrzeug gefahren sein musste. Das Gras war in Reifenbreite umgeknickt. Mætt wurde immer langsamer, da der Weg immer schlechter wurde. Gerade wollte er vorschlagen anzuhalten und zu Fuß weiterzugehen, da setzte er irgendwo mit einem hässlichen, kratzenden Geräusch den Unterboden seines Luxusgefährts auf dem Waldweg auf. Es ging weder vorwärts noch rückwärts auch nur einen Zentimeter weiter. Langsam drehten beide ihre Köpfe und schauten sich an – und platzten vor Lachen. Heute war ein Tag, da konnte passieren, was wollte, nichts würde die beiden aus der Ruhe bringen oder ihre Laune verderben. Sie öffneten die Türen und Mariya sprang aus dem Wagen und begann direkt sehr hässlich in ihrer russischen Muttersprache zu fluchen. Viele der schwallartig ausgestoßenen Worte kannte Mætt noch gar nicht und war sich nicht so sicher, ob er deren Bedeutung überhaupt erfahren wollte. Er drehte den Kopf und sah, dass sie bis zu den Knöcheln in einem Schlammloch versunken war. Einen Fuß hatte sie herausgezogen, doch der war ohne Schuh. Wieder platzte das Gelächter aus ihnen heraus. Mariya verbuchte den Schuh als „im Osten verschollen", was wieder eine Lachsalve auslöste. Sie entledigte sich des anderen Schuhs und beide setzten sich in den ausgefahrenen Spuren des Waldweges in die vermeintliche Richtung, in der das Anwesen liegen musste, in Bewegung.

Als sie circa zweihundert Meter vom Auto entfernt waren, nahmen sie den Wald um sich herum erst richtig wahr. Sie kamen sich vor wie in einer Kathedrale. Hohe, alte Bäume, dichtes Unterholz und was waren das für Geräusche und Gerüche in der Luft. Ein Summen, ein Gezwitscher, ein Surren. Irgendwo rief ein Kuckuck. Kühle Luft voller manchmal beeriger, manchmal erdiger Gerüche. Sie liefen wie auf einer dicken Matratze aus Moosen und trockenen Blättern. Sicherlich war der Wald im Herbst voller leckerer Pilze. Die Bäume waren mit dicken Flechten bewachsen, was von einer besonders sauberen Luft zeugte. Sie nahmen sich an der Hand und folgten dem ausgefahrenen Weg. Nach geschätzten achthundert Metern öffnete sich der Wald zu einer großen, lichtüberfluteten Wiese mit unendlich hohem Gras. Mit Sicherheit wurde da seit Jahrzehnten nicht mehr gemäht. Nicht weit von ihnen stand ein grasgrüner Lada Niva. Der SUV des armen Mannes. Nach ein paar weiteren Schritten auf die Wiese nahmen sie im Hintergrund den Schilfgürtel eines Sees wahr, der dort wohl beginnen musste. Ein zerfallener Steg mit einiger Schieflage verlor sich im Dickicht des Schilfgürtels. Linker Hand konnte man überwucherte Ruinen eines zerfallenen Gebäudes sehen. Als ihr Blick nach rechts schwenkte, sahen sie gleichzeitig zwei Dinge: den Makler, der da in dezentem grünen Jägeroutfit stand und ihnen zuwinkte, und das Haus. Der Makler war ein Endsechziger mit buschigem Bart und lustigen kleinen Augen umrahmt von freundlichen Gesichtszügen. Das Haus war, auf den ersten Blick, klein und kaputt. Wenn man das Wort Herrenhaus hört, manifestiert sich in der Regel ein Bild von einem großen, weißen Haus mit wenigstens drei Stockwerken, mindestens fünfzehn Schornsteinen und einer runden Zufahrt, an der schwarz befrackte Angestellte dem geneigten Besucher die Wagentür öffnen und sie willkommen heißen. Nicht so dieses Haus. Es war typologisch ein Verwalterhaus. Sehr hohe Decken und ein solides Fundament aus Feldsteinen. Es war eingeschossig. Langgezogen, mit sehr vielen Zimmern und einem über die gesamte Länge reichenden Dachgeschoss. Barrierefrei mit großen Ausbaureserven hätte das wohl im neuzeitlichen Maklersprech geheißen. Einer der Vorbesitzer hatte vor längerer Zeit einmal versucht das Dach zu sichern – mit mäßigem Erfolg. Die alten Sprossenfenster, von denen die Farbe abblätterte, waren mit Brettern vernagelt. Die große, schwere hölzerne Eingangstür hatte wohl schon bessere Zeiten gesehen, verlieh dem Gebäude aber trotzdem etwas Majestätisches. Bemerkenswert war, dass kein Vandalismus und keine Graffiti wahrzunehmen waren, wie es an jedem anderen Ort in Westeuropa der Fall gewesen wäre.

Der Makler stellte sich als Marek vor und gab auf Deutsch, mit hartem, osteuropäischem Akzent, einen groben geschichtlichen Abriss des Gebäudes. Es war kein Herrenhaus im herkömmlichen Sinne, sondern eher die Außenstelle eines in circa zwanzig Kilometer Entfernung gelegenen Gutshofes – am ehesten vergleichbar mit einem sogenannten Vorwerk. Vielleicht könnte man es auch einen Forsthof nennen.

Trotz des bemitleidenswerten Zustandes strahlten das Gebäude und die gesamte Umgebung eine ganz spezielle Atmosphäre aus. Mætt wurde davon genauso unmittelbar erfasst wie Mariya. Marek führte sie durch das Haus und machte keinen Hehl daraus, dass die Renovierungsarbeiten einem Neubau gleichkommen würden. Auf den zweiten Blick verfügte das Haus doch über eine bemerkenswert gute Substanz. Wenn man mal davon absah, dass es kein Badezimmer gab, die Elektrik nicht existent und gar nicht gesichert war, dass das Anwesen an irgendein öffentliches Netz, sei es Wasser oder Strom, angeschlossen war oder werden konnte. Das alte, heruntergekommene Gebäude strahlte trotzdem eine Eleganz aus, der man sehr schnell erlag. Die beiden waren ihr schon erlegen, da ahnten sie es selbst noch nicht.

Marek führte sie noch über die Wiese zum alten, morschen Steg. Durch den Schilfgürtel konnte man einen großen See erahnen. Als sie sich zum Haus umdrehten, verschlug es ihnen die Sprache. Das Anwesen lag am Waldrand und war lichtdurchflutet. Marek erklärte, dass die Ausrichtung des Gebäudes wohl bewusst so gewählt war, dass das Haus hell und licht war, aber gleichzeitig durch die Bäume geschützt wurde, wenn im Sommer die Sonne am höchsten stand. Masuren war bekannt für seine heißen Sommer, aber auch für die eiskalten Winter mit tagelangen, zweistelligen Minusgraden.

Später, als alles so geschehen war, wie es denn geschehen ist im September 2005, sagte Mætt, dass es der Blick vom Steg zurück auf das Haus war, der ihm den Atem genommen hatte. Für Mariya war es die alte Tür, die eine Stärke, einen Stolz und gleichzeitig eine Anmut dargestellt hatte, die für sie leicht gemacht hatte, sich für das Haus zu entscheiden.

So ist es dann also geschehen. Das Anwesen war preislich gesehen in der Anschaffung ein Schnäppchen. Von den Investitionskosten betrachtet, die es brauchte, um zumindest einen halbwegs bewohnbaren Zustand herzustellen, jedoch der blanke Wahnsinn. Ein Lottogewinn wäre hilfreich gewesen. Wenn ein solches Projekt dann aber jemals abgeschlossen werden würde, hätte man sich ein Juwel geschaffen, dass nicht mit Gold aufgewogen werden konnte.

Der See, an dem das Haus lag, war Teil der masurischen Seenplatte. Es lag aber abseits von allen Routen, die die Heerscharen von Freizeit- und Hausbootkapitänen in den Sommermonaten nahmen. Erreichbar war man aber seeseitig trotzdem, was einen unbezahlbaren Vorteil bot. Man konnte mit dem Auto anreisen und irgendwann einmal alles weitere zu Wasser erledigen. Wenn man denn ein Boot besaß. Träume muss man haben.

Dann war da ja noch die Sache mit Mætts Audi, der da im Schlammloch festsaß. Marek hatte aber auch dafür eine Lösung. Kurzerhand wählte er mit seinem Mobiltelefon eine Nummer und knapp fünfundvierzig Minuten später trat ein alter Mann in Latzhosen auf sie zu – der Abschleppservice. Er zog Mætts Nobelkarosse in Windeseile aus dem Morast, und lehnte jeden Versuch ab ihn auf irgendeine Art und Weise zu bezahlen. Marek kam mit seinem Lada mühelos über den ausgefahrenen Weg und hielt an. Er öffnete die Heckklappe, holte einen Korb, in dem es verdächtig klirrte, heraus und kredenzte für alle seinen selbst gebrannten Wodka. Für die Männer gab es gleich zwei, die Dame musste ja noch fahren.

Sie verabschiedeten sich von dem Bauern mit dem altersschwachen Traktor russischer Bauart des letzten oder vielleicht auch vorletzten Jahrhunderts. Mit Marek verabredeten sie sich am nächsten Tag in seinem Büro.

Beide stiegen in den Audi und vermieden es sich anzuschauen. Keiner wollte den Anfang machen, obwohl es doch keiner Worte bedurfte. Unnatürlich schweigsam fuhren sie eine gute Stunde zu ihrem Hotel zurück. Auf dem Weg dorthin erwischten sie sich gegenseitig, wie sie dem jeweils anderen Seitenblicke zuwarfen und verträumt grinsten.

Am Hotel angekommen stieg Mætt mit einem Schwung aus dem Wagen, schlug die Tür zu und wartete auf Mariya. Übers Wagendach schaute er sie betont harmlos an.

„So, jetzt ficken?", fragte er mit unschuldigem Blick.

Auf Mariyas Gesicht zeigte sich Fassungslosigkeit, aus Mætt platzte das Gelächter förmlich heraus.

Bevor sie auf ihr Zimmer zurückkehrten, spazierten sie in der Dämmerung noch Hand in Hand an das Seeufer.

„Was meinst du?", fragte Mætt.

Mariya schaute ihn mit ihren großen, blauen Augen an, deren Blicke ihm jedes Mal unter die Haut gingen, und zuckte mit den Schultern.

„Eigentlich", begann sie, „eigentlich müsste man das in die Schublade packen, auf der mit großen, fetten Großbuchstaben ‚Unvernunft' oder ‚es wäre ein schöner Traum' steht, das Ganze vergessen und ficken gehen." Dann platzte das Lachen wieder aus ihnen heraus.

„Ernst jetzt! Was meinst du Mætt? Ich habe heute Mittag das ein oder andere Mal einen Blick an dir wahrgenommen, den ich so noch nicht an dir kannte. Ich hatte das Gefühl, dass dich der Platz, das Haus mit allem Drumherum genauso gefangen genommen hat wie mich. Täusche ich mich da?"

„Nein, mein Schatz, du täuschst dich nicht. Schon als wir durch den Wald gelaufen sind, kam ich mir vor wie Alice im Wunderland und hab nur noch auf die rosa Kaninchen gewartet. Je länger ich dort war, desto mehr hat das alles mit mir gesprochen. Ich weiß, komplette Unvernunft, aber – ich lehne mich mal ganz weit aus dem Fenster – das will ich haben!"

Das Schweigen wurde nur von dem aufdringlichen Summen der Moskitos unterbrochen.

„Komm, wir reden drinnen weiter", sagte Mætt und sie setzten sich in Bewegung zurück zum Hotel.

Sie duschten zusammen, liebten sich und sprachen unaufgeregt über ihre Eindrücke des heutigen Mittags. Als sie sich zum Abendessen in das nette Fischrestaurant aufmachten, war es eigentlich schon abgemacht. Sie würden morgen mit Marek den Deal unter Dach und Fach bringen. Beide waren sich über die Tragweite und den Wahnsinn, der sich hinter ihrer Entscheidung verbarg, im Klaren. Dachten sie. Ebenso einig waren sie sich darin, dass ihre erste Handlung darin bestehen würde, den Weg für den Audi befahrbar zu machen.

Am nächsten Vormittag wurde ihnen von Mareks Frau die Tür geöffnet, die sie mit einem offenen Lachen hereinbat. Sie sprach fließendes Deutsch, weil sie von Deutschen abstammte, die nachdem die Rote Armee 1944 Ostpreußen besetzt hatte, geblieben waren.

Marek hatte ihr wohl von Mætt und Mariya erzählt und angemerkt, dass er sich sicher sei, dass die beiden das Anwesen kaufen wollten. Sie zogen sich in Mareks Büro zurück, wurden indes noch einmal unterbrochen, als seine Frau Kaffee und einen sehr süßen, verdammt leckeren Kuchen brachte. Sie erfuhren in den nächsten zweieinhalb Stunden alles über das Haus, die ehemaligen Besitzer und die geschichtliche Einordnung der ursprünglichen Bewohner. Marek hatte sogar noch ein altes Schwarz-weiß-

Foto, das das Haus zu besseren Zeiten zeigte. So sollte es wieder aussehen, beschloss Mætt insgeheim in diesem Augenblick. Die Formalitäten waren schnell geklärt, man wurde sich handelseinig, was den Preis anging. Klar, ein bisschen musste gehandelt werden, um gegenseitig das Gesicht zu wahren, aber der Preis war aufgrund des Zustandes mehr als fair. Nachdem alles abgesprochen war, rief Marek nach Wodka und man besiegelte den Vertrag mit Schnaps und Handschlag. Marek würde alles Notwendige, Offizielle in die Wege leiten. Mætt und Mariya mussten dann in circa vier Wochen nochmal nach Polen kommen, um den notariellen Kaufvertrag zu unterschreiben. Aber das würden sie ja sowieso.

Nachdem sie bei Marek fertig waren, kauften sie in einem Supermarkt allerlei Sachen für ein Picknick ein. Es gab sogar noch eine vergessene Picknickdecke und einen Korb in den Regalen des Supermarktes, in dem sie die ganzen Sachen verstauen konnten. Mit viel Bier und mindestens genauso viel Mückenschutz, Sturmlichtern, Feuerzeugen und Grillanzündern machten sie sich auf den Weg zu ihrem Haus. Ob es wohl beim zweiten Besuch noch die gleiche Wirkung auf sie hatte?

Dort angekommen parkte Mætt das Auto vor dem Schlammloch. Schließlich war er ja lernfähig. Sie schleppten ihre ganzen Sachen zum Haus, suchten sich einen Platz auf der riesigen Wiese und ließen sich nieder. Sie wanderten jeder mit einer Flasche lokalem Bier in der Hand über das unglaublich große Areal und betrachteten ihre Oase. Ihre Zufluchtsstätte vor dem Rest der Welt. Schnell kamen sie überein, dass die Wiese zu einer Streuobstwiese gemacht werden musste. Das war sie sicherlich auch einmal zu längst vergessenen Zeiten gewesen. Später suchten sie sich etwas Holz zusammen und machten ein Feuerchen. Sie saßen da bis lange nach Sonnenuntergang, redeten, planten, lachten und liebten sich zum ersten Mal auf ihrem Flecken Land, das sie so willkommen geheißen hatte.

Irgendwann realisierten sie nicht nur, dass Mætts gesamter

Hintern von den Moskitos massakriert wurde, sondern auch, dass es fast komplett dunkel war. Wollten sie noch halbwegs die Hand vor ihren Augen sehen, mussten sie sich beeilen zurück zum Auto zu laufen.

„Hier soll es noch Wölfe geben", bemerkte Mætt augenzwinkernd und schaute Mariya liebevoll an.

„Einen kann ich sogar sehen. Der hat einen zerstochenen Knackarsch", sagte sie lachend.

An den restlichen paar Tagen kamen sie zu unterschiedlichen Uhrzeiten zu ihrem Haus. Sie wollten die unterschiedlichen Stimmungen und Lichtverhältnisse in sich aufsaugen, weil sie wussten, dass sie den Herbst und den Winter mit der Planung und Organisation der Sanierungsarbeiten verbringen würden. In diesen Tagen waren sie sich so nah wie selten zuvor. Es passte kein Blatt Papier zwischen die beiden, hätte Mætts Onkel wohl gesagt.

Sie fuhren zurück nach Hause und mussten lange Wochen ihrem Alltag nachgehen, bis es endlich so weit war und der Notartermin vor der Tür stand. Mætt und Mariya hatten entschieden einen Wohnwagen zu kaufen und zu ihrem neuen Anwesen zu bringen. Das hatte den Vorteil, dass man zum einen nicht weit zur Baustelle hatte, und zum anderen konnte man vor Ort sein, auch wenn das Haus noch nicht bewohnbar war. Also tuckerten sie mit dem schicken Audi, hinter dem ein ziemlich großer, aber auch ziemlich in die Jahre gekommener Wohnwagen hergezogen wurde, in Richtung Polen. Nach zwei Tagen, es war mittlerweile Ende Oktober, kamen sie dort endlich an. Endlose Kilometer zuerst auf deutschen Autobahnen, dann auf schäbigen, polnischen Landstraßen. Einig waren sie sich darin, dass sie, jedenfalls nicht in diesem Leben, Wohnwagenurlauber werden wollten. No way! Marek war ein Goldstück. Er hatte organisiert, dass der unebene, von großen Löchern durchzogene Weg etwas mit Schotter und Erde aufgefüllt und die Wiese gemäht wurde. Er zog dann auch höchstselbst mit seinem Lada Niva das Wohnwagenmonster auf das Anwesen. Man musste ja den schicken Audi nicht mit Gewalt zerstören. Mætt und der Bauer mit dem unaussprechlichen Namen tranken bereits ein kühles Bier, da rangierte Marek noch immer geduldig und zog und schob nach Mariyas Anweisungen den Wohnwagen in die allerbeste Position. Nur um zwei Minuten später nochmal etwas mehr nach links oder rechts umzuparken. Irgendwann war aber auch das erledigt. Mætt und Mariya verbrachten nun die erste Nacht auf ihrem Stück Land, im Wohnwagen – a home away from home – und waren glücklich wie die Kinder.

Der Notartermin am nächsten Vormittag war reine Formsache. Mit amtlicher Übersetzung eines amtlich bestellten und vereidigten Übersetzers und feierlicher Unterschrift wurde das Ganze besiegelt. Gefeiert wurde es mit der kleinen Gruppe Menschen, die die beiden in dieser kurzen Zeit bereits neu kennengelernt hatten, im Fischrestaurant. Der Notar kam, Marek und seine Frau, sogar der Bauer mit dem unaussprechlichen Namen kam auf ein Bier vorbei. Spät in der Nacht fuhren Mætt und Mariya dann auf dem frisch aufgefüllten und gewalzten Weg bis ziemlich nah an ihren Wohnwagen heran und sanken direkt überglücklich in die Federn.

Die Rückfahrt war zwiespältig. Gerne wären sie noch länger geblieben, daheim wartete aber noch allerlei auf sie. Mætt hatte viel Arbeit vor sich hergeschoben und musste konzentriert mit dem Aufarbeiten beginnen. Der ein oder andere Kunde hatte sich schon dezent beschwert. Wintercamping war zudem etwas, das sie so nicht kannten. Zusätzlich gab es sehr, sehr viel vorzubereiten. Marek half ihnen so gut es ging lokale Handwerker zu empfehlen, Angebote anzufordern etc. Das lief nicht optimal, aber damit hatte Mætt gerechnet.

Auf dem Rückweg nutzten die beiden die Zeit noch für einen Abstecher zu Dimitri. Der hatte von dem gesamten Projekt außer in Andeutungen nichts mitbekommen.

„Bruder, du redest in Zungen", sagte er dann nur.

Gegen Abend fuhren sie bei ihm vor und wurden mit großem Hallo begrüßt. Schnell war erzählt, was sie vorhatten. Sie hatten genügend Bilder geschossen und Dimitri grinste breit, als er die beiden da komplett begeistert wild durcheinander erzählen hörte. In einer stillen Minute nahm er Mætt auf die Seite.

„Läuft gut mit euch, oder?"

„Ja, so gut wie selten zuvor", sagte Mætt zu seinem Freund mit einem tiefen Blick in seine Augen.

„Mach's nicht kaputt Bruder", erwiderte Dimitri und klopfte ihm auf die Schulter.

Mætt zuckte hilflos mit den Schultern und nickte fahrig. Irgendwann stand Weihnachten vor der Tür, und Silvester. Alles wurde ruhiger und man konnte sich auch wieder auf die Dinge konzentrieren, die wirklich wichtig waren. Mætt und Mariya beschlossen außer mit einer Handvoll ganz engen Menschen mit niemandem über ihr Haus zu sprechen. Also planten und organisierten sie, fuhren zusammen, manches Mal auch getrennt nach Polen, um irgendetwas vor Ort zu koordinieren. Es ging sehr schleppend voran. Alles in allem war es maximal unbefriedigend. Mittlerweile war das neue Jahr angebrochen und es war auch schon Ende Februar 2006. Die Zeit verflog. Mætt und Mariya beschlossen Ende März, Anfang April nach Polen zu fahren um zu schauen, ob man vor Ort nicht einiges schneller organisiert bekommt.

Mariya wohnte nicht bei Mætt im Schwarzwald, hielt sich aber sehr oft und sehr lange dort auf. Sie hatte einen eigenen Schlüssel, konnte kommen und gehen, wann sie wollte. Jeder hätte gedacht, dass die beiden zusammenwohnen würden, wenn sie aus Slowenien zurück wäre. Aber nein, sie wohnten nicht zusammen. Es lief dennoch gut mit ihnen. Sie hatten schon immer einen guten Draht zueinander, den andere in einem ganzen Leben so schnell nicht fanden, manche fanden eine solche Verbindung auch nie. Auch der Alltag, der ein regelrechter Killer sein konnte, machte den beiden nichts aus. Alles gut also – wenn Mætt nicht gerade seine Stimmungsschwankungen auslebte, die jedem das Leben zur Hölle machen konnten.

Mætt war länger geschäftlich in den USA gewesen, Mariya kam nach, verbrachte ein paar Tage in Florida, wohin Mætt aus Chicago ihr hinterher reiste, um einen alten Freud zu besuchen. Sie überlegten, ob sie nicht ein paar Tage nach Mexiko fliegen sollten, verzichteten aber zugunsten ihrer geplanten Zeit in Polen darauf.

Als die Abreise nach Polen immer näher rückte, passierte etwas Seltsames. Mætt bemerkte es nicht sofort. Es entwickelte sich eher schleichend, aber irgendetwas stimmte mit Mariya nicht. Er war nicht so offensichtlich, dass man es direkt ansprechen konnte, aber Mætt wurde misstrauisch. Beäugte sie ständig, sagte aber nichts. Die Fahrt nach Polen zog sich ewig. Die gewohnte Ausgelassenheit wollte nicht aufkommen, die sich sonst einstellte, wenn sie zusammen im Auto unterwegs waren. Sie hingen ein paar Mal in Baustellen im Stau fest, ein anderes Mal mussten sie einen massiven Umweg fahren, weil ein Lkw umgekippt war und die Straße nicht geräumt werden konnte. Alles Dinge, die eine Geduldsprobe waren. Irgendwann war auch das vorbei und sie kamen endlich an. Doch Mariya war noch immer seltsam. Sie zogen in den Wohnwagen, mussten das Gefährt nach dem Winter indes erst einmal wieder gründlich reinigen. Sie hatten eine Art Vorzelt besorgt, unter dem sie jetzt auch bei schlechtem Wetter geschützt draußen sitzen konnten. Das war eine massive Verbesserung.

Mariya schlief unruhig, wälzte sich hin und her. Stand auf. Setzte sich mitten in der Nacht nach draußen in die Kälte, in eine dicke Decke eingewickelt. Sie war liebevoll, aber irgendwie auch abwesend. In ihren eigenen Gedanken versunken. Irgendwie unnahbar.

Ein paar Tage später, mitten in der Nacht, hatte irgendein Geräusch, das er nicht zuordnen konnte, Mætt aufgeweckt. Er griff neben sich. Mariya war nicht da. Ein Blick auf die Uhr zeigte 4:30. Er schaute durch das Fenster nach draußen, konnte aber keinen Lichtschein einer Kerze oder den der alten, rostigen Petroleumlampe erkennen. Er setzte sich und konnte leise, gedämpfte Geräusche vernehmen. Er stand auf, ging auf leisen Sohlen durch den Wohnwagen und hörte ein leises Husten. Eine Nase wurde leise hochgezogen. Mætt versuchte sich in dem dunklen Wohnwagen zu orientieren. Er verortete die Geräusche im Badezimmer, blieb davor stehen und lauschte. Er hörte, dass Mariya wohl in dem Badezimmer war. Leise klopfte er an die Tür.

„Mariya, bist du da drin? Geht's dir gut?"

„Lass mich in Ruhe", kam es zurück, begleitet von einem Geräusch, das nach Nasehochziehen klang.

„Mach doch mal die Tür auf."

Wortlos wurde der Riegel zurückgeschoben. Gedämpftes Licht kam aus dem Raum. Eine Mariya mit hochrotem Kopf und aufgequollenem Gesicht schaute ihn aus blutunterlaufenen Augen an.

„Was glotzt du so?", fuhr sie den verdattert blickenden Mætt an.

„Äh, was ist denn mit dir los? War was mit dem Essen?"

Mariya verdrehte die Augen, sank auf die Knie und erbrach sich jämmerlich in die Toilette. Das ging noch zwei-, dreimal so. Mætt versuchte sie zu stützen, aber sie schüttelte seine Hand von ihrer Schulter. Daraufhin beschloss Mætt sich nützlich zu machen und Pfefferminztee zu kochen. Er stellte den Gaskocher mit einem großen Topf Wasser an, das er aus den mitgebrachten Kanistern füllte. Er bereitete die große Glaskanne mit der getrockneten Pfefferminze von letztem Sommer vor und wartete auf Mariya. Als sie aus dem Badezimmer kam, sah sie verheerend aus. Stumm, mit glanzlosen Augen und trübem Blick setzte sie sich Mætt gegenüber. Er schaute ihr ernst und etwas ängstlich in die verquollenen, rot unterlaufenen Augen.

„Raus damit! Was ist los mit dir?"

Sie schaute ihn lange an, ohne etwas zu sagen. Unterbrochen von wenig damenhaftem Schniefen und Rülpsen. Einmal noch, bevor sie irgendetwas zu sagen im Stande war, sprang sie auf und hetzte ins Bad, wo sie sich lautstark ein weiteres Mal übergeben musste. Danach kam sie zurück, warf ihm wortlos ein längliches, weißes Plastikding mit den Worten „ich bin schwanger" auf den Tisch und brach in Tränen aus.

In Mætts Hirn klopfte es, seine Ohren rauschten und ihm wurde schlicht und ergreifend schlecht. Minutenlang schauten sie sich schweigend an. Unangenehme Stille.

„Ich weiß", begann sie mit ausdrucksloser Stimme, „du hast mir das gleich gesagt, als wir uns in Slowenien wiedergefunden haben und irgendwann anfingen miteinander zu schlafen. Wir müssen uns um Verhütung kümmern, hast du gesagt, deine Familienplanung sei abgeschlossen, hast du gesagt. Wir haben das auch gemacht. Die Entscheidung, dass ich mir eine Spirale einsetzen lasse, haben wir gemeinsam getroffen. Ich bin trotzdem schwanger."

Ein Weinkrampf schüttelte sie. Rotz lief ihr aus der Nase und tropfte auf den Tisch. Sie schaute ihn ängstlich an. Mætt blickte ausdruckslos an ihr vorbei. „Ich werde das Kind nicht abtreiben! ", schrie sie fast hysterisch, als Mætt stumm blieb, was noch mehr Rotz aus ihrer Nase auf den Tisch tropfen ließ.

„Sag endlich was!", schrie sie ihn an.

Mætt holte tief Luft, schaute ihr direkt in die Augen und schluckte zweimal.

„Du musst das Kind nicht abtreiben. Das ist das Letzte, was ich will."

Er stockte, schaute sie hilfesuchend an. Wusste, dass sie es war, die Hilfe von ihm brauchte, nicht umgekehrt. Er gab sich einen Ruck, atmete tief aus. „Ich habe Angst, dass ich das nicht geregelt kriege. Ein Kind mit dir ist eine total schöne Vorstellung, ich habe aber Angst, dass ich wieder alles versaue. Weil ich so bin, wie ich bin."

Seine Augen füllten sich leicht mit Tränen.

„Die letzten Monate mit dir sind die glücklichsten Monate, an die ich mich seit langem erinnern kann. Jetzt ein Kind mit dir, als greifbares Ergebnis dieser glücklichen Zeit, macht mich zu dem glücklichsten Menschen der Welt, Mariya! Ich hab aber Angst vor mir, vor meiner Unberechenbarkeit. Meinst du ich bemerke nicht, was ich für ein Arschloch bin, wenn mich meine Teufel reiten?"

Er stammelte noch etwas weiter, dann war es auch bei ihm vorbei. Er heulte wie ein Kind. Sie standen beide auf, fassten sich an den Händen, taumelten zum Bett und lagen dort eng umschlungen, ganz still, und hielten sich fest. Wie Ertrinkende. Wollten sich nicht mehr loslassen. Nur unterbrochen von beider Rotzgeräuschen. Sie lagen da bis in den späten Vormittag und redeten. Ganz ruhig redeten sie miteinander. Auch Mariya hatte Angst. Angst vor allem und vor Mætts Unberechenbarkeit, seinen Launen, Stimmungsschwankungen oder wie auch immer man das nennen mag. Angst davor irgendwann alleine dazustehen.

„Weißt du Mariya, ich hab's schon mal verhunzt. Als Andrea schwanger war, war ich alles andere als eine Stütze. Nicht dass meine Kleine nicht willkommen gewesen wäre oder sonst was, ich war einfach nicht bereit dazu. Noch dazu gab es da den Job, über den ich nicht reden durfte. Das war keine Basis, um eine Familie zu gründen. Jetzt sollte ich eigentlich bereit sein, zumindest bin ich älter, aber dann verhunze ich's, weil ich so ein Arschloch bin."

Mariya blickte ihn voller Liebe an.

„Ich bin superglücklich mit deiner Reaktion. Ich hatte so eine Angst, dass du mich davonjagst …"

„Hör auf so eine Scheiße zu reden. Ich liebe dich Mariya! Du bist meine Frau, der Mensch, der zu mir gehört. Ich habe das direkt bei unserer ersten Begegnung, als wir uns in Slowenien wieder getroffen haben, gespürt, das war aber so widersinnig …"

Für einen kurzen Moment flammten in beiden die Bilder von damals in dem Industriekomplex in Bosnien auf, als er Mariya halbnackt, zitternd vor Kälte unter den Leichen hervorgezogen hatte. Nur sein dreckiges, stinkendes T-Shirt und seine billige Lederjacke konnte er ihr umlegen und sie hatte ihn mit großen, vor Angst und Terror geweiteten Augen angeschaut. Sprachlos, hatte aber seine Hand nicht mehr loslassen wollen. Mit einem Mal hatte ihre Beziehung eine andere Qualität bekommen. Es ging nicht nur um sie beide. Da war etwas unterwegs, das hellwache Eltern brauchte. Die Tatsache, dass sie Eltern wurden, schweißte sie ganz langsam noch mehr zusammen. Nicht direkt, aber sie ließen es beide zu, dass genau das passierte. Mariya hatte, nach eigenem Bekunden eine super Schwangerschaft mit dem Musterbeispiel eines treusorgenden, werdenden Vaters. Die Geburt war kompliziert, aber sie standen das gemeinsam als Paar durch, wurden miteinander stärker. Dann war Baby Lennox da. Von Anfang an kein einfaches Kind. Er platzte mit voller Wucht in ihr beschauliches Leben und hatte von Beginn an eine eigene Agenda. Ein Tag hatte bekanntlich 24 Stunden. An guten Tagen schrie Baby Lennox nur 23 davon. Trotzdem schien alles an ihnen abzuperlen. Irgendwann kriegte sich auch Klein Lennox wieder ein und alles wurde besser. Sie wurden als Traumpaar gehandelt. Wenn jemand nach einer funktionierenden Beziehung gefragt wurde, dann wurden Mætt und Mariya in einem Atemzug ohne große Überlegungen genannt. Mætt mutierte zum Vorzeigevater. Irgendwie unglaublich kitschig, sagten böse Zungen.

Dann verschlechterte sich Mætts Gesundheitszustand ein weiteres Mal quasi über Nacht. Es wurde sehr schnell, ohne großen Übergang schlichtweg unerträglich mit ihm. In den nächsten Monaten war ihre Beziehung mehr off als on. Das passierte gleichsam ohne Vorwarnung. Zwischendurch hatten sie dann wieder ein, zwei gute Monate, nur um dann in noch mehr schlechte abzurutschen. Keiner konnte sich einen Reim darauf machen, was mit Mætt los war. Welcher Teufel ritt ihn, warum war er so unbeherrscht? Alle und alles litten unter seinen Stimmungsschwankungen. Nur in seinem Job funktionierte er außerordentlich gut. Hätte da jemand von einem gefühlskalten, jähzornigen und unbeherrschten Mætt gesprochen, hätte es niemand geglaubt. Dimitri nahm Mætt nicht nur einmal auf die

Seite und redete ihm ins Gewissen. Mariya und der kleine Lennox waren oft bei Dimitri und Karin, wenn es irgendwie gar nicht mehr mit Mætt auszuhalten war. Viele hässliche Worte fielen zwischen den beiden. Worte, die einmal ausgesprochen im Raum standen wie ein Weißer Elefant und nicht mehr verschwinden wollten.

2008, Lennox war gerade mal knapp zwei Jahre alt, traf Mariya eine Entscheidung. Manchmal muss man das, was man am meisten liebt, loslassen. Wenn man großes Glück hat, kehrt es vielleicht zu einem zurück, sagte sie einmal zu Karin. Zum Wohle von sich und ihrem gemeinsamen Kind. Offiziell erklärte sie die Beziehung für beendet und tauchte ohne Ankündigung unter. Keiner wusste genau, wo die beiden zu finden waren. Dimitri und Karin wussten immer, wo Mariya war, wie es ihr ging. Mætt hätte das sicher als Verrat seines Freundes gewertet, aber was er nicht wusste, konnte er nicht bewerten. Dimitri hinterfragte immer wieder Mætt, aber es gab kein Durchdringen zu ihm. Irgendetwas lief da gerade komplett schief.

Глава 6 (Viviane)

Seit der offiziellen Trennung von Mariya befand sich Mætt in einem psychischen Ausnahmezustand. Ihm war bewusst, dass sie allen Grund gehabt hatte, ihn zu verlassen. Reiner Selbstschutz. Zu Recht. Er war aber auch zutiefst verletzt. Trotzdem war er jetzt seit drei Wochen mit den Jungs in Afrika. Sie waren getrennt nach Johannesburg geflogen, hatten sich dort in einem der besseren Stadtteile in einer Lodge getroffen. Dort waren sie seit drei Tagen, um ihre „Herrenpartie" im Detail zu planen, bevor es losgehen konnte. Es hatte einiges an Mühe und Überredungskunst gekostet Mætt davon zu überzeugen, dass es seiner Depression keinen Abbruch tat, wenn er sich jetzt mit seinen Freunden eine Auszeit gönnte. Er hatte dem Vorhaben zögerlich und sehr widerwillig zugestimmt. Den Urlaub mit seinen Freunden hatte er mit einem Arbeitsaufenthalt von drei Tagen kombiniert, in denen er einen seiner Kunden in Pretoria besuchte. So konnte er den Businessflug rechtfertigen, den er auf seine Firma buchte, und die restliche Zeit dann unbeschwert Urlaub machen. Soweit ihm das in seinem Zustand möglich war. Geld war zwar kein wirkliches Thema, aber Mætt hatte sich bei allem Wohlstand, den er sich mittlerweile erarbeitet hatte, eine gewisse Sparsamkeit erhalten. Bogdan und Dimitri nannten das Geiz und zogen ihn des Öfteren damit auf.

Ihr Plan war in den Norden Mosambiks zu fahren, um dort

tauchen zu gehen. Großfische waren das Ziel. Dort gab es atemberaubende Riffe mit riesigen Mantarochen, Haien und allem, was das Taucherherz begehrte. Bogdan hatte wieder allerlei „Spielzeuge" der neuesten Generation mitgebracht. Keine Ahnung, woher er das ganze Zeug organisierte. Es waren auch dieses Mal wieder Gerätschaften in seiner „Wundertüte", die es so auf dem freien, privaten Markt nicht zu kaufen gab. Heuer hatte er die neueste Generation von Rebreathern mitgebracht. Man konnte diese Technik als eine Art Alternative zu den herkömmlichen Atemluftflaschen im üblichen Freizeittaucherbereich bezeichnen. Ursprünglich wurde diese Art Atemgeräte wohl für einen militärischen Zweck konzipiert.

Danach gefragt, woher er die denn habe, grinste er nur verschwörerisch, zuckte mit den Schultern und imitierte einen jammernden Tonfall und sagte: „Alles total legal, Mister. Isch schwör!" Mætt und Dimitri winkten ab und schauten, was er noch aus den drei riesigen Kisten zauberte, die da einen Großteil des sehr noblen reetgedeckten Appartements einnahmen. Selbst der Besitzer des Hotels hatte neugierig geschaut, als ein neutraler, weißer Mercedes Sprinter vorfuhr und die drei großen, grünen, militärischen unterdrucktauglichen Kisten angeliefert hatte. Um keinen falschen Eindruck zu erwecken, winkte Mætt Eric, den südafrikanischen Besitzer der Lodge, heran und zeigte ihm den Inhalt. Er und Eric, der etwa drei oder vier Jahre älter war, kamen grinsend näher.

„Na, was habt ihr dieses Mal dabei?"

Bogdan übernahm es ihm seine Schätze zu zeigen und haarklein zu erklären, welches Gerät für welchen Einsatzzweck konzipiert war. Er versäumte es auch nicht immer wieder zu beteuern, dass man diese Art Ausrüstung nicht oder nur zu horrenden Preisen auf dem freien Markt kaufen konnte.

„Und was sind das für Torpedos da hinten in der Kiste?", fragte Eric.

„Das sind Unterwasser-Scooter. Da hängst du dich dran und das Ding zieht dich dorthin, wo du hin willst. Batteriebetrieben.

Endlose Reichweite! Grandiose Technik …", hob Bogdan mit seinen Erklärungen an.

Mætt und Dimitri begannen die Einkäufe in den riesigen Pick-up zu laden. Hauptsächlich Kühlboxen mit leckerem, lokalem Bier. Viele Kühlboxen, für viel Bier. Diese Kühlboxen wurden über die Bordsteckdosen des Pick-ups mit Strom versorgt. So war bei der größten Hitze kaltes Bier garantiert. Ein Kriterium, das sie lange und ausgiebig zu Hause in Deutschland diskutiert hatten. Keiner mochte warmes Bier. Quasi ein Grundnahrungsmittel für sie. Und das lauwarm? Geht ja gar nicht! Problem erkannt, Lösung gefunden! Alles gut!

„Hast du was von Mariya gehört?", fragte Dimitri, als sie die Kühlboxen im Auto verstauten und diese mit Dosenbier beluden.

„Nee, die hat mich gebeten sie in Ruhe zu lassen. Sie und der Kurze sind irgendwo hingefahren, um etwas Abstand von allem zu bekommen. Gemeint ist damit wohl Abstand von mir", erzählte Mætt zerknirscht, aber gleichzeitig wollte er seine wahren Gefühle dazu nicht offenbaren.

„Keine Ahnung, wo die sind. Sie nimmt auch kein Telefon mehr ab und antwortet nicht auf E-Mails oder SMS."

„Das ist doof. Wie geht dir das rein?", fragte Dimitri seinen Freund vorsichtig.

„Na ja, schön isses nicht. Aber auch nicht das erste Mal, dass Mariya und ich im Clinch liegen. Dieses Mal war's das aber. Grande Finale. Alles kaputt, nicht mehr zu reparieren. Will da gar nicht drüber nachdenken", antwortete Mætt resigniert. „Ich schreibe gerade mit so 'ner anderen Tante, die ich über Umwege kennengelernt habe. Muss mich irgendwie ablenken. Will hier wegen meines persönlichen Chaos nicht unser Treffen, das schon so lange überfällig ist, ruinieren."

Er blickte Dimitri an und zuckte resigniert mit den Schultern.

„Wenn du reden willst, dann sag Bescheid", erwiderte der.

Seit Mætt vor einigen Jahren durch Zufall Mariya wiedergetroffen hatte, ging es total turbulent in ihrem Beziehungsleben zu. Entweder so derart harmonisch-kitschig, dass es schon beim Zuschauen weh tat, oder aber das genaue Gegenteil. Allem Anschein nach konnten sie nicht miteinander, aber auch nicht ohne einander. Auf die ein oder andere Art kamen sie immer wieder zusammen, nur um sich gleich wieder in die Wolle zu kriegen und sich innerhalb kürzester Zeit wieder zu trennen. Nur einmal schien es nicht so zu sein. Als 2006 Mariya schwanger wurde und ihr gemeinsamer Sohn geboren wurde, fühlte sich das anders an. Mætt riss sich total zusammen. Mariya machte den Anschein so richtig glücklich zu sein. Sie wuchsen sichtbar zusammen, machten Pläne, kauften ein altes Haus in Masuren, begannen es zu renovieren. Als dann der Kleine auf der Welt war, lief das so derart gut mit den beiden, dass man im Hintergrund die Hochzeitsglocken bimmeln hörte. Mætt war seit einigen Jahren von Andrea geschieden, behauptete aber immer, dass er keinen Grund für eine Scheidung sähe. Wenn Dimitri ihn darauf ansprach, zwinkerte Mætt nur und sagte so etwas wie „Selbstschutz".

Mariya vertraute Dimitri einmal an, dass Mætt so abwesend, so distanziert sei. In einem Moment herzlich, warm, der liebevollste Mensch, den man sich vorstellen konnte, und dann von einer Sekunde auf die andere, ohne ersichtlichen Grund, distanziert, verletzend und abweisend. Er lasse dann niemanden an sich heran, verhalte sich seltsam und sei „kalt wie ein Fisch". Sie sei der Meinung, dass das mit seiner „Tätigkeit" zu tun habe. Wenn sie ihn darauf anspreche, werde er fuchsteufelswild. Sie war der Meinung, dass er einen Doktor braucht. Einen Spezialisten, der mal nachschaut, ob nicht „seine Birne was abgekriegt hat". Dimitri hatte Mætt nie erzählt, dass Mariya ihm vage Andeutungen zu seinem Gesundheitszustand gemacht hatte. Keine Ahnung, wie Mætt darauf reagiert hätte.

Sie beluden den Truck fertig mit dem Bier, räumten die Ausrüstung so in Position, dass sie mit wenigen Handgriffen früh am nächsten Morgen die wenigen, aber schweren Kisten, einladen und losfahren konnten. Der Plan war, mit dem Pick-up zu dem

Tauchspot im Norden von Mosambik zu fahren, dort ein, zwei Wochen zu bleiben und sich dann langsam in Richtung Süden zurückzutauchen. Mosambik war das Eldorado für die Art Taucher, die sich dort hinwagten. Ursprüngliche Natur, weitestgehend in Ordnung, üppige Vegetation, kaum Touristen, dafür aber recht rustikal; jede Menge „Out of Afrika"-Feeling also. Sie hatten danach nur noch einen fixen Termin. Das war die Verabredung mit einer Tauchbasis südlich von Durban, wo sie ein Wrack und mit Haien tauchen wollten. Alles mit dem Rebreather, da der ja beim Ausatmen keine Luftblasen erzeugte, sondern die Atemluft über ein ausgeklügeltes System reinigte, bevor sie wiederverwendet werden konnte. Die Vorteile dieser Art des Tauchens lagen auf der Hand: Die Fische nahmen die Luftblasen nicht als Bedrohung wahr, da ja keine entstanden, und waren weniger scheu. Das konnte im Fall von Haien sowohl Fluch als auch Segen sein. Wenn man zusätzlich noch mit verschiedenen Atemgasgemischen vertraut war, konnte man nicht nur die Zeitdauer, sondern auch die Tiefen, in die man vordringen wollte, in ganz anderen Dimensionen berechnen. Nicht umsonst nutzte das Militär eben diese Technik. Nicht ausschließlich das Militär, es gab diese Ausrüstung auch auf dem freien Markt zu kaufen. Die richtig guten Sachen hatte aber das Militär. Und Bogdan kam da ran.

Mætt freute sich wirklich darauf. Er war seit einigen Jahren immer wieder im südlichen Afrika unterwegs und mochte Land und Leute. Man konnte ihm die Veränderung ansehen, wenn er aus Europa kam und für einige Zeit auf dem schwarzen Kontinent war. Johannesburg war nicht so sein Ding. Die riesige Stadt war aber die Metropole, in der man alle Dinge, die man benötigte, oder auch nicht, bekommen konnte. In anderen Städten war das Angebot schon etwas eingeschränkter. Dafür musste man jedoch in Jo'burg verdammt gut auf sich aufpassen. Das Land und die Leute hatten es ihm aber schon angetan. Die Natur, die Vegetation, das Ursprüngliche, da ging ihm sichtlich das Herz auf.

Mætt ging zurück in das Ferienhaus, holte sich im Vorbeigehen ein kaltes Bier aus dem Kühlschrank, durchquerte das Wohnzimmer und setzte sich auf der Terrasse in einen der bequemen Sessel. Selbst in dieser großen Stadt war die Luft voller anderer, komplett fremdartiger Geräusche. Andere Vögel erzeugten andere Geräusche, das Licht war ein völlig anderes. Ja, das Licht! Alles erschien einem kristallklar und überdeutlich. Das wurde nur auf dem offenen Meer übertroffen. Und die Gerüche erst! Okay, im Moment roch es nach gegrilltem Fleisch und Holzkohle, aber selbst das roch anders als zu Hause im Garten.

„Bin gleich so weit", rief Bogdan, „holt ihr schon mal die Teller und die Beilagen aus dem Kühlschrank?"

Mætt und Dimitri sprangen auf und kamen ein paar Minuten später mit all den leckeren Sachen, die Bogdan vorbereitet hatte, auf die Veranda. Für den ganz speziellen Salat aus der slowenischen Heimat seiner Eltern und Großeltern hatte er am Morgen extra noch mit seiner Mutter telefoniert. Anschließend mussten alle drei in unterschiedliche Supermärkte ausschwärmen und sich auf die Suche nach den Zutaten machen. Das Resultat war sicherlich wieder eine wahre Gaumenfreude! Er liebte es „seine Jungs" zu bekochen und die belohnten ihn mit Lob, Schulterklopfen und sogar Liebeserklärungen, wenn der Alkoholpegel stimmte.

Sie aßen zusammen, tranken ein paar Bierchen und unterhielten sich angeregt mal über dies und dann über das. Sie lachten viel und herzlich. Zeitig zogen sie sich zurück und gingen schlafen, denn der Wecker sollte am nächsten Morgen recht früh klingeln. Sehr früh! Und sie mussten eine weite Strecke über die schlechtesten Straßen des gesamten Kontinents fahren. Keine Straßen, eine Aneinanderreihung von Schlaglöchern war das. Nicht ungefährlich.

Nach dem Aufstehen wurde der Truck schnell beladen. Kaffee gurgelte schon in der Maschine. Es wurde nicht viel gesprochen. Jeder folgte dem besprochenen Ablauf. Effizient, schnell und nahezu geräuschlos. Die Unterkunft war im Voraus bezahlt, es war abgemacht, wer von ihnen das erste Teilstück fuhr, wann Fahrerwechsel war und welche Route zu guter Letzt zu nehmen war. An der Grenze zu Mosambik dauerte es erfahrungsgemäß etwas länger, bis der Wagen durchgecheckt und die notwendigen Stempel in den Pässen waren. Danach ging es weiter. Sie hatten ein nettes, wenn auch hochpreisiges Ressort mitten im Nichts gebucht, das über eine kleine Anzahl eigener Ferienhäuser verfügte. Das Gelände war sehr weitläufig und direkte Nachbarn hatte man keine. So lebten sie ihren eigenen Rhythmus, folgten ihren eigenen Abläufen, ohne dass sie irgendwen damit störten.

Sie verlebten sehr spannende vierzehn Tage, hatten tolle Tauchgänge mit riesigen Fischen. Gigantischen Mantarochen, Walhaien, Delfinen. Alles, was das Taucherherz begehrte. Wann immer sie auf andere Taucher trafen, erregte ihre Ausrüstung Aufmerksamkeit. Ganz konnte man den Kontakt zu anderen, im Grunde Gleichgesinnten, nicht vermeiden. Sie hatten ein eigenes Boot, das Bogdan als Skipper mit gültiger Lizenz sehr sicher bewegte. An den interessanten Spots trafen sie natürlich auch auf andere Menschen. Da halfen auch andere Uhrzeiten nicht viel. Schlussendlich hatten sie ja nichts zu verbergen. Permanent wurden sie darauf angesprochen, mit welchem Hintergrund man denn mit so einer Ausrüstung umzugehen lerne. Sie antworteten darauf immer, dass sie Industrietaucher seien. Alles andere ging ja niemanden etwas an. Daher gingen sie solchen Unterhaltungen gerne aus dem Weg.

Sie tauchten also hier und dort. Kamen immer weiter südlich in Richtung Maputo, der Hauptstadt von Mosambik. Dort legten sie einen kurzen Stopp ein und fuhren dann weiter nach Sodwana Bay. Wenn man über ein anständiges, klimatisiertes Allradfahrzeug verfügte, erreichte man von Maputo aus in wenigen Stunden durch Sanddünen, die aussahen, als würde hier die Welt enden, wieder südafrikanischen Boden. Im Vergleich zu Mosambik erschien einem Südafrika wie das gelobte Land. Mosambik war schon um Klassen rustikaler als Südafrika, auch wenn man als Neuling einen anderen Eindruck bekommen konnte.

Sie fuhren auf der grob asphaltierten Straße, die von Eukalyptuswäldern gesäumt war, zügig in Richtung Sodwana Bay. Irgendein lokaler, englischsprachiger Sender plärrte aktuelle, internationale Popmusik. Das war der kleinste gemeinsame Nenner, denn über Musikgeschmack lässt sich bekanntermaßen nicht streiten. Unterschiedlicher als bei den Dreien konnte der Musikgeschmack nicht sein. Also: Radio war das Mittel gegen die Monotonie des Fahrens. Geredet wurde nur das Nötigste.

„Sag mal, mit wem tippst du denn da ununterbrochen?", fragte ihn Bogdan, „irgend 'ne heiße Braut am Start?"

Mætt grinste, sagte aber nichts.

„Komm schon *mein Freund*, lass uns teilhaben! Weißt ja, dein *Wohlergehen* liegt uns ja to-taal am Herzen."

Süffisant betonte Bogdan die einzelnen Silben seiner Worte und grinste Mætt auffordernd an.

„Neugierig seid ihr. Auf Sensationen aus, das ist alles. Wenn ich in den Fängen eines Hausdrachens lande, ist euch das auch egal. Schadenfreude ist das, was euch antreibt!", erwiderte Mætt laut lachend, „kein Wort kommt über meine Lippen!"

Unter Protest einigte man sich auf ein unverfänglicheres Thema. Sie hatten jede Menge Spaß zusammen. Natürlich auch das ein oder andere ernste Gespräch. Männergespräche eben. Themen, bei denen man zusammen überlegte, was der nächste Schritt oder die Konsequenz eines Schrittes sein könnte. Beruflich und auch privat. Über eines redete man aber nie: über Mariya!

Man sah Mætt an, wenn da mal wieder etwas aus dem Ruder lief, wenn aus dem „On" wieder ein „Off" wurde, aber auch umgekehrt.

Mætt tippte aktuell mit Viviane. Was als netter Zeitvertreib begonnen hatte, wurde recht schnell zu einem festen Bestandteil seines Tagesablaufs. Die Art, wie zwei völlig unbekannte Menschen miteinander kommunizieren konnten, war mit ihr sehr besonders. Nach sehr kurzer Zeit hatte sich eine Vertrautheit eingestellt, die bemerkenswert war. Eigentlich schrieb er schon seit Beginn der Herrenpartie mit ihr. Unverfänglich. Ihrer beiden Leben konnten unterschiedlicher nicht sein. Sie lebte irgendwo in der Nähe der Grenze zu Luxemburg, er im Süden Deutschland und war beruflich permanent auf der ganzen Welt unterwegs. Keine Berührungspunkte also. Aber warum hatte er sie dann von Anfang an belogen? Warum hatte er nicht erzählt, dass er mit seinen besten Kumpels eine Tauchreise machte? Er hätte ja nicht das ganze Blatt verraten müssen … Stattdessen hatte er immer in der Ich-Form gesprochen, vorgegeben alleine unterwegs zu sein. Zu arbeiten. „Ihr werdet zu den professionellsten Lügnern ausgebildet. Ihr belügt alle und jeden. Nur euch selbst und das Team nicht", echote Schmitts Stimme aus vergangenen Tagen in seinem Kopf.

„Vermeidet berechenbar zu sein, das kann euch den Kopf kosten. Nur das Team zählt."

So oder so ähnlich ging es in seinem Kopf zu. Stimmen aus der Vergangenheit, Statements, die vielleicht damals ihre Berechtigung hatten, aber heute doch nicht mehr. Das war ein anderes Leben, eine andere Zeit. Er bekam immer dann Kopfschmerzen, wenn er zu intensiv über diese ollen Kamellen nachdachte. Trotzdem hatte er sie belogen …

Sie kamen in Sodwana Bay an und füllten bei dem Liquor Store am Ortseingang noch schnell ihre Biervorräte auf, bevor sie weiter zur Tauchbasis fuhren. Diese war etwas ganz Besonderes. Mitten in einem Naturschutzgebiet gelegen, war man unmittelbar Teil der Wildnis. Die Luft war voller fremdartiger Geräusche, man konnte allerlei Getier entdecken, das man zu Hause nur in Zoos traf. Dann die Gerüche! Überall in den Bäumen sprangen kleine Meerkatzen herum, die einem auf der Suche nach etwas Fressbarem alles versuchten zu stehlen. Die Menschen, die man auf der Tauchbasis traf, waren überwiegend Freizeittaucher aus Südafrika. Man begegnete aber auch anderen Nationen dort. Der Umgang miteinander war entspannt, freundlich und, was das Tauchen anging, professionell. Nicht umsonst ein Five Star Dive Resort.

Unterkünfte gab es in allen Preisklassen. Von einfachen Cabanas mit und ohne Bad bis hin zu richtig noblen kleinen Ferienhäusern, die etwas abseits standen. Man konnte mit dem Auto direkt bis vor die Tür fahren und niemand verletzte beim Vorbeigehen die Privatsphäre. Ideal also für die drei Freunde. Auch hier hatten sie ein eigenes Boot für ihre Tauchexkursionen. Dieses Mal aber mit einem eigenen, lokalen Skipper, da die Strömungsverhältnisse und die Wellen etwas anspruchsvoller waren als im Norden Mosambiks. Bogdan wusste, wann er an einen Spezialisten abgeben musste.

Es wiederholte sich im Prinzip der Ablauf der Wochen vorher. Tauchen, Tauchen, Tauchen. Bier und Grillen ohne Ende. Zum Frühstück entschieden sie sich für das Buffet im Tauchresort. Abends gab es die ein oder andere Pizza. Alles in allem hatten sie jede Menge Spaß, trafen, wenn man von ihrem ehemals beruflichen Hintergrund absah, jede Menge Gleichgesinnte, die die Unterwasserwelt genauso schätzten wie die drei Freunde.

Mehr als einmal versuchten Dimitri und Bogdan Mætt zu entlocken, mit wem er denn so ausgiebig Textnachrichten austauschte. Mit Pokergesicht schüttelte Mætt nur mit dem Kopf. Wenn er gesprächig war, antwortete er: „No comment!", musste aber selbst schmunzeln. Viviane war mittlerweile eine feste Größe in seinem (digitalen) Leben. Sie hatte darauf bestanden mit ihm zu telefonieren, bevor sie ihre „Drohung" wahr machen und für eine Woche nach Südafrika kommen wollte. Selbst das Telefonat, das er vor seinen beiden Freunden verheimlichte, war auf eine ganz eigene Art sehr vertraut. So als würde man sich schon sehr lange kennen. Mætt verbot sich, seine Gedanken abschweifen zu lassen. Was sollte das auch. Tief in seinem Innersten wusste er, dass er nicht bereit für irgendetwas Neues in Richtung Beziehung war. Das wollte er auch gar nicht.

Als die Zeit gekommen war, fuhren sie weiter in Richtung Süden. In Durban fuhren sie auf Mætts Geheiß hin einen Umweg und hielten in einer noblen Gegend vor einem Hotel. Mætt sprang aus dem Truck und war fünfzehn Minuten später wieder da. Die Zwei im Kreis grinsenden Kumpel schauten ihn an, als er wieder in den Wagen kam und Bogdan das „Go" zum Weiterfahren gab. Niemand rührte sich. Irritiert schaute er in die Runde, um dann selbst laut aufzulachen.

„Was gibt's, Jungs?"

„Wir fahren keinen Meter weiter, wenn du uns nicht sagst, was da abgeht!", prustete Dimitri los.

„No comment!", kam es von Mætt.

„Tja, dann nix Tigerhai und so", sagte Bogdan, „komm schon, rede mit uns! Was geht ab?"

„Also gut", sagte Mætt, „aber nur wenn du jetzt endlich losfährst."

Bogdan startete den Motor, reihte sich in den Verkehr ein und fuhr weiter zum Highway in Richtung Süden, wo sie die letzten Tage verbringen wollten. Dort hatten sie sich auch bei einer Tauchbasis angemeldet, wo sie die richtig bösen Fische suchen wollten.

„Also Mætt, los jetzt!", forderte Dimitri, nachdem Mætt auch nach zehn Minuten keine Anstalten machte zu reden.

„Okay. Also, ich habe eine Frau kennengelernt, mit der ich in den letzten Wochen etwas häufiger getextet habe."

Gejohle brach aus.

„Etwas mehr getextet …, du hast quasi pausenlos auf dein Handy gestarrt."

„Na ja, so schlimm war es sicher nicht."

Weiteres Gejohle.

„Es war schlimmer!"

„Und was ist jetzt mit der Schnitte? Wann stellst du uns die vor? Wann kommt sie hierher?"

„Jungs, ihr müsst jetzt stark sein! Sie kommt tatsächlich just an dem Tag, an dem ihr in eure Flieger steigt und die Heimreise antretet. Ich hab noch eine Woche verlängert."

Gejohle, Pfiffe und jede Menge Handbewegungen, die eindeutig, jedoch nicht salonfähig waren. Eindeutige Hüftbewegungen waren aufgrund der sitzenden Position nicht möglich. Mætt grinste kopfschüttelnd vor sich hin. „Ihr solltet euch mal hören und auch sehen …"

Noch ärgeres Gelächter und Schenkelgeklopfe waren die Folge. Große Buben!

Nachdem sich die Stimmung etwas beruhigt hatte, fragte Dimitri mühsam beherrscht nach Details.

„Also gut", sagte Mætt, „ich erzähl euch die Story unter der Prämisse, dass ihr Stillschweigen bewahrt!"

„What happens on the Road, stays on the Road!", grölten die beiden Freunde mit einer Stimme, gierig darauf die ganze Geschichte von Mætt zu hören.

„Ist nix Besonderes. Ich hab da über Umwege eine Frau kennengelernt und die kommt mich jetzt hier eine Woche besuchen. Ich hol die am Samstag, nachdem ich euch abgeliefert habe, vom Flughafen ab und wir fahren für die paar Tage wieder hoch in den Norden. Schauen, wie weit wir kommen. Danach fliegt dann jeder wieder nach Hause. That's it!", erzählte Mætt betont belanglos.

„Komm schon Alter, ein paar Details mehr dürfens ruhig sein. Wie sieht sie aus? Haarfarbe? Körbchengröße? Los, lass schon raus!"

„Also, ich weiß nicht, wie sie aussieht. Sie hat wohl längere, dunkle Haare, scheint schlank zu sein. Steckt wohl ziemlich tief in irgendeiner Scheiße. Kinder, Trennung, etc. Mehr weiß ich wirklich nicht."

Im Auto wurde es still. Dimitri und Bogdan schauten sich an, als hätte Mætt sein Coming-out gehabt. Gab den Seelentröster und hatte selbst jede Menge Mist an der Backe. Aber das kommentierte man ja nicht.

„Du weißt nicht, wie die aussieht? Wie geht denn sowas?", fragte Bogdan verständnislos.

„Klar, dass du das fragst. Bist seit x Jahren mit der Mutter deiner Kinder verheiratet und schaust nicht links und rechts, richtig?", konterte Mætt dreckig grinsend. Natürlich wusste er von dem ein oder anderen Seitensprung seiner Freunde.

„Du hast doch gesagt, dass du die ‚über Umwege kennengelernt' hast …"

„Willkommen im 21. Jahrhundert. Es gibt Datingplattformen …"

„Was? Kontaktanzeigen? Hast du dich komplett selbst aufgegeben?", fragte Bogdan mit aufrichtig fassungslosem Blick. So etwas war für ihn „Endstation Sehnsucht".

„Da kriegste doch nur das, was kein anderer will. Irgendwelche fetten Weiber, die behaart sind zwischen Nabel und Knie-
kehle."

Danach war es dann für die nächsten Kilometer ganz und gar
um die Contenance der drei geschehen. Irgendwann mussten sie
am Straßenrand anhalten, weil sie vor lauter Lachen und Gejohle
Schlangenlinien fuhren. Damit war die letzte Woche dann so
rein themenschwerpunktmäßig gelaufen. Beim Tauchen stellte
Mætt regelmäßig die Funkverbindung seiner Maske ab. Er sah
aber den Jungs das Gelächter trotzdem an den Augen an.

Die Woche verging wie im Fluge und, zugegeben, bei allem
Hohn und Spott hatten sie jede Menge Spaß. Kein Tigerhai, kein
anderer Großfisch, der erwähnenswert gewesen wäre. Das
Wrack, ein alter Melassedampfer, in den frühen 1970ern gesun-
ken, der da vor der Küste lag, war eher unspektakulär. Sie ver-
trieben sich die Zeit noch mit etwas Kitesurfen, das die neue
Trendsportart werden sollte. Dann war es auch schon so weit
sich wieder in Richtung Norden in Bewegung zu setzen.

Sie kamen am alten Flughafen in Durban an, luden ihre Kisten und Taschen aus und gaben den Mietwagen zurück. Zu dritt
schafften sie die Kisten zur Sperrgutabfertigung und brachten
die ganze Technik auf den Heimweg. Zum Abschluss gingen sie
noch in die Business Lounge, tranken ein paar Bierchen und zerrissen sich die Mäuler über die sonderbaren Menschen, die wohl
Wert auf Exklusivität legten, und das ausgerechnet in einer Business Lounge zum Ausdruck bringen mussten.

Irgendwann war es dann an der Zeit. Die Jungs mussten zum
Flieger. Sie verabschiedeten sich herzlich voneinander und nahmen sich gegenseitig das Versprechen ab, sich nach ihrer Rück-

kehr zusammenzutelefonieren. Kurz blitzte der Schalk in ihren Augen auf, aber mittlerweile hatten sie sich unter Kontrolle.

„Meld dich Alter, wenn du wieder im Lande bist, und lass was hören, ob das mit unserem Treffen in acht Wochen klappt", gab ihm Dimitri mit auf den Weg.

„Grüß mir deine Lieben!", verabschiedete sich Mætt von Bogdan. Dann ging alles ganz schnell und er stand alleine am Checkin. Für einen kurzen Moment fühlte er sich einsam und wäre gerne mit den anderen zurückgeflogen. Jetzt musste er sich sputen und den Kleinstwagen, den er gemietet hatte, abholen. Ein gewisses Understatement war so seine Art. Er musste nicht mit materiellen Dingen protzen, wenn er eine Frau beeindrucken wollte. Das wusste er. Aber wen wollte er denn beeindrucken? Gute Frage, über deren Antwort er sich weigerte verbindlich nachzudenken.

Nachdem er alles erledigt und den Mietwagen geparkt hatte, machte er sich auf den Weg in die Ankunftshalle. Dort sollte Viviane in knapp einer Stunde ankommen. Er setzte sich dort so in den Wartebereich, dass er den Ausgang, durch den sie kommen musste, im Blick hatte. Direkt gesehen konnte er so aber nicht werden. Erstmal einen Überblick verschaffen.

Viviane und er hatten geklärt, wie sie miteinander umgehen wollten. Selbst wenn sie sich absolut nicht ausstehen konnten, oder aus welchem Grund auch immer sich nicht mochten, war eine knappe Woche keine allzu lange Zeit, in der man nicht miteinander zurechtkommen konnte. Schließlich waren sie erwachsene Menschen. Mætt hatte erst am Tag der Anreise aus Richtung Süden das Zimmer mit Meerblick in dem Hotel gebucht. Er hatte auf ein Zimmer mit direkter Sicht auf den Indischen Ozean bestanden. Diese Zimmer hatten ein Doppelbett und eine Couch. Er hatte ihr das geschrieben und direkt darauf bestanden, dass er die Couch nehmen würde. Was für Viviane nichts Dramatisches zu sein schien. Sie würden sich schon einigen, hatte sie geantwortet. Und was, wenn sie nun tatsächlich fett und behaart zwischen Nabel und Kniekehlen wäre, wie Bogdan und Dimitri frohlockten? Dann ist das eben so. Ein Grund mehr um auf der Couch zu schlafen, dachte er sich mit einem schiefen Grinsen und verbot sich auch diesem Gedanken verbindlicher nachzugehen. Die Anzeigetafel besagte, dass die Maschine gelandet sei. Er hörte kurz in sich hinein, um festzustellen, wie es ihm ging. War er nervös? Nicht im Geringsten. Er hatte absolut keine Erwartung an diese Frau. Wie war es wohl, wenn aus dem virtuellen Kontakt ein persönlicher wurde? Kam dann Fremdheit auf? Er dachte, dass er ihr etwas Gutes tun konnte mit dem Kurztrip durch Afrika. Sie ließ zwischen den Zeilen durchblicken, dass es ihr gerade nicht besonders gut ging. Keine Details. Also, dachte er sich, das ist doch sicher etwas, das dieses Afrika wenn nicht reparieren dann doch etwas besser machen konnte. Gleichzeitig empfand er so etwas wie ein warmes, angenehmes Gefühl – was er sich selbst sofort verbat. Gedanken an seine eigenen Baustellen fielen auch unter sein selbst auferlegtes Denkverbot.

Dann war es so weit. Die ersten Passagiere kamen aus der Automatiktür heraus. Überwiegend waren es gelangweilt aussehende Südafrikaner. Den ein oder anderen Touristen konnte man dazwischen auch ausmachen. Bei zwei anscheinend alleinreisenden Frauen war Mætt sich nicht sicher, ob es Viviane sein könnte. Beide wurden aber von dazu passenden Herren in Empfang genommen.

Dann öffnete sich die Tür und eine Frau entsprechenden Alters mit langen, glatten dunklen Haaren zu einem Zopf gebunden und einer ihr Gesicht dominierenden Brille kam aus der Tür. Sie war relativ groß gewachsen, wirkte hektisch und blickte sich suchend um. Das musste sie sein. Das Auffälligste an ihr war der schrankwandartige Hartschalenkoffer in Orange. Jesses, dachte Mætt, die hat Klamotten für die nächsten sechs Wochen dabei. Will die auswandern? Hier ist Hochsommer! Er ließ sie etwas zappeln, umrundete sie mit großem Abstand, achtete aber darauf, dass sie nichts Unüberlegtes anstellte. Sie ging an einen der überteuerten Geldwechselschalter und schien Geld umzutauschen. Sie sah sich suchend um. Er beobachtete sie und hörte in sich hinein. Immer noch dieses angenehme Gefühl, von dem er eigentlich nichts wissen wollte. Er war mitten in seinem ganz persönlichen Drama mit Mariya und Lennox. Da konnte er nicht noch eine Baustelle gebrauchen. Eigentlich hätte es die Fairness geboten, dieses Treffen so erst gar nicht stattfinden zu lassen. Irgendwann ging er auf sie zu und sprach sie an.

„Hallo, bist du Viviane? Ich bin Mætt. Ich glaube wir sind hier verabredet."

Er grinste dazu und sah dann die Erleichterung in ihrem Blick.

„Hallo! Ja, schön, dass das so geklappt hat. Habe mir schon Gedanken gemacht, was ich mache, wenn du mich stehen lässt."

Dies und wesentlich mehr kam in ungeheuerlichem Sprachtempo aus ihrem Mund und wollte schier kein Ende finden. Sie redete ohne Unterlass.

„Wir können derweil ja schon mal zum Auto gehen. Nicht weit von hier, direkt vor dem Gebäude in der Kurzparkzone. Ich habe uns ein Hotel gebucht. Dort kannst du dann ja erst einmal in Ruhe ankommen und dich sortieren."

Er trug ihr den Koffer und nahm schon mal unauffällig Maß, ob dieses Ungetüm überhaupt in den Kofferraum seines Mietwagens passte. Am Wagen angekommen, verstaute er den Koffer so gut es ging. Viviane stand an der eigentlichen Fahrertür und wartete darauf, dass er einsteigen und ihr die Beifahrertür öffnen würde. Er grinste, weil sie anscheinend nicht auf Linksverkehr eingestellt war. Das hieß: Beifahrer auf der linken Seite, Fahrer auf der rechten. Als er sie darauf hinwies, stolperte sie fast über ihre eigenen Füße auf dem Weg zur anderen Fahrzeugseite. Er stellte fest, dass sie deutlich, sehr deutlich viel nervöser war als er selbst. Auch nach dem x-ten Mal in sich hineinhören fühlte er sich entspannt. Konnte nichts Verdächtiges in sich wahrnehmen. Sie zappelte und redete ohne Unterlass, was ihm ein Schmunzeln auf die Lippen trieb. Er musste an die Kommentare von Bogdan und Dimitri denken, wenn sie das hier hätten erleben können. Final schafften sie alles im Wagen zu arrangieren und Mætt setzte sich zielsicher in Bewegung. Ziel: Hotel mit dem Meerblick.

So oder so ähnlich nahm Mætts ganz persönliches Drama seinen Lauf. Nicht dass er es nicht hätte kommen sehen, was es aber nicht besser machte.

Im Hotel angekommen zog sich Viviane um. Anschließend gingen sie zusammen los in Richtung Strand. Dort sprangen sie ins lauwarme Meer, weil es sehr heiß war. Im Anschluss tranken sie ein paar Bier, saßen am Strand und redeten. Später wollten sie noch etwas essen gehen. Am nächsten Tag sollte es dann weitergehen in Richtung Norden. Erste Station sollte St. Lucia sein, wo er einen von Mætts Bekannten ansteuern wollte, der Safaris für Touristen organisiert. Danach dann weiter in Richtung Sodwana Bay, wo sie noch ein paar Tage entspannen wollten. Mætt hatte allen Leuten, die er unterwegs kannte und die ihn zusammen mit seinen Kumpels gesehen hatten, eingebläut, dass sie seiner Begleiterin nicht verraten sollten, dass er vor ein paar Tagen mit zwei Kumpeln schon einmal da war. Albern, im Nachhinein betrachtet, aber doch typisch für Mætt.

An der Tauchbasis hatte er eine Standardhütte gemietet. Man muss es ja nicht übertreiben, dachte er sich dabei.

Gleich am ersten Abend nach dem Essen fielen sie zum ersten Mal übereinander her. Die Nacht wurde zum Tag gemacht. Auf dem Weg nach St. Lucia hielten sie zum Knutschen an. Dort angekommen, liefen sie Hand in Hand wie ein altes Paar nebeneinanderher. Anfangs schaute sich Mætt ertappt um, doch das verlor sich mit der Zeit.

In Mætts Kopf ratterte es. So etwas konnte er ja gerade gar nicht gebrauchen. Das ging ihm alles viel zu schnell. Mariyas Seite war noch nicht richtig kalt, da stürzte er sich schon in die nächste „Mission Impossible". Er wollte das erst mit Mariya klären. Eigentlich wollte er ja Mariya und nicht irgendjemand anderen. Aber wenn das doch mit einer anderen klappt, wäre das dann nicht besser als die ewigen Rangeleien mit Mariya? Aber er liebte doch Mariya ... In seinem Kopf tobte ein Sturm. Er bekam wieder Kopfschmerzen, den metallischen Geschmack. Um seinen inneren Dialog abzustellen, versprach er sich die vor ihnen liegende Woche in vollen Zügen zu genießen, aber keine Fortsetzung zu Hause zuzulassen. Er glaubte sich das selbst, was er sich da mantraartig vorbetete. Dass es zu diesem Zeitpunkt aber bereits zu spät war und der vollbesetzte Zug schon ungebremst in Richtung Mauer raste, wollte er sich nicht eingestehen. Vielleicht nahm er das auch so gar nicht wahr.

Sie verbrachten eine absolut schön-kitschige Woche. Waren auf Safari, aßen zusammen, vögelten wie die Ertrinkenden und nahmen um sich herum so gut wie nichts mehr wahr. Auf dem Rückweg in Richtung Durban wurde die Stimmung dann doch etwas gedrückter. Warum konnte man nicht das, was man da erlebt hatte, festhalten? Warum konnte man das nicht einfach fortsetzen? Ja genau. Warum eigentlich keine Fortsetzung?

Irgendwann hörte er sich selbst vorschlagen, dass man sich doch auch zu Hause mal zwanglos treffen könnte. Er traute seinen eigenen Ohren nicht. Hatte er das tatsächlich gerade gesagt? In seinem Kopf tobte wieder ein Sturm. Seine Schläfen pochten. Was war mit Mariya, mit Lennox? Hier braute sich ein Debakel mit epischem Ausmaß zusammen. Volle Fahrt voraus auf den Eisberg zu. Die Titanic war im Vergleich dazu eher ein Tretbootunfall. Er würde nicht nur sich ins Unglück stürzen, sondern auch Viviane, die das wohl am allerwenigsten gebrauchen konnte.

„Wenn ich das nicht mit Mariya haben kann, dann halt mit Viviane", sagte er sich egoistisch. Dann ist sie halt die bessere Wahl."

Er redete sich ein, dass er auch ein Recht auf Glück hätte. Nicht nur immer die anderen. Er wollte das so sehr, dass er Wollen mit Haben verwechselte, und merkte nicht, wie er sich selbst in die eigene Tasche log. Oder er wollte es nicht wahrhaben. Natürlich blieb es nicht bei dem einen Treffen kurz nach ihrer Rückkehr. Sie stürzten sich aufeinander wie zwei Ertrinkende.

Waren ja ach so vernünftig. Beredeten alles völlig offen wie Erwachsene … Waren sich der Konsequenzen ihres Handelns voll bewusst. Sagten sie. Es war von Anfang an unfair, dachte Mætt irgendwann in einer stillen, ehrlichen Minute. Sie weiß gar nichts von dir. Sie kennt deine Geschichte nicht.

„Ja dann erzähl ihr doch deine Geschichte!", begann der ewige Dialog in seinem Kopf von neuem.

Das wollte er dann aber auch nicht. Wenn er dann vorgab etwas aus seinem Leben zu erzählen, dann war es gelogen – wenigsten halb gelogen. Wahrheit hatte er über Nacht verlernt. Trotzdem ließ er es tatenlos weiterlaufen.

Irgendwann wurden die Pläne größer. Sie waren nicht nur ein Paar, sie wollten sogar zusammenziehen. Alles besprochen, wie Erwachsene das so tun. Bis dahin schaffte es Mætt seine eigenen Zweifel, die aufkamen, vor sich selbst zu relativieren. Der Anfang vom Ende, seinen eigenen Lügen zu glauben. Du kannst jeden belügen, nur das eigene Team und dich selbst nicht, hallte Schmitts Stimme in seinen fiebrigen Gedanken. Damit gab er die Kontrolle aus der Hand. Da man ja so offen und ehrlich miteinander umging, musste das ja funktionieren, betete er sich vor und belog sich nur einmal mehr. Der Grund, warum das mit Mariya nicht funktioniert hatte, und warum das mit Vivianes Männern in ihrer Vergangenheit nicht funktioniert hatte, war doch eigentlich nur der fehlende ehrliche Umgang miteinander.

Echt jetzt Mætt? Glaubst du eigentlich, was du da denkst?

Wer sagte doch gleich „Man sollte nicht alles glauben, was man denkt"? Katie Byron war das wohl. Eine Lebensberaterin, wenn man Dr. Google Glauben schenken sollte.

Irgendwann kamen doch dann die ersten Zweifel auf – bei Mætt. Er bekam so etwas wie den Anflug einer Idee, dass Viviane vielleicht doch nicht die Richtige ist.

Trotz all der Gemeinsamkeiten.

Welcher Gemeinsamkeiten denn bitte schön?

Reichte es aus, um ein Leben gemeinsam zu bestreiten, wenn

man die gleichen Hobbys teilt, oder war es genug, wenn man in der gleichen Scheiße steckte? Ist der Erfolg automatisch garantiert, wenn man selbst glaubt, dass man ähnlich tickt? Eine Stimme sagte Mætt, dass sie beide zunächst einmal die eigenen Baustellen aufarbeiten sollten. Danach dann könnte man ja nochmal … Aber dazu hätte er ja seine Karten auf den Tisch legen müssen. No way! Das ging niemanden etwas an. Er könnte ja auch einfach gehen. Sie kommentarlos zurücklassen, bevor die große Welle des Wahnsinns über ihnen zusammenschlug. Zusammenziehen … Oh Mann, wer hatte sich das denn ausgedacht? Er war das wohl selbst. Er wollte so sehr, dass das mit Viviane funktionierte, dass er die offensichtlichsten Warnzeichen einfach ignorierte und das genaue Gegenteil tat. Er wollte sich selbst so sehr beweisen, dass es nicht an ihm lag, dass es mit Mariya nicht geklappt hatte, dass er alles um sich herum vergaß. Mehr noch: Er verleugnete sich und alle Werte, die ihm irgendwann einmal heilig waren.

Zusätzlich war die liebe Viviane keineswegs die arme Kleine, denen alle nur Böses wollten. Ihr Exmann, der ihr, wie sie es darstellte, die Kinder entfremdet hatte, war sicherlich ein Arschloch vor dem Herrn, aber er hatte mit hoher Wahrscheinlichkeit auch ureigene, vielleicht sogar sehr rationale Gründe für sein Handeln. Sie war erwartungsgemäß finanziell ziemlich abgebrannt, lebte in einem viel zu großen Haus und musste ein happiges Darlehen bedienen. Trotzdem führte sie kostspielige Gerichtsprozesse gegen ihren Mann und Gott weiß wen alles. Auch ihr Leben, bevor sie sich getroffen hatten, war nicht unbedingt frei von Dingen, die Mætt für tolerierbar gehalten hätte. Hätte er davon gewusst oder hätte er sich die Mühe gemacht das zu hinterfragen, wäre ein anderer Verlauf zumindest im Bereich des Möglichen gewesen. Man muss das ganze Blatt kennen … Auch eine von Mætts Weisheiten …

So kam eins zum anderen und besagter Dampfer war mit Vollgas unterwegs ins Chaos. Hätte man das noch aufhalten können? Vor Vivianes unsäglichem Umzug sicherlich. Mit dem Umzug zu Mætt standen indes alle Zeichen auf Chaos mit einem Hauch von Kernschmelze.

Hätte man Mætt zu dieser Zeit gefragt, wie er sich denn fühlte, kann man gesichert behaupten, dass er zwar immer mal wieder ein erstes, leichtes Unwohlsein an sich feststellte. Er war aber immer noch felsenfest der Meinung, dass alles zu ihrer beidem Bestem geschah. Gehirnwäsche pur, gepaart mit Tunnelblick und einer gewaltigen Prise „Wishful-Thinking".

Um hier keinen falschen Eindruck zu erwecken, Mætt war keineswegs Opfer einer bösen Frau, allenfalls Komplize einer Aktion, der die Fahrt an die Wand quasi in der DNS vorherbestimmt war.

Mætts Zweifel auf seiner Wolke sieben verfestigten und intensivierten sich langsam, aber stetig. Er war jetzt so weit. Er wollte eine unabhängige Meinung. Dringend! Ob er diese Meinung dann in jedem Falle beherzigen würde, ließ er für sich unbeantwortet.

Wieder sollte das im Verborgenen passieren. Er wollte arrangieren, dass Dimitri Viviane kennenlernt. Ihm war die Meinung seines besten Freundes absolut wichtig. Es konnte ja nur ein positives Feedback sein, denn sie und er waren ja füreinander bestimmt, richtig? Zwar glaubte er das selbst immer weniger, gerade hatte er aber ein anderes Problem. Woher jetzt bitte schön plötzlich einen „besten Freund" aus dem Hut zaubern, ohne die „Woher kennt ihr euch eigentlich"-Frage wahrheitsgemäß beantworten zu müssen? Mætt besuchte Dimitri ein paar Mal und gemeinsam überlegten sie sich, wie man unauffällig ein solches Treffen arrangieren konnte. Am besten dann auch so, dass Dimitri sich einen verbindlichen Eindruck verschaffen und diesen dann Mætt berichten konnte.

Zwischenzeitlich hatte Mariya versucht sich mit Mætt in Verbindung zu setzen. Mætt weigerte sich zunächst überhaupt mit ihr zu sprechen. Seine Exfreundin, seine bis noch vor kurzem „Seelenverwandte", mit der er ein Kind hatte, obwohl er vorgab noch verheiratet zu sein. Damit wollte Mætt sich nicht auseinandersetzen. Kategorisch nicht. Dimitri musste vermitteln. Ein paar Mal telefonierten Mariya und Mætt. Mætt wollte wissen, wie es Lennox geht, und Mariya wollte wissen, wie es Mætt geht. Beide hatten nach jedem ihrer Telefonate einen gewaltigen Kloß im Hals. So etwas wie Sehnsucht keimte in Mætt auf. Sehnsucht nach Mariya. Das konnte er aber nicht zulassen. Keinesfalls. Insbesondere deshalb nicht, weil Viviane mittlerweile bei ihm wohnte. Außerdem konnte nicht sein, was nicht sein durfte. Mit Mariya hatte er ja bereits vor Monaten abgeschlossen. Na ja, eher vor Wochen, korrigierte er sich. Dafür aber abgeschlossen, behauptete er vor sich selbst.

Mittlerweile hatten sie auch eine Möglichkeit geschaffen, wie er Dimitri und Viviane einander vorstellen konnte, ohne dass Mætt das Blatt auf den Tisch legen musste. Wie das vonstattenging, wollen wir an dieser Stelle einmal verschweigen.

Nach knapp neunzig Minuten hatte Dimitri gesehen, was er sehen musste und was zu sehen er befürchtet hatte. Ihm standen die Haare zu Berge.

Nach erfolgter „Begutachtung" trafen sich die beiden Freunde in einem Restaurant der nobleren Kategorie. Mætt verband das mit irgendeinem Kundenbesuch in Dimitris Nähe.

Mætt freute sich schon im Vorfeld auf den Abend, an dem er die Absolution für seine Verbindung zu Viviane bekommen würde.

Glaubte er das allen Ernstes? War er wirklich so verblendet?

Dimitris Miene, als er das Restaurant betrat, hätte eigentlich Bände sprechen müssen. Sie begrüßten sich, wie sie sich immer begrüßten, mit dem „Rockergruß" und anschließendem laut klatschendem Schulterklopfen. Die Schlipsträger des gehobenen Etablissements schauten schon dezent irritiert. Sie trafen sich immer, wenn es etwas Besonderes zu besprechen bzw. zu feiern gab, in eben diesem Restaurant, das bekannt für seine gute Küche war.

Sie tranken Cognac in großen Schwenkern als Aperitif, schauten sich minutenlang bedeutungsschwanger an, aber keiner sprach.

„Was ist los Dimitri, du schaust nur und sagst nichts? Hat es dir die Sprache verschlagen?", eröffnete Mætt das Gespräch.

Dimitri nahm einen Schluck von dem achtzehn Jahre alten Cognac, der in Sherry-Fässern gelagert wurde, und neigte den Kopf etwas zur Seite.

„Wie geht es dir Mætt?", fragte er ihn auf Russisch und sah ihm intensiv in die Augen.

Seit sie sich kennengelernt hatten, sprachen sie in besonderen Momenten immer Russisch. Wie er und Mariya, zuckte es für eine Zehntelsekunde durch Mætts Gehirn. Besondere Momente waren nicht nur besonders „gute" Momente, sondern auch dann, wenn es besonders kompliziert wurde. Mætt registrierte das unterbewusst und sein entspanntes Grinsen verlor sich in seinem Gesicht.

„Hast du mit Viviane sprechen können?", fragte Mætt.

Im Hintergrund hörte man dezente Klaviermusik, gedämpfte Unterhaltungen und ab und zu das leise Klirren von Gläsern und Porzellan, wenn das Besteck abgelegt oder angestoßen wurde.

„Да!", antwortete Dimitri wieder auf Russisch.

„Und wie findest du sie?"

Dimitri senkte die Stimme, schaute ihm mit kaltem Blick in die Augen und gab sehr leise, sehr akzentuiert und bestimmt seine Antwort:

„Hier hast du meine ehrliche Meinung. Bitte schön! Lass die Finger von ihr, die hat sie nicht alle. Die tut dir nicht gut. Sie wird dich noch kränker machen, als du sowieso schon bist", äußerte Dimitri mit Nachdruck.

Mætt war wie vom Donner gerührt. Er schaute seinen Freund ungläubig an. Das war der vielzitierte Schlag mit einem nassen Handtuch mitten in die Fresse. Zeitgleich kamen die mehr als daumendicken Steaks, die unglaublich lecker dufteten. Mit einem Schlag war ihm der Appetit vergangen. Er wusste, dass sein Freund eine solche Aussage nicht leichtfertig trifft, hoffte inständig sich verhört zu haben.

Er schluckte und fragte zögerlich: „Wie kommst du zu dem Schluss?"

„Mætt, ich formuliere es jetzt mal wohlwollend. Ihr seid beide nicht so weit. Nur weil du dich mit Vollgas in eine Sache stürzt, nur weil du ums Verrecken willst, dass etwas funktioniert, bedeutet das nicht, dass es auch tatsächlich funktionieren wird. Wenn dir schon Mariya und Lennox egal sind, wenn du dir selbst egal bist, dann überlege mal, was du mit deinem Handeln bei Viviane anrichtest!"

Weich blickte ihn Dimitri an. Er hatte die Fassungslosigkeit in Mætts Blick bemerkt. Er war sich bewusst, dass sein bester Freund innerlich erstarrt sein musste.

„Zusätzlich habe ich ein paar Strippen gezogen und Erkundigungen eingeholt."

„Was hast du?", fragte Mætt tonlos.

Keiner hatte das wohlriechende Steak mit der Kräuterbutter auch nur eines Blickes gewürdigt.

„In der Gegend, in der sie mit ihrer Familie lebte, sagte man das genauso: Die haben sie nicht mehr alle. Eine zutiefst zerrüttete Familie. Der Mann ist beruflich oft nicht zu Hause. Wenn er dann mal da ist, dann hören das auch die Nachbarn. Mir ist sehr wohl bewusst, dass es selten objektive und wohlwollende Nachbarn gibt. Insbesondere dann, wenn jemand etwas außerhalb der Norm lebt, die von dem Umfeld vorgegeben wird. Man hat vom Jugendamt gesprochen, vom Kindeswohl, von finanziellen Schwierigkeiten und von einigem mehr, das ich jetzt nicht unbedingt wiedergeben muss. Pass auf, dass dir da nicht irgendwas auf die Füße fällt, was du nicht kontrollieren kannst."

Dimitri schaute Mætt vorsichtig an.

„Ich mache mir Gedanken um dich, Mætt. Hast du dich mal im Spiegel betrachtet? Ich kenne dich schon sehr, sehr lange und ich sehe, wenn es dir nicht gut geht."

Mætt starrte vor sich hin. In seinem Kopf tobte ein Orkan. Er war hin- und hergerissen. Er merkte den Zorn heiß in sich aufsteigen. Hatte Dimitri nur das ausgesprochen, was er in seinem

Innersten sowieso schon wusste? Wie sollte er reagieren? Aufstehen, herumschreien, Gläser werfen, sich auf den Boden fallen lassen und weinen? Es rauschte in seinem Kopf. Er wusste aber auch, dass Dimitri so etwas nicht aus Bosheit oder einem anderen niederen Beweggrund sagte. Der nächste Satz war wie ein Tritt in die Magengrube.

„Ich habe mit Mariya gesprochen. Die macht sich auch große Sorgen um dich. Wirf das, was du mit Mariya hast, nicht achtlos weg, denke an deinen Sohn. Wie erklärst du ihm das hier eines Tages?"

Mætt schaute mit großen Augen. Sein Mund war trocken wie der Sand in irgendeiner Wüste, in der er irgendwann einmal gewesen war.

„Sie hat Angst um dich. Sie weiß, dass du krank bist. Das ist, was sie dir versucht hat zu verstehen zu geben. Du musst dich behandeln lassen. Zumindest einmal untersuchen. Sie weiß, dass das mit unserer Vergangenheit zu tun hat. Mætt, die hat eine Scheißangst um dich! Aber: Sie liebt dich vom Grunde ihres Herzens!"

Mætt hatte das Gefühl den Boden unter den Füßen zu verlieren. Ihm war schwindelig, er fühlte seine weichen Knie. Das war der Moment, in dem die Titanic auf den Eisberg krachte. So musste sich das angefühlt haben.

Der Kellner kam, um nach dem Rechten zu sehen. Er hatte sehr wohl registriert, dass keiner der beiden sein Essen angerührt hatte.

„Ist denn alles zu Ihrer Zufriedenheit?", fragte er professionell.

Dimitri bat ihn das Essen mitzunehmen und zu verpacken, wenn das möglich sei, und bestellte zwei doppelte Cognac.

Mittlerweile hatte sich Mætt gefangen. Gefasst, mit bleichem Gesicht gab er erstmals zu, dass er gesundheitliche Einschränkungen hatte. Ein Meilenstein! Er stellte es so dar, als sei es eine vorübergehende Erscheinung gewesen. Er hatte Kopfschmerzen,

Schwindel, aber auch Stimmungsschwankungen und auch die damit verbundenen Ungerechtigkeiten Mariya gegenüber räumte er nun ein. Erstmalig, wohlgemerkt! Auch dass er immer öfter jähzornig wurde, stellte er nicht mehr völlig in Abrede. Einen Bezug zu seiner früheren Tätigkeit schloss er allerdings kategorisch aus. Er trank den doppelten Cognac in einem Zug, bedankte sich bei Dimitri für die offenen Worte, drehte sich auf dem Absatz um und verließ wortlos das Restaurant. Das war für eine sehr lange Zeit das letzte Mal, dass Dimitri seinen Freund sah.

Mætt fühlte sich wie angeschossen. Waidwund. Einerseits fühlte er sich ertappt, andererseits hintergangen. Das Gefühl eines schlechten Gewissens stieg mit einer nicht bekannten Brutalität in ihm auf. Er hätte alles gegeben Mariya nur aus der Ferne zu sehen. Dimitri hatte mit ihr über *ihn* gesprochen. Ja, er hatte gesundheitliche Probleme, das war aber nur vorübergehend. Keine Ahnung, was das war. Mariya sagte einmal zu ihm, dass bei dem Mörserbeschuss, bei dem Dieter ums Leben kam, er wohl auch mehr abgekriegt hatte, als es ihm guttat. Quatsch, hatte er damals geschrien, und wutentbrannt die Wohnung verlassen. Quatsch, dachte er auch jetzt. Alle waren wohl gegen ihn. Sie gönnten ihm sein Glück nicht. Er ließ sich den Rest der Woche krankschreiben und war äußerlich wieder hergestellt, als er nach Hause zurückkam, wo bereits Viviane auf ihn wartete.

So machten sie weiter wie bisher. Mehr schlecht als recht. Waren füreinander bestimmt, ließen es sich gut gehen, fuhren gemeinsam in Urlaub. Alles lief leidlich gut. Ob er es wahrhaben wollte oder nicht, schleichend zogen die ersten Unstimmigkeiten in das gemeinsame Leben, wie die Fäden einer Feuerqualle. Wenn man die bemerkt, dann brennt es bereits höllisch.

Viviane breitete sich in seinem Haus in einer Art und Weise aus, die ihm missfiel. Ihre gesamte Stimmungslage war von den jeweiligen Nachrichten entweder ihres Anwalts oder dem Jugendamt oder dem Anwalt ihres Exmannes abhängig. Sie wähte sich im Recht und wollte es mit Gewalt übers Knie brechen und allen zeigen, dass *sie* die Gute war. Es machte den Anschein einer langsam, aber unaufhaltsam wachsenden Lebensaufgabe. Sie redete sich die jeweilige Situation so lange zurecht, bis es zu ihrer Selbstwahrnehmung passte, und behandelte diese Erkenntnis dann als die einzig gültige Wahrheit. Danach verfuhr sie dann dementsprechend. Mehr und mehr rückte ihr „gemeinsames Ding", das „Füreinander-bestimmt-Sein" in den Hintergrund und wurde von ihrer „Mission" überrollt.

Zusätzlich umgab sie sich mit Leuten, die Mætt nie persönlich kennengelernt hatte. Menschen, die sie aus einer obskuren Stammkneipe rekrutierte. Müßig zu erwähnen, dass besagte Kneipe bekannt für eine bestimmte Klientel war. Es war nicht der Gedanke an Untreue. Es störte ihn gewaltig mit unsichtbaren Menschen von dubioser Herkunft konfrontiert zu sein, die sich scheinbar wie selbstverständlich in seinem innersten Lebensraum bewegten. Wenn dann die Weisheiten dieser Menschen auch noch regelmäßig zitiert wurden, quasi als Bestätigung dafür, dass sie mit ihrer Sache im Recht war, dann war das für Mætt bereits einer der ersten Tropfen, der das Fass bekanntermaßen zum Überlaufen bringt.

Der erste Streit trübte die Bestimmung füreinander. Es war extrem unbefriedigend für ihn, sich irgendwann in einer stillen Stunde eingestehen zu müssen, dass die Menschen um ihn herum vielleicht doch recht hatten. Je länger sie zusammenlebten, desto öfter brachte ihn Vivianes nicht enden wollender Redefluss komplett aus der Fassung. Ihm dröhnten die Ohren. Anstatt das, was ihm missfiel, offen anzusprechen, wie das die so oft von beiden zitierten „erwachsenen Menschen" tun würden, zog er sich mehr und mehr zurück. Er blieb übers Wochenende in den jeweiligen Hotels und ging einem Zusammentreffen mit Viviane so oft es irgendwie möglich war aus dem Weg. Es war der oft zitierte Anfang vom Ende. Natürlich spürte auch sie, dass irgendetwas nicht stimmte. Sie versuchte mehr als einmal ihn zum Reden zu bewegen, was gründlich schiefging. Er zog sich nur noch mehr zurück. Ab einem bestimmten Punkt musste er sich schweren Herzens eingestehen, mit dem Kapitel Viviane innerlich abgeschlossen zu haben. Dieser Punkt war erreicht, als er an einem Samstagmorgen in seinem Hotelzimmer mit rasenden Kopfschmerzen aufwachte. Dieser pulsierende Schmerz, der sich mit jedem Klopfen steigerte, saugte jegliche Lebensenergie aus ihm heraus. Mit jedem pulsierenden Klopfen fühlte er, wie er schwächer wurde. Er fühlte etwas Klebriges in seinem Gesicht und stellte fest, dass seine Nase erheblich blutete. Darüber, dass er nun aufstehen und im Badezimmer sein Nasenbluten stoppen musste, verlor er das Bewusstsein. Einige Zeit später kam er wieder zu sich. Die Kopfschmerzen waren vorüber. Das Bett sah aus, als hätte man ein Schaf darin geschächtet. Er informierte den Zimmerservice, entschuldigte sich vielmals und verließ das Hotel für einen Spaziergang. Nach seiner Rückkehr war das Bett wieder in Ordnung, er aber noch ratloser als zuvor. Er fühlte sich einsam. Kein Mensch, der ihm jetzt hätte helfen können, kein Mensch, dem er jetzt hätte nahe sein wollen.

„Wirklich *kein* Mensch?", fragte er sich provokant selbst. Er kannte die Antwort nur zu gut, war aber nicht bereit sie sich einzugestehen. Zusätzlich stieg ein Gefühl des schlechten Gewissens in ihm auf, das er in dieser Intensität an sich nicht kannte. Das war auch nicht hilfreich.

Er brachte mehr schlecht als recht die kommende Arbeitswoche hinter sich und beschloss am darauffolgenden Wochenende nach Hause zu fahren und mit Viviane offen zu sprechen. Er nahm sich vor die Karten auf den Tisch zu legen. Aber nur das, was sie wirklich wissen musste. Die gesamte Woche hatten sie sehr spärlich miteinander kommuniziert. Er kündigte für den kommenden Freitagabend seine Rückkehr an. Viviane freute sich sehr, als er ihr das mitteilte. Für einen kurzen Moment flammte ein „alles wird gut" in ihm auf und er nahm sich nochmals vor die Karten auf den Tisch zu legen und mit Viviane zu reden. Waren sie nicht füreinander bestimmt? Dann musste sie das aushalten.

Am frühen Freitagabend kehrte er nach Hause zurück. Er hatte das Gefühl Monate weg gewesen zu sein. Er freute sich verhalten. Viviane hatte versprochen ein leichtes Abendessen zu richten. Beim Essen konnten sie ja reden. Na ja, das klang ja mal so, als würde auch sie Redebedarf verspüren. Andererseits, wann verspürte sie einmal keinen Redebedarf?

Als Mætt ankam, nahm er als Erstes einen strengen, sauren Geruch in *seinem* Haus wahr. Auf der Spüle stand noch eine Batterie *seiner* Weingläser und die leeren Flaschen, die da auf dem Treppenabgang standen, ließen darauf schließen, dass die auch aus *seinem* Bestand waren. In seinen Schläfen begann es leicht zu pochen. Sie musste gar nicht viel mehr sagen. Klang ihre Stimme schriller als sonst, oder war ihm das bloß nicht aufgefallen? Welche geballten Satzfetzen sprangen ihn da an? In seinen Ohren rauschte es, hinter seiner Stirn klopfte es heftig. Kopfschmerzen waren im Anflug. Um was ging es da? Er war äußerlich komplett ruhig und offen nach Hause zurückgekehrt, das war aber mit einem Schlag vorüber. Er musste sich konzentrieren, um dem Stakkato aus Worten und Gefuchtel, raubvogelartigen Kopfbewegungen und schrillem Gegackere zu folgen. Ach so, es ging mal wieder um einen Brief und ein Telefonat mit dem Jugendamt, was ihre Redeflut noch intensivierte. Er blickte zu Boden. Es interessierte ihn nicht die Bohne. Was ihn interessierte, war die Tatsache, dass seine Tochter sich mittlerweile weigerte ihn zu besuchen, wenn Viviane anwesend war. Was ihn interessierte, war, wer da in seiner Abwesenheit seinen Wein aus seinen Gläsern soff und einen derart sauren Geruch in seiner Wohnung hinterließ.

Schroff unterbrach er ihren Redefluss. Mit großen Augen wich sie zwei Schritte vor ihm zurück. Offensichtlich hatte er sie brüskiert. Sie wohne auch hier und sie wolle auch ihre Freunde einladen und ihre schöne Wohnung mit ihnen teilen. So oder so etwas in dieser Art wurde ihm erwidert. Prinzipiell hatte sie ja recht. Nur nicht in *seiner* Wohnung. Er musste in sich gehen, sich klar werden, was er wollte. Er hatte keinen Appetit mehr. Sein schlechtes Gewissen meldete sich, sagte ihm, dass er unfair sei, wie er mit ihr umginge. Es war ihm egal. Er verließ fluchtartig die Wohnung und schlief diese Nacht in seinem Auto irgendwo auf einem Parkplatz mitten im Wald. Alles besser als die Alternative. Am nächsten Morgen fuhr er zum nahegelegenen McDonald's und orderte einen riesigen Becher Milchkaffee und einen vor Zucker triefenden Blueberry Muffin. Danach fühlte er sich etwas besser. Er traf sich mit seiner Tochter und verbrachte das restliche Wochenende mit ihr. Irgendwann musste er zurück nach Hause. Er schlief demonstrativ im Wohnzimmer auf der Couch. Viviane schien sauer zu sein und zog sich ihrerseits ins vormals gemeinsame Schlafzimmer zurück. *Sein* Schlafzimmer! Der Gestank in seiner Wohnung ließ ihn kaum atmen. Zum Glück war er in der kommenden Woche wieder unterwegs.

Mætt checkte am frühen Sonntagnachmittag in seinem Stammhotel ein. Er nutzte die Zeit, die er vor dem Geschäftsessen am Abend noch hatte, um zu joggen. Ablenkung! Was er brauchte, war Ablenkung. Körperlichen Stress seinem inneren seelischen Druck entgegensetzen. Das hatte doch schon so oft geholfen. Er kam sich total ferngesteuert vor. Er musste nachdenken. Das gelang ihm beim Laufen eigentlich immer. Nach dem Joggen schnell rasieren, duschen, in Schale schmeißen und in das Restaurant fahren, in dem gefeiert wurde. Das Essen mit dem Kunden und seinem Chef würde seine Flüge nach Südafrika sichern, kam eine freudige Stimmung in ihm auf. Doch mit wem sollte er nach Afrika fahren? Dimitri und ihr letztes Zusammentreffen vor ein paar Monaten kam ihm in den Sinn. Ablenkung! Mariya, die den Kontinent genauso liebte wie er? Schnell verbannte er diesen Gedanken. Ablenkung. Mit Viviane? „Nur über meine Leiche", dachte er.

Er sprang in sein Auto und fuhr die wenigen Kilometer zum Restaurant, das etwas außerhalb gelegen war. Die Geschäftspartner waren bereits da, begrüßten ihn freundlich und nach dem offiziellen Teil, bei dem alles über den grünen Klee gelobt wurde, saßen sie noch zum belanglosen Plausch beisammen. Mætts

Chef, der zwei Gläser zu viel getrunken hatte, wurde von Mætt nach Hause gefahren. Auf diesem Wege erfuhr er von seiner Gehaltserhöhung und dem Aktienpaket, das man ihm für den großen Auftrag, den er maßgeblich auf den Weg gebracht hatte, zukommen lassen wollte. Was eine gelungene Überraschung! Er freute sich sehr, nicht wegen der finanziellen Belohnung, sondern über die Wertschätzung, die man ihm hatte zuteilwerden lassen. Natürlich konnte er auch das Geld gut gebrauchen, hatte er doch immer noch ein Haus im Nordosten Europas zu renovieren. Auch davon wusste Viviane nichts. Warum hatte er das verschwiegen? Dies zu beantworten, ersparte er sich selbst. Er setzte seinen sehr beschwingten Chef zu Hause ab und fuhr in sein Hotel. Er schmunzelte seit langem wieder einmal vor sich hin und fühlte sich wider Erwarten etwas entspannter, als er es noch bei seiner Anreise war.

Obwohl die Nacht recht kühl war, standen die Automatiktüren des Hotels weit offen. Die Rezeption war dezent beleuchtet. Der Rest des Eingangsbereichs lag im Halbdunkel. Kein Mensch war zu sehen. Schnell checkte er die Situation, nicht dass er eine Überraschung erleben musste. Das war definitiv ein Überbleibsel seiner vergangenen Tätigkeit. Immer den Rücken freihalten. „Situational Awareness" nannte man das in bestimmten Kreisen. In einem Sessel, der im hinteren Teil der Lobby stand, konnte er die Umrisse einer Person ausmachen. Oberschenkel, Waden und Füße, die in irgendwelchen flachen Halbschuhen steckten. Den Proportionen nach zu urteilen, mussten sie zu einem weiblichen Körper gehören. Erstmal keine Gefahr. Gefahr, was für eine Gefahr denn?

„Mensch Mætt!", rief er sich selbst zur Ordnung, „du hörst die Flöhe husten!"

Er wandte sich von der Gestalt ab, die da im Halbdunkel saß und schlug die Richtung seines Zimmers ein.

„Hallo Mætt", rief ihm die Stimme aus dem Halbdunkel zu.

Er dreht sich auf dem Absatz um und blickte in die Richtung, aus der die Ansprache kam.

„Sprichst du mit mir, oder jagst du mich davon?", fragte eine leise Stimme in klar verständlichem Russisch.

Mætt erstarrte. Das konnte doch nicht sein. Er hatte zwei kleine Bier getrunken, gut gegessen und zu guter Letzt noch einen Espresso mit Milch. Zögerlich ging er auf den Sessel im Halbdunkel zu. Die Person erhob sich. Er konnte nun deutlich ihre Umrisse sehen. Mariya! Sein Herz drohte stehenzubleiben. Sein Mund wurde von der einen auf die andere Sekunde trocken. Er wollte etwas sagen, es kam aber nur ein Krächzen über seine Lippen. Sie kam langsam auf ihn zu, legte ihre schlanken Arme um seine Taille und schmiegte sich an ihn. Den Kopf legte sie sanft auf die linke Seite unter sein Kinn. Ihre Haare kitzelten sanft seinen Mund und seine Nase. Ihr Geruch strömte in seine Nase und ergriff Besitz von all seinen Sinnen. Er erwiderte mit einem großen Seufzer die Umarmung und schloss sie seinerseits ganz vorsichtig in seine Arme.

„Du fühlst dich total gut an", flüsterte er auf Russisch in das ihm zugewandte Ohr.

„Ich kann deinen Herzschlag spüren", erwiderte sie.

„Lass mich bitte nicht los. Ich habe Angst, dass dieser schöne Traum dann vorbei ist und ich zu mir komme und den alten Nachtportier im Arm halte." „Dann solltest du jetzt die Hand von seinem Hintern nehmen", feixte Mariya. „Wie lange hast du gewartet?", wollte Mætt wissen, „woher wusstest du, wo ich zu finden bin?"

„Zwei Stunden habe ich dagesessen und den Rest erzähle ich dir nachher", flüsterte ihm Mariya zu.

Kaum im Zimmer flogen ihrer beider Kleider in alle Richtungen. Danach hatten sie es nicht mehr eilig und liebten sich ohne Hast, ohne Hektik mit absoluter Hingabe. Sie zu spüren, zu schmecken, ihr Atmen zu hören, ihre Bewegungen zu spüren und in ihr zu sein, ihre Orgasmen zu spüren hatte eine äußerst beruhigende Wirkung auf Mætt. Der ganze Tsunami, der die letzten Wochen und teilweise Monate in seinem Kopf getobt hatte, war mit einem Mal gestoppt. Es fühlte sich an wie eine kleine

Nussschale, die aus einem ausgewachsenen Sturm heraus plötzlich in der leichten karibischen Dünung sanft hin- und herschaukelte. Er war komplett ruhig. Sie lagen stundenlang beieinander, streichelten sich, liebkosten sich, schliefen miteinander oder schauten sich nur stumm an.

„Ich kann ohne dich nicht sein, Mætt", flüsterte Mariya irgendwann tonlos in sein Ohr, „ich kann machen, was ich will, ohne dich bin ich nicht vollständig. Ich kann aber auch nicht mit dir sein. Du bist so unberechenbar. Manchmal bist du so verletzend, dass ich das Bedürfnis verspüre dich zu töten."

Mætt schaute sie an und begann stumm zu weinen. Er lag dicht bei ihr, schaute in ihr wunderschönes Gesicht und weinte. Sie schaut ihn zärtlich an, streichelte seine Wange und küsste die ein oder andere Träne aus seinem Gesicht. Sie sah wunderschön aus in dem Dämmerlicht, dachte er bei sich. Seine Tränen wollten nicht aufhören. Er begann zu stammeln, wollte irgendetwas sagen, wusste nicht was.

„Sch …sch …"

Ein sanfter Laut, mit dem man kleine Kinder beruhigte. Mætt schmiegte sich ganz dicht an sie an und beruhigte sich mit jedem Atemzug wenigstens ein kleines bisschen. Nach kurzer Zeit schlief er dann sanft wie ein Baby in ihren Armen ein.

Am nächsten Morgen kam er alleine im Bett zu sich. Für einen Moment überlegte er sich, ob er sich das alles nur eingebildet hatte. Vielleicht hatte ihm ja jemand K.o.-Tropfen in den Espresso gekippt? Der Geruch nach ihrem dezenten Parfum, das er jederzeit unter vielen wiedererkannt hätte, beruhigte ihn und versicherte ihm, dass er sich die letzte Nacht nicht nur eingebildet hatte. Auf dem Nachttisch lag ein Zettel mit kyrillischen Buchstaben.

„Sie weiß doch, dass ich kein Kyrillisch lesen kann, verdammt noch mal", fluchte er leise vor sich hin.

Jetzt musste er irgendwie im Internet ein Programm finden, das ihm das übersetzte. Er schaffte es recht schnell und was er las, zauberte ein Lächeln auf sein Gesicht.

„Ich weiß, dass du kein Kyrillisch lesen kannst, ich weiß aber auch, dass du Herausforderungen liebst. Ruf mich an, wenn du Lust hast."

Sein Herz hüpfte, als er sich auf den Weg zum Frühstücksbuffet machte. Sie hatte nicht seine Probleme gelöst, sie hatte nichts ungeschehen gemacht, doch ihr war es einmal mehr gelungen ihn zu erden. Sie hatte es verstanden seinen Blick zu klären. Alleine dafür liebte er sie über alles.

Um Weihnachten herum eskalierte die Situation zwischen Viviane und Mætt. Er schrieb ihr eine Textnachricht, beendete längst überfällig die Beziehung und kündigte ihr an, dass sie sein Haus verlassen muss. Nicht die feine Art, aber dies bot wenigstens keinen Raum für Interpretationen. Er versuchte eine Art Aussprache, Erklärungen zu liefern, wo es nichts zu erklären gab. Was will man auch erklären, wenn man nicht willens ist, seine Karten auf den Tisch zu legen. Wenn man der Meinung ist, diese Intimität nicht mit jemandem teilen zu wollen. Alles, was sie sagte, was sie tat, brachte ihn innerlich auf und führte zu mitunter sehr hässlichen Szenen. Er sagte schlimme Dinge zu ihr, die er mitunter im nächsten Moment bereute. Aber gesagt ist gesagt. Wenn er dann von massiven Gewissensbissen gepeinigt wurde, beteuerte er wieder seine Liebe. Ein ganz hässlicher, grausamer Kreislauf, den man nur mit räumlicher Trennung unterbrechen und beenden konnte, nahm seinen Lauf. Die räumliche Trennung wurde dann Ende April des darauffolgenden Jahres vollzogen. Viviane zog aus. Als sie nach einem letzten gemeinsamen Kaffee mit dem letzten Anhänger ihrer Sachen aus seinem Leben rollte, war er einerseits wahnsinnig erleichtert, andererseits hatte er das sichere Gefühl etwas Falsches getan zu haben. Die Geschichte war noch nicht ganz ausgestanden. Innerlich fühlte er sich immer noch sehr zerrissen. Es gab dann noch den ein oder anderen halbherzigen Versuch das Steuer doch noch herumzureißen und alles gut werden zu lassen. Man kann diese Versuche aber getrost als verschwendete Energie bzw. Verlängerung der Grausamkeiten bezeichnen. Irgendwann sah er es selbst ein. Es dämmerte ihm, dass sich nichts ändern würde, wenn *er* sich nicht ändern würde. Aber was bzw. wie sollte er etwas ändern? Wollte er in Bezug auf Viviane überhaupt etwas ändern? Deutlicher als er es erwartet hatte, antwortete ihm seine innere Stimme, die die letzte Zeit auffällig geschwiegen hatte, auf diese Frage mit einem klaren Nein. Das klang seit langem einmal wieder ehrlich.

In dieser bewegten Zeit hatte er nur ein einziges Mal mit Mariya gesprochen. Telefonisch. Sie hatte ihm erklärt, dass sie ihn liebe, dass sie sich nichts sehnlicher wünsche als ein gemeinsames Leben mit ihm. Sie wolle ihr gemeinsames Kind mit ihm großziehen – aber nicht unter diesen Voraussetzungen.

„Wir zerstören uns gegenseitig", resümierte sie, „damit zerstören wir auch das Leben unseres Kindes. Willst du das?"

Danach war er kaum mehr als ein Häufchen Elend. Er wusste nicht weiter. Zum ersten Mal in seinem Leben stand er wortwörtlich mit dem Arsch an der Wand, wie er es auszudrücken pflegte. Er hatte nicht den Ansatz einer Idee, wie es weitergehen sollte. Er isolierte sich noch mehr. Zog sich nach Ostpreußen zurück und unterstützte Dariusz bei der Renovierung seines Hauses. Ihres Hauses.

Dariusz kannte er aus seiner aktiven Zeit. Er hatte ihn bei einem der größten Militärtreffen auf dem europäischen Festland, in Polen, kennengelernt. Er und Dimitri hatten ihn und sein Team bei einer Demonstration der Fähigkeiten einer Luftlandedivision unterstützt. Mætt und Dimitri hatten mit Gepäck einen HAHO-Sprung mit Sauerstoffunterstützung durchgeführt und waren dabei von Beginn an von einem Kamerateam des polnischen Militärs begleitet worden. Schon im Flugzeug. Ihr gesamter Sprung und die nicht enden wollende Schirmfahrt wurden in Echtzeit zum Veranstaltungsgelände auf eine riesige Leinwand übertragen. Was keiner wusste, war, dass die Protagonisten nicht alle Angehörige der polnischen Streitkräfte waren. So hatten sie sich kennengelernt und den Kontakt über die Jahre lose gepflegt.

Als er zum zweiten oder dritten Mal mit Mariya in Polen war, waren sie sich zufällig in einem Geschäft in Angerburg in die Arme gelaufen. Schnell war berichtet, was Mætt und Mariya in diese Gegend verschlagen hatte. Der Zufall wollte es, dass Dariusz, mittlerweile selbst Zivilist, eine Baufirma hatte, die sich auf die Renovierung alter Gebäude spezialisiert hatte. Dieses schicksalhafte Zusammentreffen hatte damals die Frage zwischen ihm und Mariya aufgeworfen, ob es überhaupt Zufälle gibt, vielmehr doch alles vorherbestimmt ist.

Eigentlich empfand er die Renovierung als eine nutzlose Tätigkeit, weil dieses Haus die Oase, der Rückzugsort von ihm und Mariya werden sollte. Der Rückzugsort für die gesamte Familie und die wichtigen Freunde. Geplatzt der Traum. Ohne Mariya hatte das alles seinen Sinn verloren. Er musste sich aber irgendwie beschäftigen und seine Rastlosigkeit irgendwie unter Kontrolle bringen. Er schlief fast keine Nacht mehr als zwei oder drei Stunden, trank dafür umso mehr. Nicht dass das in Polen sonderlich ins Gewicht gefallen wäre. Dort tranken alle etwas mehr, aber an ihm zehrte es. In dieser Zeit sprach er viel mit Dariusz und dessen Frau Katarzyna. So wurden sie sich, eher ungeplant und ungewollt, innerhalb kurzer Zeit sehr vertraut. Dariusz konnte genau nachvollziehen, wie es ihm ging, war er doch jahrelang in der gleichen „Branche" tätig gewesen. An einem heißen Sommertag, nach dem x-ten Bier, riet er ihm nachdrücklich, dass er sich Hilfe holen solle. Er musste ihn nur anschauen und wusste, was mit ihm los war.

„Alleine kommst du da nicht raus – und hör auf zu saufen, du Idiot!", forderte er ihn nach dem gefühlt zehnten Bier auf.

Da war es wieder. Jeder meinte, dass er Hilfe bräuchte. Nur er selbst war scheinbar der Meinung, dass alles bestens war. Komische Welt.

Das einzig Positive war, dass das Haus ziemlich gute Fortschritte gemacht hatte. Das Dach war neu, die Fenster waren endlich geliefert und eingebaut. Das Mauerwerk war renoviert und in den meisten Räumen es gab schon neuen Lehmputz. Auch die Elektrik war verlegt und die Wasserleitungen und Abwasserrohre waren an die brandneue Sickergrube angeschlossen. Dariusz und seine Mannschaft hatten ganze Arbeit geleistet und waren dabei in den ersten Zimmern die alten, teilweise morschen Holzdielen gegen neue Eichendielen auszutauschen. Es war fast schon bewohnbar und wunderschön geworden.

Глава 7 (Zurück ins Leben)

Er arbeitete noch ein paar Wochen mit Dariusz' Team, aber in seinem Kopf brodelte es. Er konnte seine Gedanken, die sich seit Wochen im Kreis drehten, nicht abschalten. Instinktiv hatte er seinen Alkoholkonsum nach der Ansage von Dariusz auf nahezu null geschraubt. Seinem Schlafdefizit kam das sehr entgegen. Nach zwei, drei Tagen Abstinenz schlief er wieder durch und fühlte sich nach ein paar Nächten mit ausreichend Schlaf zum ersten Mal wieder ansatzweise erholt.

„Vielleicht ist ja doch was dran und ich brauche wirklich Hilfe", dachte er sich.

Nach wie vor ging er regelmäßig laufen und hatte, ob er wollte oder nicht, genügend Zeit über seine Situation nachzudenken.

An einem frühen Samstagvormittag verabschiedete er sich von Dariusz und Kati. Er setzte er sich in seinen Wagen und fuhr zurück nach Deutschland. Getrieben fühlte er sich. In seinem Kopf fühlte es sich an wie dickflüssiger Honig, aus dem sich unendlich langsam etwas formulierte. Etwas, das er noch nicht greifen oder in Worte fassen konnte. Sein Inneres sagte ihm, dass es etwas Wichtiges ist.

Er musste Ordnung in sein Leben bekommen. Er brauchte Hilfe. Er wollte nicht mehr alleine sein.

Er fuhr fast zwei Tage ununterbrochen, hielt nur an, um zu tanken und ein paar Mützen Schlaf irgendwo in einem ruhigen

Waldweg auf der Rückbank seines Wagens zu holen, bevor er seine Fahrt fortsetzte.

Vor einem ganz bestimmten kleinen Haus irgendwo in Deutschland hielt er an. Er atmete sehr tief durch, bevor er die Klingel betätigte. Er riesiger Hund kam aus dem Nichts und hätte ihn wahrscheinlich gefressen, wäre da nicht das ungewöhnlich hohe Gartentor gewesen. Die Gegensprechanlage meldete sich mit statischem Rauschen.

Eine Stimme erklang: „Komm rein du Arsch!"

Der Türöffner wurde betätigt. Der Hund wich etwas vom Tor zurück, setzte sich und wartete scheinbar geduldig auf seine Beute. Mætt stieß das Gartentor auf und betrat das Grundstück, ohne das stattliche Tier aus den Augen zu lassen. Die Haustür wurde geöffnet und ein grinsender Dimitri trat vor die Tür.

„Na komm schon, oder hast du Angst vor dem Hündchen?"

Der Hund kam forschend näher und Mætt streckte seine linke Hand aus – er war Rechtshänder, falls was schief gehen sollte – um das Tier zu streicheln. Alles bestens, der Hund schnupperte kurz, verlor dann aber rasch das Interesse und trollte sich wohl dahin, wo er hergekommen war. Dimitri und Mætt schauten sich sehr intensiv an. Jeder wollte wohl in dem anderen lesen. Wie war er drauf, warum kam er unangemeldet, was will er? Sie gingen den fehlenden Schritt aufeinander zu und nahmen sich stumm in die Arme, klopften sich nicht übertrieben auf die Schulter und schauten sich in die Augen.

„Wie gehts dir?", fragte Dimitri.

„Beschissen! Ich brauch deine Hilfe", antwortete Mætt.

Dimitri drehte den Kopf, und rief:

„Schatz, wir haben einen Gast zum Essen und ich gehe auch mal davon aus, dass er über Nacht bleibt."

Karin kam mit neugierigen Blicken um die Ecke und trocknete sich mit einem bunt karierten Handtuch die Hände ab.

„Wer ist …?", hob sie an zu fragen und verstummte, als sie Mætt sah.

Ein strahlend warmes Lächeln breitete sich auf ihrem Gesicht aus.

„Siehst du, ich hab's dir ja gesagt. Er kommt wieder!", sprach's und gab ihrem Mann einen Klaps auf den Hintern. An ihm vorbei ging sie auf Mætt zu, nahm ihn in die Arme und drückte ihn fest an sich.

„Was kann ich dir Gutes tun? Willst du ein Bierchen?", fragte sie.

„Ein Kaffee wäre mir lieber", antwortete Mætt.

Dimitri machte Mætt Zeichen schon mal vor in den Keller des Bungalows zu gehen. Dort hatte er sich sein Reich geschaffen. Ein großer Raum mit genau den Dingen, die ein großer Junge mit einer Präzisionsschützen-Vergangenheit brauchte. Eine einladende auch riesengroße Couch stand auf der einen Seite des Raums. Auf dem davorstehenden Tisch türmten sich allerlei Papiere, Kabel, Bücher und Zeug, das nicht auf Anhieb identifizierbar war. Männerchaos eben, oder mit anderen Worten: Dimitris Reich. Mætt setzte sich auf die Couch, streckte die Beine aus und drückte seinen vom langen Autofahren steifen Rücken durch. Kurze Zeit später kam Dimitri mit einem Tablett mit intensiv riechenden Kaffee, Milch und ein paar geschmierten Broten und setzte sich ihm gegenüber.

„Was kann ich für dich tun, mein Freund?", brach er das Schweigen.

„Bevor du irgendwas tun kannst, möchte ich mich für mein Verhalten damals im Restaurant entschuldigen. Du hattest Recht mit allem, was du gesagt hast, aber: Vivi ist nicht verrückt, sie ist halt nur auf ihre Art speziell …".

„Ich würde die nicht zwei Stunden am Stück ertragen wollen, aber ja, sicher hat die auch so ihre Qualitäten", meinte er süffisant grinsend.

Mætt holte Luft, aber bevor er etwas erwidern konnte, sagte Dimitri: „Angenommen! Ich habe dich wirklich vermisst, Bruder. Ein wichtiger Teil meines Lebens war plötzlich weg. War schwer zu akzeptieren, dass du dich entschieden hattest unsere Freundschaft, die mir jedenfalls unglaublich viel bedeutet, nicht fortzusetzen. Mariya, aber auch Karin sagten aber sehr weise: Er wird wieder kommen. Er sieht vor lauter Bäumen den Wald nicht mehr. Wenn er erst einmal akzeptiert, dass es an ihm ist etwas zu unternehmen, dann kommt er wieder. Jetzt braucht er einfach nur Zeit. So scheint es zu sein. Also los, rede! Was kann ich für dich tun?"

Ohne Umschweife kam Mætt zur Sache: „Du sagtest bei unserem letzten Gespräch, dass ich Hilfe brauche. Was genau meintest du damit? Was glaubst du, fehlt mir? Ehrliche Antwort, geraderaus. Es wird mir so oder so nicht gefallen, was du mir sagst, also kein Grund höflich zu sein."

Dimitri holte tief Luft. Er begann erst zögerlich zu sprechen, je länger er aber redete, desto sicherer wurde er und umso klarer formulierte er.

„Wir bemerkten schon länger, dass mit dir etwas nicht stimmt. Du hattest ständig Kopfschmerzen, Nasenbluten. Du hast nachts nicht mehr geschlafen – ich habe zu den unmöglichsten Zeiten E-Mails von dir bekommen. Du warst oft unkonzentriert, fahrig und je länger das ging, desto kürzer wurde deine Zündschnur. Erinnere dich an den kleinen Araber, damals bei Bogdan ums Eck. Dem hast du wegen nichts alle Knochen gebrochen."

„Ja, aber der hatte …", hob Mætt an, wurde aber von Dimitri mit einer Handbewegung zum Schweigen gebracht.

„Was du mit irgendwelchen Fremden machst, ist mir einigermaßen egal. Du warst auch zu denen, die dir eigentlich etwas bedeuten sollten und denen vor allem du etwas bedeutest, mehr als nur ungerecht. Es hat mir in der Seele weh getan, wie du mit Mariya umgegangen bist."

Mætt wurde es ungemütlich. Er rutschte auf dem Sessel hin und her, schaute unsicher durch den Raum und wünschte sich nichts sehnlicher, als dass diese Moralpredigt ein Ende finden würde. Dimitri fuhr fort.

„Mariya war nicht nur einmal hier und hat mit mir und auch mit Karin gesprochen. Hat sich die Augen aus dem Kopf geweint, hatte Angst … um dich. Ratlosigkeit hat sich breit gemacht. Ihr blieb nur der Weg einen Strich unter eure Beziehung zu ziehen. Einen finalen Strich dieses Mal. Wenn du nicht den Arsch hoch bekommst, dann wirst du Mariya nie wieder sehen und von deinem Sohn, du erinnerst dich daran, dass du einen Sohn mit ihr hast, nur zu Weihnachten einen Weihnachtsgruß bekommen. Wenn überhaupt. Und weißt du was?"

Mætt schaute erschrocken auf, zuckte hilflos mit den Schultern. Dimitri war immer lauter geworden. Es fehlte noch, dass er mit seiner riesigen Faust auf den Tisch drosch.

„Ich kann sie verstehen!", beendete er seinen Satz.

Mætt war immer tiefer in der Couch versunken, fühlte sich scheiße. War unsicher, was er sagen sollte – ob er überhaupt etwas sagen sollte.

„Wir haben mit Olaf gesprochen", fuhr Dimitri fort, „weißt du, der blasse Olaf. Der Lange, Dürre. Der aus Hamburg. Der ist Psychologe oder Psychiater. Keine Ahnung, was genau. Dem haben wir das geschildert. Zwei Stunden Telefonkonferenz. Mariya, Karin, Bogdan, ich. Die gesamte Familie eben und Olaf. Du weißt, wie sehr ich diese Seelenklempner mag. Alleine dafür muss ich mir überlegen, wie ich dich das zurückzahlen lasse", sagte er zwinkernd.

„Wir waren mit den Schilderungen deiner Zustände noch nicht fertig, da sagte er irgendwie ein Wort, das aus vier Buchstaben bestand: PTBS – Post – traumatisches – Belastungs – Syndrom! Irgendwie nuschelte er noch etwas von ‚noch nicht alles' und er werde sich darum kümmern. Zwei Wochen später kam er zurück mit einem etwas längeren Wort, dafür in Englisch: ‚Door Breacher Syndrom' und ‚wahrscheinlich eine Kombi aus beidem'. Danach gab es eine Abhandlung über das Door Breacher Syndrom. Was PTBS ist, wissen wir alle nur zu gut. Und dass die, die sich bei uns darum kümmern sollten, ihre Hausaufgaben nicht machen, ist auch bekannt."

Mætt schaute ihn mit einer Mischung aus Skepsis und Unglauben an.

Dimitri fuhr fort. „Also, das sogenannte Door Breacher Syndrom heißt deshalb so, weil es in den USA bei eben den Personengruppen verstärkt auftritt, die eben in dem Gewerbe tätig sind, in dem eben mal öfter Türen eingetreten werden. Eigentlich ist es in Kombination bei Menschen, die des Öfteren Explosionen ausgesetzt sind, aufgefallen. Sie sagen wohl, dass das mehrere, unterschiedlich heftige Schädel-Hirn-Traumata sind, die, wenn sie eine gewisse Häufigkeit und Intensität übersteigen, auch mal tödlich ausgehen können. Diese TBI (Traumatic Brain Injury) – wie es wohl offiziell in den USA genannt wird, also Schädel-Hirn-Trauma, kann auch Langzeitschäden zum Beispiel in Form von Wesensveränderungen verursachen, wenn man es nicht behandelt. All das, was ich mittlerweile darüber weiß, scheint ziemlich genau auf dich zuzutreffen. In den USA sind sie dazu gerade noch im militärischen Umfeld am Forschen. Da sind sie uns voraus die Amis. Die Lösung wäre wohl zunächst mal eine Bestandsaufnahme von deinen potenziellen Beschädigungen in der Birne zu machen. Mit Sicherheit resultiert daraus erstmal eine Psychotherapie wegen der PTBS. Alles andere ohne Gewähr bzw. Ausgang ziemlich offen, da man zu TBI noch sehr wenig Erfahrung hat."

Mætt war geplättet. Er starrte die Wölkchen in seinem Kaffee an, fast so, als würde er von denen eine Antwort erwarten. Dimitri nahm einen großen Schluck Kaffee, lehnte sich zurück und schaute seinen Freund an.

„Oftmals ist es so, dass benachbarte, unbeschädigte Gehirnregionen wohl Aufgaben der beschädigten Regionen teilweise oder ganz übernehmen können. Ist aber von der Art und Weise der Beschädigung und der Hirnregion abhängig. Dann gehört da auch noch ein bisschen Glück dazu. Alles beginnt mit einem Hirnscan, einem MRT, danach sieht man dann weiter."

Mætt stieß laut mit geblähten Backen Luft aus.

„Wichtig ist, dass du beginnst die Sache selbst in die Hand zu nehmen." „Gibt es denn eine Adresse? Wer macht so was? Bundeswehrkrankenhaus? Charité in Berlin?"

„Die kannst du alle getrost vergessen. Olaf war da relativ klar in seiner Aussage: Deutschland kannst du vergessen. Er tut sich um und schaut, ob er eine Adresse in den USA auftreiben kann. Anscheinend ist da das Mount Sinai Hospital in New York federführend, was Forschung und auch Therapie angeht. Er versucht einen Namen zu besorgen. Alles andere ist dann an dir."

Wieder blies Mætt laut Luft aus seinen geblähten Backen. Entspannung wollte sich trotzdem nicht einstellen.

„Mann, ihr habt euch ja echt gekümmert! Danke Dimitri! Das macht mich ziemlich verlegen ...".

„Du und verlegen? Scheinst wirklich krank zu sein", feixte Dimitri, „jetzt warten wir mal ab, was Olaf da ausgräbt. Dann machen wir einen Plan. Bleibst du zum Essen?"

„Ja, sehr gerne. Ich mag jetzt einfach nicht alleine sein. Ich fühl mich beschissen."

„Klar. Ich sag Karin, dass sie das Gästezimmer herrichtet."

„Ich muss mich schon wieder bei dir bedanken, Dimitri!"

„Hey Mann, ich bin froh, dass du dir überhaupt helfen lässt! Und vergiss eines nicht: Wir sind Familie, da macht man das so."

Sie saßen beim Abendessen und es kam tatsächlich eine sehr entspannte Stimmung auf. Mætt erzählte von seinen letzten Wochen in Ostpreußen und wie die Renovierung des alten Hauses fortschreitet. Er erzählte von Dariusz und seinen Leuten. Von der ersten Ladung offener Worte, die er von Dariusz bekommen hatte, worauf er aufhörte Alkohol zu trinken.

„Jetzt übertreibst du aber", meinte Dimitri.

Den bitterbösen Blick seiner Frau ignorierte er geflissentlich.

Mætt blieb zwei Tage bei Dimitri, bevor er weiterzog.

„Wohin fährst du?", fragte sein Freund besorgt.

„Nach Hause. Muss ein paar Dinge klären. Ich melde mich bei dir. Solltest du in der Zwischenzeit mit Mariya sprechen, dann sag ihr, dass ich sie liebe!"

„Und was ist mit Crazy-Vivi? Abgehakt? Schall und Rauch?"

„Ach lass sie doch! Sie ist, wie sie ist, aber deshalb kein schlechter Mensch. Sie hatte halt das Pech in einer Scheißsituation auf eine Version von Mætt zu treffen, der sich so sehnlich wünschte, eine liebevolle Partnerschaft zu führen, und nicht realisierte, dass er die längst hatte. Erschwerend kommt hinzu, dass besagte Version von Mætt dies wohl zu sehr gewünscht hat. Aber wünschen reicht in den wenigsten Fällen aus."

„Wirst du mit ihr reden?"

„Nein. Ich lasse das, wie es ist. Da ist zu viel geschehen, zu vieles sehr Verletzendes gesagt worden, als dass sich da eine freundschaftliche Basis finden lassen würde. Außerdem ist sie mir viel zu anstrengend", schmunzelte er.

Zu Hause angekommen, verspürte Mætt eine neue, ganz fremde Energie in sich. Seine Wohnung war während seiner Abwesenheit komplett neu gestrichen worden. Jetzt roch es nach frischer Farbe und nicht mehr nach dem Schweiß von Menschen, die er nie gesehen hatte und noch nicht mal sehen wollte ... Seine Form von Exorzismus. Seine Art seine Wohnung zu „ent-vivifizieren". Er konnte es sich noch nicht mal mehr einbilden, dass es sauer und nach fremden Menschen roch. Dies wurde vom strengen Farbgeruch verhindert. Seine Reinigungsfirma hatte diese spezielle Art der Austreibung abgerundet und die Wohnung tipptopp sauber gemacht. Seine Wäschefrau hatte gebügelt und alles fein säuberlich in seinen Schrank eingeräumt – so wie er es gerne hatte. Irgendwer hatte ihm die Post aus dem Briefkasten auf den Küchentisch gelegt. Schnell sichtete er sie, legte die Rechnungen, die er überweisen musste, auf die eine Seite, die anderen Briefe überflog er und sortierte sie nach Wichtigkeit. Der Rest wanderte direkt in die Papiertonne.

Als er die wichtigen Dinge erledigt hatte, griff er sich sein Telefon, wählte eine Nummer und wartete gespannt ab. Er war nicht sicher, ob die Nummer noch aktiv war. Ein Freizeichen war nach kurzer Zeit zu hören. Nichts passierte. Als er gerade im Begriff war aufzulegen, wurde abgenommen. Eine ihm vertraute Stimme meldete sich: „Schmitt".

„Hallo Schmitt, ich bin's Mætt. Ich brauche deine Hilfe."

Schweigen auf der anderen Seite.

„Ist dir vor Schreck das Telefon runtergefallen?"

„Mætt, du weißt schon, dass ich nicht mehr aktiv bin?"

„Ja, das weiß ich schon. Ich weiß aber auch, dass du immer noch gute Kontakte in alle Welt hast. Dazu möchte ich deine Meinung hören und wenn möglich möchte ich, dass du für mich ein … paar Türen öffnest."

„Okay, jetzt ist es schlecht. Wollen wir uns treffen? Wo bist du gerade?"

„Zu Hause. Ich könnte übermorgen in Mannheim sein. Passt dir das?"

„Übermorgen … Moment, ich muss in meinen Kalender schauen. Wie lange brauchen wir?"

„Na ja, wenn wir die Wiedersehensfeier ausfallen lassen, dann denke ich, dass wir in zwei Stunden durch sind."

„Wie passt fünfzehn Uhr in dem üblichen Café in den Quadraten?"

„Passt bestens, wenn es das Café noch gibt."

„Gibt es noch. Also, bis übermorgen."

Schmitt hatte aufgelegt. Jetzt hatte er einen Plan. Er nutzte das Treffen mit seiner ehemaligen Führungskraft, um im Stammsitz seiner Firma vorzusprechen. Er plante eine berufliche Auszeit. Dazu wollte er bei seinem Vorgesetzten vorfühlen, ob das generell möglich wäre. Er hatte sich auch entschieden einen Teil seiner Karten auf den Tisch zu legen, wenn das der Sache dienlich wäre. Zwei Fliegen mit einer Klappe also. Er konnte schon fürchterlich effizient sein, wenn er einen Plan hatte.

Zwei Tage später hatte er am Morgen seine Sabbatical-Pläne mit seinem Chef besprochen. Prinzipiell sei das schon möglich, signalisierte man ihm vage. Wie lange er denn plane. Bei der Dauer zwischen neun Monaten und einem Jahr musste sein Vorgesetzter kräftig schlucken. Aber immer noch besser als einen wertvollen Mitarbeiter zu verlieren. Wohlwollende Signale also.

Schmitt saß pünktlich in dem Café in den Mannheimer Quadraten, in dem sie sich früher so oft getroffen hatten. Nichts erinnerte mehr an die leicht schmuddelige Feierabendkneipe. Schick war jetzt angesagt. Schmitt begrüßte ihn mit forschendem, aber freundlichem Blick.

„Was kann ich für dich tun, mein Guter?", fragte er.

„Mein Junge" hatte er sich bei einem fast 50-Jährigen gerade noch so verkneifen können. Sie plänkelten gar nicht erst lange hin und her. Mætt kam direkt zur Sache. Erklärte kurz und sachlich die Hintergründe und kam ziemlich direkt auf den Punkt, für den er Hilfe brauchte.

„Kannst du in New York im Mount Sinai einen Namen herausfinden, an den ich mich mit meinem Problem wenden kann?"

„Ich ruf dich morgen Abend an. Denke ich weiß, wen ich fragen kann. Ohne Gewähr aber. Du weißt ja, wir sind hier in unserem Land ziemlich mies aufgestellt, wenn es um diese Art Probleme geht. PTBS gibt es quasi gar nicht. Für wen bittest du mich um den Namen, wenn ich fragen darf?"

„Für mich selbst", antwortete Mætt.

Kurze huschte so etwas wie Betroffenheit über Schmitts Züge.

„Wie gesagt, ich melde mich morgen Abend bei dir."

Er trank seinen Kaffee aus, stand auf, klopfte Mætt beim Verlassen des Cafés auf die Schulter und weg war er.

Mætt aß noch eine Kleinigkeit in dem Café zu Abend, dann verließ er die Stadt, an die er so viele Erinnerungen hatte. Erinnerungen an eine längst vergangene, unwirklich anmutende Zeit.

Am nächsten Abend gegen zwanzig Uhr klingelte sein Mobiltelefon. Nummer unbekannt. Er nahm ab und Schmitt kam ohne lange Begrüßung direkt zur Sache. Er nannte den Namen des leitenden Arztes, der sich der Erforschung des „Door Breacher Syndroms" verschrieben hatte. Er kenne ihn nicht persönlich, meinte Schmitt, aber es sei ihm zugetragen worden, dass dieser Herr sehr hilfsbereit sei. Mætt bedankte sich und keine fünf Minuten später war das Telefonat ganz in Schmitt-Manier beendet.

Eine Stunde später klingelte das Telefon erneut. Dimitri kam mit Informationen von Olaf zurück. Gleicher Name des Arztes vom Mount Sinai. Dann musste das ja richtig sein. Mætt erzählte Dimitri, dass er mit Schmitt gesprochen und sich in Mannheim auch mit ihm getroffen hatte.

„Echt? Es wird erzählt, dass er Krebs hat und es nicht mehr lange macht. Haste da was bemerkt?"

Mætt war geschockt. Er wunderte sich schon, dass er nach so langer Zeit so kurz angebunden war, hatte dem aber keine Bedeutung beigemessen. „Nee, der sah aus wie immer. Sind alle nicht jünger geworden", erwiderte Mætt.

Sie plauderten noch eine Weile und beendeten das Gespräch.

Mætts Leben ging die nächsten Wochen ohne große Sensationen weiter. Er arbeitete, telefonierte mit Dariusz wegen der Fliesen in der Küche und im Badezimmer. Bei dieser Gelegenheit bat er ihn um Bilder des aktuellen Renovierungsstandes und grüßte Katarzyna herzlich.

Etliche Male hatte er versucht diesen Arzt in New York zu erreichen. Doch er schaffte es einfach nicht zu ihm durchgestellt zu werden.

An einem Sonntagnachmittag, Mætt lag auf seiner Couch und dämmerte träge vor sich hin. Das Telefon begann zu klingeln. Eigentlich hatte er keine Lust abzunehmen. Auch noch ohne Nummer im Display. Er nahm trotzdem ab und war bereit unwirsch zu antworten. Am Rauschen in der Leitung spürte er instinktiv, dass das Gespräch wohl von Übersee kommt. Also riss er sich zusammen und meldete sich artig. Siehe da, der New Yorker Spezialist meldete sich bei ihm. Sie tauschten Höflichkeiten aus, bevor sie ziemlich direkt auf den Punkt kamen. Zuerst wollte Steve, so hieß der Arzt, wissen, wer denn von dem Problem betroffen sei. Mætt erklärte ihm, dass es um ihn selbst ging. Er wurde mit einer Mischung aus Feststellungen zu seinem Befinden, die zu hundert Prozent zutreffend waren, und einer Menge Fragen, deren Antworten wieder zu einer Menge Zutreffendem führten, bombardiert. Sie telefonierten über eine Stunde und

Mætt hatte das Gefühl zum ersten Mal in seinem Leben mit einem Menschen zu sprechen, der genau wusste, was in ihm vorging – ohne das zu bewerten oder in irgendeine Kategorie von richtig oder falsch einzuordnen. Steve wollte nicht zu viel Hoffnungen bei Mætt wecken und schlug vor sich in New York zu treffen. Er versprach ihm vorab eine Liste mit Unterlagen zu schicken, die er besorgen musste. Es ging dabei um CTs von Mætts Gehirn und Röntgenbilder, die aus genau definierten Perspektiven aufgenommen werden mussten, um eine Aussagekraft zu erhalten. Zu guter Letzt wollte er dann noch Werte für ein Blutbild schicken, die er benötigte. Wenn er dies alles gesammelt hatte, dann solle er auf die ihm zugesendete E-Mail antworten, um einen Termin zu vereinbaren. Klang nach viel Lauferei.

Nach drei Wochen hatte er alles beisammen, antwortete auf die E-Mail, die er von Steve bekommen hatte und bat nochmals um ein Telefonat, um weitere Details zu besprechen. Wichtig war unter anderem der Zeitraum, wie lange er in den USA verweilen musste. Er musste diesen Aufenthalt ja mit seinem Sabbatical koordinieren. Kosten, die auf ihn zukommen, wären auch interessant im Voraus zu erfahren. Die Kostenübernahme von seiner Krankenkasse würde er auch gerne vorher erfragen, obwohl er da nicht allzu optimistisch war. Tatsächlich meldete sich Steve zeitnah. Ein sehr ernüchterndes Gespräch. Die Blutbilder, CTs und Röntgenbilder waren ja normale Kassenleistungen seiner Privatversicherung. Bei allen anderen Leistungen könne er davon ausgehen, dass er die selbst zu tragen hatte. Da könne leicht ein fünfstelliger Betrag zusammenkommen.

Drei Monate später saß er im Flugzeug nach New York. Über eine US-Veteranenorganisation hatte er ein sauberes und halbwegs bezahlbares, winziges Appartement anmieten können.
  Um es kurz zu machen: Er ging durch die Hölle. Am Ende hatte er die härtesten acht Wochen seines Lebens hinter sich gebracht. Es waren deshalb nur acht Wochen und keine zwölf, weil

er sehr, sehr hart an sich arbeitete. Gesund war er noch nicht einmal ansatzweise, es war auch nicht gesichert, ob er jemals komplett gesunden würde. Jedenfalls sei er auf einem guten Weg, attestierte man ihm.

Tatsächlich fühlte er sich auch gut. Körperlich und vor allem auch psychisch. Er hatte jede Menge therapeutische Gespräche hinter sich gebracht, sich die ganze Scheiße der letzten Jahre von der Seele geredet. Er musste vieles über sich neu lernen und noch mehr erstmal richtig einordnen. Manches deprimierte ihn bis auf die Knochen und er brauchte all seine Willenskraft, um nicht im Strudel einer Depression zu versinken. Irgendwann begannen die guten Momente zu überwiegen. Jetzt wäre er bereit sich seinen Dämonen zu stellen, erklärte man ihm beim Abschlussgespräch. What? Er dachte er stelle sich die ganze Zeit seinen Dämonen ... Nein, nein, das waren nur die Basics, um ihn zu befähigen die wirkliche Aufgabe in Angriff zu nehmen. Er war ziemlich ernüchtert. Na ja, irgendwas habe ja zu seinen Beschwerden geführt. Shit, das klang so, als hätte er eine Grippe gehabt, oder Durchfall. Vielleicht hätte es mit dem „Bosnien Incident" zu tun. Er solle mal nachdenken. Ob er es denn schon mal geschafft hätte an diesen Ort zurückzukehren? Er müsse sich damit konfrontieren, empfahl man ihm. Vielleicht müsse er den Beginn dieser Aktion nochmals rekapitulieren. Ob er denn immer noch Fallschirm springen würde? Er verneinte. Seit dem „Bosnien Incident" war er nicht mehr gesprungen.

„You see, maybe this could be a first step ...", erklärte man ihm.

Nach dem Abschlussgespräch im Mount Sinai rief er Dimitri an. Sie sprachen lange und für Dimitri war Mætts nächster Schritt kristallklar. Du musst wieder springen. Damit hat alles angefangen. Der Mörserbeschuss damals ... Mætt dachte angestrengt nach.

„Ich habe doch gar keine Lizenz mehr", erwiderte er mit einem leichten Triumph in der Stimme.

„Mætt, die Lizenzen sind lebenslang gültig – auch die militärischen, man muss sie nur umschreiben lassen."

273

„Schon richtig, meine Lizenz hat aber, nennen wir es Probleme mit der Namensgebung und dem Geburtsdatum. Da ist nix mit mal schnell umschreiben lassen."

Das war tatsächlich ein Grund. Schweigen. Dann lachte Dimitri kurz auf.

„Mætt, mein Freund. Ich habe die Lösung für dich. Du fliegst nach Arizona, in die Nähe von Yuma. Erinnerst du dich? Als wir in den späten 1980ern den Freefaller-Lehrgang dort besucht haben. Kurz vor dem Bosnien-Einsatz? Da hatte es einen zivilen Springplatz ein paar Kilometer vor dem militärischen. Wenn es den noch gibt, belegst du dort das AFF (Accelerated Free Fall) Programm und erwirbst deine Lizenz neu. Da hast du alle Zeit der Welt dich wieder in die Welt des freien Falls einzufinden. Was meinst du?"

„Mhm. Ich denke mal drüber nach."

Mætt reagierte verhalten. Eigentlich war das eine valide Option. Das AFF-Programm war im zivilen Bereich der schnellste Weg zu einer Fallschirmspringerlizenz zu kommen. Schon nach dem achten Sprung durfte man unter Absprache mit dem Ausbildungsleiter alleine springen. Nach dem 23. Sprung und bestandener Theorieprüfung gab es die internationale Lizenz auf Lebenszeit. In Arizona war so gut wie immer Springerwetter. In Deutschland hing man mehr auf dem Boden herum und wartete auf besseres Wetter, als dass man sprang. Realistisch betrachtet konnte Mætt auf diese Art und Weise in circa vier bis sechs Wochen seine Lizenz erwerben, wenn man mit zwei Sprüngen pro Tag rechnete. Mætt hatte während seiner aktiven Zeit mehr als 2500 Sprünge absolviert. Er hatte seinerzeit alle Qualifikationen erworben, die man erwerben konnte – inklusive des Military Tandem Masters. X-fach hatte er irgendwelche „Spezialisten" im Einsatzgebiet abgesetzt. Regelmäßig sprang er mit K9-Kollegen (Diensthunden) vorm Bauch und war ein Ass im Zielspringen. Man erzählte sich damals, dass er auf einem Fünf-Mark-Stück landen konnte. Es gab nichts, was er nicht riskiert hätte. Daher auch sein Name „Crazy Mætt".

Zwei Sprünge pro Tag war sehr konservativ gerechnet für einen eigentlich erfahrenen Springer, der zwar schon etliche Jahre nicht mehr gesprungen war und psychische Probleme zu überwinden hatte, machbar aber auf jeden Fall. Mætt und Dimitri besprachen sich noch eine Weile. Entscheiden musste Mætt selbst. Dimitri versprach, dass er, wenn Mætt die zivile Lizenz in der Tasche hatte, zu einem gemeinsamen Sprung nach Arizona fliegen würde. Sie verabschiedeten sich mit einem „Bis dann".

In der Tat hatte Mætt ja durch sein Sabbatical jede Menge Zeit. Seine Therapie, wenn man das so nennen sollte, war früher vorüber und er hatte keine anderen Pläne. Er recherchierte im Internet, ob es diese zivile Sprungschule noch gab, und wurde tatsächlich fündig. Er rief dort an und zwei Tage später saß er in einem Flugzeug nach Yuma, Arizona.

Mit den Jungs der Sprungschule wurde er sich in kürzester Zeit handelseinig und bezog einen alten Trailer direkt am Sprungplatz für kleines Geld. Am nächsten Morgen ging es direkt mit drei Tagen Theorie und praktischen Trockenübungen los. Das stellte nicht wirklich eine Herausforderung dar. Die Kids, halb so alt wie Mætt, waren nett, professionell und bemüht dem „German Opa", wie sie ihn nannten, eine solide Wissensvermittlung zu ermöglichen. Mætt hielt sich bedeckt und tat so, als höre er alles zum ersten Mal. Immerhin waren ja knapp fünfundzwanzig Jahre seit seinem letzten verhängnisvollen Sprung vergangen. Sicherlich hatte sich seit damals einiges verändert. Es wäre vermessen so zu tun, als sei die Zeit stehengeblieben und er wüsste alles besser. In den späten 1980er Jahren waren er und das Team in Arizona gewesen, um einen Lehrgang als sogenannte „Freefaller" zu absolvieren. Das war damals ein ganz neues Konzept, verglichen mit den bis dahin üblichen Sprüngen mit den Rundkappenschirmen. Diese dienten ja nur zum Verlangsamen der Fallgeschwindigkeit. Mit den rechteckigen Schirmen konnte man steuern und war, was die Landung in der sogenannten Dropzone, also dem Landeplatz, betraf, wesentlich flexibler. Der freie Fall wurde zum Standard. Bei den Rundkappenschirmen wurden die Schirme mit einer statischen Leine, die man am Flugzeug in dafür vorgesehene Vorrichtungen einhängte, automatisch nach circa fünf Metern geöffnet. Steinzeit im Vergleich zu heute. Obwohl die verschiedenen militärischen Luftlandeeinheiten heute immer noch die Rundkappen in Verbindung mit der sogenannten „Static Line" verwendeten.

Zum Schluss des Theorieteils zielten alle Übungen darauf ab, den Kandidaten optimal auf seinen ersten Sprung vorzubereiten. Mætt hing brav in den unterschiedlichen Geschirren und absolvierte die Übungen professionell. Er wunderte sich, wie leicht sich das alles immer noch nach so langer Zeit abrufen ließ. Am nächsten Morgen war es dann so weit. Der große Tag! Sein erster Sprung, der von zwei AFF-Lehrern flankiert wurde.

Der Ablauf war folgendermaßen: Der Sprungschüler sprang flankiert von zwei Lehrern selbstständig aus dem Flieger. Die beiden Lehrer stabilisierten den freien Fall des Kandidaten so lange, bis dieser den Schirm öffnen musste. Kurz vorher trennten sie sich von dem Schüler. Für die Landung wurden über Funk Anweisungen gegeben. Narrensicher, wie man ihm erklärte.

Zusammen mit seinen zwei Lehrern wurde er in einen Springerkombi in leuchtenden Farben gepackt und das Gurtzeug wurde ihm angelegt. Ein Höhenmesser und ein Funkgerät wurden am Gurtzeug vor seiner Brust montiert. Mætt war äußerlich ruhig, in seinem Inneren tobte ein heftiger Kampf. Er war sich nicht sicher, ob er den Flieger überhaupt betreten würde. Zu dritt setzten sie sich in Bewegung, machten noch einen Stopp an der Exit-Attrappe und übten das Exit-Protokoll, also den genau choreografierten Ausstieg aus dem Flugzeug, nochmals. Dann ging es unaufhaltsam in Richtung Flugzeug. Der Platz vor dem Flieger war voll mit Springern, die es schier nicht erwarten konnten in die Luft zu kommen. Laut Exit-Order waren er und seine beiden Lehrer die letzten, die das Flugzeug verlassen würden, demnach die ersten, die den Flieger betraten. Vor dem Einstieg zögerte er merklich. Sein Herzschlag hatte beschleunigt, in seinem Schädel pochte es gefährlich heftig, Schweiß trat auf seine Stirn und ein metallener Geschmack machte sich in seinem Mund breit. Er bemerkte, dass seine Hände extrem zitterten. „Hey Opa, are you scared?", fragte einer der Jungspunde.

„Yes, very much", antwortete Mætt ehrlich und gab sich einen Ruck den Flieger zu besteigen. Jetzt war es zu spät. Jetzt musste er liefern. Klar, er konnte mit dem Flieger wieder landen und es am nächsten Tag nochmals versuchen, aber das war eine Schmach, die sein Ego nicht unbeschadet überstehen würde. Dessen war er sich sicher. Er hatte nur diese eine Chance.

Sie brauchten circa fünfundzwanzig Minuten um auf die Sprunghöhe von 4000 Metern zu kommen. Der Pilot gab Zeichen, der Sprungkoordinator forderte die Springer zu einem letzten Check auf und öffnete die seitliche Ausstiegsluke. Als die Lampe dann auf Grün wechselte, ging es rasend schnell und das kleine Flugzeug war bis auf Mætt und seine beiden AFF-Lehrer in Windeseile geleert. Mætts Herz klopfte bis zum Hals, Schweiß rann in Strömen über sein Gesicht und über den Rücken. Seine Hände waren glitschig wie ein Stück Seife. Gebückt gingen sie zur Luke, der erste Lehrer kletterte nach draußen, der zweite blieb dicht neben Mætt im Flugzeug. Innerhalb von Sekunden spulten sie das Exit-Programm ab und Mætt lag, bevor er sich versah, in der vorgesehenen Position, mit den beiden Lehrern, die ihn links und rechts am Kombi festhielten und stabilisierten, in der Luft. Alles lief automatisch ab. Er spulte die Aufgaben, die er für seinen ersten Sprung hatte, ab wie eine Maschine. Er checkte regelmäßig seine Höhe, seine Umgebung und kommunizierte über Handzeichen mit seinen Lehrern. Als sie die zur Schirmöffnung vorgesehenen 1200 Meter erreicht hatten, öffnete Mætt seinen Schirm.

„1000, 2000, 3000, 4000 Check", sagte er laut vor sich hin und blickte nach oben. Der Schirm war voll geöffnet. Er holte sich die Steuerleinen, bremste den Schirm einmal komplett durch, flog eine 90-Grad-Kurve links und eine rechts. Wohlwollend quäkte es aus dem Walkie-Talkie vor seiner Brust. Er folgte dem Protokoll und wenige Minute später landete er auf dem Punkt circa zwei Meter aufrechtstehend vor seinen Lehrern. Die waren so erschrocken, weil er so rasend schnell angeflogen kam, dass einer von ihnen immer noch Anweisungen in das kleine Funkgerät brüllte, als Mætt längst gelandet war. So begann die Blitz-Lizenzierung von Mætt – ohne das „Crazy" dieses Mal. Seine Lehrer hatten ihn ja „German Opa" genannt … Jetzt da er begonnen hatte sein Selbstvertrauen wieder zu erlangen, spürte er, dass ihn nichts aus der Vergangenheit einholte, was ihn zum Risiko für sich selbst oder für andere werden ließ. Er nannte seine beiden Ausbilder „meine zwei Scheißhausfliegen". Sie trugen den Kosenamen mit Würde. Am ersten Tag beließ es Mætt bei diesem einen Sprung. Er musste in sich hineinhören, er wollte wissen, was sein Kopf dazu sagte. Am zweiten Tag sprang er vorsichtig drei Mal, danach absolvierte er vier Sprünge pro Tag. Ab dem achten Sprung konnte er alleine springen, musste aber verschiedene Aufgaben erfüllen, die mit seinem „Head Coach" vor den Sprüngen abgestimmt werden mussten. Ab Sprung dreiundzwanzig konnte er die theoretische Prüfung zur Lizenz ablegen. Er brauchte dann noch die Lizenzierungssprünge, bei denen er von einem Prüfer begleitet wurde. Quasi wie ein Fahrlehrer, der den Sprung begutachtete und die gestellten Aufgaben kontrollierte, die jeder Prüfling beim Sprung-Briefing bekam. Nach knapp vier Wochen war Mætt im Besitz einer gültigen, auf seinen Namen lautenden Fallschirmsprunglizenz. Einzig über das Geburtsdatum konnte man diskutieren, aber auch nur wenn jemand die Hintergründe kannte. Den sogenannten „Packschein", der ihn zum Packen des eigenen Schirms befähigte, hatte er bereits seit seinem fünften Sprung in der Tasche. Am Tag der bestandenen Prüfung rief er Dimitri an. Der saß zusammen mit Karin, Lennox und Mariya im Garten am Tisch. Als sein Telefon klingelte und er die Nummer erkannte, legte er seinen Zeigefinger über den Mund und bedeutete allen leise zu sein.

„Mætt, mein Guter, wie isses?", fragte er, drückte auf das Lautsprechersymbol seines Telefons und zwinkerte Mariya zu.

Ein unglaublicher Redeschwall sprang aus dem Telefon alle am Tisch Sitzenden förmlich an. Mætt war aufgekratzt wie ein Grundschüler vor der Einschulung, erklärte fast jeden seiner Sprünge im Detail, schwärmte von den intensiven Farben der Wüste, erzählte von der brachialen Hitze und fand schier kein Ende in blumigen Beschreibungen der Landschaft. Er bedankte sich überschwänglich bei Dimitri, dass er ihn zu seinem Glück gezwungen hatte. Dimitri meinte nur kurz und knapp zu ihm: „Okay, cool. In drei Tagen bin ich da und wir springen zusammen."

Die beiden verabschiedeten sich und Dimitri blickte in die Runde und grinste diabolisch:

„Jetzt muss ich ein paar Telefonate machen."

Drei Tage später traf Dimitri am frühen Abend an Mætts Mobile Home ein. Andere hätten es auch Wohnklo genannt. Doch die Freude war groß. Mætt hatte Dimitri schon im Voraus angemeldet, so dass für den nächsten Morgen bereits alles geklärt war. Dimitri hatte seine eigene Ausrüstung mitgebracht. Das überraschte Mætt. Er wusste gar nicht, dass Dimitri so etwas wie eine eigene Ausrüstung besaß. Fallschirmspringen war ja nicht gerade Dimitris Lieblingsbeschäftigung.

Die beiden sprangen die nächsten drei Tage zusammen. Dimitri war ein sicherer, professioneller Fallschirmspringer, obwohl er lieber im Dickicht auf Knien und Ellenbogen unterwegs war. Am Mittag des dritten Tages klagte Dimitri plötzlich über Übelkeit und bat Mætt abzubrechen. Er wollte schnell in die nahe Stadt fahren und Mætt sollte mitzukommen. Mætt war arglos. Dimitris Mietwagen hatte sich kaum in Bewegung gesetzt, da klingelte Mætts Telefon. Er sah, dass Bert seine Urlaubsvertretung anrief. Bert, den alle Camem-Bert nannten. Dementsprechend begrüßte er ihn auch. Unwirsch fragte Bert nach den ein oder anderen Spezifika für die Liga der „besonderen" Kunden, die Mætt eigentlich betreute. Er war derart in das Gespräch vertieft, fragte auch nach dem neuesten Tratsch und Klatsch, dass er zunächst nicht wahrnahm, dass Dimitri nicht nach rechts in Richtung Stadt, sondern nach links in Richtung US Army Airbase abgebogen war. Er beendet sein Telefonat just in dem Moment, als Dimitri an der Zugangsschranke der Airbase anhielt und plötzlich wie von Zauberhand zwei Besucherausweise aus der Brusttasche seines Hemdes kramte und dem Wachposten vorzeigte. Dieser nickte und erklärte kurz und knapp, wie sie zu dem im Besucherausweis autorisierten Gebäude gelangen würden. Dimitri bedankte sich und blickt nach rechts in zwei riesengroße Fragezeichen in Mætts Gesicht.

„Warts ab", sagte er schmunzelnd zu seinem Freund und fuhr die wenigen hundert Meter um zwei langgezogene Gebäude herum zu ihrem Ziel. Davor stand schon ein hünenhafter, ziemlich beleibter Angehöriger der US-Luftstreitkräfte. Dimitri parkte den Wagen auf den dafür vorgesehenen Flächen, stieg aus und winkte Mætt ihm zu folgen. Mætt folgte zögerlich und sah noch, wie Dimitri den riesigen Officer oder was auch immer dieser für einen Rang hatte, mit freundschaftlichem Schulterklopfen begrüßte. Mætt näherte sich mit tief in Furchen gezogener Stirn und offensichtlichem Misstrauen im Blick. Er kam um den Wagen herum und plötzlich erkannte er den Uniformierten. Das war doch Mike! Ein deutlich gealterter Mike zwar, aber immer noch Mike. Er blickte zwischen Mike und Dimitri, der jetzt dreckig grinste, verständnislos hin und her.

„Ja", begrüße ihn Mike auf die nicht gestellte Frage, „ich leite den Laden jetzt." Mike war einer der Teilnehmer des Freefaller-Kurses, an dem das ganze deutsche Team in Vorbereitung auf die so verheerend ausgehende Bosnien-Mission teilgenommen hatte. Sie begrüßten sich herzlich, klopften sich gegenseitig die Schultern.

„Springst du noch?", fragte Mætt.

Mike grinste. „Wenn gerade ein Lastenschirm frei ist und die Laderampe der C-130 komplett öffnet, rollen mich die Jungs aus dem Flieger", scherzte er und klopfte sich auf den mächtigen Bauch.

„Zu viel Büro, zu viel Planung", ergänzte er.

Langsam setzten sie sich in Richtung des Hangars in Bewegung, in dem vor ewigen Zeiten ihre Ausbildung zu Freefallern stattgefunden hatte. Natürlich war die Zeit nicht stehengeblieben, aber Mætt erkannte überdeutlich alles wieder. Damals hatten sie in Vorfreude alle sieben zusammen den Kurs begonnen. Ein völlig neues Konzept. Sie wurden tagelang theoretisch geschult, hatten den Aufbau der Ausrüstung, die Aerodynamik der neuartigen Technik von der Pike auf gelernt. Mike war einer von den Teilnehmern. Auch Dieter war dabei, erinnerte er sich. Damals war schon klar, dass er den Einsatz leiten würde. Schwer lastete diese Erinnerung auf seinen Schultern.

„Ja Jungs, ihr habt mich schon neugierig gemacht", hob Mike an, „deshalb hab ich auch nur zu gerne den Einsatz für euch geplant", hörte Mætt den letzten Satz, der aus Mikes Mund kam.

„Häh? Einsatz? What the fuck, welcher Einsatz denn?", fragte er, abwechselnd auf Dimitri und Mike blickend.

„Briefing in 30. Vorher noch die Ausrüstung checken", ließ Mike befehlsgewohnt wissen, drehte sich auf dem Absatz herum und verließ den Hangar in Richtung Bürokomplex. Wäre Mætt nicht so verdattert gewesen, hätte er das heimtückische Grinsen, das Mikes Mund umspielte, wahrgenommen. Ein offensichtlicher Angehöriger der US Army kam mit zwei riesigen Rollcontainern auf Mætt und Dimitri zu.

„Da ist sie ja, die Ausrüstung! Und der Rest ist auch da", rief Dimitri mit gespielter Überraschung. Mætt drehte den Kopf, sah den Typen in einem typischen Fliegeroverall auf sich zukommen und drehte sich wieder um zu Dimitri. Langsam wurde er nervös.

„Was für ein Einsatz, denn? Dimitri, komm schon. Rede! Jetzt!", stammelte Mætt.

„Moment, erst einmal das Team komplettieren und dann die Ausrüstung checken."

Er drehte sich um, schaute auf die beiden Rollcontainer, schaute auf den Army-Typen, dann wieder auf die Container.

Offensichtlich komplett irritiert und verunsichert. Irgendwann machte es klick in seinem Gehirn. Er ruckte herum, schaute auf den mittlerweile breit grinsenden Bogdan und den mühsam beherrschten Dimitri.

„Leute, was ist denn hier los? Führt ihr einen alten Mann aufs Eis? Komm her Bogdan, lass dich drücken."

Sie begrüßten sich überschwänglich.

„Leute, Briefing in 10. Mætt, dir kann ich versichern, dass deine Ausrüstung nicht nur komplett, sondern auch so gut wie neu und funktional ist und … bevor du jetzt Schweißausbrüche bekommst, mir ist bewusst, dass du nur mit einem selbst gepackten Schirm springst."

Mætt verstand die Welt nicht mehr. Was war hier los? Er ging auf den Container zu, den Bogdan in seine Richtung schob, und hob den Deckel. Alles war da. Sein altes Gurtzeug, sogar sein alter Kombi, der Helm, die Atemmaske, in der er selbst ein Mikrofon installiert hatte, die Brille, Handschuhe, seine Stiefel. Alles war da. Sogar die alte Motorradmaske gegen die Kälte. Fassungslos schaute er in die Kiste.

„Also, das Gurtzeug ist überholt, die Kappe ist identisch mit deiner alten Kappe, aber neu. Gleiche Aerodynamik, gleiches Flugverhalten. Hoffe der Kombi passt noch. Das Mikro in der Sauerstoffmaske ist ein zeitgemäßes; man versteht jetzt, was gesagt wird. Deine Brille ist die alte, halt nur mit neuen Gummis. Beschlägt jetzt wesentlich weniger. Ach ja, bevor ich's vergesse, der Reserveschirm ist frisch überholt. Gut für die nächsten zwei Jahre."

„Aber …", stammelte Mætt.

„Briefing in 5. Wir sollten gehen. Mike wird ungehalten, wenn wir nicht pünktlich sind."

Lachend nahmen sie Mætt in die Mitte und setzten sich in Bewegung in Richtung des alten Schulungsraums, in dem das Briefing stattfinden sollte. Viele Emotionen prasselten auf Mætt ein. Die Erinnerung war so überdeutlich, andererseits war er auch maximal verwirrt. Er wusste nicht, was vorging. Plötzlich war

Bogdan vor Ort, brachte sein komplettes Equipment mit. Keine Ahnung, wo das Zeug die ganzen Jahre war. Seine alte Ausrüstung war nach einer ersten, schnellen Begutachtung in erstklassigem Zustand. Sie wurden zum Briefing für irgendeine Mission geladen. Mission? Briefing? Er verspürte leichten Schwindel und der Druck auf seinen Kopf nahm zu. Im Raum angekommen, sah es aus, wie es halt für ein Briefing einer Mission in einem Mission Control Center aussah. Sie setzten sich auf die Stühle, nahmen Mætt in die Mitte, schoben ihn mit leichtem Druck auf den für ihn vorgesehenen Stuhl und wandten sich Mike zu. Der begann sogleich in professioneller Manier die Mission vorzustellen.

Irgendein Spezialist musste im Zielgebiet abgesetzt werden. Mætt verstand nicht, zu was das gut sein sollte. Er horchte auf, als Mike sagte, dass er Mætt, den Spezialisten, sicher in das Zielgebiet bringen sollte. Dass die Tangos im Zielgebiet über Flugaufklärung verfügten und dass man „reinspringen müsse". Im Schutze der Dunkelheit.

Die Jungs erzählten später, dass ab einem gewissen Punkt Mætts Verwirrung dem professionellen Gesichtsausdruck gewichen sei, den man von früher an ihm kannte. Mike stellte den Plan vor, der vorsah, dass das Team mit dem Gast in 9200 Metern Höhe ausstieg und circa fünfunddreißig Kilometer ins Zielgebiet flog, landete und dort von einem anderen Team, das bereits vor Ort war, abgeholt wurde.

„Das ist ein HAHO-Sprung, wir werden Sauerstoff brauchen", sagte Mætt. „Carrier ist eine C-130?", schob er nach.

„Positiv", antwortete Mike.

„Der Gast hat darauf bestanden, dass er seinen Tandem Master vorher kennenlernt."

Ein sehr befremdliches Grinsen umspielte Mikes Mundwinkel. Kurz darauf klopfte es kräftig an der Tür. Auf ein „Herein" betrat ein schlanker Schwarzer den Raum und grüßte militärisch-stramm.

„Der Spezialist ist da", erklärte Mike.

Mætt folgte Mikes Blick und neben dem Kameraden stand,

angeleint, ein Belgischer Schäferhund, der ihn ausdruckslos mit dunklen Augen fixierte. Mætt blickt ungläubig in die Runde. Der Spezialist war ein Hund … So konnte man das auch nennen. Und er sollte den Hund ins Zielgebiet bringen. So langsam verstand er den Sinn des Theaters. Sie wollten den Sprung von damals nachstellen und ihn auf diese Art und Weise dazu zwingen, sich mit seiner Vergangenheit auseinanderzusetzen. Vielleicht etwas zu verarbeiten und so Ruhe zu finden, oder zumindest etwas mehr Ruhe.

Mætt ging mit einem Male, als er die Dimension dessen erkannte, was da geplant war, der Arsch so richtig auf Grundeis. Er hatte x-fach Spezialisten abgesetzt, auch Diensthunde. Vor dreißig Jahren. Die Anforderung war aber nicht zu unterschätzen. Ein Sprung aus dieser Höhe erforderte externen Sauerstoff, der an der Ausrüstung mitgeführt werden musste. Zu allem Überfluss wollten sie, genauso wie damals, in den anbrechenden Tag springen. Heißt: Es ist stockdunkel beim Exit. In seinem Gehirn ratterte es. Machen oder nicht machen? Scheinbar war Letzteres keine Option. Das Briefing ging schon weiter und war kurze Zeit später bereits beendet. „Moment!", rief Mætt, „wenn ich den K9-Kollegen schon absetzen soll, dann will ich ihn auch kennenlernen. Ich übernehme den hier."

Sein Hundeführer suchte verwirrt Mikes Blick. Der nickte und der Soldat übergab die Leine an Mætt.

„Wie heißt der Kollege eigentlich?"

„Charlie-Tango", erwiderte der Soldat, um zum Schluss noch „it's a girl", hinzuzufügen.

Mike erklärte sodann die Details.

„Get ready tomorrow at 0600", schloss er das Briefing ab. Es war alles gesagt.

„Canteen opens in 30", war das Zeichen zum Aufbruch.

Keine Ahnung, ob Hunde in der Kantine erlaubt waren, immerhin war das ja ein Kollege.

Um 0430 wurde er geweckt. Keine Zeit, um nervös zu sein. Schnellen Kaffee, ein wabbeliges Sandwich dazu, dann ab in den

Hangar, um alles vorzubereiten. Er war sehr schnell fertig. Den Hund in sein Gear zu verpacken war dann schon etwas komplexer. „CT", wie er sie nannte, schlief zwar bereitwillig an seinem Fußende des Bettes, war wohl aber zwei-, dreimal nah dran ihn zu beißen. So kam es ihm jedenfalls vor. Ausrüstung anziehen klappte mit Herrchen wohl besser. Punkt 0600 saßen sie komplett „aufgerödelt" in der C-130. Die C-130 Hercules war ein propellerangetriebenes Transportflugzeug von Lockheed Martin, das seit dem Koreakrieg in den 1950ern existierte und heute noch weltweit im Einsatz war. Es hatte eine Laderampe, die während des Flugs geöffnet werden konnte, was einen Absprung mit Gepäck sehr komfortabel machte. Der Frachtraum verfügte über kein Druckausgleichssystem, so dass man, flog man in größere Höhen, sich mit dem Bordsauerstoffsystem verbinden musste. Neben jedem der sehr unbequemen Mannschaftssitze war ein solcher Sauerstoffanschluss in erreichbarer Nähe. Mike ließ es sich nicht nehmen und fungierte als Flight Commander, der den Ablauf des Flugs und den Absprung koordinierte. Ausschließlich auf sein Kommando erfolgten die Aktivitäten. Es hatte schon etwas Erheiterndes, diesen großen, schweren Mann in einen Overall gepresst zu sehen. Das Wetter war gewohnt gut. Draußen war es stockdunkel, als sich das schwere Flugzeug in Richtung Startbahn auf den Weg machte. Alle waren mit ihren Kopfhörern über das bordeigene Intercom miteinander verbunden. Niemand sprach. Jeder hing seinen Gedanken nach. Mætt war hin- und hergerissen. Einen Moment lang hatte er nicht die geringsten Bedenken, das alles hinzukriegen. X-fach gemacht. Im nächsten Moment hatte er nackte Angst. Erinnerte sich an das fast identische Szenario, das ihn ins Chaos befördert hatte. Er bekam Kopfschmerzen und hatte wieder diesen metallenen Geschmack in seinem Mund. Ob gut oder schlecht konnte er nicht deuten, er wollte nur, dass es vorüberging.

Mike machte Zeichen, dass sie die Höhe erreicht hatten und sich mit dem Bordsauerstoff verbinden sollten. Mætt versorgte mechanisch zuerst CT, dann sich selbst.

„30 bis zum Exit", vernahm er die Stimme des Commanders in seinem Kopfhörer.

Sein Herz beschleunigte, sein Mund wurde noch trockener. Die Jungs schauten sich gegenseitig an. Dimitri schmunzelte. Er und Bogdan tauschten schnelle Blicke aus. Mætt würde das schon schaffen. Sie hatten den Zeitpunkt bewusst so gewählt, dass man im Zielgebiet ausreichend Sicht hatte. Das würde die Sache erleichtern. Sie wollten lediglich erreichen, dass Mætt sich überwand und in die Dunkelheit sprang. Sie hatten ihm CT gegeben, um ihn damit von sich selbst abzulenken. Er hatte Verantwortung für den Diensthund. Die Hoffnung war, dass er mit dieser Aufgabe derart beschäftigt war, dass es ihm gar nicht in den Sinn kam zu intensiv nachzudenken, panisch zu reagieren oder gar zu kollabieren.

Dann ging alles ganz schnell.

„Exit in 5", wurde signalisiert.

Alle begaben sich in Richtung Rampe, die schon geöffnet war. CT wurde an Mætts Gurtzeug befestigt und an den Sauerstoff der Ausrüstung angeschlossen, den Mætt mit sich führte. Alle warteten gespannt, dass das Signal auf Grün sprang. Mætt schaute sich um, tauschte Blicke mit Dimitri und Bogdan aus. Der Leitende zwinkerte ihm zu. Dann ging es los. Dimitri zuerst, dann Bogdan und zuletzt Mætt mit CT quer vor seinem Bauch. Er trat an den Rand und ließ sich locker nach vorne ins dunkle Nichts fallen. Sofort begann der Wind an ihm zu zerren. Kopf ins Genick, Arme raus, Beine anwinkeln, zählen. Der freie Fall war bei diesem Sprung sehr kurz, sie mussten bis zum Zielgebiet eine längere Strecke fliegen. Schirm öffnen, zählen, checken, ob der Schirm offen war. Schauen, wo er, vor allem schauen, wo die anderen sind. Check. CT okay? Check.

Dann Dimitris Stimme im Ohr: „Na Mädels, alles klar? Mir nach."

Bogdan bestätigte, Mætt bestätigte. Er nahm die kleine Positionsleuchte an Dimitris Helm wahr und realisierte, dass er ziemlich genau auf Kurs lag. Er flog so, wie es eigentlich ein sollte, dicht an der Dimitris Kappe. Er sah Bogdans Umrisse links neben sich. Langsam entspannte er und fing an den Flug zu genießen. Alles fühlte sich so seltsam vertraut an. Mittlerweile konnte er immer mehr von seiner Umgebung wahrnehmen, da die Nacht langsam dem beginnenden Tag wich. Irgendwann waren sie unter 4000 Metern, so dass sie auf den externen Sauerstoff verzichten konnten. Die Temperaturen wurden auch wärmer. Nach einiger Zeit konnte er das Zielgebiet klar ausmachen. Vielleicht noch fünf, maximal zehn Minuten bis zur Landung. Er bereitete sich vor und ziemlich schnell landeten sie stehend, sanft, nicht weit voneinander entfernt. Fast perfekt.

Bei einem richtigen Einsatz würde man sich jetzt der Kappe und des Gurtzeugs entledigen und das restliche Protokoll abspulen. Er löste den Hund, befreite ihn von seiner Atemmaske und der Brille und befestigte ihn an dem dafür vorgesehenen Gurt um seine Hüfte. Danach konnte er sich frei bewegen. Er sammelte den Schirm ein und präparierte ihn zum Abtransport. Dimitri und Bogdan kamen auf ihn zu. Lachend klatschten sie sich ab und freuten sich, dass alles so gut geklappt hatte. In Mætt tobte ein Sturm der Gefühle. Erleichterung, Stolz, dass er das wirklich geschafft hatte. Alles auf einmal. Sein Herz hüpfte. Er schluckte heftig und wurde von seinen Gefühlen übermannt.

Aus der Ferne zeichnete sich ein Jeep ab, der schnell näherkam. Der Diensthundeführer übernahm überglücklich CT und alle bestiegen den Jeep zurück zum Stützpunkt. Debriefing, danach war es überstanden.

„Lief gut", sagte Dimitri und Bogdan nickte zustimmend.

„Du bist derart dicht an Dimitris Kappe geflogen, du hättest darauf spazieren gehen können", bemerkte Bogdan grinsend.

„Na ja, gelernt ist eben gelernt. Das haben wir bis zur Vergasung trainiert. Und was es da an Anschissen gehagelt hatte, wenn da was nicht so gelaufen ist. Ich erinnere mich nur mit Grausen daran."

Alle nickten schief grinsend in Erinnerungen schwelgend.

Der letzte Abend in Arizona. Sie beschlossen ein nettes Restaurant zu besuchen und die Jungs vom Stützpunkt einzuladen.

Ohne die hätte das nicht funktioniert. Einen HAHO-Nachtsprung aus einer C-130 kann man in der Regel nirgendwo einfach mal so buchen. Sie feierten in einem rustikalen Diner und hatten einen schönen Abend, mit viel Männergesprächen, und waren sich einig, dass sie sich viel öfter treffen sollten.

Auf dem Heimweg fragte Dimitri Mætt: „Und was denkst du, wohin wir morgen gemeinsam fliegen werden?"

Bogdan und Dimitri schauten sich vielsagend, aber nicht entspannt an.

„Na, heim", sagte Mætt lachend, „wohin denn sonst?"

„Schau Mætt, wir haben uns was überlegt."

„Oha ... das klingt spannend", gab Mætt noch immer bester Laune und über alle Backen grinsend zurück.

„Alles hat bis jetzt bestens geklappt. Keine größeren Ausfälle deinerseits. Erstmal überwunden, ist alles gelaufen wie am Schnürchen. Keine Schwindelanfälle, keine Hallus, kein Nasenbluten oder sonst was. Überwindung, klar, aber perfekt geklappt. Es fehlt jetzt noch eine Sache, der du dich stellen musst, Mætt", betonte Dimitri und schaute Mætt intensiv in die Augen.

Mætt runzelte die Stirn, schüttelte automatisch seinen Kopf und sein Gesichtsausdruck war ernst, aber er ahnte, was Dimitri und Bogdan mit ihm vorhatten.

„Wir fliegen morgen zu dritt über Italien nach Sarajevo", gab ihm Dimitri bekannt und schaute Mætt mit einem Gesichtsausdruck, der keinen Widerspruch duldete, an, „dort mieten wir ein Auto und fahren ..."

„Das wird nicht passieren", erwiderte Mætt energisch.

„Doch, mein Freund. Du musst dich dieser letzten Sache stellen. Danach hast du den Kopf frei. Da bin ich mir ziemlich sicher", konstatierte Dimitri wieder mit einem sehr bestimmten Ton.

„Wir fahren von Sarajevo nach Zagan und laufen in der Morgendämmerung zu der Wiese hoch, wo vor mehr als zwei Jahrzehnten das ganze Drama seinen Lauf genommen hat. Wir schauen uns die Stelle an, an der Dieter gestorben ist und wir fahren dann weiter nach Bratunac auf die Brücke über die Drina, wo dein Trauma seinen letzten Schliff bekommen hat", äußerte Dimitri im gleichen Ton, der keinen Widerspruch zuließ. Mætt stand still, starrte vor sich hin und schüttelte unmerklich den Kopf.

„Keine Chance zu kneifen!" Mætt fuhr herum, hatte schon tief Luft geholt und wollte irgendetwas Verletzendes sagen, irgendwas Mieses, das ihn aus dieser Lage befreit hätte. Notfalls hätte er sich sogar geprügelt. Doch ein Blick in Bogdans und Dimitris Gesichter sagten ihm, dass es keinen Zweck gehabt hätte. Resigniert senkte er den Kopf.

„Ihr seid sicher, dass das eine gute Idee ist?", fragte er.

„Nein", erwiderten beide", „aber so können wir aber auch ausschließen, dass es nützlich gewesen wäre."

Sie gingen alle drei schweigend zurück zu ihrer Unterkunft.

„Aufbruch um 0900", rief Dimitri militärisch forsch.

Alle nickten und gingen schweigend in ihre Quartiere.

Zwei Tage später, mit einigen Umwegen und noch mehr Verspätungen landeten die drei in Sarajevo, um dann mit einem Mietwagen nach Zagan, dem kleinen Dorf, zu fahren, in dessen Umkreis sich damals alles ereignet hatte.

Das Erste, was Mætt auffiel, war, dass alles anders aussah. Zumindest anders als in seiner Erinnerung. Die Häuser waren allesamt in einem besseren Zustand als damals. Keine Ruinen mehr. Man spürte schon, dass man in einer armen Region Europas war, aber kein Vergleich zu den frühen 1990er Jahren. Auch die Stimmungen, die man erfasste, wenn man in den kleinen Dörfern anhielt und mit den Menschen sprach, nach dem Weg fragte oder nur etwas Small Talk machte, war komplett anders.

„Sogar die Vögel zwitschern wieder", dachte Mætt.

In seiner Erinnerung fehlten die Tiergeräusche komplett. Vielleicht hatte er damals nur nicht darauf geachtet. Vielleicht war es den Vögeln auch vergangen zu zwitschern, bei so viel Elend und Grausamkeiten. Selbst die Natur empfand Mætt als angenehm, freundlich und einladend. Ebenfalls nichts im Vergleich zu damals, wo sich hinter jedem Halm etwas Feindseliges verbergen konnte. Sie fragten sich durch zu dem kleinen Ort. Bogdan lief zur Höchstform auf, konnte er doch wieder die Sprache seiner Ahnen sprechen. Dementsprechend wurde er aufgezogen. Er hatte für den Abend in Bratunac drei einfache Zimmer gebucht. Von dort aus wollten sie am nächsten Morgen zur Brücke über die Drina. Jetzt waren sie aber erst einmal in den Hügeln, auf der Suche nach dem Berghang, auf der Mætt, Ritchie, Harald und Dieter damals in der Dämmerung landen wollten und sich in heftigem Granatenbeschuss wiederfanden. Dieter hatte dabei bekanntlich sein Leben verloren.

Die Ärzte im Mount Sinai mutmaßten, dass Mætt sich bei dieser Aktion seinen Kopf schwerer verletzt hatte, als er glauben wollte, und das die Ursache seiner Ausfälle war.

Nach schier endloser Fahrt auf immer kleiner werdenden Straßen, wenn man das so nennen konnte, schienen sie dort angekommen zu sein, von wo es nur noch zu Fuß weiterging. Bogdan fragte einen alten Mann nach dem Weg, der zahnlos lachend in die Richtung deutete, die sie einzuschlagen hatten.

„Zwei Stunden", wiederholte er immer wieder und deutete in besagte Richtung.

Sie hatten leichtes Gepäck, etwas zu trinken, etwas gegen den Regen, falls es denn welchen geben würde. Sie planten auch nicht, sich allzu lange dort an dem ehemaligen Landeplatz aufzuhalten. Mætt sollte sich seinen Dämonen stellen, wenn sie denn dort tatsächlich auf ihn warteten.

Sie gingen zügigen Schrittes durch die warme Landschaft, folgten einem schmalen Pfad leicht bergan, der sich in die Richtung schlängelte, in die der Alte gedeutet hatte. Mætt schaute sich permanent um und war scheinbar auf der Suche nach etwas, an das er sich erinnern konnte. Für ihn sah das komplett fremd aus. Selbst als sie von weiter oben das kleine Dorf überblicken konnten, weckte das keinerlei Erinnerungen. Sie sollten sich ja nach erfolgreicher Landung in einem etwas abseits gelegenen Haus mit lokalen Menschen treffen, mit denen zusammen sie ihren Auftrag erledigen sollten. Fotos machen. Schauen, ob sie denn irgendwelche Bestätigungen für die Gräueltaten finden konnten, die immer wieder gerüchteweise die Runde machten. Den Blauhelmen, die da unten waren, wollte man nicht trauen, wollte eigene Informationen sammeln. Mætt schüttelte den Kopf, um diese Gedanken loszuwerden. Nein, er erkannte hier nichts wieder. Selbst das Haus, in dem sie sich treffen sollten, das bei ihrer Ankunft nur noch ein Steinhaufen war, konnte man nicht mehr erkennen. Bis hierher ein netter Wanderausflug mit Freunden. Nach etwas mehr als einer Stunde erreichten sie die Wiese, auf der sie damals gelandet waren. Nichts erinnerte an die Situation von damals. Wie auch, fast dreißig Jahre später? Sicherlich hätte man Metallreste gefunden von den Granaten, die damals in unglaublichen Mengen einschlugen, aber jetzt sah man nur eine steile Wiese mit bunten Blumen und laut summenden Insekten, die langsam von dem vorrückenden Wald und den Büschen eingenommen wurde. Mætt suchte nach dem Baum, an den sie ihn gesetzt hatten, als er sein Bewusstsein verloren hatte. Er suchte nach einem Erdhügel, unter dem sie Dieter in seinen Fallschirm eingewickelt verscharrt hatten. Nichts. Nur ein freundlicher Wald.

„Erkennst du was wieder?", fragte Dimitri.

„Gar nix", antwortete Mætt tonlos.

„An was erinnerst du dich?", setzte er nach.

Widerwillig lenkte Mætt seinen Blick auf den Waldrand, blickte sich um, in die Richtung, aus der sie damals wohl anflogen.

„Es war dämmrig, fast noch dunkel. Man konnte die Umgebung nur schemenhaft erkennen", begann er.

Er blickte sich immer wieder um, ging etwas in die eine, dann wieder in die andere Richtung.

„Ich war damit beschäftigt gegen den Wald anzufliegen, niemanden zu behindern, um dann vorbereitet zu sein im Lee zu landen. Wir hatten das ja x-fach geübt. Dann brach die Hölle los …"

Er blickte abwechselnd zu Bogdan und Dimitri. Zuckte mit den Schultern. „Ich war vielleicht noch vier oder fünf Meter hoch in der Luft, konnte einen anderen Schatten neben mir erkennen. Dann wurde es hell. Blitze. Ich sah, wie jemand von uns landete, und dann …“, er brach ab.

Schaute sich wieder um. Er hatte jetzt Kopfschmerzen, die immer stärker wurden. Metallischer Geschmack im Mund, als hätte er gestern gesoffen. Er nahm einen kräftigen Schluck aus der Wasserflasche. Schaute Dimitri an, der ihm zunickte, und fuhr fort.

„Ich sah aus den Augenwinkeln, wie Dieter wohl einen vollen Treffer abbekommen hatte. Ich hatte das Gefühl, dass er in mehreren Teilen weggerissen wurde. Zeitgleich hat mich der Druck wohl in den Wald geschleudert. Ich kann mich an Äste erinnern, wie ich die Arme noch vors Gesicht riss, und dann erinnere ich mich erst wieder, als ich am Baum gelehnt zu mir kam. Wie mir alles weh getan hat. Stechender Schmerz beim Atmen. Dachte meine Rippen sind kaputt, waren aber nur geprellt. Hatte Kopfschmerzen wie ein Pferd. Nasenbluten und scheinbar hat es ein Trommelfell gekostet. Hab da heute noch Ärger mit. Und die unsagbaren Kopfschmerzen verbunden mit Schwindel. Hab damals glaub ich auch direkt gekotzt. Was doppelt schlimm war mit den geprellten Rippen.“

Danach wurde Mætt still. Natürlich erinnerte er sich auch daran, wie sie sich in den Wald zurückgezogen hatten, wie sie lange nicht wussten, ob sie da überhaupt lebend rauskamen, oder auch daran, wie sie Dieters Körper in seine Fallschirmkappe gewickelt hatten und ihn im Wald vergruben. Er wurde später geborgen und bekam ein anständiges Begräbnis. Er erinnerte sich auch, wie er die ersten Tage durch die Gegend taumelte, wie er sich permanent übergeben musste. Er erinnerte sich aber auch an die Ratlosigkeit, die von ihnen Besitz ergriff. Dieter war derjenige gewesen, der den Trupp anführte. Er hatte ganz klare Anweisungen, einen genauen Auftrag und er sprach die Landessprache. Dimitri und Bogdan waren damals nicht bei seiner

Truppe dabei. Er war der anderen Gruppe zugeteilt, mit der sie sich dann später in Bratunac getroffen hatten. Ritchie hatte dann das Kommando übernommen. Nachdem sich der Beschuss, der eigentlich nie hätte stattfinden dürfen, beruhigt hatte, machten sie sich auf, um sich mit den lokalen Hilfskräften zu treffen, die ihnen noch die fehlenden Teile zur Ausrüstung übergeben sollten. Sie hatten wohl alle notwendigen Utensilien zur Fotodokumentation am Mann, aber außer einer Kurzwaffe und einem Reservemagazin hatte keiner von ihnen etwas. Unten im Dorf angekommen, fanden sie das zuvor beschriebene Haus ziemlich schnell, nur lag es in Schutt und Asche. Weit und breit war niemand, der ihnen irgendwas an Ausrüstung hätte geben können. Also entschieden sie darauf zu bauen, dass sie irgendwann auf die Kameraden der zweiten Gruppe treffen würden.

Bei dem gesamten Unternehmen war von Anfang an der Wurm drin. Hätte man so nie machen dürfen … Hätte, hätte, hätte …

Mætt wurde es schwindelig, er setzte sich ins Gras. Sie waren da, wo alles begonnen hatte, wo nach maximal sechs Wochen alles hätte vorbei sein sollen, was dann aber doch fast drei Monate gedauert hatte, bis sie wieder zu Hause waren. Glücklicherweise. Dass nur einer von ihnen bei der Landung zu Tode kam, war reines Glück gewesen.

Sie blieben noch eine Weile auf der Wiese sitzen, schauten ins Tal und sogen die scheinbare heile Welt dieser Gegend in sich ein. Die Natur schien in Takt und nichts deutete darauf hin, welch grausames Kapitel der Geschichte sich vor nicht allzu langer Zeit hier zugetragen hatte.

Zum ersten Mal hatte Mætt das Gefühl sich zu den Vorkommnissen damals austauschen zu können. Natürlich wurde er im Anschluss vernommen, musste seine Sicht der Dinge professionell schildern. Ein Gespräch, wie es gerade stattfand, hatte es faktisch nie gegeben. Das tat wider Erwarten gut!

Auch die unterschiedlichen Meinungen zu hören, warum sie eigentlich auf diese Mission geschickt wurden, war interessant. Tenor war, dass man Anzeichen für Kriegsverbrechen dokumentieren wollte. Laut Dimitri war ihr Auftrag „Kriegsverbrechen" zu dokumentieren. Allem Anschein nach war schon längst vor dem Völkermord an den 8000 Moslems und Bosniaken im Jahr 1995 bekannt, dass die Serben mit massiv gezinkten Karten spielten. Im Nachgang wurde übereinstimmend von den Eingeschlossenen in unterschiedlichen Städten ausgesagt, dass keiner der Hilfskonvois von den Serben durchgelassen wurde. Die offizielle Darstellung war eine andere. Nicht erst seitdem die beiden ukrainischen Damen in Bosnien und Herzegowina aufgegriffen und mit Hilfe der UN aus dem Land geschafft wurden, war wohl bekannt, dass mehr Ausländer als vermutet im Land waren. Zumindest die wollte man vor der serbischen Willkür schützen ... oder wie auch immer. Die drei Freunde konnten übereinstimmend keine „Verschwörung" erkennen, welche der Misserfolg ihrer Mission genutzt hätte. Im Gegenteil, sie waren bis heute unter dem Radar von allen Berichterstattungen und auch unter dem Radar der Prozesse geblieben, die da in Den Haag gegen sie serbischen Kriegsverbrecher geführt wurden.

„Was wurde eigentlich aus Klaus und Ritchie?", fragte Dimitri. Mætt zuckte mit den Schultern.

„Die beiden waren eh dubios. Quasi unsere, mhm, ich will sie nicht Aufpasser nennen, aber schon die, die aus militärisch-operationeller Sicht über die meiste Erfahrung mit solchen Missionen hatten", erzählte Bogdan.

„Klaus war wohl in seinem früheren Leben bei der Polizei in irgendeiner Spezialeinheit und Ritchie war wohl Infanterist. Einzelkämpfer scheinbar. Der konnte aber nicht Fallschirm springen, Klaus schon. Ritchie war ja bei unserer Zusatzausbildung in den USA auch nicht dabei, obwohl er wohl angeblich bereits für unsere Mission nominiert gewesen war, so hörte man damals", erwiderte er grinsend.

„Klaus kam wohl Ende der 1990er bei einem Autounfall ums Leben, und keine Ahnung, was aus Ritchie geworden ist."

„Auch von den Jungs, die bei meiner Gruppe dabei waren,

habe ich nie wieder was gehört", ergänzte Dimitri. „Wir sind sozusagen die letzten drei, die zusammen rekrutiert wurden und heute noch Kontakt haben."

Langsam räumten sie ihre Trinkflaschen und die Snacks, die sie für unterwegs mitgenommen hatten, und machten sich auf den Rückweg. Mætt blickte sich noch einmal um, schaute sich die Grenze zum Wald und die Wiese nochmals genauer an. Ganz so, als wollte er ein geändertes Bild in seiner Erinnerung speichern, drehte sich um und machte sich zusammen mit den anderen auf den Rückweg zum Auto. Ihm ging es auch wieder besser. Keine Übelkeit mehr, der Schwindel hatte sich ebenfalls zurückgezogen.

Sie fuhren in ihre einfache Unterkunft zurück und aßen in Bratunac in einem einfachen, aber sehr heimeligen Restaurant zu Abend. Sie saßen noch bis in den späten Abend, unterhielten sich angeregt und lachten auch wieder. Die Stimmung hatte mit dem heutigen Tag deutlich an Anspannung verloren. Morgen wollten sie kurz die Fabrik und die Brücke besuchen. Das war nochmal ein heikler Teil, wurde doch Mætt fast zum serbischen Opfer und für zwei ungewisse Tage vom restlichen Team und Mariya getrennt.

Am nächsten Morgen, nach einem Frühstück ohne Zeitdruck, fuhren sie zu der Brücke über die Drina. Ab dem Moment, in dem die Brücke zum ersten Mal zu sehen war, wurde Mætt still. Trotz der angenehmen Temperaturen hatte er Schweißperlen auf der Stirn. Der Schwindel und die Kopfschmerzen waren zurück.

„Kommt, lasst uns umkehren, so wichtig ist das doch nicht", versuchte er der Situation zu entkommen.

Allen war klar, dass ihm der bloße Anblick der an sich sehr pittoresken Brücke doch sehr an die Nieren ging. Bogdan hielt vor der Brücke auf dem Seitenstreifen an, an dem scheinbar alle Touristen anhielten, um ein Bild von der malerischen Brücke zu machen. Mætt konnte sich nicht durchringen auszusteigen. Sein Körper gehorchte ihm nicht. Dimitri gab Bogdan ein Zeichen sich vom Auto zu entfernen. Das sollte Mætt alleine mit sich regeln. Sie gingen auf die Brücke zu, betraten sie aber nicht. Sie sprachen über den Moment, in dem sie Mætt zusammen mit dem serbischen Soldaten von der Brücke stürzen sahen, und bekräftigten, dass sie beide dachten, dass er tot sei.

„War ich auch so gut wie", erklang Mætts Stimme hinter ihnen, „ich kann nicht sagen, an was genau der Serbe gestorben ist. An seinem eigenen Messer oder an den Schüssen seiner Kameraden, die ohne zu zögern das Feuer eröffnet haben, als sie die Situation mit mir realisiert hatten", ergänzte Mætt.

„Weißt du noch, wie es ablief?", fragte Bogdan.

„Wir haben nur plötzlich die Serben wahrgenommen, wo eigentlich keine hätten sein sollen", erklärte Dimitri.

„Ich weiß auch nicht genau, wie ich in diese Situation gekommen bin. Ich wollte mich eigentlich nur in eine bessere Position bringen und die Bilder von dem sinnlosen Töten von Zivilisten durch die serbische Armee machen. Ich kann nicht sagen – und ich konnte schon damals nicht sagen –, ob die Serben, die mich und die beiden anderen armen Gestalten, die mir helfen wollten, passieren ließen oder ob die später aus dem Wald kamen und uns so vor sich hatten."

Mætt betrat nun die Brücke sichtlich angespannt, rieb sich seine rechte Schläfe und blinzelte. Er ging rückwärts und versuchte scheinbar den Weg nachzuvollziehen, den er damals rückwärts vor dem Soldaten mit im Anschlag befindlicher AK-47 ging. Er trat rückwärts im Halbkreis hin zur Mitte der Brücke.

„Dann sah ich aus den Augenwinkeln den Typen mit dem großen Messer auf mich zukommen. Hatte ich vorher noch Angst aus nächster Nähe erschossen zu werden, war mir dann klar, dass mich der Typ mit der AK lediglich seinem Kumpel mit dem Messer in die Arme treiben wollte, damit der mir die Kehle durchschnitt, um mich anschließend halbtot von der Brücke zu stoßen – wie all die anderen vor mir auch."

Mætt schaute unsicher zu Bogdan und Dimitri.

„Wir haben gesehen, wie dich der Typ mit der AK auf die Brücke getrieben hatte, und warteten darauf, dass er dich mit einer Salve aus nächster Nähe niederstreckt. Für uns warst du verloren."

Bogdan nickte zustimmend.

„Ich musste Mariya den Mund mit Gewalt zuhalten. Die schrie wie von Sinnen, biss mich in die Hand und war den gesamten restlichen Tag komplett apathisch", ergänzte er.

„Ich wusste, dass meine einzige, wenn auch verschwindend geringe Chance war, den Messertypen vor mich zu bringen. Quasi als Schutzschild. Dass der dann eher panisch reagierte, als ich ihn griff und an mich heranzog, half mir dann …", beendete Mætt den Satz nicht vollständig.

Er stand am Rand der Brücke, hatte mit der einen Hand einen imaginären Gegner an sich herangezogen und deutete mit der anderen Hand den Schnitt von einem Ohr zum anderen an.

„Dann habe ich mich an dem Typen festgeklammert und rückwärts fallen lassen … Das eiskalte Wasser hat mir schier alle Luft aus den Lungen getrieben. Ich hab mir beim Eintauchen im Fluss den Hinterkopf nochmals auf dem Grund des Flusses, an einem Stein brutal hart aufgeschlagen. Das hat dafür gesorgt, dass ich für eine ganz kurze Zeit das Bewusstsein verloren hatte. Instinktiv hab ich mich wie bei dem einen Zorro-Film unter dem Serben versteckt und habe zwar die Geschosse nicht einschlagen sehen unter Wasser – da hab ich gar nix gesehen –, aber ich hab die Schüsse gehört, wenn ich zum Luftholen unter dem Serben hoch kam. Die wurden irgendwann immer weniger oder leiser. Weiß nicht, kann mich nicht wirklich komplett erinnern. Spürte jedenfalls, dass ich zumindest aus der unmittelbaren Gefahr war. Hab dann das serbische Ufer angesteuert, nicht weil ich so clever oder doof war, sondern weil es das nächste Ufer war. Ich war komplett zum Eisblock gefroren. Das Wasser war so unglaublich kalt … Den Kollegen hab ich mitgenommen und nachgeschaut, ob der was Brauchbares am Mann hatte. Ich hab ihm dann eine Makarow und seine AK 47 mit Klappschaft abgenommen, inklusive drei voller Magazine, und bin an Land. Der Rest ist bekannt."

Mætt setzte sich auf den Rand der Brücke und atmete unruhig tief ein und aus. Sein Brustkorb hob und senkte sich heftig. Langsam beruhigte er sich wieder. Bekam sich und seine Emotionen allmählich wieder unter Kontrolle. Keiner sprach ein Wort. Eine Gruppe von drei Männern in ihrem Alter hatte hinter ihrem Mietwagen geparkt und kam auf die Brücke. Sie fragten Mætt, ob er nicht ein Bild von ihnen auf der Brücke machen möchte. Mætt bejahte und fragte sich im Stillen, ob er den Herren hier auf der Brücke nicht vor etlichen Jahren unter anderen Vorzeichen schon einmal gegenübergestanden hatte. Er verwarf den Gedanken aber genauso schnell, wie er ihm in den Kopf geschossen war, wieder.

Sie bestiegen ihr Fahrzeug und fuhren zur Fabrik. Der Besuch dort war unspektakulär. Die Gebäude bzw. der Rest, der noch davon übrig war, waren eingestürzt. Längst hatte sich die Natur ihren Teil wieder zurückerobert. Im Anschluss fuhren sie nach Bratunac zurück. Dort besuchten sie noch das Memorial, das an den Völkermord an der hiesigen Bevölkerung erinnerte. Sie sahen Bilder von einer Zeit, von der sie selbst Teil waren. Sehr nachdenklich fuhren sie zu ihrer Unterkunft zurück. Am nächsten Tag wollten sie wieder nach Sarajevo fahren und am Abend die Heimreise zurück nach Deutschland antreten. Sie saßen noch zum Abendessen auf dem Marktplatz und beobachteten die Menschen, die dort ihrem Leben nachgingen. Alle drei waren stiller als gewöhnlich. Sie mussten zugeben, dass ihnen die Reise in die Vergangenheit doch mehr unter die Haut ging, als sie sich eingestehen wollten.

Nach dem ausgiebigen bzw. lange dauernden Frühstück verabschiedeten sie sich von Bratunac. Hierher zurückzukehren war wohl eher nicht zu erwarten. Mætt schlug zwar vor die „Herrenpartie" hierher zu machen, was von den anderen beiden allerdings mit Bist-du-noch-bei-Sinnen-Blicken kommentiert wurde.

Mætt war lange mit seinen Gedanken alleine. Am Flughafen in Frankfurt angekommen verabschiedete er sich von seinen Freunden und musste dann noch eine längere Strecke mit dem

Zug fahren. Spät in der Nacht setzte ihn ein Taxi vor seiner Haustüre ab. „Back Home", dachte er. Ein einsames Zuhause, kam ihm in den Sinn. Wie waren die letzten Monate jetzt zu bewerten? Hatte ihm der Aufenthalt in den USA, seine „Desensibilisierung" durch die Reise mit den verbleibenden Beteiligten, die gleichzeitig seine besten Freunde waren, etwas gebracht? Das konnte und wollte er an diesem Abend nicht beurteilen. Das konnte nur die Zeit zeigen. Er schob die Haustür auf, sah, dass sich jede Menge Post hinter seiner Tür stapelte. Er schob diese mit den Füßen in den Hausflur. „Meinen Dämonen habe ich mich jedenfalls gestellt", dachte er ein wenig stolz, bevor er die Tür von innen verschloss.

Глава 8 (Ein ganz normales Leben!?)

Mætt war jetzt schon seit mehreren Monaten wieder zu Hause. Er hatte das Chaos, das durch seine lange Abwesenheit entstanden war, längst beseitigt. Alle liegengebliebenen Papiere waren geordnet, die ausstehenden Rechnungen bezahlt. Er war früher als geplant zur Arbeit zurückgekehrt, weil er sich zu Hause schlichtweg einsam fühlte. Brav ging er zu den von ihm selbst vereinbarten Therapiestunden, war geduldig und konnte, wenn er ehrlich zu sich selbst war, gewisse, wenn auch winzige, Fortschritte erkennen. Um zu entspannen, ruhiger zu werden und abschalten zu können, hatte er es mit autogenem Training versucht, stellt aber fest, dass das so gar nicht sein Ding war. Er schrieb sich in einer Yoga-Schule in der Nähe ein und fand Gefallen daran. Die überwiegend weibliche Klientel fand auch Gefallen – an ihm. Damit wollte er erst gar nicht versuchen umzugehen. Er verließ die Yoga-Schule wieder und entschied sich für Einzelunterricht. Die Lehrerin war hässlich, dafür aber superkompetent und hatte offensichtlich kein Interesse an ihm. Er ging regelmäßig, zwei Mal pro Woche, für eine Doppelstunde zu ihr nach Hause in das Yoga-Studio. Funktionierte bestens. Auch damit konnte er nach einer gewissen Zeit positive Veränderungen, was zum einen seine Beweglichkeit betraf und zum anderen seine Ausgeglichenheit, feststellen. Zusätzlich stürzte er sich in seine Arbeit, aber das Reisen und das damit verbundene Hotelleben war ihm fremd geworden. Da sollte sich die jüngere Generation, die langsam, aber sicher nachrückte, beweisen. Mætt, der Homie, der häusliche Typ, scherzte er mit sich selbst. Regelmäßig telefonierte er mit Dimitri und Bogdan. Die beiden kümmerten sich sehr um ihn. Unterstützten ihn. Versuchten ihn aus seiner selbst gewählten Isolation zu reißen. Unternahmen viel am Wochenende zusammen. Mætt fand wieder Gefallen am regelmäßigen Fallschirmspringen. Wann immer es möglich war, fuhren sie zu einer anderen Drop Zone und sprangen immer zu dritt. Wann immer die Sportspringer zu neugierig wurden, Fragen stellten, die die Jungs nicht beantworten wollten, fuhren sie zu einem anderen Sprungplatz. Karin und Dimitri kamen sogar zu ihm nach Hause und übernachteten bei ihm, obwohl das eigentlich immer umgekehrt war. Es gibt im Prinzip zwei Arten Menschen, wenn es um Besuche geht: die einen, die immer besucht werden, die anderen, die immer zu Besuch kommen. Dimitri und Karin waren die, die man besuchte. Kamen sie einen besuchen, dann war das etwas Besonderes. Es versetzte Mætt einen leichten Stich, Karin auf seiner großen Couch, genau dort sitzen zu sehen, wo Mariya sonst immer gesessen hatte. Das war der unangenehme Teil an dem, was er spöttisch sein neues Leben nannte. Die ständigen Gedanken an Mariya.

Andererseits fühlte er sich immer besser. Er wurde besser darin, seine ihm bisher verborgenen Verhaltensmuster zu erkennen. Es fiel ihm leichter etwas zu verändern, da er in der Lage war, sich selbst besser einordnen zu können. Er war sich bewusst, dass er ganz am Anfang dieser Reise stand. Aber immerhin war der Anfang gemacht.

Dafür war sein Leben aber auch einsamer geworden. In bitteren Momenten nannte er es „seinen ganz privaten Egotrip".

Wenn er abends so alleine auf seiner viel zu großen Couch lag, gedämpfte Musik hörte, kamen ihm früher oder später Situationen in den Sinn, die entweder besonders gut oder besonders schlecht waren. Oft bekam er dann ein schlechtes Gewissen und fühlte sich im Anschluss richtig mies.

Es war nichts zu ändern, man konnte nichts mehr rückgängig

machen. Er konnte sich dem Vergangenen stellen und zukünftig aufpassen, dass es sich nicht wiederholte. Das hatte er sich selbst versprochen. Er lernte auch seine Erwartungen an sich selbst in kleinere Portionen zu packen, damit er Erfolgserlebnisse verbuchen konnte. Anfängerlektion. Erreichbare Ziele setzen. Sollte er eigentlich wissen.

Er war seit Monaten abstinent. Ein weiteres Detail, das zu seinem Wohlbefinden beitrug. Er musste erkennen, dass Alkohol, egal in welcher Menge, seine Schlafqualität beeinflusste. Massiv. Er hatte niemals Probleme mit oder ohne Alkohol, aber keinen Alkohol zu trinken tat ihm definitiv gut. Die Menschen, die direkt mit ihm zusammenkamen, bemerkten diese Veränderungen. Vielleicht nicht im Einzelnen, aber es war schon zu erkennen, dass er sich verändert hatte. Stiller war er auf jeden Fall geworden.

Er verbrachte viel Zeit mit seiner Tochter, sprang einmal sogar zusammen mit ihr Fallschirm. Sie mit einem Tandem Master, er flog neben den beiden her und filmte. Das war großartig. Andrea brachte ihn dafür schier um, weil es nicht im Vorfeld abgesprochen war. Sie bemerkte erst viel später, dass sie ja gar nicht wusste, dass er Fallschirmspringen konnte. Danach gefragt, erzählte er mal wieder eine kleinere Unwahrheit. Zudem bemerkte er seit neuestem, wenn er die Leute belog. Manchmal fühlte er sich sogar schlecht dabei. Das Wesentliche war aber, dass er es bemerkte. Ob dies tatsächlich ein Fortschritt war, wusste er nicht so recht einzuordnen.

Schmitt mit zwei t hatte seinerzeit recht: Ihr werdet so gut lügen, dass ihr den Unterschied zwischen der Lüge und Wahrheit irgendwann gar nicht mehr wahrnehmt. Sowohl Fluch als auch Segen. Beruflich sicherlich Segen. Da sagte man ja auch nicht Lügen dazu, da war es entweder „Poker Face" oder „alternative Wahrheit".

Mariya hatte er auf diese Art und Weise nie belogen. Da war er wieder: der immer wiederkehrende Gedanke an Mariya. Das konnte er nicht abstellen. Regelmäßig dachte er an sie. Alles wurde an ihr bemessen. Er vermisste sie. Sehnte sich nach ihr. In seinem kleinen Kosmos war sie permanent präsent.

Nach seiner Rückkehr aus den USA war er mehr oder weniger regelmäßig nach Polen in sein Haus gefahren. Hatte sich mit Marek, dem Makler, und vor allem mit Dariusz und Kati getroffen. Dort waren die Erinnerungen an Mariya aber besonders intensiv. Das Haus war ihr gemeinsames Ding. Ohne sie war es nicht das gleiche. Das mochte er nicht. Er kam deshalb nicht mehr so oft. Stattdessen flog er zusammen mit den Jungs ans Rote Meer zum Tauchen. Sie hatten eine verdammt gute Zeit, aber Mariya war auch dort immerzu in seinen Gedanken präsent. Er fühlte sich immer wieder rastlos, getrieben und oft unvollständig. Dariusz riet ihm sich eine Frau zu suchen und sich etwas abzulenken. Das war ja genau das, was er so bitter bereute. Genau das hatte er ja irgendwie immer gemacht. Hatte sich eine Frau gesucht, hatte sich irgendwas gesucht und hatte sich abgelenkt. Wenn er irgendwann fertig war mit Ablenken, gab es im günstigsten Fall lange Gesichter auf der einen und Zerknirschung auf der anderen, seiner, Seite. Das wollte er nicht immer und immer wieder wiederholen. Nie mehr. Lieber blieb er sein komplettes restliches Leben alleine. Und war einsam.

Er hatte einen neuen Kunden, der jetzt seine gesamte Aufmerksamkeit forderte. Der Job half ihm auf sonderbare Art und Weise dabei sich abzulenken. Eigentlich wollte er genau das nie. Einen Job zu brauchen, damit er nicht den Boden unter den Füßen verlor. So war es aber. Der Job, das Laufen und sein Yoga-Ding. Seine neue, nicht so ganz heile Welt.

Der neue Kunde hatte das Potenzial etwas Großes zu werden. Es lag eine hohe Erwartung auf ihm, einen besonders gewinnträchtigen Abschluss zu realisieren. Er konnte extrem gut mit seinem Gegenüber auf Kundenseite. Sie hatten sich schon das ein oder andere Mal im privaten Rahmen getroffen. Mætt lernte die Frau des Kunden und dessen beide Kinder kennen. Es waren schöne Abende, bei denen man weniger über das Geschäft, als mehr über Privates sprach. Sie lernten sich auf eine sehr angenehme Art und Weise kennen – was Mætt aber auch wieder einen Stich versetzte.

Eben dieser Abschluss stand nun bevor. Man wollte sich in zwei Wochen treffen, um die Vertragsinhalte zu finalisieren, so dass es zeitnah zu den erhofften Unterschriften kam. Mætt musste dafür zum Hauptsitz seiner Firma reisen. Er stieg wie so oft in seinem Stammhotel ab, in dem er wie ein alter Bekannter begrüßt wurde. Er hatte eine Woche Aufenthalt eingeplant. Meeting-Marathon. Nach all den Jahren kannte er die Gegend gut, hatte seit Jahren eigene Laufstrecken im nahen Feld und in dem angrenzenden Wald. Er kannte auch das ein oder andere nette Restaurant und viele seiner Kollegen wohnten in der Umgebung. Eigentlich perfekte Voraussetzungen für einen entspannten Aufenthalt. Mætt zog es aber vor, nach dem Arbeiten laufen zu gehen, danach suchte er manchmal die Hotelsauna auf und war sehr zufrieden, wenn er die Zimmertür von innen verschließen konnte.

Es war der letzte Freitag des Meeting-Marathons. Alle Beteiligten waren von den schon die gesamte Woche dauernden Gesprächen irgendwie zermürbt. Es ging jetzt noch um zwei Klauseln des umfangreichen Vertrags, die zum wiederholten Mal von der internen Rechtsabteilung geprüft und hoffentlich endlich für passend befunden wurden. Das zog sich wie Kaugummi hin. Gerade verlor sich wieder einer seiner Kollegen in einer Rezitation von Unwichtigem, wie Mætt es in Gedanken zu nennen pflegte, da klingelte sein Mobiltelefon. Nummer unbekannt. Er nahm ab, sagte ein kurzes „Kleinen Moment bitte" und ging mit dem Telefon in der Hand vor die Tür des Konferenzraums.

„Entschuldigen Sie bitte, aber ich musste gerade den Meetingraum verlassen. Mit wem spreche ich denn?", fragte er freundlich.

„Hallo Mætt", gab eine ihm sehr vertraute Stimme zurück.

Ihm gefror das Blut in seinen Adern. Der Herzschlag beschleunigte und schaffte in Millisekunden das, was die gesamten

Vertragsverhandlungen im hohen zwei-, fast dreistelligen Millionen-Euro-Bereich nicht geschafft hatten. Er bekam feuchte Hände.

„Hallo Mariya", krächzte er in den Hörer.

„Du, ich bin bei meinen Eltern. Meine Schwester nimmt Lennox die nächsten beiden Tage. Ich habe mir überlegt, ob wir uns vielleicht treffen könnten. Wie sieht das bei dir aus?, fragte die ihm so vertraute Stimme in neutralem Ton.

„Wann wäre das denn?", erwiderte er, „ich bin im Hauptsitz, hatte aber sowieso vor heute Abend zurück nach Hause zu fahren."

„Das ist ja schön, meinst du, du schaffst das auf zwanzig Uhr heute Abend?"

„Denke schon, dass das klappen sollte", antwortete er krampfhaft um einen neutralen Tonfall seiner Stimme bemüht.

„Soll ich dich abholen?", fragte er.

„Nee, ich fahre selbst. Nehme das Auto meiner Mutter."

„Soll ich uns was zum Essen besorgen? Auch was hättest du Lust?", fragte er, nur um ihre Stimme noch länger hören zu können.

„Lass mal. Ich esse bei meinen Eltern. Vielleicht haste ja noch ein Glas Wein für mich."

„Ja, das lässt sich sicher einrichten."

„Na, dann haben wir ja einen Plan. Bis heute Abend dann", beendete sie das Gespräch und legte auf.

Kein „ich freu mich" oder sonst etwas in der Richtung, wie sie es sonst immer kundgetan hatte.

Mætt kehrte in das Sitzungszimmer zurück. Der Kollege rezitierte noch immer. Er unterbrach ihn höflich, fragte, ob aus der Rechtsabteilung schon eine Reaktion gekommen sei. Dies wurde verneint.

„Es gibt bei mir einen dringenden familiären Anlass. Ich muss auf der Stelle zurück nach Hause."

Er räumte, während er sprach, seine Unterlagen und seinen Laptop zusammen, schaute seinen Kollegen direkt in die Gesichter, um eventuelle Rückfragen auf der Stelle und schnell abzuholen. Er gab der Team-Assistentin mit den riesigen Brüsten, deren Namen er sich nicht merken konnte, klare Anweisungen, wie in welchem Fall der Rückmeldung aus der Rechtsabteilung die fehlenden Vertragsklauseln zu formulieren sind.

„Falls es noch Fragen gibt, ruft mich an, schickt mir aber bitte die finale Version des Vertrags per E-Mail, damit ich da nochmals drüber schauen kann, bevor der dann an den Kunden rausgeht."

Er verließ im Galopp das weitläufige Firmengelände und raste die knapp zweieinhalb Stunden durch den immer dichter werdenden Wochenendverkehr nach Hause. Er hatte alle Hände voll zu tun seine Junggesellenbude auf Vordermann zu bringen, bis Mariya eintraf. Da er direkt aufgebrochen war und noch einigermaßen staufrei durch den Wochenendverkehr kam, lag er gut in der Zeit. Er sammelte seine Wäsche, die überall in seiner Wohnung verstreut lag, und stopfte sie in die Waschmaschine, sammelte die Tassen und Teller ein, die an den unmöglichsten Stellen herumstanden, und schaffte es sogar noch Staub zu saugen, bevor es an der Haustür klingelte. Hektisch wickelte er das Kabel vom Staubsauger auf und verstaute das Ding auf dem Weg zur Haustür in dem dafür vorgesehenen Wandschrank. Durch das milchige Glas der Tür konnte er ihre Konturen erkennen. Konturen, die er sogar blind wiedererkannt hätte. Er war höllisch aufgeregt. Er war maximal nervös und wusste, dass er nicht den Hauch einer Chance hatte es vor ihr zu verbergen. Er holte tief Luft, öffnete die Tür und hoffte, dass sie seinen Herzschlag nicht hörte. Er holte gerade tief Luft, um sie zu begrüßen, da krachte der Staubsauger aus dem Wandschrank. Er stand mit offenem Mund da und Mariya lachte laut auf. Mit einem Blick hatte sie erfasst, dass Mætt gerade eine Blitzreinigung seiner Wohnung hinter sich gebracht hatte und dabei war die Spuren zu verwischen. Er hatte aber das Staubtuch, das er sich lässig über die Schulter gehängt hatte, vergessen und die leichten Schweißperlen auf seiner Stirn sprachen auch eine eigene Sprache.

„Hallo Putzfee", begrüßte ihn Mariya schließlich mit einem leicht spöttischen Grinsen, „haste es geschafft?"

Mætt schaute sie irritiert an.

„Was geschafft?", fragte er stirnrunzelnd, gab die Tür frei und bat sie herein. „Na, deinen Schweinestall aufzuräumen, bevor ich komme", brachte sie unter Gelächter hervor.

Da standen beide nun in der weit geöffneten Haustür, eine sich vor echt dreckigem Lachen biegende Mariya und ein irritiert dreinblickender Mætt mit einem Staubtuch über der Schulter. Sie kam den letzten fehlenden Schritt in den Flur herein, streichelte ihm mit dem Handrücken über die Wange und nahm ihn flüchtig in die Arme. Jetzt, wo sie so vor ihm stand, musterte er sie genau. Sie hatten sich Monate nicht gesehen. Sie sah umwerfend aus mit der großen, rechteckigen Stofftasche über der einen und ihrer Handtasche über der anderen Schulter. Die Haare vielleicht einen Tick kürzer, zum Pferdeschwanz gebunden. Sie streifte wie immer die Schuhe im Eingangsbereich ab und ging an Mætt vorbei in die Küche. Sie stellte ihre Taschen auf dem Tisch ab und atmete tief ein. Waren da kleine Fältchen um ihre Augen? Wenn das so war, standen sie ihr jedenfalls ziemlich gut.

„Gut siehst du aus", sagten sie gleichzeitig und mussten beide nervös lachen.

Es war eine skurrile Situation. Sie standen sich gegenüber wie bei einem ersten Date. Die Nervosität stand beiden auf die Stirn geschrieben.

„Wollen wir hier in der Küche Wurzeln schlagen?", fragte Mætt.

„Willst du weißen oder roten Wein?"

„Ich trink das, was du trinkst", erwiderte sie.

„Grüntee?"

„Nein, Wein", antwortete sie.

„Ja, aber ich trinke Grüntee, keinen Wein", gab er zurück.

„Echt? Kein Gläschen Wein mit der lieben Mariya?", fragte sie und blinzelte kokett.

„Nee, aber die liebe Mariya kann gerne ein Gläschen Wein haben oder mit dem lieben Mætt ein Tässchen Grüntee trinken", antwortete er und blinzelte genauso kokett zurück.

„Na, dann versuche ich den Grüntee", entschied sie, kramte in der mitgebrachten Tasche und zog eine graue, lange bequeme Baumwollhose mit breitem Bund heraus. Mit einer fließenden Bewegung öffnete sie ihre Jeans und wechselte die Hosen. Mætt versuchte das Bild von Mariya im Slip, in seiner Küche so gut es ging zu ignorieren, was nahezu unmöglich war. Krampfhaft um Beschäftigung bemüht holte er eine Tasse aus dem Schrank und goss ihr mit zittrigen Händen Tee ein.

„Du, wir müssen reden. Hab da extra genug Zeit eingeplant. Ist wichtig und außerdem kann es ja nicht sein, dass zwei erwachsene Menschen, Eltern eines gemeinsamen Kindes, nicht miteinander sprechen. Noch dazu wenn's wichtig ist."

Bei dem „erwachsene Menschen" zuckte er unmerklich zusammen. Das waren die beiden Worte, die während des Intermezzos mit Viviane am häufigsten missbräuchlich verwendet wurden. „Erwachsene Menschen", pah. Drauf geschissen. Er verkniff sich aber seinen Kommentar. Sie ging vor ihm her und steuerte die Wohnzimmercouch an. Als wäre sie gestern zum letzten Mal hier gewesen, rutschte sie in „ihre" Ecke und zog die Knie an. Mætt hatte ein verdammt flaues Gefühl im Bauch. Sie wollte reden, hatte genug Zeit mitgebracht. Das klang überhaupt nicht gut.

„Um was geht's denn genau?", fragte Mætt betont belanglos, merkte aber selbst, dass seine Stimme zittriger klang, als es ihm recht war.

„Es geht um Lennox. Er zeigt Verhaltensweisen, mit denen ich nicht klarkomme, die ich noch dazu nicht einordnen kann. Ich brauche dazu deine Meinung."

„Okay. Um welche Art Verhalten geht es denn genau?", fragte Mætt mit gerunzelter Stirn.

Lennox war jetzt fünf und sollte Verhalten zeigen, mit dem man nicht klarkommen sollte? Seltsame Sache.

„Lennox hat ein Problem mit seiner Sozialkompetenz", begann Mariya, „er kann seit längerem lesen, schreiben und Kopfrechnen. Hat er sich selbst beigebracht. Im Kindergarten mobbt er die anderen Kinder, weil die nicht so schlau sind wie er. Er wiederum wird gemobbt, weil er gelinde gesagt ein Bewegungslegastheniker ist. Er rennt nicht, er spielt nicht und die anderen Kinder sind eh doof, weil sie noch nicht lesen und schreiben können."

„Klingt für mich relativ normal. Ich war ähnlich. Konnte das alles auch im gleichen Alter. Lesen, schreiben. Hab mir das auch selbst beigebracht. Hab das nur niemandem erzählt. War mein Geheimnis. In der Schule wurde ich dann auch doof. Vieles von dem, was du von Lennox erzählst, habe auch ich erlebt. Die haben mich, ich glaube eine Woche nachdem ich eingeschult wurde, mit fünf, direkt in die zweite Klasse der Grundschule gesteckt. Das war mir immer noch zu langweilig. Danach dann direkt eine weitere höher. Wenn die mich gemobbt haben, gab's Haue. Ich wurde viel gemobbt und es gab viel Haue. Meine Eltern hatten fast einen eigenen Parkplatz vor der Schule. Im Gymnasium wurde es besser, ich habe dort aber auch zwei Klassen übersprungen. Man hat mich dort mehr gefordert. Ich bekam Sonderaufgaben. Dann noch Onkel Hans mit seinen Russischstunden. Dafür konnte ich aber nie wirklich gut rechnen", meinte Mætt lächelnd.

Mariya wiegte den Kopf hin und her.

„Willst du damit sagen, dass Lennox etwas zu viel Grütze im Hirn hat und wenn er genügend gefordert wird, kriegt er sich ein?"

„Na ja, ich würde es mal auf diese Art und Weise versuchen. Ihn zu fordern meine ich."

„Er ist so abwesend. Wie soll ich herausfinden, was er möchte und was ihn fordert. Alles, was ich ihm anbiete, lehnt er ab."

„Lass ihn mal untersuchen. Bei mir dachten sie auch lange, dass ich autistische Züge habe. Soll ich mal herumfragen, wo man mit solchen Kindern hingehen kann?"

„Mit solchen Kindern hingehen kann ... Mætt, das klingt furchtbar. Das ist auch dein Kind", ereiferte sich Mariya.

„Ich meine das nicht böse. Es nutzt niemandem, wenn man Lennox mit Samthandschuhen anfasst."

Sie schauten sich nachdenklich an. „Er weiß selbst am allerbesten, dass er gelinde gesagt ‚anders‘ ist." Sie redeten die nächsten zwei Stunden über Lennox, sein Verhalten, über dies und über das. Manchmal wurde die Diskussion etwas hitziger, weil sie nicht einer Meinung waren. Sie stritten auch, aber alles in einer wertschätzenden Atmosphäre. Mariya lehnte sich zurück, lächelte Mætt an.

„Das hat mir gefehlt", resümierte sie, „mich mit einem vernünftigen Mann auseinanderzusetzen, der nicht gleich ausrastet." Mætt sagte nichts. Stand verlegen auf, ging zur Toilette, um die Stille, die sich auszubreiten drohte, zu unterbrechen.

„Magst du jetzt ein Glas Wein", rief er ihr aus der Küche zu.

„Nur wenn du eins mit mir trinkst", gab Mariya zurück.

Mætt kam mit leeren Händen zurück zur Couch, setzte sich auf den Platz, den er kurz zuvor verlassen hatte.

„Ich trinke seit vielen Monaten keinen Alkohol. Tut mir nicht gut. Ich schlafe besser und bin ausgeglichener", erklärte er in ruhigem Ton und schaute Mariya liebevoll an.

„Ja, hab ich gehört. Dachte, dass du vielleicht für mich eine Ausnahme machst."

„Würde mir nicht guttun. Wie gesagt, ich hol dir gerne eine Flasche. Und: Von wem hast du gehört, dass ich seit Monaten abstinent bin?", fragte er mit lauerndem Unterton.

Von einer Sekunde auf die andere funkelte ihn Mariya angriffslustig an. Mætt holte gerade Luft, um eine Tirade über Freundschaft und Vertrauen zu beginnen, denn er wusste sehr wohl, oder er konnte sich zumindest denken, wer ihr das gesteckt hatte. Dimitri, wer sonst. Mariya war ja mit beiden, Karin und Dimitri, dicke.

„Du hältst jetzt mal die Luft an Mr. Mætt Supercool. Kommt es dir vielleicht in den Sinn, dass sich so einige Menschen Sorgen um dich machen? Dass denen vielleicht etwas an dir liegt?"

Er hatte wieder Luft geholt.

„Halt jetzt den Mund, hab ich gesagt, und hör mir zu", rief sie in einem Ton, dem man besser Folge leistete.

Beschwichtigend hob er beide Arme. Sie redete bestimmt eine Viertelstunde, wurde zum Schluss immer lauter, hatte Zornestränen in den Augen. Ihre Wangen glühten. Mit jedem Satz, den sie ihm entgegenschleuderte, wurde Mætt betretener. Er wusste, dass sie recht hatte. Es war ja nicht so, dass er böse Absichten hatte. Er wusste schlicht und ergreifend nicht, wie er sich verhalten sollte. Er wusste schlicht und ergreifend nicht, wie er sich *ihr* gegenüber verhalten sollte. Sie beendete ihre Ansage mit: „So, das musste ich jetzt mal loswerden. Jetzt bist du dran, wenn du was Vernünftiges zu sagen hast. Wenn nicht, halt einfach den Mund."

Mætt schaute betreten vor sich hin.

„Wo ist der Wein? Ich gehe mal davon aus, dass du für mich eine Flasche von dem Rioja besorgt hast? Alles andere würde ich dir nicht verzeihen." Sie blickte ihn auffordernd an.

„In der Küche. Dekantiert schon seit Stunden", antwortete er mit schüchternem Lächeln.

Sie stand auf, verschwand in Richtung Küche. Es klapperten Gläser und keine zwei Minuten später saß sie ihm wieder gegenüber.

„Also?", sie prostete ihm zu und nahm einen Schluck von dem Wein.

„Ich weiß nicht, wie ich beginnen soll", hob Mætt an.

„Na, dann will ich dir mal helfen", erwiderte sie mit einem bitteren Zug um die Mundwinkel.

„Meine letzte Erinnerung an dich ist die an einen gefühlskalten, grausamen Typen, der mit allem, was er mobilisieren konnte, auf meinen Gefühlen herumgetrampelt ist. Und das so lange, bis ich ein Häufchen Elend war und mich zusammen mit meinem Baby, entschuldige, zusammen mit unserem Baby, zurück nach Hause zu meinen Eltern flüchten musste. Weißt du vielleicht jetzt, wie du beginnen möchtest?"

So viel Zynismus kannte er an ihr gar nicht. Das Gespräch

hatte eine für ihn äußerst unbequeme Wendung genommen. Wie damals bei der zweiten Runde des Aufnahmeverfahrens in Berlin. Er fand sich auf dem „heißen Stuhl" wieder und wurde von Mariya genüsslich geröstet. Er senkte den Kopf und fing leise und langsam an zu erzählen. Er schilderte, wie er in Polen Dariusz beim Renovieren ihres Hauses geholfen hatte, wie er versuchte seinen inneren Zustand vor allen zu verbergen. Wie ihn Dariusz auf die Seite nahm und ihm einen ersten, verbalen Arschtritt verpasste. Er schilderte seinen Weg über Schmitt zu den Spezialisten der Mayo Klinik. Er berichtete ihr von der Diagnose, von dem Beginn seiner Therapie. Er erzählte weiter von Dimitri und Bogdan, die zu ihm kamen und ihn in eine Richtung nötigten, in die er freiwillig alleine nie gegangen wäre. Er berichtete ihr von dem Besuch in Bosnien, der Fabrik, der Brücke und dem befreienden Gefühl, das sich infolgedessen einstellte. Er schilderte ihr, dass er das Gefühl hatte Zentnerlasten seien von seiner Schulter genommen worden. Er berichtete ihr weiter von seinem Leben. Was er unternahm, um nicht verrückt zu werden. Dass er brav zu seiner Psychotherapie ging und sich mit seiner PTBS auseinandersetzte. Auch dass er bald wieder in die USA flog, um sich weiteren Untersuchungen seines Gehirns und der durch was auch immer hervorgerufenen Schädigungen zu unterziehen. Mariya war jetzt ganz still geworden, ließ ihn reden, fragte ab und zu nach, wenn sie etwas nicht verstand. Die ganze Zeit über schaute sie ihm direkt in die Augen, was ihn gänzlich aus der Fassung brachte. Dieser Blick, der bei ihm durch und durch ging, bei dem er das Gefühl hatte, dass sie sein Innerstes erfasste. Er, der nichts vor ihr verstecken oder verheimlichen konnte.

„Und warum tust du das alles? Lief doch auch ohne diesen ganzen Aufwand ganz gut, oder?"

Es verschlug ihm die Sprache. Wie konnte sie nur so etwas sagen. Nichts lief gut. Er zerstörte sehenden Auges alles, was ihm wichtig, lieb und teuer war. Ein Scheiß lief gut. Sie wiederholte ihre Frage nochmals.

„Warum tust du das alles, Mætt?"

Er schluckte. Sein Kehlkopf bekam ein seltsames Eigenleben.

„Weil ich nicht aufgehört habe zu hoffen, dass du und ich … dass … wir … Weil ich alles dafür tun will, dass wir eine gemeinsame Zukunft haben. Weil ich dich liebe Mariya, weil ich ohne dich nicht vollständig bin …"

Seine Stimme versagte, seine sorgsam aufgebaute Fassade brach wie ein Kartenhaus zusammen. Er holte tief Luft, schluckte ein paar Mal, zog die Nase hoch und schaute Mariya in die Augen.

„Kannst du den letzten Satz nochmal wiederholen?", bat sie ihn und eine Träne lief langsam über ihre linke Wange.

Ansonsten war sie regungslos. Hatte das leere Weinglas auf den Boden gestellt und zupfte fahrig an einem Papiertaschentuch, das sie in ihren Händen hielt.

„Was meinst du? Weil ich dich liebe und ohne dich nicht komplett bin?"

„Du hast vollständig gesagt, bei ersten Mal."

Sie drehte sich und kam auf allen Vieren über die Couch zu Mætt gekrabbelt und nahm ihn in die Arme. Küsste seinen Mund, seine Augen. Hielt seine Hände.

„Nichts will ich mehr. Zusammen mit dir, Lennox die Sache wieder in den Griff kriegen …"

Jetzt kommt das „Aber", das er so fürchtete, dachte Mætt, der Genickschuss, der einen Strich unter ihre Beziehung zog. Er hielt die Luft an.

„… aber ich habe Angst, Mætt. Angst, dass es wieder so wird, wie es war. Auch Angst davor, dass es mit uns nie mehr so wird, wie es einmal gewesen ist."

Mætt konnte die Verzweiflung in ihren Augen sehen, sie fühlen.

„Willst du es denn überhaupt? Würdest du dich diesem Wagnis denn überhaupt aussetzen wollen? Dich nochmals auf mich einlassen?"

Bange schaute er sie an. Klare Frage, klare Antwort. Ob er die

Antwort hören wollte, wusste er noch nicht. Angst kroch in ihm hoch. Angst. Endgültig verlassen zu werden. Angst alleine zu sein. Angst vor den vollendeten Tatsachen. Angst nicht mehr hoffen zu können. Mariya schaute zuerst ihn an, dann auf den Bezug der Couch. Unmerklich schüttelte sie den Kopf, hob den Blick wieder und blickte Mætt in die Augen.

„Du magst mich für verrückt halten, aber ja, das will ich." Mætt verstand nicht. In seinem Kopf rauschte es. Sein Gehirn war müde. Zu viel Konzentration. Den ganzen Tag schon.

„Sag nochmal ..."

„Ich glaube fest daran, dass wir es zusammen schaffen können, wenn wir es ernsthaft versuchen."

Mætt lächelte.

„Ja, willst du es denn auch versuchen?", fragte er zweifelnd.

„Ja", sagte sie, „weil ich dich liebe und weil ich ohne dich nicht vollständig bin."

Mætt lief eine wahre Tränenflut übers Gesicht.

„Weinst du schon wieder? Mensch! Entwickelst dich zu einer echten Heulsuse."

Sie grinste ihn liebevoll an. Mætt lächelte unsicher zurück. Zuckte mit den Schultern. War erschöpft. Er legte sich ganz dicht neben sie. Er war ausgelaugt. Total erschöpft. Leer. Ausgebrannt. Ganz nah war er ihrem Gesicht. Ihre Augen übergroß. Der sinnliche Mund ganz nah. ... Ein paar Momente später war er eingeschlafen. Mariya schaute ihm eine ganze Weile beim Schlafen zu, lauschte seinen gleichmäßigen Atemzügen. Nach einer Zeitlang löste sie sich vorsichtig von ihm. Sie ging in die Küche, holte ihre große Tasche und entnahm ihr eine Zahnbürste, ihren Kajalstift, eine Packung Slipeinlagen, drei Slips zum Wechseln, Zahnseide und trug alles nach oben ins Badezimmer. Dort stellte sie die Sachen dorthin, wo sie eigentlich schon immer gestanden hatten. Sie putzte sich die Zähne, wusch sich das Gesicht und kehrte zurück zu Mætt. Sie nahm die Decke, die wie immer zusammengefaltet über dem Rand des riesigen Möbelstückes hing, und deckte sich und Mætt damit zu. Unter der Decke schlüpfte sie ganz nah an ihn heran, roch an ihm, schob ihren Arm unter seinem durch und schlief kurze Zeit später sehr glücklich neben ihm ein. Es lag viel Arbeit vor den beiden, aber sie wollte ihr Leben mit ihrem Mann zurück.

Im Morgengrauen wurde Mætt wach. Er lag eng an dem schlanken Körper von Mariya. Löffelposition. Sie atmete tief und gleichmäßig. Er war einfach weggesackt gestern Abend, oder heute Nacht. Unbemerkt stand er auf, ging in die Küche und bereite leise den ersten Kaffee vor. 5:30 Uhr. Er schaltete die Kaffeemaschine an. Einen Espressokocher, der das heiße Wasser durch das Espressopulver durch ein schmales Röhrchen in die Kanne drückte. Die Urform der Kaffeezubereitung. Es dauerte ein paar Minuten, dann röchelte die Kanne und verströmte einen unverwechselbaren Geruch nach dunklem Kaffee. Milch hatte er zeitgleich lauwarm erhitzt. Er goss die beiden Flüssigkeiten zusammen, genauso wie seine Frau das am liebsten hatte. Leise ging er zur Couch zurück und setzte sich an den Rand. Saß regungslos und tat nichts weiter, als die Kaffeetassen in der Hand zu halten. Nach wenigen Sekunden regte sich Mariya. Sie lächelte schon, bevor sie die Augen öffnen konnte.

„Boah, voll lecker", sagte sie und räkelte sich.

Mit noch geschlossenen Augen setzte sie sich in Position und streckte ihren rechten Arm aus. Ein Ritual. Für Mætt war es das Zeichen, dass sie bereit für den Kaffee ist. Vorsichtig schob er die Tasse in ihre Hand. Sie nahm mit gespitzten Lippen den ersten Schluck des schwarzen Goldes, schluckte genüsslich und öffnete dann erst das eine, dann das andere Auge. Sie küssten sich und lehnten dann nebeneinander an der Lehne der Couch und schauten in den Garten, wo gerade der Morgen erwachte.

So begann das vorerst letzte Revival von Mætt und Mariya. Sie redeten viel. Wichtige Dinge mussten geklärt werden. Lennox war auch nochmals Thema. Sie blieb das gesamte Wochenende, telefoniert mit ihrer Schwester, um Bescheid zu geben, dass sie später als geplant zurück nach Hause kommen würde. Irgendwie klang es, als wäre es bereits als eine mögliche Option besprochen worden, doch das störte ihn nicht weiter.

Am Sonntagnachmittag, sie hatten die Couch nicht allzu oft verlassen, beschlossen sie die wohl bedeutendste Änderung ihres zukünftigen Lebens. Sie würden sich eine gemeinsame Bleibe suchen, in der alle zusammen einziehen würden. Sie, Mætt und Lennox. Das Haus von Mætt sollte vermietet werden. Gemeinsamer Nestbau auf neutralem Grund, nannten das beide mit nicht ganz ernster Miene. Jetzt hatten sie einen Plan.

In den folgenden Wochen sahen sich Mætt und Mariya oft. Zusammen mit Lennox verbrachten sie verlängerte Wochenenden, oft auch Zeit unter der Woche miteinander. Lennox, der seinen Vater ja im Prinzip jetzt erst länger am Stück erlebte, zeigte sich recht unbeeindruckt. Er lebte in seiner eigenen Blase. Er war nicht ablehnend, oder unfreundlich.

Mætt war an seine eigene Kindheit erinnert. Er versuchte Lennox mit unbemerktem Legen von Spuren, die der Junge sehr wohl registrierte, für irgendetwas zu begeistern. Teilweise gelang es, teilweise nicht. Lennox sog alles, was mit „Wissen" zu tun hatte, in sich auf wie ein Schwamm. Scheinbar um seine mangelnden körperlichen Fähigkeiten zu kompensieren. Autist war er wohl keiner, aber wohl nah dran. Er sollte seine Chance bekommen. Vielleicht würden sich seine sozialen Defizite ja auch noch verwachsen, sagte man ihnen.

Im nächsten Jahr im späten Frühling entdeckten sie ein Haus, das beiden auf Anhieb gefiel. Scheinbar stand es leer. Es war kompliziert, aber zu Weihnachten 2012 zogen Mætt, Mariya und Lennox in das Haus am Waldrand ein. Das Haus war das letzte am Rande eines 600-Seelen-Dorfs. Es lag ein kleines bisschen ab vom Dorfgeschehen. War sehr ruhig gelegen mit viel Platz. Es gab eine große Wohnung und eine Art Einliegerwohnung unter dem Dach, in der Lennox sein Zimmer haben sollte. Direkt angrenzend an eine Zwei-Zimmer-Wohnung. Dorthin konnte sich Mariya zurückziehen, wenn sie Zeit für sich brauchte oder Zeit alleine mit ihrem Sohn verbringen wollte. Das Haus war in einem erbarmungswürdigen Zustand und wurde von den beiden einmal komplett erneuert. Neues Dach, neue Fenster, neue Böden. Danach war es fast so, wie sie es haben wollten. Zum Einzug kamen alle, die ihnen lieb waren. Dimitri und Karin brachten das besondere Geschenk kurz vor Weihnachten. Dimitri hatte das Haus schon im Vorfeld gesehen und war sich über die Dimensionen und den vorhandenen Platz bewusst. Also kamen Dimitri und Karin zwei Tage vor Weihnachten und brachten den beiden zwei Hundewelpen vorbei. Dimitri hatte aus einem Wurf seiner japanischen Molosser-Hündin direkt zwei weibliche Hunde für Mætt und Mariya reserviert. Es waren große, stattliche Tiere bzw. es würden große, stattliche Hunde werden. Wenn sie ausgewachsen waren. Natürlich hatte er bei Mariya vorgefühlt. Die Hunde waren willkommen. Von Mætt wusste er seit Jahren, dass er sich nach „richtigen" Hunden sehnte. Mætt war tief beeindruckt. Er bedankte sich überschwänglich bei Dimitri und küsste Karin fest auf den Mund. Sie verbrachten zwei superschöne Tage, gingen im Winterwald spazieren. An Heiligabend fuhren die beiden Freunde zurück nach Hause.

So wurde aus Mætt, Mariya und Lennox so etwas wie eine Familie. Mit Haustieren.

So etwas wie Alltag zog ein, der nicht immer toll war. Manchmal war es mehr und manchmal war es weniger erträglich. Mariya hatte in der Trennungszeit von Mætt wieder begonnen ihren Bereiterjob freiberuflich auf Honorarbasis anzubieten. Wann immer es passte, trainierte sie Pferde und brach so aus ihrem Alltag aus, wenn er zu dröge wurde oder sie das Gefühl bekam von ihm aufgefressen zu werden. Mætt hatte da so seine Zweifel, ob dieses „Pferde – Ding" sich finanziell vorteilhaft bemerkbar machen würde. Nachdem er aber erkannt hatte, was man da verdienen konnte, und als er sah, was für eine Freude Mariya dabei hatte, überlegte er, ob er nicht auch beginnen sollte zu reiten. Jedenfalls freute er sich für seine Frau, dass sie das tun konnte, was sie glücklich machte. Manchmal, wenn es passte, begleiteten Mætt und seine Tochter Mariya bei ihren Aufträgen. Lennox blieb lieber bei Oma und Opa und verließ sein Zimmer dort nur zu den Mahlzeiten. Begleiteten Mætt und seine Tochter Mariya, ließen sie sie in Ruhe ihren Job machen, schauten sich die Umgebung an und trafen sich dann abends zum gemeinsamen Essen. Auf diese Art und Weise hatten sie Kurzurlaub, Urlaub mit dem Partner und der Tochter. Was wollten sie mehr.

Mætt und die Jungs, wie er Dimitri und Bogdan nannte, brachen verbindlich einmal pro Jahr zu ihrer Herrenpartie mit unterschiedlichen Zielen auf. Mal gingen sie irgendwo tauchen, mal Fallschirmspringen, oftmals eine Kombi aus beidem. Zuerst springen, dann tauchen. Andersherum funktionierte das nicht. Sie liebten ihre Herrenpartien sehr. Das ein oder andere Mal hatten sie die Regeln etwas aufgeweicht und am Ende ihres Trips die Mädels eingeflogen.

Eine Begebenheit sollte hier noch erwähnt werden. Diese trug sich im Frühling 2015 zu. Mætt konnte es nicht vermeiden und musste länger zu einem Kundenbesuch ins europäische Ausland. Es war einer der Termine, wo alle beiden, Mætt und auch Mariya, keinen zeitlichen Spielraum hatten. Manchmal nahm er Mariya zu seinen geschäftlichen Reisen mit. Gleiches Prinzip wie dann, wenn er sie begleitete. Tagsüber Job, abends dann gemeinsame Unternehmungen. Ab und an nahm sie auch an seinen Geschäftsessen teil. Das musste dann aber schon wirklich etwas Besonderes sein. Dieses Mal war aber nichts zu machen. Mætt war zwei Wochen weg. Jedes Mal, wenn einer der beiden alleine unterwegs war, zehrte die Sehnsucht an ihnen. Sie telefonierten jeden Abend. Manchmal richtig lange, manchmal nur ein paar Worte. Sie wünschten sich *immer* eine gute Nacht. Wenn sie getrennt waren, aber auch wenn sie stritten. So telefonierten sie also zwei lange Wochen, inklusive des dazwischenliegenden Wochenendes, weil der Aufwand, freitags spät zurückzufliegen und am Sonntagnachmittag wieder zurück, zu groß war. Darin waren sie sich einig. Mætt kam an besagtem Freitag wie angekündigt relativ spät zurück. Mariya stand in der Küche und bereitete das Abendessen vor. Sie hörte das Automatiktor der Garage und wusste, dass Mætt endlich nach Hause gekommen war. Es dauerte einen Moment, denn Mætt zog sich immer zuerst im Keller um, bevor er die Wohnung betrat. Wegen der Hunde. Mariya musste schmunzeln, wenn sie daran dachte, wie er um die Hunde getänzelt und die Hunde um ihn getänzelt waren, nur damit sein sündhaft teurer Anzug nicht durch den triefenden Sabber ruiniert wurde. Er schaffte es nicht. So viel sei verraten. Also zog er sich seither zuerst im Keller um und begrüßte dann die Hunde. Besser gesagt die Hunde begrüßten ihn. Dann erst war Mariya an der Reihe. Begrüßung nach Prioritäten nannte er das spöttisch lächelnd. Er kam also umgezogen in die Küche, guckte Mariya über die Schulter, küsste ihr von hinten den Nacken, griff nach ihren Brüsten und sagte:

„Schatz, wir müssen reden!"

Mariya lachte auf, sagte irgendwas Unflätiges.

„Nein, nein, mein Schatz, wir müssen wirklich reden", insistierte er.

Mariya drehte sich zu ihm um, vernahm den Ernst in seiner Stimme und fragte, was es wohl so Wichtiges gab. Sie sah ihn nicht. Gerade war er noch da. Dann hörte sie ein Räuspern, von unterhalb von ihr. Sie schaute nach unten, sah Mætt in seiner ältesten Jeans und einem völlig verwaschenen Sweatshirt vor sich knien. In der Hand hielt er eine ausgefranste Plastiknelke, die seit Jahren an ihrer Pinwand hing. Mariya lachte laut auf. Er fand das gar nicht witzig.

„Versau es nicht!", sagte er nur drohend.

Mariya riss sich komplett zusammen. Mætt wurde total ernst und tat das, was ein Mann eben tut, wenn er mit Blumen vor einer Frau kniet: Er machte ihr einen Heiratsantrag! Mætt musste zwei Mal unterbrechen, weil die Hunde dachten, er wolle spielen. Mariya stand da, hielt seine Hand, kicherte in sich hinein und konnte nichts sagen. Weil sie sonst losgeprustet hätte.

„Was ist denn jetzt?", fragte Mætt gespielt streng, „ich gebe mir hier die größte Mühe, werfe mich in Schale, besorge Blumen und du antwortest noch nicht mal ..." Mariya kam runter zu ihm auf die Knie, nahm beide Hände in die ihren.

„Mal im Ernst. Wenn das jetzt wirklich ein Antrag war, dann mein Lieber: Ja, ich will dich heiraten. Ich hoffe nur, dass du dir das gut überlegt hast."

„Ich hatte zwei Wochen Zeit. Frag mal Dimitri, ob ich mir das gut überlegt habe. Ich hab ihn permanent angerufen. Er konnte es schon nicht mehr hören. ‚Hör auf zu labern und frag sie endlich', hat er gesagt, bevor er letztes Mal dann direkt aufgelegt hatte."

Da knieten beide auf den Fliesen in der Küche. Hielten sich an den Händen, küssten sich. So war es beschlossen. So wurde geplant.

Es sollte eine kleine Hochzeit sein. Nur die beiden und die Trauzeugen auf dem Standesamt. Erweiterter Kreis der Trauzeugen: Dimitri und Back-up Bogdan auf der einen Seite, Mariyas Schwester und ihr Bruder auf der anderen Seite. Im Publikum saßen Mætts Tochter, Lennox und Mariyas Eltern.

Die Party fand Wochen später, Ende Juli, bei ihnen im Haus in Masuren statt. Kleiner Kreis, nur mit persönlicher Einladung. Transport und Unterkunft organisiert. Sie hatten einen kleinen Reisebus gechartert, der Deutschland von Süd nach Nord durchfuhr, die Gäste einlud und diese dann sicher und wohlbehalten in den vorgesehenen Unterkünften in Polen absetzte. Man traf sich am Tag vor der Feier am Haus, trank Kaffee und plauderte zwanglos. Es war eine schöne Stimmung. Das Wetter war sonnig und heiß, die Bäume spendeten genug Schatten. Vom See her wehte eine leichte Brise und es surrte und summte um sie herum.

Am nächsten Mittag kamen alle. Marek, der Makler, mit seiner Frau, Dariusz und Kati, Bogdan mit seiner neuen Dauerfreundin, mit der er seit der Scheidung von seiner Frau zusammen war, Dimitri und Karin und alle anderen, die ihnen lieb waren. Es war ein schönes Fest. Die polnischen Freunde sangen ihnen Lieder. Sie zündeten, als es dunkel wurde, ein Feuer und viele Fackeln an und tauchten so ihr Anwesen in ein Lichtermeer. Es wurde viel getrunken, noch mehr gegessen. Mætt und Mariya mussten eine Rede halten und tanzen. Es wurde viel gelacht und ausgelassen gefeiert.

Als es schon sehr ruhig geworden war, saßen Mætt und Mariya auf dem Steg am Wasser. Mariya hatte den Kopf an Mætts Schulter gelehnt.

„Jetzt sind wir verheiratet. Mann und Frau. Hättest du das gedacht?", fragte Mariya.

Mætt lächelte.

„Ehrlich gesagt: Nein. Als das mit uns in Slowenien begann, habe ich nicht eine Sekunde ans Heiraten gedacht. Später, als Lennox auf die Welt kam, wäre ich dazu bereit gewesen. Alles, was danach kam, war Heiraten das Allerletzte, an das ich dachte."

„Was macht jetzt den Unterschied?", fragte sie.

„Ich denke der Unterschied ist der, dass wir beide heiraten wollten. Wie siehst du das?"

„Mhm, weiß nicht. Vielleicht ist es so, wie du sagst. Für mich ist alles Wenn und Aber aus meinen Gedanken. Wir kennen uns wahrscheinlich besser, als die meisten anderen Paare sich jemals kennenlernen. Wir haben schon vorher gewusst, was wir mit dem anderen quasi gratis dazu kriegen. Bei uns ist wichtig, dass wir schon durch eine recht massive Krise gegangen sind. Er war nicht schön, aber wir sind nicht davongelaufen. Zugegeben, mehr als einmal habe ich daran gedacht. Wir haben das aber zusammen hingekriegt. Jeder den Teil für sich, ohne den es den nächsten Schritt nicht gegeben hätte. Weißt du, was ich meine?"

„Denke schon. Ich für meinen Teil bin sehr, sehr froh, dass es dich gibt. Ich wünsche mir, dass das für immer so bleibt."

„Das hast du jetzt aber schön gesagt." Sie gab ihm einen Schubs. „Komm, wir gehen zurück zu den anderen, sonst denken die, wir hätten die Hochzeitsnacht schon auf dem Steg begonnen."

Sie lachte total dreckig, in ihrer unverwechselbaren Art, und hakte Mætt unter. Zusammen gingen sie zurück ans Feuer, zu den anderen. Dimitri saß still da und starrte versunken in die Flammen. Er hatte Karin ganz dicht bei sich. Sie hatten sich eine Decke über die Schultern gezogen. Bogdan und seine Dauerfreundin, die scheinbar keinen Namen hatte, hielten Händchen und starrten ebenso in die Flammen. Dimitri hob den Kopf, lächelte Mætt an.

„Ist ein verdammt magischer Fleck Erde, Bruder!", sagte er auf Russisch. Dariusz und Kati, die aneinandergelehnt vor den Flammen standen, schmunzelten. Dariusz antwortete auf Russisch etwas wie:

„Nicht die Orte sind magisch, die Menschen, die an den Orten zusammenkommen, machen den Ort magisch!"

Alle, die etwas Russisch verstanden, inklusive Bogdan und Marek klatschten und stimmten Dariusz' Worten zu.

Die meisten der Freunde blieben übers Wochenende. Andere fuhren nach der Feier zurück nach Hause. Der Charterbus fuhr am Montagmorgen in aller Frühe die umgekehrte Strecke zurück und setzte die Gäste wieder vor ihren Haustüren ab. Dariusz und Kati blieben noch ein paar Tage. Dimitri und Karin auch. Mariyas Eltern blieben länger. Sogar eine ganze Woche. Für Mariyas Vater, den Germanistikprofessor, hatte Masuren eine besondere Bedeutung. Mætt und Mariya blieben zusammen mit Lennox bis zum Ende der Sommerferien.

Mariya besuchte dazwischen einen Kunden in der Nähe von Krakau. Flog von Danzig nach Krakau und war drei Tage später wieder zurück. Mætt arbeitete von seinem Arbeitszimmer in seinem Haus. Irgendwann war auch dieser Aufenthalt vorbei und alle kehrten in ihre Alltagsleben zurück.

So lief das Leben bei Mætt, Lennox und Mariya. Ein ganz normales Leben halt. Alltag halt.

Zwei weitere Vorkommnisse sollten noch erzählt werden, bevor wir die beiden unbeobachtet ihr Leben weiterleben lassen.

Bei Lennox verwuchs sich nichts, wie es einer der Spezialisten noch zu Beginn seiner Verhaltensauffälligkeit in Aussicht gestellt hatte. Außer dass der Knabe einen ziemlich exorbitanten IQ hatte, war sein Sozialverhalten nicht wirklich existent. Kein Segen, eher Fluch. Mætt kam sich vor, wie sich sein Vater vorgekommen sein musste. Dauergast in den verschiedenen Schulen. Schulverweise etc. Wirklich kein Segen. Mætt und Mariya hatten lange auf einen Termin bei einem Psychologen warten müssen, der auf hochbegabte Jugendliche und deren zum Teil sonderliche Gebaren spezialisiert war. Dafür reisten sie durch die halbe Republik. Nachdem Mætt die Sachlage geschildert hatte, sagte der freundliche Herr Mætt auf den Kopf zu, dass dieser in seiner Kindheit wohl ähnliche Schwierigkeiten gehabt hätte. Mætt war perplex. Er fragte, woran er das denn festmachen wolle.

„Es ist der Blick", kam die Antwort, „diese Menschen mit einer solchen Veranlagung kann man am Blick erkennen."

Im Prinzip schlug er vor Lennox in einer Art Internat unterzubringen, das darauf spezialisiert war auf die besonderen Bedürfnisse dieser speziellen Menschen einzugehen.

So geschah es dann auch. Lennox wurde informiert. Sachlich. Er nahm es auf, ohne viel Emotionen zu zeigen. Er wollte schon wieder in sein Zimmer gehen, hielt kurz an und fragte:

„Denkt ihr, dass das gut für mich ist?"

Als dies von beiden seiner Eltern bejaht wurde, fragte er noch, wann es dann los ginge. Mit dieser Information war das Gespräch für ihn beendet. Das war im Mai 2018, Lennox war zwölf Jahre alt. Im September zog er in das Internat, in dem er sich jetzt gerade auf sein Abitur vorbereitet. Im Anschluss will er dann Physik oder etwas anderes Naturwissenschaftliches studieren.

Das letzte Vorkommnis, das Erwähnung finden sollte, begann im Herbst 2019 und erlangte ab Frühjahr 2020 unter dem Namen „Coronapandemie" Bedeutung. Mætt und Mariya waren jetzt alleine. Lennox war ja im Internat und Mætts Tochter hatte ihr eigenes Leben und besuchte die beiden nur sporadisch. Manchmal begleitete sie Mariya zu einem ihrer Kunden. Das waren dann aber eher zwei Freundinnen, die da unterwegs waren. Das gesamte Leben änderte sich jäh zu dieser Zeit. Mit der Pandemie und dem damit einhergehenden Lockdown änderte sich vor allem das zwischenmenschliche Klima im Lande. Eine tiefe Spaltung zog sich durch die Menschen. Manchmal sogar durch vor kurzem noch intakte Familien und zerstörte eben noch liebevolle, funktionierende Strukturen unwiederbringlich.

Mariya war über Nacht arbeitslos, konnte nirgendwo mehr hinreisen und ihre Kunden besuchen. Das Leben, so wie man es kannte, war zum Erliegen gekommen. Mætt saß im Homeoffice und verfolgte die gesellschaftlichen Veränderungen mit wachsender Sorge. Er erkannte mit Schrecken die Entwicklungen, die dazu führten, dass die Menschen aufeinander losgingen. Denunziationen wurden wieder salonfähig. Es wurde angeschwärzt, was das Zeug hielt. Als Konsequenz passten die Menschen mehr und mehr auf, was sie zu wem sagten. Dies mündete in ein Klima der Angst und des tiefen Misstrauens. Weder Mætt noch Mariya waren willens ein solches Leben zu leben. Sie diskutierten lange, betrachteten verschiedene Optionen und beschlossen dann das Naheliegende. Sie zogen sich im Spätsommer 2020 nach Masuren in ihr Haus an den See zurück. Dort gab es alles, was man so braucht. Sie begannen sich ihr Leben in ihrer kleinen, heilen Welt einzurichten. Als Corona dann quasi über Nacht für beendet erklärt wurde, saßen sie zusammen auf ihrem Steg, genau an der Stelle, an der sie bei ihrer Hochzeit schon zusammensaßen, redeten lange miteinander und beschlossen dann gemeinsam dort zu bleiben.

Mætt fuhr alle paar Wochen entweder zu seinen Kunden, die seine Präsenz gar nicht mehr forderten, oder er war im Stammsitz seines Unternehmens. Die gesamte restliche Zeit war er inmitten seines Fleckchens Erde, inmitten der Natur. Mariya erging es ähnlich. Sie nahm, nachdem die Pandemie für beendet erklärt worden war, ihre Tätigkeit als Bereiterin wieder auf, besuchte einige ausgewählte Kunden, war längere Zeit in Lipica. Sie zog es aber vor ihr gemeinsames Fleckchen Erde nur noch dann zu verlassen, wenn es unbedingt sein musste.

КОНЕЦ
(ENDE)

Эпилог – (Epilog)

Sommer 2024

Ein gealterter Mætt mit raspelkurzen, fast weißen Haaren saß mit trägem Blick in einem bequemen Holzsessel auf dem Steg und schaute über den See. Insekten summten, Vögel zwitscherten. Durch die hohen Bäume und die dichte Vegetation geschützt war kein anderer, nicht natürlicher Laut zu vernehmen. Die sengende masurische Sommerhitze war auf dem Steg aber nicht in ihrer vollen Wucht zu spüren. Mittagspause. Neben ihm stand eine Kühltasche mit erfrischend kaltem, alkoholfreiem Bier. So ließ es sich aushalten. Ein Buch, sein Laptop und eine mehr oder weniger aktuelle deutsche Tageszeitung lagen daneben. Gerade hatte er noch die wichtigsten E-Mails seiner Kunden beantwortet. Heute Mittag musste er ein paar Telefonate führen. Homeoffice sei Dank. So ließ es sich leben. Abseits des Rummels, des Lärms.

Mariya kam in langen, gleichmäßigen Zügen auf den Steg zugeschwommen und lächelte Mætt schon von weitem an. Sie kletterte an der alten Holzleiter hoch und schüttelte das erfrischend kühle Wasser aus ihren Haaren. Mætt schaute auf ihre durch das kühle Wasser harten Nippel und schmunzelte süffisant vor sich hin. Sie registrierte das sehr wohl, verpasste ihm einen Klaps und sagte auf Russisch etwas wie „Hör auf zu glotzen, alter, geiler Bock" und küsste ihn zart auf die Stirn. „Essen in dreißig Minuten", setzte sie in gleicher Sprache nach.

Dann schwebte sie grinsend mit wiegenden Hüften davon. Sie war mit ihren fast Ende Vierzig eine wunderschöne Frau. Alles war am rechten Fleck. Auch das Gehirn war nicht zu kurz gekommen, was man von so mancher Schönheit ja durchaus nicht behaupten konnte. Clevere Frauen konnten sowohl Fluch als auch Segen sein. Er war sich sehr bewusst, dass er nicht hier wäre, wo er jetzt, fast am Ende seines Berufslebens, war, wenn es Mariya nicht geben würde; wenn sie es nicht gemeinsam geschafft hätten, einen Weg des Miteinanders zu finden.

Mætt schmunzelte vor sich hin. Essen bei der Hitze war schon eine Herausforderung, aber ein frischer Salat vom Bauernmarkt aus dem nahen Städtchen war immer eine leckere Abwechslung. Die Sommer in dem nordöstlichen Teil von Polen waren stets sehr heiß und trocken, die Winter dafür klirrend kalt. Trotzdem hatte er es keine Sekunde bereut, den alten Hof vor vielen Jahren gekauft und renoviert zu haben. Aus der Ruine war ein Juwel entstanden – direkter Seezugang, mitten im Wald und vom breiten Schilfgürtel vor unliebsamen Besuchern und deren Blicken geschützt, wenn sich denn mal ein Kanuwanderer oder ein Hausbootkapitän in diesen Bereich verirrte. Nichts, was die Hunde nicht regeln würden.

Er erinnerte sich, dass er bei der Besichtigung damals ganze drei Mal an dem schmalen Zugangsweg vorbeigefahren war. Als er es dann gefunden hatte, versenkte er seinen fast neuen Audi A6 dann derart in dem Schlammloch, dass er einen Traktor brauchte, um zurück auf die Straße zu gelangen. Das war sein erster Kontakt zu den Einheimischen.

Mariya hatte damals anscheinend sofort das Besondere dieses Ortes erkannt und darauf bestanden, die Ruine zu kaufen. Es war dann allerdings doch noch ein langer und steiniger Weg, bis das Haus und das gesamte Gelände in dem heutigen Zustand waren.

Für viele Jahren verbrachten sie die kompletten Sommer, abhängig vom Wetter auch den Herbst und Teile des Winters, dort. Seit ein paar Jahren waren sie mehr oder weniger permanent umgesiedelt. EU sei Dank. Mætt konnte mittlerweile zuverlässig von dem schönsten Fleck Erde auf diesem Planeten aus online arbeiten. Herrn Musk sei Dank. Musste er geschäftlich reisen, dann war ein kleiner Zubringerflughafen nicht weit. Er versuchte diese Geschäftsreisen so gering zu halten, wie es nur ging. Man konnte Mætt dabei beobachten, wie er öfter auf dem Steg mit Blick auf den See saß. Er beobachtete die Vögel und hing seinen Gedanken nach. Er wirkte zufrieden. Er schätzte sich unglaublich glücklich, nach vielen schwierigen Jahren endlich angekommen zu sein. Angekommen auch und vor allem bei der Frau, die er über alles liebte und mit der er zutiefst verbunden war. Womit er das verdient hatte, wusste er selbst nicht so genau.

Danksagung

Mit wem fängt man an, und wo hört man auf? Beginnen möchte ich damit zwei wunderbaren Fügungen Danke zu sagen:

Danke Juli Norden, dass Sie das Buch „Dahinterliegendes Blau" geschrieben haben.

Danke aber auch an Mætt und die Menschen aus seinem Umfeld, die sich nach anfänglichem Zögern überwanden mir ihre Geschichte zu erzählen.

Ein ganz besonderes Dankeschön auch an die Streitlust meiner Frau, die damit meine Neugierde an der kompletten Geschichte erst weckte.

Ein weiteres Danke an meine Frau dafür, dass sie meine Verbissenheit während der Entstehung des vorliegenden Buchs ertrug.

Danke an Mariya für die besten Blintschikis, die ich jemals in meinem Leben gegessen habe. Das Rezept dafür sollte in der Hall of Fame aufgenommen werden!

Zu guter Letzt Danke für all das, was ich während der Entstehung des Buchs lernen durfte!

В память (In Memoriam)

DIETER
†MAI 1992

HARALD
†MAI 1992

SCHMITT MIT ZWEI „t"
†02.11.2017